LONG SHAN

温雅——著

台海出版社

图书在版编目(CIP)数据

龙山 / 温雅著. –– 北京：台海出版社, 2020.11
ISBN 978-7-5168-2732-1

Ⅰ.①龙… Ⅱ.①温… Ⅲ.①古典诗歌 – 诗歌评论 –
中国 Ⅳ.①I207.2

中国版本图书馆CIP数据核字(2020)第171251号

龙　山

著　　者：温　雅

出 版 人：蔡　旭　　　　　　　　　封面设计：天行健
责任编辑：俞滟荣

出版发行：台海出版社
地　　址：北京市东城区景山东街20号　　邮政编码：100009
电　　话：010-64041652（发行，邮购）
传　　真：010-84045799（总编室）
网　　址：www.taimeng.org.cn/thcbs/default.htm
E - mail：thcbs@126.com

经　　销：全国各地新华书店
印　　刷：唐山市铭诚印刷有限公司
本书如有破损、缺页、装订错误，请与本社联系调换

开　　本：710毫米×1000毫米　　　　1/16
字　　数：378千字　　　　　　　　　印　　张：26.5
版　　次：2020年11月第1版　　　　　印　　次：2021年3月第1次印刷
书　　号：ISBN 978-7-5168-2732-1

定　　价：49.80元

目　录

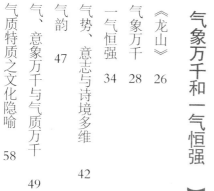

龙山

【《龙山》之演与指喻之维】

龙
山

本书的读法

垂緌饮清露，流响出疏桐。

居高声自远，非是藉秋风。

论坛的意外

《龙山》是很特别的一首诗，它创造了很多新纪录。

比如在闲闲书话等论坛发表后（贴名《千古第一雄诗龙山》）在2019年一整年点赞率保持在最低百分之七十左右（事实上，由于王子居和温雅都时常点击查看评论或留言，再加上每追发一次都算一个点击，如果除去这些点击，由于贴子的热度总是随时间递减的，所以2019年开贴前后的最高点赞率可能会在百分之八九十左右，记忆中达到百分之九十多，但我们保留的截图是在停更很久后的了），且对第一之说无一反对。它可能是文化史上唯一一个没有任何反对的第一，之所以能这么说，是因为就历史的经验而言，即便是对杜甫和李白的第一之争论，一千年来也是各有一半赞成一半反对，更何况网络论坛本就是一个充满反对、批评甚或辱骂的空间，哪怕稍有一点肯定性、赞扬性的文字，也会招来各种批评。《龙山》的贴名称为千古第一其实是准备好挨很多骂的，但结果却是不要说有人骂，连一个批评、反对的声音都没有，即便有人想质疑也是谨慎地对未能理解的细节的质疑，从没有人质疑这个第一，甚至没有人能举李白或杜甫的任何诗篇或诗歌史上的任何其他名篇来反对或讨论。《龙山》在论坛中总共发有三贴，也有点赞率很低的（非学术的杂坛），但反对它是第一的人却一个也没有。

这完全超出我们的预想，王子居对学术的要求是在逻辑层面大的漏洞完全杜绝，小的逻辑错误和资料错误近乎没有，我们解构《龙山》自然也要符合这个要求，所以从理论逻辑的层面来说，没有人从理论角度反驳这个贴子我们能理解，但诸如文人相轻等诸多人性的弱点也没出现，就出乎我们的预料了。

同时这一学术贴可能也成为网络史上点赞率最高的贴子（可以仔细想一下你的记忆中可有无一反对、点赞率最高时近乎全部点赞，而在一年之中点赞率最低时也能达百分之七十左右的贴子？有疑问的读者可以进天涯论坛去尝试能否找到另一个点击率过千后点赞率能过百分之五的贴子，即便是有奖发布的贴子、活动奖励的贴子、有奖比赛的贴子……），我们在天涯看到的情况是，很多北清的知名教授的已出版个人代表作品，发贴八九年之久，达到八九千乃至数万的点击量，还是一个赞也没有，除了结交好友从而有熟识之人的礼节性互相点赞外，真正的学术贴点赞，可能也就是千分之一甚至万分之一的比例。可想而知，想要在天涯的各个学术论坛这种写手、作者云集的地方获得一个点赞，究竟有多难。而《龙山》的点赞率也破除了网上那种"天涯就是十几个好朋友在互相吹捧、互嗨"这类的说法。

天涯的点赞率跟诸多论坛及自媒体是不一样的，天涯的点赞要满足很多条件，一是必须是注册会员；二是必须会员登录；三是登录者手里必须有能量。而且天涯的点赞是有货币值的，它是可以在论坛内当钱花的。所以它的点赞都是作者写手的点赞，游客读者是不能点赞也不被计算点击的，跟各类公众号的随意点赞是不一样的。

这些规定决定了，即便是注册过会员，其中很多懒得登录、发评论赚能量值的，他们即便赞成也无法点赞，而且游客的点击也不被天涯计数。

所以《龙山》的这一网络纪录是极为难得的。

事实上在2019年年初的时候，发表在网上的赏析是较简单的，也还远不够成熟，不是最好的赏析及解构。

为什么《龙山》能做到如此？因为它在气之维度中的气象、气势等太过于强烈，太过于明显了，以至于它的气势能给人一种强烈的震撼，单是这股气势，就让人无法反对它了。

数学思维下的文学贯通

在《王子居诗词：喻诗浅论》里讲过很多多维修辞的案例，包括修辞的多维合体、叠加运用、循环运用，虽然现代修辞学中有兼用、套用、连用等说法，但它们相较王子居的多维修辞，显然还是十分简单的，王子居对修辞有着自己独特的理解和定义，比如2003年他创立的比喻学，就是用全新的视角讲解比喻。

而对其他修辞，尤其是在更深的层面，王子居亦有自己独特的概念，比如辞维的交集，他依然是用数学概念来理解文学概念。所谓交集，取自数学概念，假设我们在一张正方形的纸上画圆，要求每一个圆的直径超过这个正方形长度的一半，那么无论我们以任何一个点为圆心画圆，不管画多少个圆，它们全部都会产生交集。如果我们将圆的直径缩小，那么它们产生交集的概率就会变小，直径越大，产生交集的概率和交集的面积也就越大。

文学中的修辞格具有交集这个特点（因而也才有现代修辞学中的兼用、套用等），正是因为王子居很早的时候就掌握修辞格的这个特点，他才能创造性地运用多维修辞、叠加修辞、循环修辞……

比如映衬（小圆）有正反衬，而正反衬与正反对比（大圆）、对偶（中圆）都是阴阳哲学对的范畴，而映衬的用法如用自然形象、景物来映衬心境、情绪，那么当对比的范畴缩减到自然景象的描绘时，对偶、对比、映衬就很容易重合、交集。这是性质或特点层面的交集。

又如《王子居诗词：喻诗浅论》中提到的循环修辞，当映衬与隐喻合一时，就可以形成循环映衬。而事实上，拟物和拟人的相反关系，互体、互文、回环、回文等，其实都存在一种反向循环的关系。又如委婉里的谦语，它和夸张就是一个相反的关系。它们或者相反，或者能够循环，其具体的变化，也许还需要更多发现，更多研究来论证。

而拟物、拟人与通感、移觉其实存在一种递进、变体的关系，而象征出自隐喻，它们的关系就更加密切，是一种子母的关系，其交集就更容易实现，所以王子居的喻诗中就多有隐喻与象征一体的作品。这是具包含、先后或因果关系的交集。

而同样的，古代的讽寓（譬喻算是比喻的一类，讽寓其实介于明隐喻和譬喻之间，类似佛学中的譬喻），跟现代修辞中的讽刺、婉曲（委婉）、警策、示现，亦非常容易实现交集。这是近似性或相似性的交集。

而顶真被王子居化用为喻兴一体、起兴转进乃至喻兴一体转进，则是将顶真与比兴合体而用并同运比喻。这是因部分辞格转化、叠加而产生的交集。

喻诗是以象为载体不断贯通的，按照王子居的思路，用数学概念来理解文学修辞的运用，那么象就是所有修辞的终极交集，亦即是一幅图中所有圆的共同交集区或共同交集点，所有的修辞都可以在象这个最原始、最简单、最初级的载体上实现交集，因而以象为基础进行贯通就可以出现多维修辞、叠加修辞、循环修辞……

同样的道理，喻诗学中气、意、性、理、数、喻等维度的诸多分维度，也是以象为共同交集区或共同交集点的。

而正因为如此，《龙山》一诗以抽象的龙山为基础之象，才能实现三十三维的诗学构境。

王子居对修辞学中这种概念树、概念交集的论述，他在其著作《局道》中对局演的概念树之贯通交织、交织贯通（交集现象的另一种更立体更广泛的哲学概念）有更清楚、深入、丰富、抽象的讲解。

无论是辞格的多维交集还是诗意的多维交集，这种数学逻辑的描述在王子居看来都要比用文学逻辑去描述更形象，更易懂，更简洁，更明确。

最后我们用一句绕口令式的句子来总结一下：王子居是在用喻的贯通性方法来讲喻诗贯通多维修辞的贯通方法。因为将数学概念（交集）贯通运用到文学概念中的修辞概念之多维贯通概念上来，本就是喻学彼此贯通原理的一种跨学术领域的贯通运用。

华夏喻学具有无穷贯通性，而数是喻学贯通基础四维中的重要一维，因之很多数学概念，其实直接就可以化用为文化的、文学的概念。从《古诗小论》中的格律诗的黄金分割率开始，到《古诗小论2》《王子居诗词：喻诗浅论》乃至《龙山》，都有数学概念的诗学运用。

另外，在《古诗小论2》中王子居讲过喻文字对中国古诗的决定性作用，同样的道理，喻文字里的多维贯通性对修辞也一样适用。

这一节亦是《诗演》一章的组成部分，因为这一节用数学概念理解文学贯通，它使诗演中的三十三维构成原理变得更加容易理解或者说它从侧面提供了一个更形象、更简单的理解。

对比喻修辞的颠覆性运用

在《王子居诗词：喻诗浅论》里讲到王子居走了与一千年来近体格律诗人们完全不同的另一条格律道路（初盛唐古律，见《古诗小论2》），事实上，他在比喻这条路上，走的也是一条与几千年来所有人都不同的路，如果说在格律上他走的是一条与历朝主流不同但平行的路，那么在比喻上，他走的则是一条相反的路，而且他通过这条相反的路，发现了喻学和演学的理论体系。

这是一个根本性的颠倒，因为两种用喻是本末互相倒置的。现代修辞的本体，在王子居2003年创立的比喻学里称为所喻，而喻体则被他称为喻，喻和所喻的概念名称，透露出了在王子居的比喻概念里，喻才是本体，而所喻是指向（指和月）。

这个颠倒其实可能也意味着，自秦汉文化断层兼断代之后中国历代学界对中国文化的认知很多也是颠倒的（从根本与枝叶的角度而言）。虽然这个预想出人意料，但它却是建立在已经有很多例证的基础上的，如《古诗小论2》中对近体格律诗和杜甫的批判，就是鲜明的例子。

现代修辞学视角下的比喻仅仅是一种修辞，而王子居通过对比喻的推理得出华夏喻学的彼此贯通，已将之应用于多个认知领域，成为一个基础的认知工具。

因为在华夏古文明中喻本就是贯通一切学术领域的认知方法，我们想要真正理解喻学和喻诗学，首先就要真正理解华夏古文明中出现的所有学问。因为王子居将很多诸家经典中的哲学认知、表达方法都贯通化用于诗歌，从而"融汇了诗骚汉唐"，为中国诗歌开辟了多重新天。

比如，浸淫诸子百家经义数十年，他也许对于百家经学的理解较他的诗学造诣要更深一些，毕竟他真正连续作诗的时间仅止于十二至二十四岁，而他对古代典籍的接触是一直持续的。他近期的喻诗学自然有从诸子百家及佛学中化用、升华的一部分方法，典型的如佛学的比喻莲花之喻，莲花就是一个典型的一指多喻，如喻清净、出世俗而不染世俗、出欲望而不染欲望、升华欲望俗法为佛法（化淤泥为花香）、纯洁、母体（如塑像中莲花出书册、圣贤坐莲花）、女性【与金刚杵相对应的性别、与喜舍相对应的慈悲、与方便（金刚杵）相对应的智慧（如圣贤坐莲花）】、超群之美态、超越世间（与淤泥相对应）……它们分散在不同典籍中就是一种分散的一指多喻，发现这种一指多喻并结合"修多罗教如标月指"的比喻从而提出指喻的概念，显然只读一部佛经是不行的，它是需要从多部佛经中汇总才能察觉的。

可能自从王子居由诸子百家中理解一指多喻的时候，他的诗歌就已经注定是一象（莲花为象）多喻【清净、出世俗而不染世俗、出欲望而不染欲望、纯洁、母体、女性（慈悲、智慧）、超群之美态……为喻】境了。

不过事实上，因为现代修辞学中的博喻等的存在，在初中课本上及课外读物中就有，这使得王子居很容易就察觉到一指多喻的可行性，所以早在他接触较多百家之学前的《十六岁词集》中，他就已经创造出一象多喻境了。

同样的，如果你读过王子居2009年开始创作的关于喻学的入门著作《天地中来》，你可能会理解"一象多喻"在王子居的手中被运用到了何种程度，而其中的流水喻，也是道学、儒家、佛家学术中一个最典型的一指多喻。

儒家的如：

子贡问曰：君子见大水必观焉，何也？

孔子曰：夫水者，君子比德焉。遍予而无私，似德；所及者生，似仁；其流卑下，裾拘（曲曲折折）皆循其理，似义；浅者流行，深者不测，似智；其赴百仞之谷不疑，似勇；绵弱而微达，似察；受恶不让，似包；蒙不清以入，鲜洁以出，似善化；至量必平，似正；盈不求概，似意；是以君子见大水必观焉尔也。

子在川上曰："逝者如斯夫，不舍昼夜。"

道家的如：

章六一：大国者下流，天下之交，天下之牝。牝常以静胜牡，以静为下。故大国以下小国，则取小国，小国以下大国，则取大国。

章六六：江海之所以能为百谷王者，以其善下之，故能为百谷王。是以欲上民必以言下之，欲先民必以身后之……

又如：上善若水，水善利万物而不争。

佛经经常喻众生没溺于生死为"生死长流"，喻众生没溺于爱欲为"爱欲长流"。众生所处的欲、有、无明、见，皆称为流，如《华严经》中十定品第二十六之二佛陀说道：

又作是念：一切众生为大瀑水波浪所没，入欲流，有流，无明流，见流，生死洄澓，爱河漂转，湍驰奔激，不暇观察。

《宝积经》中也说：

我在大流，为渡众生断于四流故，当习法船，乘此法船，往来生死度脱众生。

心如流水，生灭不住故。

许多佛经中都重复这样一个譬喻故事：

香象渡河，截流而断。

其他如杂家的《吕氏春秋》这样说道："流水不腐，户枢不蠹"，李白的诗中："抽刀断水水更流，举杯消愁愁更愁。"以流水之相续不断比喻愁绪的难以了结。其他的如兵家孙子的兵形象水，及日本兵家的水五条，在《天地中来》里讲得比较详细，这里就不一一罗列了。

如果你能够将分散在诸经典中的博约之喻合而用之，那你就能创造出一象多喻境。《十六岁词集》中王子居的一象多喻境不是出自经典，而是他自己创造出来的，这是因为经典中的博喻，未必能以一象而承载之。虽然它们都运用了一个象水，但水的具体形态之象如流、洁、生等动态或性质，并不具有相似性或统一性，所以它们不能实现一象多喻境。这就像我们在上一节所讲的交集一样，只有产生交集，不同维度才能重合、叠加。

王子居的比喻学对传统意义上的比喻辞格进行了突破性的创新和发展，这种发展主要有几个方面：

第一，以上一象多喻都是一句一喻的，喻体和本体很分明。而喻诗学的发展则是一句以一象构成多喻，即他从经典中零星的比喻发现了分散开的一指多喻，然后他将佛道儒百家之学中的一象多喻的数句形式合并为一句形式，并去掉本体，只留喻体，从而实现了一句一喻体，但本体有多个。

第二，王子居将现代修辞学中以本体为中心的学术分析转为以喻体为中心的学术分析，这是根本路径的改变。从而将比喻学由小道转至大道，由歧路转回正路。过去一两千年的学术将本体作为根本，从而有了明喻、暗喻、借喻、博喻（复喻）、倒喻（逆喻）、反喻、互喻（回喻）、较喻（强喻）、譬喻、饰喻、引喻、类喻、对喻、简喻、详喻、虚喻等种种概念。而王子居的比喻学则直接以喻体为中心，分为指喻和指月喻两大类（还有其他一些细节分类，不再列举，更多的三十余种形式，请参阅《王子居诗词：喻诗浅论》）。正是因为王子居对比喻的分类认知是抓住根本的，所以他才能够将比喻这一简单的修辞手法继续推进，从而使之变成了一种贯通性极强的哲学方法。

现代修辞学思路下的比喻，就仅仅是一种简单的修辞格，而以喻体为本的比喻学视角和思路，其贯通出的认知道路几乎是无尽的，不说其他领域，单以诗学领域而言，从《古诗小论》开始的四部喻诗学著作，就已经十分明确地为我们展示了两者的空间有多大的差距。

由于王子居实现了一象多喻境，所以从诗歌解读的层面来讲，他的一首喻诗是可以也必须分成二首、三首、四首乃至十几首来讲的。

读者们可以想一想电影《无双》，《无双》里讲到高明的画师遇上高明的裱画师时，由于高明的画师力透纸背，而高明的裱画师技艺无双，所以能将一幅画裱成三幅，三幅画都是真迹。我们不知道《无双》里的这个说法是不是只是电影的艺术想象，但王子居在诗歌里可是早就将这种想象变成了现实的。王子居就是通过对最简单的比喻进行不断地推导、衍化，从而发现了贯通华夏古文明所有学术领域的喻学。

对于指喻的多维性，朋友们也可以先读一下《三体》的最后一部，在太阳系文明被高维度文明降维毁灭之前，曾有一个拯救地球文明的指喻迷题，可以从那个故事里侧面地体会指喻的多种可能和多维性。

因为我们讲的指喻之妙不可避免地要有些学术化，不如故事更生动更形象。

本书的读法

王子居在他的《比喻学》里提出了指喻的概念，就是以上所讲的新比喻，即一个喻体，是可以比喻多个本体的，而在传统的修辞学中，显然遗漏了这种在所有比喻中最重要也最根本的形式。我们甚至可以这样说，传统的修辞学捡了很多芝麻，却漏了指喻这个西瓜。

为什么传统的修辞学漏了西瓜呢？因为传统的修辞学对比喻的分类都是以本体为中心去开展的，而王子居创立的指喻概念却是以喻体为中心进行的。

几千年来人们对于比喻的认知和所做的概念都是缺失了主体部分只看到了细节部分的。

而本体和喻体谁才是根本呢？读过王子居的《喻文字：汉语言新探》你才能明白，喻体才是根本，因为整个汉文字都是由象承载喻，由喻不断贯通而成的。而王子居利用喻体的奥妙所创立的喻诗学，也决定性地证明了这一点并且将这种贯通不断地延伸向文学领域！（对于这一点，可能要读全我们对《龙山》一诗长达十多万字的解读之后才能真正深刻地认知，然后你才能对修辞学这个细节中的细节有着真正的透彻地理解。）它证明了喻文字的贯通原理并没有止于喻文字本身，而是在文字的具体运用中依然可以不断地贯通。

也就是说人类文化史上对比喻的认知是只抓住了表象而缺失了根本的。而王子居恰恰是抓住了指喻这个最根本也最重要的比喻形式，不但在修辞学上还原了比喻缺失的那主体部分，更是在他十几岁的少年时代就开创了多维构境的鬼斧神工的喻诗学！

我们之所以在这里讲佛学中和儒学中已有的一指多喻，是为了让读者们更容易理解王子居所创造的喻诗学，如果不从侧面加深理解，那我们接下来讲到的"一象多喻境"以及单句三十三重天的超越想象力的艺术成就，很多人可能会难以相信。

当我们知道一象多喻境与诸子百家之学相贯通，喻学创立的机缘是从中药学的取象类比概念中启迪化出，那我们其实可以理解，华夏古喻学乃至喻学的末梢喻诗学，是真正的炉养百经、融通百家才得出的。

而喻学生出喻文字学，喻文字学生出喻诗学，喻诗学中又派生出新的修辞学……

它们分属不同的领域，但却有着密切交织贯通的关系，事实上，喻学→喻文字学→喻诗学→修辞学→比喻学，我们在读完《王子居诗词：喻诗浅论》时其实就能明白，它是一个完整的链条，这个次序是一个十分完整的次序，它是一个十分完整的学术系，是一棵完整的理论树，为我们很好地展示了喻的不断贯通性。当然，这个贯通次序是一个由大到小的贯通次序，是喻学诸多贯通次序中的一种，但它并不是一个完全包含的关系，因为修辞学、比喻学并不仅仅应用于诗歌，它们在其他文体中也一样被运用。

《王子居诗词：喻诗浅论》里讲了很多修辞的创新和多维叠加的运用，《龙山》有所继续，王子居早在2003年就创作了《比喻学》，但至今尚未完成，其中的《人生百喻》被他放到《天地中来》中出版了。以我们目前所见，在他的诗词中，除了比喻是最大的修辞系外，其他如对偶（主要是对比形成的阴阳哲学对）、象征、拟人等，都有不同维度的叠加，不过它们的案例目前发现的还不多，而案例不多也许正是《比喻学》迟迟未能完本的主要原因。他也许不会花费时间完善修辞学，但他会把《比喻学》完成，但在《比喻学》里他又不愿举自己的诗为例，所以将来《比喻学》出版后，也会是一个基础的、低阶的理论，高阶的理论和案例还得从《王子居诗词：喻诗浅论》《龙山》里体会。

　　早在2003年时，王子居就在新创立的《比喻学》中明确了指喻的概念，这个概念化自佛经中"修多罗教如标月指，若复见月，了知所标，毕竟非月"，是说一个人用手指指向月亮，手指喻文字，而月亮喻真义，那么如果手指指向的不是单一的月亮而是几个事物呢？那就是一象成多喻了。王子居十六岁时创作出的"一象多喻境"，本质上就是指喻的一种完美运用，不过十六岁的王子居知其然而不知其所以然，而2003年的王子居则是知其然更知其所以然了。

　　那么事实上，王子居的喻诗学中的多维诗境，其实是可以将喻这一维单独分列出来的。因为指喻所形成的指喻（可参看《一字一修辞，一字一重天》一节及《王子居诗词：喻诗浅论》中的相关论述），一样可以贯通出数维之境。

　　也就是说，王子居的喻诗最为强大的地方在于，他在短短一句诗中，将指喻的一象多喻境和喻诗学中的一象贯多维合而为一了，从而实现了一指多喻产生一指多喻。而这也恰是他的单句维度能够远超盛唐极限，达到四五维乃至八九维的一个重要原因。

　　如果不将喻之一维单独分列出来，那么在王子居喻诗学的一象贯多维中，喻之分维也可以一喻贯多事，从而构成一个多维之中隐藏的多维。

　　当读到这里，读者们可以体会喻诗究竟强大到了何种程度了吧？也隐约可以体会到，华夏古文明的根本之学古老的喻学，究竟有多强大了吧？

《龙山》之维

　　作为喻诗基础理论的第四部，本书是前面三部的升华版，《王子居诗词：喻诗浅论》里的《本书的读法》一章，也可以视为本章的先行内容，如果说未读《古诗小论》《古诗小论2》的读者读《王子居诗词：喻诗浅论》并不太费解的话，《龙山》如果没有前三部做基础，可能对一部分读者来说，会有较难理解的问题。

　　不过，所有你在某处理解不了的，在别处都有解答。

　　《龙山》用到的许多概念乃至《龙山》本身的一些艺术技巧，大部分都在前边的三部中讲了，只不过《龙山》的维度更多更复杂，本书尽量不重复。如果有读者对本书的一些概念不熟悉，可参阅前面的《古诗小论》《古诗小论2》《王子居诗词：喻诗浅论》三部作品。

　　《龙山》是王子居诗歌创作生涯之中比较特别的一首诗，如它是在2018年出版《古诗小论》时明确提出诗演论和多维诗境论之后，唯一一首精心创作的作品。

　　如果以前的喻诗多维创作是潜意识的创作，那么《龙山》是他唯一一首有明确多维意识之后的创作；如果说他以前的喻诗创作是"文章本天成"（陆游诗），那么《龙山》至少得说是"三分人事七分天"了（赵翼诗"少时学语苦难圆，只道功夫半未全。到老方知非力取，三分人事七分天"）。

　　《龙山》另一个特别之处就在于，由于有了明确的喻诗学基础理论的指导，《龙山》在构思中在隐喻的维度，实现了以前的"一象多喻境"中几乎所有曾出现的主要维度（爱情维度除外），并加入了全新的维度，从而实现了一象多喻境的目前看来最高、最多的维度。

《龙山》是诗骚汉唐及宋词等诗歌传统技法的集大成者，几乎所有诗意流在《龙山》中都有体现，而且《龙山》完美运用喻的贯通性将这些技法完美地融合、统一、混融了起来，其实像融合、统一、混融这些词汇，是以前王子居讲唐诗时常用的，而对于喻诗来说，在这些基础上还有一个象的贯通。

当然他运用的许多技法不是到《龙山》才有的，而是他以前就创作出的，如《龙山》里的一象多喻境是由《菩萨蛮》《最后一页花片》等承续而来；而《龙山》的整诗为演，也是以前《涛雏将别》《破秦关》等作品以剧幕、虚拟世界等笔法为诗的创作笔法的升级版。

《龙山》跟所有的喻诗一样，初看就是一首雄奇壮伟的豪放诗，细究才是喻诗，而钻得越深就越头疼……

《龙山》有很大概率会成为一个诗学理论乃至文学理论的宝藏，因为喻诗学的诸多奥秘都是在解构《龙山》时被发现或者说被首次讲出来的，如多维修辞，是因为在我们解构近一年时王子居要求讲一讲诗中的隐喻、拟人、对比等修辞，结果我们发现《龙山》的修辞密度达到了一字一修辞。其他如诗演中以剧幕、戏剧为诗的初级阶段的诗演，也是在讲解《龙山》的过程中发现的……

我们这才意识到我们对《龙山》的解构力度是不够的，有了一字一修辞，然后又发现了它的诗意密度也达到了一字一诗维……而无论我们怎么多维度地解构，《龙山》都承受得住，它实在太耐解了。

虽然王子居在2018年就出版了多维诗境论和诗演论，但真正的喻诗学，可以说是在对《龙山》不断深入地解构中逐渐发现的。《古诗小论2》《王子居诗词：喻诗浅论》的体系架构和概念创新，也都是因为王子居略解《龙山》才发现、建立的。

但可惜的是，我们到现在为止也并没有能够彻底地解构它，因为很多时候对某些诗句是钻不进去的或者钻得不够深，尤其本书的后半部分我们明显地感觉到没有深入进去，仅仅是提出了所感所见。

对这首诗我们经常觉得讲得差不多了，但后来却每次都又有新的发现，由于《龙山》构成太过复杂，所以本书只讲了它的维度构成，并利用它的维度构成更深入地讲喻诗的维度，但也仅限于气的维度、辞的维度，而我们讲气和辞的时候，也没有对具体每一句的气和辞展开论述，同样的，《龙山》一诗中的各种其他维度，也都没有展开论述。某种意义上来讲，这部《龙山》其实是一个大纲，这个大纲有较小一部分详细讲了，还有更多的部分未曾展开讲。除了维度未曾展开外，《龙山》的艺术大美，也未曾全面展开，而它在艺术层面、思想层面的具体内涵和特色，其实也未能展开，它可能会有第二部、第三部，才能讲得全。而将来对《龙山》的全面展开，可能会让我们有更多的发现。

我们对广大读者的认知习惯、认知接受能力其实没有清楚的全面的了解，我们只能凭个人经验臆测，不同的读者可能认知、接受能力不同，利智的读者可能不需要前面三部著作就能直接读透《龙山》，可能有些对诗学理论不太熟悉的读者，需要更多的基础知识的铺垫，所以我们特意加了《殉道者的隐喻》一章，作为王子居诗词中一象多喻境乃至《龙山》一象多喻境的铺垫。我们对《龙山》的解构、阐释，是以王子居的其他诗词为铺垫，渐次展开的，因为喻诗的维度在创作中本身也有一个渐次增加、渐次递进的过程。

应该说到目前为止，就算是王子居自己，对《龙山》的认知也不是完全清楚的。这是因为中华古代文明被学者们公认为是象文明，喻文字、喻诗、华夏喻文明都是以象为最初基础的，而《龙山》是王子居截取天地山川之象，然后与华夏古文明结合在一起，运用喻诗的笔法创作的，所以《龙山》自然而然地蕴含了天地山川之秘、华夏文明（尤其是喻文字）之秘。连他自己也认识不清，正是题中之义。而这正是演学的引人入胜之处，正如琴演和棋演（围棋）的创造者不一定能成为世界冠军或音乐大师一样，但他们的创造却能让后人不断地学习、演练、推演。

而这也恰恰是《龙山》最引人入胜的地方，也是我们将《龙山》称为诗演的根本原因。

　　作为世界文明史上唯——个实现了单句三十三维的案例，《龙山》实现了"一字一修辞，一字一诗境，一字一指喻，一字一喻境"的四重多维诗境，而它更多的秘密和价值，并不是我们所能尽数阐发出来的。

　　比如我们现在能够确定《龙山》是一种独特的演，因为它是唯一能将中国古代学术中的象学、喻学、诗歌、文明内涵、哲学等演绎到一句超三十三维的，但它究竟是如何演化的，它演化的内在规律和方法等，直到现在，王子居面对《龙山》之演时，依然感到头疼。

　　如果说王子居面对中国古诗中的气象、意象、气韵等奥秘，既知其然也知其所以然的话，那么对《龙山》之演，他可能一样知其然而不知其所以然，暂时还没有一个足够清楚的头绪。在《王子居诗词：喻诗浅论》中讲的铸剑师无法讲授自己的铸剑经验这个比喻，对《龙山》恰恰适用。

　　而这也是《龙山》最令人着迷的地方。

　　但最重要的不在于《龙山》达到了四重贯通三十三维诗境本身，而在于它是其他诸多学术领域的唯——个达到并超三十三维贯通的借鉴。

　　《龙山》真正的价值不仅在于它为我们展示了一种不可思议的、超乎想象的艺术创作，而是它为我们展示了一种认知、创作手段运用起来究竟能达到什么程度。

　　《古诗小论》给我们展示了喻的贯通能达到的盛唐单句三维诗境至王子居的九维诗境，而《王子居诗词：喻诗浅论》更多地为我们展示了五六维、七八维乃至超十维的诗境。

　　而《龙山》给我们展示的是多达三四十维的诗维。

　　在《王子居诗词：喻诗浅论》中我们讲心象一体、天人合一，而事实上，由于喻诗的所有维度都是由象来贯通的，所以它们本就是喻之一体。《龙山》之中，化典、指喻、拟人、象征……都是圆融一体的。这个圆融一体，就好像《龙山》能做到气象、气势、意志、气韵、气质圆融一体一样。

　　而实际上，《龙山》四十重左右的维度，也是圆融一体的。

　　原因就在于，贯通它们的是一个本体：象。

　　所以前面所讲的象是所有圆的交集之处或交集之点，不只对修辞适应，对诗意等其他维度也一样适应。

龙
山

多维贯通的结构

王子居的著作，有一类会在书前附《本书的读法》，通常这类书比较重要的、体系比较博大复杂、运用了全新方法和概念、观念比较新颖，信息含量、密度比较大，结构、关系比较复杂，学术性较强，部分读者理解起来有一定难度。

《龙山》在他的著作里，是比较复杂的一部。由于《龙山》实现了"一字一修辞，一字一诗境，一字一指喻，一字一喻境"的四重多维诗境，可能会有部分读者对指喻多维较难理解，所以不太建议这些读者直接读《龙山》，因为作为喻诗学的一个系列来说，《龙山》是最后压轴的一部，它的很多艺术成就对部分读者来说可能一下子难以接受。《古诗小论》是喻诗学的入门篇，而《古诗小论2》总结了古代的喻诗，算是对古代喻诗的各种情况有了一个大体的介绍，《王子居诗词：喻诗浅论》则是喻诗的进阶篇，《龙山》也许会是它的终结篇。这四部作品是循序渐进的，《龙山》里面的很多概念，也许要从《古诗小论》开始读起才会更容易理解。

在《古诗小论》《古诗小论2》中，王子居对中华历代喻诗有一些论述，在《王子居诗词：喻诗浅论》中，我们能够看到一些比较明显的或有提示的、有上下文关联的指喻，相对来说那些指喻更容易理解。

作为王子居最成功的一首喻诗，《龙山》是通篇指喻的。《龙山》里的诸多指喻之法以及出现的一些概念，都只能在《王子居诗词：喻诗浅论》中寻到根源、踪迹，如果没有先体会《王子居诗词：喻诗浅论》中那些较明显的指喻运用之法，可能部分读者对《龙山》会很难理解。

《龙山》虽是一首诗，但由于多维诗境和多种修辞、艺术技巧以及诗中的文化概念和理念的分枝太多，所以一句诗有时会放到几处来讲，每一处只讲这句诗的一个特点，这种情况下，想要完全读到这一句诗的特点，可得对各章节的数处都读才行。

这本书的写作次序是调整过很多次的，而每一章节都不是一气呵成的，因而每一章节都有不同时期认知水平不同的痕迹，而每一章节的论断可能要在其他章节中才能见到论证和实例。由于次序经过多次调整，每章节所主论、旁及的概念、论点也有很多差别，所以如果在前面章节中看到论点而没有论证的，如果未能当下理解，可以在后面章节中看到。

比如我们早先讲的是用典，但对整个修辞手法的运用，由于修辞手法关联着指喻、意志、气象等喻诗的各个维度，那么即便读完用典乃至其他专论的修辞手法，也要将其他殊胜一一读完，才能最后圆满地体会《龙山》的用典以及对其他修辞的运用之妙。

刚读这些会有点绕，但《龙山》的各种殊胜、维度之间紧密相连，就好像一个圆，在起点的时候你是不会完全看明白起点的，你得走完一圈再回到起点，当终点与起点重合之后，你才会明白，这个起点其实也是终点，对于一个圆来说，明白了终点才能明白起点。

有点绕，但圆本身就是绕的。

这个道理和逻辑理解起来其实也不难，因为当《龙山》一句七个字超过九种修辞、九种诗境、九种指喻……

七个字里面如何安排这么多？它也只能是一个圆，只能以起点作终点、以终点作起点才能安排。所以它的修辞同时是诗境、诗境同时是修辞……

在《王子居诗词：喻诗浅论》一书中，我们在一定程度上照顾了其诗词的艺术性，有一些诗讲了其艺术的美，《龙山》无疑是王子居所有诗作中最美的，但《龙山》这本书由于篇幅超过了出版预期的一倍，而且时间也拖延了很长，所以我们仅保留了以前讲过其艺术性的几联诗的讲解，大多数诗句就只讲维度不讲艺术了，这一点连《龙山》这首诗也不例外。

另外，在《王子居诗词：喻诗浅论》里，我们尚有余力讲王子居诗词的艺术性，但在这部《龙山》中，我们感觉自己的思维已经是强弩之末，几乎没有穿透力了。

所以我们只讲了《龙山》的几个细节之美，主要注重讲喻诗的维度之学。

《龙山》本是打算单独成书的，但后来见到《相思》也是以山水为喻的，不过所喻的是爱情。而两诗都是以山水为喻，一长一短、一刚一柔，却都在维度上达到了短诗和长诗目前能有的极限，艺术技巧类似，互相对比、相得益彰，所以就写在一起了。

由于喻诗学的解构是在解读《龙山》的过程中不断被发现的，所以《龙山》一书残留着不同时期的不同水平的解构的痕迹，如对《相思》一诗的解构，是在对《龙山》解构之初就进行的，所以它保留着喻诗学的整体理论还未出现之前我们努力想要讲清楚喻诗的方法痕迹，对此本书尽量不做修改，对读者来说，也是一个见证。它可能是较少的在喻诗学整体理论出现前，如何讲清一首喻诗的一个例证。

所以我们保留了一部分原文中的"殊胜"的说法，供有心的读者参考。

诗名的巧合性

《龙山》在2019年年初春节期间创作时，是以《蜀山》为名的，《蜀山》是王子居想了几十年但一直未动笔的一个诗题，但一创作他发现《蜀山》承载不了他的诗意，所以他直接将《易经》中的龙之象与山结合，改名为《龙山》。

那个时候王子居并没有意识到龙山几乎是中国应用最多的山名，而他家乡正属于古文明龙山文化的重要区域。他只是将龙视为中华文明的象征，然后用龙山来象征中华古文明。

2019年王子居回家乡，一次在朋友办公室的本市地图里发现，原来邻县有龙山。

后来在北京，偶然间得知北京也有龙山。他才明白，龙山是全国各市县普遍都用的一个山名。

事实上，龙山和凤凰山一样，很多地方都有。在中国没有几千座也有几百座，而我们看到的以《龙山》为名称的图书自2015年至今出版的就有三十二部，这还不算封龙山、天龙山等山名，像天龙山自然也是龙山。

而遍布全国的龙山，不论大小，以其数量之多、分布地域之广，若连而称之，盖可谓中国最大之山了。

如此煌煌大哉，倒恰合于《龙山》的取意。

读过《古诗小论2》的人应当知道，中国常用汉字只有两三千个，在取名上，重名是在所难免的，而喻文字的这种通过少量文字不断贯通向各领域的特性，也使得乡人给山水取名，与一个字文字的不断贯通于各领域的重合概率变得很大。

事实上，正是由于喻文字是以数量很少的文字贯通出众多信息的，所以喻诗才有可能实现单句三十三维境，从某种意义上来讲，喻诗也是由汉文字的数学逻辑所决定的。

本书的读法

龙
山

气象万千和一气恒强

垂緌饮清露，流响出疏桐。

居高声自远，非是藉秋风。

《龙山》

我本鲁（莒）庸人，来游蜀仙地。杜宇夜啼，望帝遗枝，女歌频传落花溪，一声长笛蜀天碧！人道蜀山奇诡匿仙踪，蜀云玄迷未可知。我道临高正可呼秋雁，云深才好觅仙屐。

始惊蜀天清兮蜀云幻，复叹蜀水妙兮蜀山奇。蜀山奇，望八极，祁连天山坐相望，昆仑唐古横断西。龙山分列江河措，经纬纵横华夏依。山拱河卫形不尽，山依河倚势无圻。万屹千岏争攘攘，千嵧万岘拥熙熙。天高地远连六合，深形大势八荒弥。白云深处倾玉帘，山径危绝挂天梯。千林怪木击风鼓，万丈巉崟响鸣镝。仰望雄山不见天，俯视云林莫知底。

日月合易，象在龙天，天予华夏，富诸龙山，其时至中华，气象伟万千。铁嶙（骨）万里根盘（牢）地，绿甲千旬气弥天。险峰直上，群岩叠悬，壁立雄嶂神斧削，插天奇屹（峰）仙剑寒。岠（山）中仰视遮高天，遥观青翠叠重峦。风云万岭浮天际，光雨千溪落地渊。崇嶂气激嘘长啸，巇峪潮生泛疾漩。虎吼熊咆林间纵，鲲腾蛟跃浪中翻。庸人远望已胆颤，壮士临之乐登攀。

传说伏仙草、栖猛兽，藏异果、远尘凡。巨鲲自觉虾蟹小，雄鹰当看燕雀低。深潭无波隐蛟龙，任人垂钩下网捕鳞虫。仙猿尖啸穿云林，目难追兮树森森。时见苍鹰搏狐兔，又几多险涧跃猛虎。

峻拔雄山接海日，浩荡高风贯寰宇。龙山雄伟势腾天，鲲流滔滔汇海去。地陷东南水流补，天倾西北山为柱。万年凝雪披白玉，千秋木落飞鸿羽。敬此青山高，爱此大江阔，大日迎我登顶来，长风为我廓天宇。千旬荡波映月轮，万里扬风摇海日（开海雾）。波流不可息，长风荡未已，我心归何处？

我叩天门欲归去，诸仙纷言世悲苦。凤凰金台萧宜弄，麒麟玉阁书可读。捧日高标六龙行，量天振翼鸿鹄举。秋清云淡高风便，事业名山当自许。千劫万世谁成仙？仙人悲泪竟如雨。雨映林光千涧涨，风掠云根万峰浮。龙山腾跃势欲飞，霸世雄峰连天路。

旧传海上有仙山，烟云轻渺虚无间。香花宝华如珠玉，青松扭曲若龙盘。海岛终为一隅地，雄奇正叹龙山前。岩际古松枝摩天，岫窟渐没失云烟。奇石嶙峋仙布阵，怪树舞风旗招展。隐隐洪钟松外传，霭霭云生峰不见。峙列雄峰遮断天，乱布云林迷仙眼。天风旋岚绝飞鸟，峭壁穿云跌虎豹，唯大丈夫可登攀。天渊精气混云岚，旭日磅礴千峰巅。仙花香传九万里，苍木笔霄绿藤悬。明月轮转过九天，九霄风贯忽然间。白云如海冰冻结，奇松顶雪意凌寒。

秀峰入云三千尺，直接明月照琴台。

峻列雄峰挂奇（巉）岩，仙云缭绕覆大千。龙山坐镇天地间，鲲河奔冲永不闲。

绝岭遥遥缠复绕，万龙聚首共来朝。千秋万代有天骄。

风来松海万重涛，雨落涧林千龙啸。中有仙人乐逍遥。

气象万千和一气恒强

匡庐瀑布

气象万千

宋人苏辙在其《上枢密韩太尉书》中已言及"辙生好为文，思之至深。以为文者气之所形，然文不可以学而能，气可以养而致"，可能是关于气与文的较著名的论述了。

孟子曰："吾善养吾浩然之气。"今观其文章，宽厚宏博，充乎天地之间，称其气之小大。太史公行天下，周览四海名山大川，与燕、赵间豪俊交游，故其文疏荡，颇有奇气。此二子者，岂尝执笔学为如此之文哉？其气充乎其中而溢乎其貌，动乎其言而见乎其文，而不自知也。

求天下奇闻壮观，以知天地之广大。过秦、汉之故都，恣观终南、嵩、华之高，北顾黄河之奔流，慨然想见古之豪杰。至京师，仰观天子宫阙之壮，与仓廪、府库、城池、苑囿之富且大也，而后知天下之巨丽。

且夫人之学也，不志其大，虽多而何为？辙之来也，于山见终南、嵩、华之高，于水见黄河之大且深，于人见欧阳公，……然后可以尽天下之大观而无憾者矣。

文气与山川之气的关系，苏辙虽有所论，然而观其文章，其所得者，较《龙山》则相去甚远，敢说真得山川之气象的，恐怕唯有《龙山》。因为《龙山》创作的目的本就是以山川的壮伟奇象来象征中华民族的绵长气运的。那么在气象上，就如同诗中所讲的"气象伟万千"一样，这首诗真正地做到了气象万千，简单举例：

比霸气？巨鲲自觉虾蟹小，雄鹰当看燕雀低。

比更霸气？比皇家至尊气象？绝岭遥遥缠复绕，万龙聚首共来朝。

比辽阔+浩大+霸气？峻拔雄山接海日，浩荡高风贯寰宇（可比下大风起兮云飞扬）。

比杀气和奇幻？壁立雄石神斧削，插天奇峰仙剑寒。

比气象雄伟+光怪陆离？风云万岭浮天际，光雨千溪落地渊。

比凶猛？时见苍鹰搏狐兔，又几多险涧跃猛虎。

比奇诡+意志？白云如海冰冻结，奇松顶雪意凌寒。

比雄浑+奇诡？天渊精气混云岚，旭日磅礴千峰巅。

比经天纬地、镇压世界的雄伟壮志？龙山坐镇天地间，鲲河奔冲永不闲。

比骨力和意志？铁嵴（骨）万里根牢地，绿甲千匀气弥天。

以喻诗学中多维诗境中象之分枝气之维度来讲，无论是气象、气势还是意志，上面所举的任何一联，都不是杜甫"无边落木萧萧下，不尽长江滚滚来"所能比拟的，因为上面所举境界阔大、格局高远、意象奇诡，"不尽长江滚滚来"虽然气象也很阔大，但只举远阔、雄大一个层面，长江之不尽是远不及接海日、贯寰宇、浮天际、插天等诸意象更远、更大、更阔的。而这恰是《龙山》多维构境的好处（此节亦为《抽象整体的布局与哲学贯境》《游仙外壳与虚拟世界》等节之案例）。杜甫最强的句子不及，李白最强的句子如王子居在《古诗小论2》中所举的"登高壮观天地间，大江茫茫去不还。黄云万里动风色，白波九道流雪山"，其中气象之句"大江茫茫去不还。黄云万里动风色"在远大雄阔的层面差可比拟，高祖刘邦的"大风起兮云飞扬"因为是起兴故也可抗行，曹操的"日月之行，若出其中；星汉灿烂，若出其里"，境界雄阔，可惜却少了气象的飞动。而综以上，即便是李白"大江茫茫去不还。黄云万里动风色"的雄奇，也较《龙山》的诸句少了一种奇诡和富丽多姿的变化，而且《龙山》中的象征更是李杜曹等所未有的。《龙山》气象在奇伟之中，有变化无方的其他各种维度兼具，比如后面会讲到的气韵、气质等，又何况，《龙山》是通篇隐喻的，隐喻才是以上诸联的终极归宿。

例如，"龙山坐镇天地间，鲲河奔冲永不闲"的原身是"雄山峻伟天地间，大河滔滔去不还"，这两句与李白的"登高壮观天地间，大江茫茫去不还。黄云万里动风色，白波九道流雪山"差可仿佛，但事实上，这两句在王子居看来是不足的，所以被修改成了"龙山坐镇天地间，鲲河奔冲永不闲"，从而具有了数十维的诗意（见后文诸节），而同样"峻拔雄山接海日，浩荡高风贯寰宇。龙山雄伟势腾天，鲲流滔滔汇海去。"亦在气势、空间、意象上超越了"雄山峻伟天地间，大河滔滔去不还"。

又如《龙山》的弃句：

珠峰四望漫眼白，泰岱八极未了青。秋腊收藏千层雪，春夏生发万里红。

无论是气象还是气势抑或是空间的阔大，号称"骨力雄奇"的杜甫最强的诗作"无边落木萧萧下，不尽长江滚滚来"都有所不及（当然杜诗有情绪上的一维，这是杜诗的长处），而它们却是《龙山》的弃句。

当我们从多方面多角度来审视《龙山》的气象、气势、意志、骨力、喻义、修辞、诗演等诸维之强时，我们才能真正深刻地理解《龙山》及它出现的意义。

除了前文所列出的以上之种种归于雄伟一类的气象外，《龙山》还有其他的更多气象，如："始惊蜀天清兮蜀云幻，复叹蜀水妙兮蜀山奇"的清奇变幻，"龙山分列江河措，经纬纵横华夏依。山拱河卫形不尽，山依河倚势无圻"的端正方严、威严肃穆，"天高地远连六合，深形大势八荒弥"的高深远大，"风来松海万重涛，雨落涧林千龙啸"的浩大无边、澎湃激昂，"仙花香传九万里，苍木耸霄绿藤悬"的奇幻苍古，"千林怪木击风鼓，万丈巉壑响鸣镝"的激昂肃杀，"崇嶂气激嘘长啸，巇峪潮生泛疾漩"的啸傲放纵（这联诗很容易理解成文人的放纵气，但也许王子居的本意不是放纵而仅仅是啸傲）……

　　还有"女歌频传落花溪，一声长笛蜀天碧"的绮丽奇诡（后文有详细解构），"我道临高正可呼秋雁，云深才好觅仙屐"的豁达爽朗，"山拱河卫形不尽，山依河倚势无圻"的无边无尽和相互转化，"万屹千岚争攘攘，千嵝万岘拥熙熙"的生机勃发和不甘人后，"天高地远连六合，深形大势八荒弥"的高深远大和无穷无尽，"白云深处倾玉帝，山径危绝挂天梯"的幽兴玄秘，"仰望雄山不见天，俯视云林莫知底"的高不可攀、深不可测，"岠（山）中仰视遮高天，遥观青翠叠重峦"的变幻莫测，"虎吼熊咆林间纵，鲲腾蛟跃浪中翻"的万物冲荣、虎虎生气，"庸人远望已胆颤，壮士临之乐登攀"的英雄无畏气概，"传说伏仙草、栖猛兽，藏异果、远尘凡"的神秘奇幻，"巨鲲自觉虾蟹小，雄鹰当看燕雀低"的自信和强健，"深潭无波隐蛟龙，任人垂钩下网捕鳞虫"的神秘难测，"仙猿尖啸穿云林，目难追兮树森森"只闻其声不见其形的神秘难见，"时见苍鹰搏狐兔，又几多险涧跃猛虎"的勇猛无敌，"峻拔雄山接海日，浩荡高风贯寰宇"的无所不达、无往不至，"龙山雄伟势腾天，鲲流滔滔汇海去"的欲与天公比高的气概，"地陷东南水流补，天倾西北山为柱"的补天地缺憾的气概和决心，"万年凝雪披白玉，千秋木落飞鸿羽"的高洁文雅而又永恒不朽，"敬此青山高，爱此大江阔"的宽广胸怀，"千旬荡波映月轮，万里扬风摇海日"的神秘和激情，"波流不可息，长风荡未已"的渺渺无尽之感，"我心归何处"的无所归依之情，"凤凰金台箫宜弄，麒麟玉阁书可读"的高古精雅，"捧日高标六龙行，量天振翼鸿鹄举"的志向远大，"秋清云淡高风便，事业名山当自许"的志向高洁，"雨映林光千涧涨，风掠云根万峰浮"的奇幻繁盛，"龙山腾跃势欲飞，霸世雄峰连天路"的通天气势和意志，

气象万千和一气恒强

"旧传海上有仙山，烟云轻渺虚无间"的仙意缥缈，"香花宝华如珠玉，青松扭曲若龙盘"的宝气充盈和奇幻，"奇石嶙峋仙布阵，怪树舞风旗招展"的古怪丑拙，"岩际古松枝摩天，岫窟渐没失云烟。隐隐洪钟松外传，霭霭云生峰不见"的烟雾重重、迷离神奇、不可探寻，"峙列雄峰遮断天，乱布云林迷仙眼"的雄伟神秘，"天风旋岚绝飞鸟，峭壁穿云跌虎豹，唯大丈夫可登攀"的奇险和勇气，"明月轮转过九天，九霄风贯忽然间"的突然和奇倔，"白云如海冰冻结，奇松顶雪意凌寒"的奇诡浩大、磅礴、无畏意志，"秀峰入云三千尺，直接明月照琴台"的容百千绚烂于一平淡（见后文），"峻列雄峰挂奇（巉）岩，仙云缭绕覆大千"的雄伟和莫测，"龙山坐镇天地间，鲲河奔冲永不闲"的不可动摇、不可止息的雄伟意志（见后文），"绝岭遥遥缠复绕，万龙聚首共来朝。千秋万代有天骄"的浩繁交错、盛大雄伟、奇险雄绝、万龙来朝的气势和意志，"风来松海万重涛，雨落涧林千龙啸。中有仙人乐逍遥"的视雄伟浩大为逍遥自在的仙家境界。

事实上我们上面讲的只是略讲，如"风云万岭浮天际，光雨千溪落地渊"是气象雄伟+光怪陆离，事实上这一联诗还透着一种繁盛、浩大的气息，而"天渊精气混云岚，旭日磅礴千峰巅"还透露着神秘变化和无上自信，"险峰直上，群岩叠悬"，则是上句透着无畏直上的勇气和果决，下句透着危险繁乱的气息……

在一首诗里面，具有这么多复杂多变的气象，如何能达到和谐呢？如何能不冲突呢？这就要回归到我们答轩辕诗友的《龙山》第一殊胜上来找答案了（见后文《抽象整体的布局与哲学贯境》），正是因为《龙山》是抽象的整体的创作，所以才能包容万象。如果是写具体的事物，那无论是泰山、长江、黄河还是黄鹤楼、岳阳楼，由于其名称实相的限制，都无法达到包容万象的程度。

从唐朝开始，古人论诗，首重气象，但就算是在最重气象的唐人诗中，也无法在一首诗中做到像《龙山》这样"气象万千""变化万千"。诗人里整体上能做到气象万千的，大约只有李白，王孟的山水田园比较单一，古人说"王清而远，孟清而切"，大体说出了王孟的气象和意象，王孟的诗集基本是由这两种特质贯穿的，这两种气象构成了他们诗歌的大部分。可以说，诗中的气韵如同人的性格，往往贯穿一生，这是诗人的特点，将这一特点开发到极限，可以成为王孟，但它同时也会成为一个诗人的局限。而对于天马行空的李白，由于他豪放与婉约俱强，显然是无法用一两字来概括他的气象的。另外，虽然王子居彻底地否定了杜甫，但他依然不得不说杜甫诗的气象还是十分丰富的，只可惜杜甫诗歌中那随处可见的错误和诗病破坏了一切，令得杜甫的气象之诗充满了瑕疵和文病语病。诗人的气质是他的特色，却也是一种局限，怎样才能突破这种局限？古代诗人强如李白可以用一本诗集做到气象万千，但《龙山》一首诗就实现了，这是《龙山》一诗的另一强大之处。

气象万千和一气恒强

王子居这首精心构思创作的《龙山》，是唯一的个例，这首诗以其高超的艺术成就，确实实现了他用高阔雄奇的气象展现大中华气运的初衷。气象的高远宽厚、博大精深、千变万化、丰富无比，是《龙山》的第七个殊胜。

一气恒强

  《龙山》是以超七律的标准来创作的一首长古。这句话什么意思呢？自近体格律诗出现，唐时为了科举，以后为了装门面、玩调调，古人最下力气的就是律诗，因为律诗的体裁被认为是最经典的。但古人又说"信七律之难全璧"，也就是无论古人多么想写好格律诗，七律也是写不好的，怎么写也有瑕疵。古人七律中比较成功的，通常一联强，一联稍强，一联不强不弱，一联较弱，甚至有些成名作品在结尾的时候已经力竭而衰，结句既无意也无气，甚至画蛇添足，成为累笔、败笔。《龙山》当然不是律诗而是一首古诗，但它主要是七言，而且多用对偶（对偶是格律诗的根本特征、内在特质），所以你随便在任何一段任何地方任意截取八句，作为一首律诗来看，它都不存在不强不弱更不存在较弱的一联。

  古人（包括李白、王维）在仅五十六个字的诗中都无法做到的事，《龙山》在千字的篇幅中做到了。在中国数千年的诗歌史上，这是从来没有过的。

  为什么开篇我们先讲气势？《龙山》为什么在论坛中号称千古第一却没有任何人反对反而获得最高纪录的点赞率？因为中国古诗中内敛的精神和艺术内涵的种种妙处其实是外行很难体悟的（对很多诗人

龙山

来说这一点也一样适应），但外放的气势则是每一个人都能深刻感受到的（《古诗小论》所言"气象易感，意象难会"），而《龙山》的气势正是最强的。

当然，我们看到的气势仅仅是冰山露在海面上的一角，隐藏在无与伦比之气势下的民族精神、奋斗意志以及精深博大的哲学艺术技法，才是《龙山》的真正厉害之处。

讲到气势和维度，如饱受王子居诟病和指斥的杜甫，其"无边落木萧萧下，不尽长江滚滚来"也是单句三维，兼具气象和气势的，正是由于一首八句中有三句诗兼具气象和气势，所以这首被王子居批为不及格的《登高》（可参考《古诗小论2》），才会被一些尊杜派盲目而错误地推举为"唐人七律第一"。

可是有一个很现实的问题是，读者们能从一首汉唐作品中找到几联风骨气象雄绝的诗句来？

被美称为"气象雄浑"的杜甫就不必考虑了，他的诗歌中，雄浑之气撑不过两联，就再而衰了，再过一联，就三而竭了，然后就是一片哀号。对于懦弱的杜甫，王子居其实是看不太上的。即便他挑战杜甫最强七律，那也是为了中国诗歌的未来不得已而为之。

古人说杜诗"骨力雄绝"，只能是相对一两联而言，可以说杜甫的这个"骨力雄绝"以《龙山》的标准来看是十分勉强的，杜甫诗中的雄浑之气是很短暂的，撑不了几句。这一点，子居的著作《古诗小论》中的《谁才代表了盛唐》中举杜甫写早朝大明宫的"旌旗日暖龙蛇动，"上句还稍微有点气势，但也是一副疲弱之态，下句"宫殿风微燕雀高"则直接脱轨了，竟用"安知鸿鹄之志哉"的燕雀来写国家早朝，而且还用了一个高字（古称鸿鹄高远而燕雀低下，杜甫这一句连古文化的基础常识都违背了）。所以古人嘲讽他"寒伧""卑贱"。即便他被一些诗人赞为"骨力雄绝"并推举为"唐人七律第一"的《登高》，也一样气息难继（更多评论可见《古诗小论2》）。

风急天高猿啸哀，渚清沙白鸟飞回。无边落木萧萧下，不尽长江滚滚来。万里悲秋常作客，百年多病独登台。艰难苦恨繁霜鬓，潦倒新停浊酒杯。

这首诗在《古诗小论2》里，被王子居指摘诗病和语病，一首四联，没有一联是没有毛病的。

我们这时不讲杜甫的诗病和语病，只讲他在气势上的问题，比如王子居所批：

杜甫的诗，喜欢凑句子，因为生拼硬凑，所以诗境往往不谐。如风急天高猿啸哀，一片激烈、凄伤，下句的渚清沙白鸟飞回，则是一片清丽之景，如此两句，生拼硬凑在一起，岂非老大的败笔？杜甫的《登高》很像是拼凑之作，如果无边落木萧萧而下，那么渚上之沙会没有落叶翻飞吗？何来渚清沙白，而渚本是水中的小块陆地，又何来清？草木因水而茂，淡水中之陆地，必然草木丛生，何来渚清沙白，何况杜甫题为《登高》，如果是江外高处，能看得清江中水渚，则这水渚岂会小，难道那在"鸟飞回"的疾风之下的落叶纷飞，这江中之渚会是个例外吗？

凑出来的句子，自然是做不到景境和谐如一的，有些诗中景境不和谐如一，对于诗歌无大碍，但杜甫这一联的问题不是不和谐，而是互相矛盾抵牾，只能算是诗病。

杜甫的诗，大多做不到整体和谐，这首诗其实做得已经不错了，因为他有七句都是一味，却独独"渚清沙白鸟飞回"一句，破坏了这个整体的和谐一味，不得不说，是很失败的。

杜诗首句"风急天高猿啸哀"虽然带着一股哀气，但气象总算是有的。但下句"渚清沙白"就接不上这股气了，变得比较平常，甚至是纤细清丽。能称"骨力雄绝"的是他的二联。但到了三四联就变成一片哀音了。这是杜甫最大的特点，即杜甫的诗只有哀怨而没有风骨，试想，面对"无边落木萧萧下，不尽长江滚滚来"之气象的李白会怎样写？至于万里两字，初盛唐的诗人会写"万里请长缨""万里觅封侯""万里长征人未还"这样的句子，而不会去万里悲秋。没有风骨意志做支撑的杜甫，其诗只能沦入悲秋潦倒的下乘境界。

杜甫诗雄壮不久，结篇胡乱仓促，是屡受古人诟病的，"如清末王礼培《小招隐馆谈艺录》：少陵七律发端高揭，结束稍落缓弛，明者自能辨之。尚不若摩诘之能发皇，首尾匀称。如'花近高楼''风急天高'二首之唤起，何等兴象？试问'可怜后主还祠庙，日暮聊为梁甫吟''艰难苦恨繁霜鬓，潦倒新停浊酒杯'，能无头重脚轻之病乎？若是者谓之游结，未极束紧、拓开两法之妙用。"（引自蒋寅论文）

传说中诗歌里的一气贯注（不太了解诗的读者可以听听彭老师的《珠穆朗玛》、李娜的《青藏高原》或者斯琴格日乐的《山歌好比春江水》，然后自己唱一下，当你在高音那儿顶不上去了时，你就明白一气贯注的感觉了），不是随随便便就能做到的，即便是在一首律诗里，杜甫都很难做到，就更别说长诗了。哪个诗人不想让自己写出"气象雄浑""骨力雄绝"？如果"气象雄浑""骨力雄绝"不是历代诗人所深深渴盼的，何以拿来称颂他们的偶像杜甫？但这却是一种高难度的创作。想想杜甫被推崇为史来最强的七律，都只有"不尽长江滚滚来"一句能勉强够上《龙山》的标准，"风急天高猿啸哀""无边落木萧萧下"两句放在盛唐还算雄壮，但用《龙山》的标准就显然不够格了。杜甫一生最强的七律不过有一句能达到《龙山》中气的标准而已，而《龙山》有多少句？当然，《龙山》创作时的主要目的之一，就是要与诸朝比气象，所以大中华的气象，是远超盛唐的。

37

气象万千和一气恒强

唐朝的气象，要看初盛唐成名的诗人们，如边塞诗人高岑等。一气贯注，李白等人是能做到的，但他一首歌行或古风里，能不能有四五联做到气象雄浑？即便有也是极限了，至少我们通览他的诗集时并未发现。若说更多，相信读者们也是找不出来的。《龙山》不光一气贯注，还做到了一气恒强。李白可以一气贯注，但也做不到一气恒强，所以《龙山》事实上是中国诗坛的一个奇迹。这不仅是王子居与李白的个人比较，更是大中华风骨气象与盛唐气象和强汉风骨的比较。很明显的《龙山》在汉唐人最强大的领域胜过了他们。只要读者将李白的几首最著名的雄奇诗篇拿出来比较一下，就知道王子居超千字的篇幅能够一气雄浑、始终不竭，算是一个奇迹或者说诗歌史上的神迹了。我们甚至可以说，从《诗经》到盛唐，所有的豪放诗风中雄伟之句全加起来，只怕也比不过一首《龙山》。

要真正体会《龙山》一诗究竟有多强大，其实只要从舜制五弦琴而歌《南风》开始直到现在的四千年诗歌海洋中去找一找能与上面诸诗句比雄壮的诗句（就看你能找出几句了），你就能体会《龙山》一诗究竟有多么强大了。

其实，随便举一个在这首诗里相对不算很雄壮的"风来松海万重涛"，就足够去比拼盛唐了。《龙山》是中国诗歌史上的一个奇迹，因为历代诗歌都极难做到连贯性的气象，而《龙山》不但做到了连贯，且连贯的长度更是前所未有。

龙山

杜甫的诗不过两联雄壮，就算盛唐最强大的李白，其诗也不过三两联雄壮，而且往往也不免在结尾处有郁郁哀音（所谓的文人气），如果一定要说诗歌气象是国家气运的表现，那么盛唐自安史之乱盛极而衰，恰恰应着唐朝诗歌很少有一气贯注到底的雄浑气象。

读过《龙山》，不免胸怀境界大开，气象更新，中华的诗歌气象，若与强汉盛唐比，显然更强。

一气恒强虽然不是诗歌必须要达到的唯一标准，但它却是古代大诗人不懈追求的境界。

一首诗如果仅仅立意高远，但艺术成就却不能匹配，那就如同儿童想要关公的大刀，不免成为笑话，而《龙山》在艺术成就上很明显地突破了盛唐的极限。这种对盛唐的突破除了我们后面讲到的细节上的匠心和神采外，也表现在大的层面《龙山》所具有的约九种殊胜。

能配得上中华民族伟大气象和深远气运及精神内核的诗意，自然要雄奇壮伟，《龙山》的雄奇壮伟，相信没人能举出胜过它的例子来。而《龙山》又做到了自古以来被推崇却很少有人能做到的"一气贯注"。尤其是，这个一气贯注，达到了千字。更难的是，《龙山》还做到了"一气恒强"。

一气贯注本来是形容气象之作的，宋词中的婉约之作可不可以称为一气贯注呢？王子居认为也可以，但它的贯注主要是气韵的贯注，以韵（意）为主。

在历代诗人的作品中，气象的始终贯注是很难的，普通的气象尚易，越是雄伟的气象就越难，从刘邦的《大风歌》开始，古人诗作中的雄伟气象，按王子居的说法，是"三五句为较难，三五联为极限"，在《古诗小论》《唐诗小赏》中，王子居以虞世南的"冰壮黄河绝"为盛唐气象的开篇，其足够雄壮的，也不过这一句而已，李白的诗因为能够做到三五联这一古人极限，所以他的诗属于古代豪放诗风的顶峰。

当然，诗歌不是一定要求一气贯注，但一气贯注确实是古人诗歌中较难达到的境界。比如被一些人推举为唐人七律第一的杜甫《登高》，整首诗都是激烈的情绪，却在第二句"渚清沙白鸟飞回"时写了清丽之景，破坏了全诗的意境，也破坏了一气贯注。一气贯注是诗意和诗气都始终统一和谐的最高境界，自然难以达到，而在长诗中就更难了。杜甫为一首五十六字的七律选材，都不免受古人"取材无择"（凑句子，杜甫的登高很像是拼凑之作，如果无边落木萧萧而下，那么渚上之沙会没有落叶翻飞么？何来渚清沙白，而渚本是水中的小块陆地，又何来清？）的诟病，那么为一首千多字的古风选材，能做到始终都统一和谐，没有一句是弱句，没有一句是凑的，其难度自然是远远超越盛唐最强诗人的极限了。

而《龙山》的一气恒强绝不仅仅是一气恒强那么简单，它是千变万化、不拘一格的一气恒强，所以它还有其看似平淡、实则奇伟的一面，如"秀峰入云三千尺，直接明月照琴台"，从字面看似清秀明丽，实则雄浑奇伟，试想，秀峰插入云霄有三千尺，琴台的上面紧紧接着一轮明月，很远的下面则是无边的云海（其雄奇要承接上一句

"白云如海冰冻结"和下一句"仙云缭绕覆大千"来体会），这琴台既超出无边云海而高高在上，又超出仙云覆盖下的大千世界而高高在上，其诗意岂不高绝？可谓"百千绚烂归于平淡""以一平淡超百千绚烂"。

王子居的诗讲究句句之间相互增益，因为有着相互增益，所以他能在这一句的清秀明丽中，暗蕴极为雄奇的气象（可对比杜甫"渚清沙白鸟飞回"是如何失败的），使得这一联看似无气象实则气象内隐，以明月琴台的雅致超越仙云覆大千的阔大。所以，《龙山》的一气恒强，并不是僵硬地用蛮力，而是千变万化、极有技巧的。

当我们能看到这一联诗在清丽中隐藏的高绝雄绝，我们才能明白，为什么在《龙山》一诗的结构安排中，它能够独立成段。

王子居这种将极为雄壮之气象纳入平淡典雅之中，并非仅此一例，如"岠（山）中仰视遮高天，遥观青翠叠重峦。"上句讲人在岠中，由于岠非常高大雄伟，向上仰视，根本就看不到天，以遮天之高来见山之奇伟，但下一句所写就极为平淡，这些平时遮天之高的大山，当视角变换，在更高更雄伟的山峰上远观它们时，它们就变成了一层层的青翠山峦互相重叠了（成为远方那一抹青翠的一部分）。事实上，"遥观青翠叠重峦"的气象比"岠中仰视遮高天"要更加奇伟，但如果在赏诗中没有意识到王子居的诗句之间互相联系十分紧密这一特点，可能就会忽略过去，以为它们讲的不是同一事物。"遥观青翠叠重峦"和"直接明月照琴台"一样都是在极为雄壮的气象之上，在更高更远的境界里，建立起一个看似典雅平淡的意境（以平淡典雅蕴神奇俊伟），大多数的读者会被诗句表面的典雅平淡所迷惑，看不到它其实是更奇伟的气象境界。

《龙山》有大高潮有小高潮，而小高潮足当盛唐人的大高潮，《龙山》诗中第二层次第三层次的雄伟之句，亦足当古代一些著名诗人一生的巅峰雄伟之句了。如刘禹锡一生的雄伟之句在他的《西塞山》中："势从千里奔，直入江中断。岚横秋塞雄，地束惊流满。"虽然雄壮，但相较于《龙山》中较普通的雄壮之句，依然显得小气了些，这也是因为龙山是无数雄山抽象出的一个整体，其本身就超越了一隅一地，所以能够纵横开阖，可以施展的空间更加广阔。另外，古人说"信七律之难全璧"，七律对唐朝人来说是很难写完美的，所以杜甫被称第一的《登高》也一样存在诗病和语病，但，必须要认识的一点是，雄奇俊伟之句，若想达到极致，五言诗是承载不了的，必须得七言诗。同样的，七律想要写得好，必须得是多维境的喻诗才行。韦应物终生强的都是五言，所以也很难在豪放诗风上有所突破。

那么，诗歌艺术中的高低起伏、起承转结，在一首一气贯注的诗里有没有呢？显然是有的，这些《龙山》都有，只不过《龙山》通篇雄伟，它的低、伏，相对于其他历代诗人的诗来说，就算是雄浑的极限了。诗歌中的高低起伏，毕竟也是相对的。

以上讲的是《龙山》外放的气象，即我们对诗气的感觉，而《龙山》中通过气象和指喻所表达出来的华夏文明气象，就是更高一层境界了。

更高明的，有如"秀峰入云三千尺，直接明月照琴台"那种凝百千雄奇、万千绚烂于一淡雅的气象；也有如"龙山坐镇天地间，鲲河奔冲永不闲"那种蕴含了华夏文明多种深意的喻之气象。

这两联我们在修辞、指喻等相关篇章里从不同角度和侧面介绍了它们的深妙之处。

气象万千和一气恒强

气势、意志与诗境多维

首先，在这里郑重声明一点，我们讲《龙山》在整体上有10种殊胜，从这一小节开始会讲到《龙山》一诗所具有的种种深妙、技巧、内涵，但事实上，在《龙山》的创作过程里，王子居是没有进行任何显性的构思的。对于王子居来说，他创作《龙山》时唯一重视的就是气象，"文章本天成"，《龙山》的创作没有任何刻意，但它自然而然地形成了纷繁复杂、深妙难测的各种各样的艺术技巧。

《龙山》的第三奇伟是意志，什么是意志？……（此处请参看《古诗小论2》中《喻诗的维度2：气》一节）

为什么《龙山》在充满批评乃至嘲讽的论坛里称为《千古第一雄诗》却无人反对反而近乎全部点赞？除了最开始我们讲《龙山》的一气恒强是历代古诗所无法实现的外在强大之外，《龙山》的内在就更加强大，因为正如《古诗小论2》中所讲王昌龄能在一首七绝内实现四维境界，已是盛唐诗人的极限，而王子居的喻诗并不是靠一首诗达到三维境、四维境，而是常常一句诗就达到三维境、四维境乃至九维境……

对此，读者不必怀疑和惊讶，因为王子居不仅是中国喻诗学理论的开创者，他更是喻学和演学理论体系的开创者，如果他不能在喻诗之维上做得更高更多，那也不会是由他发现喻学和演学了。

《龙山》几乎包罗了中国诗歌的笔法万象，它的气象与意志并存

龙
山

于一句，而不是像刘邦需要分于两句、王昌龄需要分于两联四句（见《古诗小论2》）之中那样。如：

　　铁嶂（骨）万里根盘（牢）地，绿甲千旬气弥天。峻拔雄山接海日，浩荡高风贯寰宇。龙山雄伟势腾天，鲲流滔滔汇海去。大日迎我登顶来，长风为我廓天宇。龙山腾跃势欲飞，霸世雄峰连天路。天渊精气混云岚，旭日磅礴千峰巅。白云如海冰冻结，奇松顶雪意凌寒。龙山坐镇天地间，鲲河奔冲永不闲。绝岭遥遥缠复绕，万龙聚首共来朝。千秋万代有天骄。

　　以上诸联，都是气象与意志合一，有的还兼有气势，达到了单句四维。《龙山》的这些单句，同时具有大千世界的气象之美，又具一种一往无前的雄浑气势，亦同时具有一种无所畏惧、必定达成的强悍意志，如果我们再加上其中的拟人、指喻，那么《龙山》诗中的单句所实现的艺术境界，是自古以来从未出现过的（以上的贯寰宇、为我廓天宇、千峰巅、意凌寒、永不闲等句，都是指喻、意志、气势、气象的合体，已经达到了五维境）多维度。所以，以诗歌语言和诗意的凝练来说，《龙山》一句就可实现最顶尖的盛唐大诗人要铺陈三四句才能实现的效果。所以王子居的诗，对于意的洗练，是超越了盛唐的极限的。无论是刘邦的《大风歌》还是曹操的《观沧海》，在《龙山》面前都要失色。

　　在王子居出版的著作《唐诗小赏》《古诗小论》中，他对唐人诗歌艺术成就做总体的总结时，提到了唐人诗中几个最好的句子，如"庄生晓梦迷蝴蝶，望帝春心托杜鹃""蝴蝶梦中家万里，杜鹃枝上月三更"，他从盛唐中找出的单句三四维的诗句，似乎是仅此而已。"秦时明月汉时关"也达到了，可惜它的下联"万里长征人未还"就落入单维之境了。

　　而整个宋诗，他举出的好句，不过"小楼一夜听春雨，深巷明朝卖杏花"，却是单维的诗句，能进入两维的，他只举出"楼船夜雪瓜州度，铁马秋风大散关"的句子。像黄庭坚的"出门一笑大江横"他都不甚认可，认为有些狂诞从而单句诗境与整诗不谐，这是宗杜派的通病。唐人的诗，单句或一联偶尔能进入三四维，宋人的诗，则偶尔能进入二维。这个进入二维境的，还是写诗万首并是中兴四大诗人之一的陆游才实现的。《龙山》一诗在中国乃至世界文学中的价值和地位，讲到这里，想必读者已经有所了解了。

无论多维诗境还是意志气势之说，都是新鲜出炉的理论，读者想要透彻地了解还需多读王子居的诗论作品。意志、气势和气象的区别在哪里？可能有些人一开始会较难分别，只能从诗句例子中体会，我们以王子居的诗作《咏诗迎马年》为例："原上野马健如龙，千骑奔来势若腾。远观浩荡如潮涌，近看绝尘似乘风。两轮日月鬃毛带，万里江山足下行。精神勇毅元无碍，齐竞飞驰意气生。"这首诗的特点是整体上四联八句都具有气势，但气势之中透出意志的，则是"精神勇毅元无碍，齐竞飞驰意气生。"这其中所透出的意志明显不明显呢？它是不如《龙山》中透出的意志更明显更强烈的，"两轮日月鬃毛带，万里江山足下行。"有没有意志在其中呢？也有，因为行尽万里江山也是一种意志的体现。但"精神勇毅元无碍"没有写自然之象，所以它就没有气象，"原上野马健如龙，千骑奔来势若腾"，有一些气象，但没有意志。

又如《石臼海诗八首》，其中"天际涌来势纵横，混然一色水涵空。风涛傲啸失天地，人更潮高意气生。"第一联气象与气势都是很明显的，第三句也是气象与气势并有，但最后一句则是意志之句，为什么不说最后一句具有气象呢？因为单只潮高两字，是出不来气象的。又如"云岸低沉失海岛，雷声摇撼策春潮。风嘶雨泣渐无力，高卧闲听万片涛。"第一联具气象，但整首诗里只有"雷声摇撼策春潮"是带有气势的，"高卧闲听万片涛"写的是风骨情怀，就没有意志体现了。又如"春城风气入时新，海岸人家生意勤。万点白鸥出海日，霞光一片耀游鳞。"后一联写出了气象，第三句也有些气势。至于第一联，说具气象也讲得过去，但由于它的气象比较平和，较之那种雄浑的气象就不太明显了。为什么李白的诗和杜甫的诗较有气象？

因为李白的诗风天马行空，具有雄奇的大气，所以他的气象就更易被理解。如王湾号称唐人五律第一的《江南春》中"潮平两岸阔，风正一帆悬"气象明显，一读就能感受，而"海日生残夜，江春入旧年"的气象就需要更细致的体会。

以王子居的说法"气象之中，极雄浑能动的，便得气势，气势之中，合于我的，便得意志。"由此可知，王子居从象中得气，构成气象，从气象中又得气势，从气势中又得意志，或者说，他的诗并不是依次得到三维，而是得象这一维时，就同时得到其他三维，并同时得到指喻的四维。而王湾的"海日生残夜，江春入旧年"和王子居的"春城风气入时新，海岸人家生意勤"为什么需要更细地体会才能觉察其气象？因为它们比较平和，不够雄浑也不太能动（动态不猛烈或者不明显）。为什么上面李白第一联中说有气势不勉强呢？因为"登高壮观"有了人的活动，气势这个词是与人相关的，气势是人的一种比较复杂的官感认知。

在盛唐诗人的气象里，王维的"空山新雨后，天气晚来秋"、王湾的"潮平两岸阔，风正一帆悬""海日生残夜，江春入旧年"都是比较单一的气象。而李白的"黄云万里动风色、白波九道流雪山""黄河之水天上来，奔流到海不复回"就气象和气势都有了。被王子居严厉诟病和指斥的杜甫，其"无边落木萧萧下，不尽长江滚滚来"的上句也是单句三维（虽然王子居全面否定杜甫，但他依然很公正地将这一句算成三维的单句），兼具气象和气势的，正是由于有三句兼具气象和气势，所以这首被王子批为不及格的《登高》，才会被一些尊杜派盲目而错误地推举为"唐人七律第一"。

为什么王子居的诗能超越李白的单句三维而达到五维呢？因为他除了像李白那样用天地自然的壮观景象来描绘出气象和气势之外，他还同时运用拟人和比喻，从而达到人的情志活动中独有的气势和意志。

这种"一象含万有"的笔法，如李白等古人早有，只不过是由一个现代人王子居将之推到了巅峰。

这种凝练，以盛唐人而论，即便是在五七律中，也只能一两联能做到，而我们看到的《龙山》则是在超过千字的一整首长诗中，随处可见这种凝练及其他各种形式的凝练。

多维诗境的作品，相对于单维诗境的作品，其优势是跨维度的，中国诗歌之所以算是世界诗歌的一个高度，原因就在于中国诗歌的本质是喻的诗歌。

龙
山

气韵

这一篇可与下章中《隐性的排比》一节结合来读。

其实我们前面讲气势时已经讲了气韵，因为气势本就是气韵的一种。尤其是讲孟浩然的时候讲了气韵，另外《古诗小论》和《唐诗小赏》中曾专门讲过气韵。

王子居十分推崇气韵，而讲到气韵，古人气韵，以孟李王刘为雄，而气韵中又以气势为雄（论气势则只有孟李），在这首《龙山》中，王子居为我们展现了一气贯注而毫无衰竭的威武雄壮的气势。他的一系列诗句其实是隐性的排比，这些诗句不断地将诗中的气势推向更高，而他的气势比李白更强大的地方在于，他的气势中含着意志，因为意志的强悍，令得气势更加的雄浑、沉厚。

事实上，王子居重气韵胜过于对偶，因为气韵是内在的，而对偶是外在的形式，如"天高地远连六合，深形大势八荒弥"一联，本可以写成"天高地远连六合，势大形深弥八荒"或者"天高地远六合连，势大形深八荒弥"，但王子居在气韵和对偶之间，宁可要气韵。

在《龙山》中，王子居运用对偶和排比营造一种一无往前、不可阻挡、无所畏惧的气势，但他又非常注意在这种气势中时不时做出一点调节，让这种极高迈的气势不那么过度，从而实现一种雄而不亢的妙境。

气韵流的古长诗，王子居所推崇的是王维的《桃源行》、张若虚的《春江花月夜》，而王子居对诗歌中的气韵，显然深受这两首诗的影

气象万千和一气恒强

响，但《龙山》那雄奇壮伟的气韵，显然与上两首的温文典雅又是大不相同的。

事实上，在一首构成如此复杂的长诗中，还能在气韵上做到出色，实在是勉为其难了，我们看到，王子居是牺牲了一些东西来成全气韵的，如上面所讲的牺牲对偶。

"天高地远连六合，深形大势八荒弥"在气韵上有什么特点呢？即上下句的平仄大体一致。王子居的很多诗歌中都采取这种平仄，可见他对这种因大部分的重复而出现的气韵情有独钟。

王子居的律诗多取初盛唐古律，他的律诗在声韵上有一个很大的特点就是平仄大体一致（尤其是主要节点的平仄），为什么王子居选择的是与近体格律诗完全相反的平仄规则？这是因为这种平仄是一种隐性的排比。

排比是一种修辞手法，利用意义相关或相近，结构相同或相似和语气相同的词组（主、谓、动、宾）或句子并排（三句或三句以上），段落并排（两段即可），达到一种加强语势的效果。

把结构相同或相似、意思密切相关、语气一致的词语或句子成串地排列的一种修辞方法。

王子居的这种平仄运用，使得排比的定义又加了一条：平仄近似。由于古诗只能有两句，所以这种在气韵上营造的短排比、隐性排比，事实上可以去掉现代汉语中对于排比的定义中的意义相近或相关、三句或三句以上两个要素，加上平仄近似一条。

因气象而营造气势，气势强悍不衰而不僵固，反而通过气势写出灵活多变、起伏有度的气韵，是王子居《龙山》第八殊胜。

更多气韵的论述可参看《古诗小论》《王子居诗词：喻诗浅论》。

气、意象万千与气质万千

文气与山川气象的关系，苏辙有所论述，而山川气象之为文气，先须人的气质。古人所谓"钟天地之灵秀"，首先就是气质，《红楼梦》里讲山川灵秀之气成就才子佳人，其中主要的也无非是个气质，而《龙山》则将山川之气，贯通为人之气质，再贯通而为文章之气，再贯通而为民族文明之气质、国家民族之气质，从而实现了气质的不断的多维贯通。

喻学就是讲贯通性的，他自然会将《龙山》的万千气象和气质升华为人的、文的、华夏文明的、国家民族的气象和气质。

事实上，《龙山》中的密集气质现象是喻诗学乃至喻学中贯通交织和交织贯通的最好例证，因为气质本是对人的一个概念，贯通到山川中来自然是可以的，但不是所有的山川都可以贯通；而更重要的一点是，既然气质是人的一种精神面貌，那么拟人手法就自然赋予天地万象以气质，也就是说《龙山》及所有喻诗中的象，因拟人的手法而具有气质，而所有的象，又因隐喻+拟人的手法而具有文化气质、文明气质……

这就使得拟人、隐喻等修辞格，与诗境贯通交织为一体，从而脱离单纯的修辞，成为一个诗境维度，也是为什么在喻诗中修辞被王子居列为一个维度的一个主要原因。要知道，如果不能带来诗境的变化，像"露似珍珠月似弓"这样的明喻，王子居是不列为一个维度的，但隐喻了象之外的维度的指喻，就被他视为喻之维，与象（气、意）、性、数、理并列为喻诗的主要维度之一。

所以《龙山》的通篇隐喻、拟人，以及它通篇诗演中所运用的抽象整体等手段，其实是妙用无穷的。《龙山》是用喻学的贯通性创作而成的作品，除了象所贯通的诗境本身的多维外，它还具有整体指喻的多维，而在单句中，其指喻亦达到四五维，那么当我们具体到了气质，它的气质亦是贯通多维的，即山川自然的气质、人的气质、文气、华夏文明的气质（兼通华夏文明的文化品格）、国家民族的气质。如同《龙山》具有多重的整体指喻一样，《龙山》中所表达的气质也具有五重维度。其中文气与气象基本是重叠的，它们两个最接近。

《龙山》是华夏文明内在规律和含义的最好的论证，华夏文明八千年历史上，从来没有另外一部作品能够为我们完整地、凝练地证明华夏文明的发展、进化的轨迹，而《龙山》是中国喻文字、象文明贯通整个华夏文明史的最好的例证。

这是因为从天地山川万象贯通成为以象形字为表现载体的喻文字，再贯通到文学，再贯通到文化、文明的各个层面，五千年文明史上，只有《龙山》这部作品才能为我们提供一个全貌，才能为我们提供一个完整的贯通链条（包括逻辑的、顺序的、因果的）……

从这一个角度来讲，想要真正地理解真正的中国文化，必须先读《龙山》。

气质和性格其实有时候较难分别，如忧郁一词，既形容气质也形容性格，又如沉静形容气质，但它的反义词浮躁则可以形容性格、稳重、老成等都是既可形容气质又可形容性格。我们在判断《龙山》气质时，文明的、文气的、国家民族的都好判断，只有人的气质有时候很难体会，这也令得这一篇的论述难度很大。

喻诗的多维诗境是靠一个象来表达的，但王子居运用象的手段可以说是千变万化，比如说气质，他在《龙山》中表现中华文明的气质和文化气质、学术气质以及个人气质的手段也是不同的，有的是靠用典，有的是靠气象、气势和意志，有的是靠拟人……

在《龙山》中比较少的较温和的诗句中，如"仙花香传九万里，苍木耸霄绿藤悬"，上句有神仙传说的传奇仙境气象，下句则又回归到了古朴沧桑的气象中（这既可是仙家的，也可是人间的）。

没错，《龙山》的每一联诗，都透露着独特的、浓郁的气象和气质！可以说，《龙山》为我们展现了中华民族的无上气质。

《龙山》为什么号称殊胜？因为它除了写出了山川的万千气象之外，这万千气象还与人的不同气质完美地成为一体（说融为是习惯性的，喻诗的天人合一之境事实上不能用"情景交融"的融字来表达）。

为什么说《龙山》表现了中华民族的无上气质？其实这个答案在前面（这里保留了最初论述，现在结构调整后它已经在下一章了）就已经有了，也就是在《变化无方的修辞和艺术手法》里讲过的《龙山》第一殊胜中所讲的《龙山》通篇拟人。

拟人，自然要写出人的气质，如果写不出人的气质，那这个拟人也就是普通的拟人修辞。

但很明显的，由于《龙山》的整体拟人所拟的对象是五千年中华文明或者说五千年文明古国，所以它的气质不仅仅是人的气质，更是中华民族的无上气质。

因为通篇是拟人的，所以《龙山》所展现的气质，也如同它的气象一样，是变化万千的，雄伟与文雅，霸气与高洁，自信与无畏……诸多相近的或看似相反的气质，在《龙山》之中尽数包含。

《龙山》所蕴含的气质，除了与气象一体之外，更与意象一体。它的气象即是它的气质，它的气质即是它的意象，更远一点说，这三者与《龙山》所贯通的中华文化、哲学、文明也一样是相通的、一体的。也就是喻诗学所讲的一体贯通。

对于《龙山》里的这种无数维度全部仅仅通过一个"象"来展现的方法，如果对诗歌不是很通透的读者，可以多读王子居其他讲喻学的著作，因为在喻学里，喻的贯通性就是多维的、无止境的。部分读者可以通过其他领域的喻之贯通运用，来体会喻诗学中的多维贯通。这种学习、领悟的方法，其实也是喻的方法，即通过对其他领域的认知来贯通诗歌领域的认知。

早在2012年，王子居在其《发现唐诗之美》（后来的《古诗小论》《唐诗小赏》）里，就讲"气象易感，意象难会"，意象因为是通过象来体现意的，而意必须染象，所以它的境界较之"情景交融"要微妙得多。

事实上我们在讲气象万千的时候，已经讲到了不少意象和气质，如下面这一段将原文对气象的简单描述加上了对气质的解构：

比霸气？巨鲲自觉虾蟹小，雄鹰当看燕雀低。（霸气本身就是气质的一种，像这一联里表露出来的那种在上位者睥睨天下的气势和气质，十分自然而不做作，显然是得益于它的强烈对比，同样的，它事实上是一联很励志的诗句。）

比辽阔+浩大+霸气？峻拔雄山接海日，浩荡高风贯寰宇（可比下大风起兮云飞扬）（"浩荡高风贯寰宇"带有一种刚正的、浩荡的、无可匹敌的气质和气势，也暗合中华正统的文化品格）。

比气象雄伟+光怪陆离？风云万岭浮天际，光雨千溪落地渊（有一种奇幻的、繁复多变不可测量的气质，不过相比其他气质来说，这气质似乎更像是山川的气质）。

比奇诡+意志？白云如海冰冻结，奇松顶雪意凌寒（在冻结云海的寒冷中，奇松有一种无畏不屈的气质，这种气质与精神、意志、品格等融为一体，以气质而言，这一句主要是凌字颇有雄霸的气质和性格，此句亦具有华夏独特的文化品格）。

比雄浑+奇诡？天渊精气混云岚，旭日磅礴千峰巅（同上面一样的，大气磅礴的至尊气势和气质完全一体，无以分别）。

比经天纬地、镇压世界的雄伟壮志？龙山坐镇天地间，鲲河奔冲永不闲（龙山的稳重不拔、鲲河的善动勤敏，都属气质，也与人生哲学暗合，亦具有华夏特殊的文化品格）。

比骨力和意志？铁嶂（骨）万里根牢地，绿甲千旬气弥天（上句坚忍、厚实，下句飞扬、气场强大，除了气质外，亦有华夏特殊的文化品格）。

我们从《气象万千》一节里摘取的一段，可以观察《龙山》中气象与气质的关系。

那么我们再看下面这一段：

凤凰金台萧宜弄，麒麟玉阁书可读。捧日高标六龙行，量天振翼鸿鹄举。秋清云淡高风便，事业名山当自许。千劫万世谁成仙？仙人悲泪竟如雨。雨映林光千涧涨，风掠云根万峰浮。龙山腾跃势欲飞，霸世雄峰连天路。

"凤凰金台萧宜弄，麒麟玉阁书可读"一联似乎从龙山的雄伟壮阔里超脱了出来，透露着典雅但又自信的气质，一个"宜弄"、一个"可读"除了透露出强大的自信风采外，还有一种超然自如的气质或者说心态在里面，而金台、玉阁则透露出华丽之气，凤凰、麒麟则透露着高贵、神秘的气质。

"捧日高标六龙行，量天振翼鸿鹄举"则展现着一种超尘绝俗、极高至远的志向和气质，它用来形喻华夏古文明的同时亦展现了无上的至尊气质。"秋清云淡高风便，事业名山当自许"一联中，除了"当自许"给我们透露出的自信外，秋清云淡四字给我们的举重若轻、淡然淡定的气质，其实与前面的"宜弄""可读"是一脉相承的，秋清云淡加上高风便，再加上当自许那轻松随意的语气，整联诗透露出从容不迫的、超脱淡然的气质。

"龙山腾跃势欲飞，霸世雄峰连天路"给我们展现的气质则带有一种不甘居下的意志，而连通天路则展现了一种强大的自豪感，腾跃欲飞、雄峰霸世蕴含着雄霸的气质，当然它外露的气势更加明显。

为什么这些现象的组合给我们变化出了气象、意象之外，还给我们透露了意志、气质呢？因为它们都是多维诗境，而在修辞上它们都具有拟人或指喻，更进一步的是在文化底蕴上它们又都是用典和用学。

《龙山》通过用典和用学延伸中华文明的文化底蕴（这种文化底蕴里蕴藏着中华民族的文明气质），通过拟人和指喻使得天地气象变幻出气质和意志，而且还贯通了华夏古老的哲学、喻学（这是从用典升华到用学后发生的作用，用学的案例后文会讲到很多，其中《涛雏将别》和《抽象整体的布局和哲学贯境》讲得比较集中）。

其中，无论是拟人还是用典抑或是指喻，都具有整体的和单句的运用这两种维度。

这种手法超越了诗骚汉唐的二三维诗境、升华了诗骚汉唐的二三维艺术技法和二三维境界，做出了中国文学史、文化史乃至世界文学文化史上最伟大的突破。

王子居运用喻学最基础也最简单的由此及彼的贯通性，只运用一个"象"，就实现了多重境界：文学的、文化的、哲学的、文明的境界；景象的、感情的、气象的、意象的、气质的、气势的、意志的境界……

《龙山》的单句有三十三维左右，叠加计算能有九十九维，由于单以一个气象或单以一个气势或单说一个气的维度，我们都无法找出另一首诗作来跟《龙山》相比拟，所以才说单以文学的层面而言：龙山之趾，世界之巅。

因为《龙山》不仅仅是文学，它还有另外的多重境界是浓缩着博大精深的中华古文化的（对这一点，可多体会《龙山》的用典和用学）。

在多维喻诗里气质与气象、气势等紧密相连，都由一个气来贯通，我们就以上面讲到的《气象万千》为底本来讲气质（气象与气质相同的就不再另讲，气质不太明显的则删掉了，似有若无的则保留）：

如："始惊蜀天清兮蜀云幻，复叹蜀水妙兮蜀山奇"的清奇变幻，"龙山分列江河措，经纬纵横华夏依。山拱河卫形不尽，山依河倚势无圻"的端正方严、威严肃穆，"天高地远连六合，深形大势八荒弥"的高深远大，"风来松海万重涛，雨落涧林千龙啸"的浩大无边（千龙长啸，透露着一股威严飞扬的气质），"仙花香传九万里，苍木耸霄绿藤悬"的奇幻苍古（耸霄两字也有一股霸气或雄浑之气），"千林怪木击风鼓，万丈嶻嶭响鸣镝"的激昂肃杀，"崇嶂气激嘘长啸，巇峪潮生泛疾漩"的啸傲放纵（这联诗很容易理解成文人的放纵气，但也许王子居的本意不是放纵而仅仅是啸傲，他的诗很少流露文人气和轻狂气）……

还有"女歌频传落花溪，一声长笛蜀天碧"的绮丽奇诡（如果要说人的气质的话，那种一下子就分开明暗的气势，其实带有一种干净利落的麻利决断气质，而文气上自然是干净利落却又绮丽奇诡），"我道临高正可呼秋雁，云深才好觅仙屐"的豁达爽朗（其实还带着一丝飞扬自信），"山拱河卫形不尽，山依河倚势无圻"的无边无尽和相互转化（这一联可能就称不上人的气质了吧？它应该是学术文化哲学层面的），"万屹千岏争攘攘，千嶀万岘拥熙熙"的生机勃发和不甘人后（虎气、朝气也算是人的气质吧，不过此处的繁盛拥挤则是典型的文气，古人说文气高华富丽，此处并无丽，只有富），"天高地远连六合，深形大势八荒弥"的高深远大和无穷无尽（这里的气质应该也与人无关），"白云深处倾玉帘，山径危绝挂天梯"的幽兴玄秘（它有一种直通秘境、不可揣测的感觉），"仰望雄山不见天，俯视云林莫知底"的高不可攀、深不可测（这一联其实有一重暗的对比，即人的渺小和雄山之高、云林之深的对比，它是否具有一种特别的文气，只是我们反复体会也未能确定），"岠（山）中仰视遮高天，遥观青翠叠重峦"的变幻莫测（这里面其实有一种纳须弥入芥子的霸气和变幻），"虎吼熊咆林间纵，鲲腾蛟跃浪中翻"的万物冲荣、虎虎生气，"庸人远望已胆颤，壮士临之乐登攀"的英雄无畏气概，"巨鲲自觉虾蟹小，雄鹰当看燕雀低"的自信和强大（有一股睥睨天下的雄气），"深潭无波隐蛟龙，任人垂钩下网捕鳞虫"的神秘难测（蛟龙之隐伏，颇有一种从容自在的气质），"时见苍鹰搏狐兔，又几多险涧跃猛虎"的勇猛无敌、峥嵘激烈，"峻拔雄山接海日，浩荡高风贯寰宇"的无所不达、无往不至（中正、浩然、无敌的气质），"龙山雄伟势腾天，鲲流滔滔汇海去"的欲与天公比高的气概（雄伟腾天自然具有雄霸的气势和气质，滔滔而去也具有不可阻挡的大势），"地陷东南水流补，天倾西北山为柱"的补天地缺的气概和决心（屹立天地、支撑天地，这样的文气用雄伟无法形容了吧，《龙山》一诗是整体拟人，如果它有一种人的气质，又该怎么形容这种气质呢），"万年凝雪披白玉，千秋木落飞鸿羽"的高洁文雅（其实它上句沉静寂寥，下句灵动飞扬，气质自是大不相同），"敬此青

气象万千和一气恒强

山高，爱此大江阔"的宽广胸怀（虔敬的气质中，其实透露的是意志的坚定和志向的远大，气质自然有虔敬也有雄浑），"千旬荡波映月轮，万里扬风摇海日"的神秘和激情（其实也有浩大、雄猛的气质），"波流不可息，长风荡未已"的渺渺无尽之感（无穷无尽的文明和世事），"我心归何处"的无所归依之情，"凤凰金台萧宜弄，麒麟玉阁书可读"的高古精雅（其实更主要表现的是一种无可无不可的淡然自若的气质），"捧日高标六龙行，量天振翼鸿鹄举"的志向远大（两句都强烈地洋溢着高蹈之气质），"秋清云淡高风便，事业名山当自许"的志向高洁（清淡高迈的气质里透露着自信的平淡），"雨映林光千涧涨，风掠云根万峰浮"的奇幻繁荣，"龙山腾跃势欲飞，霸世雄峰连天路"的通天气势和意志（气质飞扬又霸气），"旧传海上有仙山，烟云轻渺虚无间"的仙意缥缈，"香花宝华如珠玉，青松扭曲若龙盘"的宝气充盈和奇幻，"奇石嶙峋仙布阵，怪树舞风旗招展"的古怪丑拙，"岩际古松枝摩天，岫窟渐没失云烟。隐隐洪钟松外传，霭霭云生峰不见"的烟雾重重、似有还无、迷离神奇、不可探寻，"峙列雄峰遮断天，乱布云林迷仙眼"的雄伟神秘，"天风旋岚绝飞鸟，峭壁穿云跃虎豹，唯大丈夫可登攀"的奇险和勇气，"明月轮转过九天，九霄风贯忽然间"的突然和奇崛（亦充满了一种无远弗届的霸气），"白云如海冰冻结，奇松顶雪意凌寒"的奇诡浩大、磅礴、无畏意志（凌字最有性格），"秀峰入云三千尺，直接明月照琴台"的容百千绚烂于一平淡（奇诡到极点，无可言说的大雅气质），"峻列雄峰挂奇（巉）岩，仙云缭绕覆大千"的雄伟和莫测，"龙山坐镇天地间，鲲河奔冲永不闲"的不可动摇、不可止息的雄伟意志（上下句的气质恰恰刚柔相对），"绝岭遥遥缠复绕，万龙聚首共来朝。千秋万代有天骄"的浩繁交错、盛大雄伟、奇险雄绝、万龙来朝的气势和意志，"风来松海万重涛，雨落涧林千龙啸。中有仙人乐逍遥"的视雄伟浩大为逍遥自在的仙家境界。

事实上我们上面讲"风云万岭浮天际，光雨千溪落地渊"是气象雄伟+光怪陆离，事实上这一联诗还透着一种繁盛、浩大的气息，而"天渊精气混云岚，旭日磅礴千峰巅"还透露着神秘变化和无上自信，"险峰直上，群岩叠悬"，则是上句透着无畏直上的勇气和果决，下句透着危险繁盛的气息……

事实上，除了气象万千之外，由于《龙山》由不同的众多维度从不同的侧面贯通，所以《龙山》所蕴的气质其实在气象之外亦在所多有。

如"我本鲁庸人，来游蜀仙地""敬此青山高，爱此大江阔"所表现出来的谦虚、虔敬，"铁嶂（骨）万里根盘（牢）地，绿甲千旬气弥天"上句所蕴含的坚定、沉稳、牢固，下句所蕴含的冲天意志和雄浑之气，"壁立雄嶂神斧削，插天奇屹（峰）仙剑寒"的肃杀无敌、不可冒犯，"传说伏仙草、栖猛兽，藏异果、远尘凡"的富丽超凡，"仙猿尖啸穿云林，目难追分树森森"的不可追攀……

伟哉华夏，壮哉《龙山》！

描绘山川景物和气象，恰是《龙山》中最基础的内容和手段。注意我们所说的手段二字，在诗骚汉唐的诗歌里，被作为主体内容的山川景物之描绘，到了王子居的《龙山》里，则是贯通的基础——象，对象的描写不仅仅是内容，更是实现更多贯通维度的手段！

王子居将传统诗学中的内容变为手段、方法，这恰是喻学最强大的地方。

所以才说，喻诗学是对诗骚汉唐的整体升华。

而诗骚汉唐，早就是世界文学的极境和巅峰。

气质特质之文化隐喻

《龙山》的开篇说，"我本鲁庸人，来游蜀仙地"，他游的真的是仙山吗？是的，他游的确实是美丽奇瑰雄伟壮丽的山川，但又不是，正如他所说的"日月合易，象在龙天"，他游的其实是失落两千年的有五千年乃至八千年历史之久的华夏古文明。而这华夏古文明是隐藏在象之喻中的。

所以上面所举的气质之句，同时亦为隐喻之句，而具体的隐喻之维，还请参看本书最后四章。

波流不可息（包括文明兴衰、国家兴亡、文化错误风波等的历史兴衰之流，是一个全面的指喻），长风荡未已（《龙山》的长风是涤荡妖氛的长风，而妖氛即国家、文明、文化等的错误，这也是一个全面的指喻，具备六重），我心归何处？

庸人远望已胆颤，壮士临之乐登攀（可视为对文明胜境、至高理想、国家气运的追求之指喻）。

天风旋岚绝飞鸟（指喻中华胜境的难到难达），峭壁穿云跃虎豹，唯大丈夫可登攀（与上一联喻义相同）。

巨鲲自觉虾蟹小，雄鹰当看燕雀低（指喻了华夏文明的层次之高，六重喻皆具备，还多了一个个人的睥睨天下之喻，达到七重喻）。

明月轮转过九天，九霄风贯忽然间（《龙山》中的日月都指喻了

龙山

光明，这一句的风贯与"长风为我廓天宇""浩荡高风贯寰宇"等诗句的指喻是一样的）。白云如海冰冻结，奇松顶雪意凌寒（寒字指喻了两千年所积累的文化错误的严重，这也是一个六重喻，但它也还有第七重的单喻，即个人面对黑暗势力或困难险阻时的不屈）。

天渊精气混云岚，旭日磅礴千峰巅（旭日的指喻很好理解，千峰巅的指喻也很明显，都是说明中华民族和中华民族的文明是世界之巅）。

捧日高标六龙行，量天振翼鸿鹄举（这两句还是指喻高远，如同上面的千峰巅一样，都是六重喻）。

大日迎我登顶来，长风为我廓天宇（这一联的指喻其实也很明显，指喻着中国人对王子居"真正的五千年华夏文明涅槃重生"的支持，至于是否会得到，就另说了）。

绝岭遥遥缠复绕，万龙聚首共来朝（这里的指喻明显的是指古代所讲的万国来朝，以及文明、文化的朝拜）。千秋万代有天骄（指喻着国运、文明等不会衰竭、终止）。

风来松海万重涛，雨落涧林千龙啸。中有仙人乐逍遥（指喻着隐逸的生活，也可能指喻着文化的理想）。

凤凰金台萧宜弄，麒麟玉阁书可读（凤凰、麒麟、金玉指喻着高贵）。

千劫万世谁成仙？仙人悲泪竟如雨（此中的深意，我们会不得，可能要深通三藏十二部才能体会吧）。

仙花香传九万里（九万里可能指喻着影响力，花香可能指喻着美妙、善好），苍木耸霄绿藤悬（可能指喻着历史的古老和直冲霄汉的高度）。

虎吼熊咆林间纵，鲲腾蛟跃浪中翻（指喻着杰出、雄壮）。

峻拔雄山接海日（指喻着接近真理、光明、至高），浩荡高风贯寰宇（指喻着扫除一切错误）。

龙山腾跃势欲飞，霸世雄峰连天路（与上一联所指喻应该差不多）。

龙山雄伟势腾天（指喻着雄心壮志），鲲流滔滔汇海去（指喻着大势）。

气象万千和一气恒强

地陷东南水流补，天倾西北山为柱（指喻着八千年文明的重建）。

千旬荡波映月轮，万里扬风摇海日（开海雾）（指喻着大势和气势）。

秀峰入云三千尺，直接明月照琴台（指喻着高度，还有前面所讲的那些）。

峻列雄峰挂奇（巉）岩，仙云缭绕覆大千（指喻着无所不覆）。龙山坐镇天地间，鲲河奔冲永不闲（指喻着不可动摇和永恒无尽）。

我们终归还是无法避免地漏掉了一些，只是在写气质的时候才发现，如"天高地远连六合，深形大势八荒弥"的形势深大高远之喻是完全可以整体五喻的。

龙山

变化无方的修辞和艺术手法

垂緌饮清露，流响出疏桐。
居高声自远，非是籍秋风。

变化无方的修辞和艺术手法

辞维盛典

我们读过很多遍《龙山》，但从没有意识到它运用了很多修辞，可能是《龙山》的气象太过雄伟，或是它强大的气势掩盖了一切，或是王子居的修辞只以象为用很少显示修辞句式或修辞专用词汇，以至于王子居对修辞格的运用几乎难以察觉，直到他说《龙山》一诗是拟人和比喻整体同运时，我们才开始研究《龙山》的修辞，这才发现，《龙山》对修辞的运用超越任何时代任何作品的极限。

在我们即将要讲的九种殊胜里，《龙山》在任何一个层面都是超越所有极限的，在对修辞手法的超常运用上自然也不例外，作为一首七言古诗，一句七字，《龙山》能运用到九种修辞。我们去年在写本节时，尚恐读者难以相信这样密度的辞格，但随着《王子居诗词：喻诗浅论》的出版，那里面经常讲到三五维乃至十余维的修辞，读者如果对喻诗学四部曲顺次读来，对一字一修辞其实也就不会感觉惊讶了。如果我们把这些修辞全部计数，由于《龙山》多数诗句是对偶，而对偶也是修辞手法中的一种，又由于《龙山》的诗句几乎都带指喻，而《龙山》的很多指喻又几乎都是象征，而且《龙山》是整体拟人、象征、隐喻同运，再加上其中间杂的大对偶、内对偶等，所以平均起来，《龙山》差不多一句诗有五种乃至可能达到六七种修辞，这在世界文学史上是绝无仅有的。

《龙山》是整体的拟人和隐喻，单这两个修辞格，在整体覆盖上就有两种修辞（我们在后面讲到拟人修辞格时，是按照单句中的拟人讲的，没有讲整体拟人）。

而《龙山》对用典、象征的运用，其实也是整体的，不过它的隐喻、拟人在局部中表现更明显，而用典表现得没那么明显。

这种整体贯通运用的多维修辞技巧，是《龙山》一诗取得超想象力的艺术成就的一种技术保证。

应当说，写好古诗是一件很有难度的事情，因为它相对普通文学（包括文言文）来说，有着很多特别的限定，比如说押韵，又比如说单句的字数，而在实现对偶时，它几乎每一个字都是受限的（上下句相对应的每一个字都要求尽量对偶）。

如果创作者完全遵守了上面的种种限定之后，还能在一句诗里运用其他各种修辞手法，并最多达七八种，并且不是为修辞而修辞，而是能够在一句诗中实现各种维度的诗境，其中气有诸维，然后意又有诸维，还有隐喻的诸维，以及诗演等其他维度……

其难度如何？它确实是超越想象的，因为在以前从没有过这样的例子。

我们讲《龙山》有九种殊胜，王子居的要求是所讲的得是整体上的殊胜，细节上的殊胜王子居是不让列为殊胜大类的，所以在"龙山胜境九重天"中我们几乎很少讲每一句的具体艺术特色，我们讲到一个单句时也只是讲它被整体上包含的特点，我们偶尔讲的几个例子都是贯通性最强的，单句至少达到十几维。

修辞手法本来是用于单句的，但《龙山》的修辞往往是整篇连贯，而且它往往在一句中同时用到数种修辞，也成为一种"一句多维"，而且在王子居的笔下，修辞被升华了，这是修辞这种小技巧能够成为一种殊胜的两方面原因。

任何现代语言学的修辞手法，被运用到古诗中都会有变化，如果固守现代语言学中修辞手法的定义，保留那些修辞句式或修辞专用词汇，那古诗就无法运用这些方法。

变化无方的修辞和艺术手法

在修辞手法上，《龙山》有比喻、拟人、夸张、隐性的排比（整诗来看）、对比等主要修辞手法的运用，也有用典、反复、回环等较少用的修辞手法，诸多变化无方的修辞手法令得《龙山》在艺术性上，也更加变化多端、神奇莫测。

最后，最重要的是，为什么我们说人类文学史上的修辞被王子居给升华了呢？因为在王子居的笔下，修辞手法产生了质的蜕变。我们在2019年一年中发现的、观察出的结论主要有四个：

一是全文整体贯通运用比喻、拟人、象征、用典。

二是王子居将用典升华为化典，典故同时具有指喻、象征的作用，尤其是典故本身具有文化的、文明的内涵，而王子居将之化用为指喻、象征时，它就具有了文明的、文化的指喻……

三是全文整体拟人和单句拟人并用（隐喻和象征亦同），王子居运用拟人的修辞格，使得盛唐诗中最显著的气象变化出气势、意志、气质、象征、指喻的更多维度。对于这种升华，读者可参看《气象万千和一气恒强》《气势、意志与诗境多维》《至高之维：指喻维》里讲为什么唐朝大诗人有气象无气势，有气势无意志、无气质？有一个最重要的原因就是他们不懂得拟人的真正的深度用法。

四是王子居对比喻修辞格的升华（可参考《王子居诗词：喻诗浅论》）。

当然，在2020年我们还要加上更多，比如多种辞格的循环运用、变化运用、叠加运用、变化叠加运用（可参考《王子居诗词：喻诗浅论》）……

还有在《对比喻修辞的颠覆性运用》一节中讲的对于比喻的完全不同的反向运用。

小的方面如对排比中语气相同的要素在诗中变成平仄近似……

而在2019年发现的第一条中的用典，其实是一种典喻同运，而且在用典中实现了合典化用……

……

用典

已知修辞手法有六十三大类、七十八小类，但主要的、常用的文学修辞可能也就是比喻、拟人、夸张、排比、对比等数种。

而用典则比较特殊一点，因为它是诗词创作中比较常用的修辞格，但用典这个修辞手法在古代诗词中运用得并不能算是十分好，为什么王子居说它被运用得不是十分好呢？因为很多诗人只是引典，却没有能化典，有的点典故用得很生硬，纯粹是为用典而用典，甚至有些生僻些的用典大部分人根本读不懂，比如杜甫的"有猿挥泪尽，无犬附书频"，古代没有网络，就算是想查典故也无从查起。杜甫的"有猿""无犬"是写在脸上的用典，虽然绝大多数人不会知道它的出处，但任何人一眼就能看出他是用典。而《龙山》一诗看起来则纯粹是写祖国壮丽山河的，很多人完全体会不到它的用典。但事实上，《龙山》一诗的用典，超越了历代古诗的篇幅和极限，可谓世界诗歌史上千字左右诗歌中用典最多、最好的典范，为什么这么说呢？因为《龙山》的用典不是引典，而是化典，它的典故被化掉，完全融于诗意之中，从而不着典故之相，因而无所察觉。

这是我在百科上看到的用典的定义：

用典是汉语词语，意思是用事，是一种修辞手法，多见于诗歌中。引用古籍中的故事，或词句，为用典。可以丰富而含蓄地表达有关的内容和思想。

变化无方的修辞和艺术手法

种类有明典、暗典、翻典。

刘勰在《文心雕龙》里诠释"用典"，说是"据事以类义，援古以证今"。即是用来以古比今，以古证今，借古抒怀。用典既要师其意，尚须能于故中求新，更须能令如己出，而不露痕迹，所谓"水中着盐，饮水乃知盐味"，方为佳作。

引前人之言或事，以验证作者之理论。即《文心雕龙》所谓"援古证今"也。

这个定义其实是引用和例证，而不是诗歌中较典型的用典。

这个定义算不上准确，因为在古诗词里的用典，并不是为了"验证作者之理论"的。像杜甫的"有猿无犬"、辛弃疾的"八百里分麾下炙"既不是"以古比今"，也不是"以古证今"，更不是"借古抒怀"，它仅仅是一种文字的游戏，它的作用可能就是让原本枯燥无味的诗意稍微多了一点乐趣。

现代语法里有暗典的说法，属于"虽引古事，莫取旧辞"，就是连词句都不取，这样，对部分读者来说往往会较难读出。《龙山》之中的用典，虽然同暗典一样难以察觉，但一些地方还是有一两个字词隐约可见的。

为什么最好的用典之典范，却让我们察觉不到它在用典呢？这是因为喻诗中的用典往往典喻同运，所以就只存象，不存事，避免了历代诗人用典时所犯的通病"掉书袋"（想知道什么是掉书袋，大家可以去读一读在网络上号称最博学的民国大师的篇幅较长的诗作，体会一下掉书袋的那种枯燥）。

说《龙山》是有史来诗歌用典的典范，是否如实？那就让我们来盘点一下《龙山》的用典。

《龙山》用典，无论是数量上还是质量上，在历代诗歌中都是少有的。在质量层面而言，它以自然之象截取典之精义而去其事相。其表现形式，最主要的就是化典为喻、典喻一体。而故典最大的功能是什么？是增强诗歌的文化底蕴。而《龙山》并不仅仅是一首诗歌那样简单，除了雄奇俊伟的气象意境外，它还有着难以言喻的文化底蕴，而典喻一体又加深了这种文化底蕴。在这一层面来说，《龙山》早就超越了诗的范畴，对这一点，当我们读完九种殊胜之后，会有更深刻的认识。

如"秀峰入云三千尺，直接明月照琴台"一联，三千尺可以说直接脱自李白"飞流直下三千尺"，但王子居这三千尺的高度是建立在大千世界之上的（见后所述），也就是说那秀峰高耸于大千世界之上，超越红尘，再入云三千尺。

琴台的典故有很多，高山流水的传说曾留下琴台，据说那里的琴台始建于北宋，另一琴台是春秋时期，孔子的弟子宓子贱曾做单父宰，任期三年间，任人唯贤，万事民为先，单父因而大治，可谓奸邪不作，盗贼不起，人民安乐。以至于子贱平时都没什么事需要处理，因此每日抚琴为乐，亦有说是以琴教化、抚琴而治。单父的琴台历史久远，最早的记载是唐代重修，李白等人都游过此琴台并留下诗篇，单父琴台形似半月，故又称半月台。而事实上文人亦有古琴台留下，如岑参《司马相如琴台》"相如琴台古，人去台亦空。台上寒萧条，至今多悲风。荒台汉时月，色与旧时同。"说明至少在唐代，还有司马相如的琴台。

琴台之雅喻，由古迹之多，亦足可成为如"落花""流水""鸿鹄"等类似的一喻。

古代的典故，事实上是有重叠的，《龙山》的用典如琴台就有典故的重叠，王子居对它的用法是合典化用，这一点在后文的《咏怀•执奏》中也会有所讲解。

《龙山》的典喻同运、合典化用，由于其整体贯通构境的维度比较多，如果有读者感到陌生且难以理解的话，其实本书中后面至少有四章都是讲《龙山》之喻的，可互相参考来看。

由于《龙山》本身就是整体隐喻，所以它很自然地做到了典喻同运、合典化用，因为它的多维隐喻与典故之喻义是重合的，这是《龙山》合典化用的第一个原因。我们在很多时候都忽略了《龙山》多维整体贯通对全诗的影响，因为它解构起来太复杂了，因为这种一象多喻境的构境诗法，

变化无方的修辞和艺术手法

其实是需要一维一维地来讲的，但一维一维地来讲，它们在象这个载体层面上又都是不断重复的，所以我们通常选择一维为代表来讲诸维，这一特点令我们有时候看不到整体维度贯境给《龙山》带来的更多细节上的变化和突破。这一类的隐喻本书用了数章来逐步说明，可参阅后面诸章。

另外，《龙山》的许多合典化用、典喻同运是本身就具有的，即便去除整体隐喻的因素，它许多诗句也自然有典喻同运、合典化用。本节只讲这种本身就具有的典喻同运、合典化用。

我们注意到，我们目前发现的合典化用，都是一个比较大的题材才能实现的，也就是说只有当王子居在像《龙山》《咏怀•孰奏》这样的一象多喻境且是运用抽象、哲学贯通等笔法来隐喻文化、文明时，才会用到合典化用。这可能是因为古代的典故能够重合的，除了需要历史时间的跨度外，它们也同时会是华夏文明及文化中比较显著的带象征或隐喻意义的事象。而《龙山》《咏怀•孰奏》里的合典则都是同名，也许正因为此，只有在写大题材时才能用得到。

我们现在观察合典化用，《龙山》与《咏怀•孰奏》的用法有所不同，《咏怀•孰奏》是通过整篇中不同联、不同句的相关联动来实现合典化用的，而《龙山》则是在"直接明月照琴台"一句之中就实现了合典化用，但事实上，它亦有着与全篇其他联、句之间的相关，因为没有整体隐喻和拟人等一体同喻（见后面诸章），琴台的典喻解构就会有牵强之嫌，而正是因为一象多喻境的存在，再加上在前后联中所隐喻的意境，琴台的合典化用才显得更自然。

王子在诗词中用典喻的特点是截取典之喻义而运，因之他不像李白咏单父琴台、岑参咏相如琴台那样将诗中的典喻给限定住，他是将古代诸典之典之喻合同，择其可用者合而化之，这种笔法是他《抽象整体的布局与哲学贯境》中所讲全篇笔法在一联一句中的运用，它们的原理是相同的。

宓子贱抚琴而治，其实是充满着儒家文明的理想主义色彩的，古人抚琴，本为修身养性，儒家经典里，音乐是六经之一，是治世的手段，而传说中宓子贱实现了孔子的这一理想、验证了孔子的这一理论。历代至今，仅此一例，另一例则是传说，即"舜制五弦琴，以歌南风"。

在古人的心里，不光琴是教化之神器，就连琴台也备受尊敬，如颜真卿《刻清远道士诗，因而继作》"金气腾为虎，琴台化若神"，琴台所起到的教化作用在古人的心里就像神一样（更多请见《琴演之论》一节）。而李白写"琴心三叠道初成"，能成道的心是琴心，亦是对琴之与道的典型合用。无论是治道、修练之道，琴都与道分不开。

琴为道之喻，琴之道喻又多有典故，无论是治道还是修身之道乃至虚无缥缈的仙道都适应，那么秀峰之上明月照琴台，其待道的隐喻是十分明显的。

王子居在《龙山》的浩瀚博大、变化万千之中，突然超脱出龙山乃至大千世界之外，独显明千尺山峰、琴台、明月，成就无尽空旷，而这古往今来的无尽空旷，显然是在等候一个能在这琴台之上抚琴之人，因为秀峰入云并接来明月照耀琴台之后，所差的，就是抚琴之人抚出大千世界内外之道之绝唱了。

所以这一联其实可能意味着，《龙山》一诗的真旨，可能是在《龙山》诗外。

《龙山》运典，由于是有着游仙诗的体裁，所以琴台的指喻与道心联系起来是不牵强的，而由于《龙山》的创作目的本就是用来象征一个民族、一个文明、一个国家的气运的，所以琴台自然又有着治世的指喻，应该说，无论是道心还是治世，在整诗中都是有着各种关联的，所以《龙山》中琴台的合典化用，是很自然的，这种合典化用其实是有着层层铺垫和内在多重的逻辑结构为基础的。

事实上即便我们把琴台解构的层次覆盖到相如琴台所具有的琴瑟和鸣的爱情喻义上，它也是合理的，因为《龙山》诗不可避免地会讲到个人，如"凤凰金台萧宜弄，麒麟玉阁书可读"的初始喻义本就是才子佳人的传说和神话（一是萧史弄玉的传说，另外司马相如情挑卓文君的曲子就是《凤求凰》，这两个典故在某种意义上是重叠的），它本就是讲个人身世的。而明月琴台所待的抚琴演道之人，为什么就不能是一男一女两个呢？

不过也许，这样的解构有点牵强，更有点俗了。

在一首抽象的哲学贯境外加游仙色彩的诗里，王子居用典显然是用其义而去其相的，琴台除了象征高雅之外，自然亦有"南风之熏"（喻教化）的喻义，因为南风之熏与子贱抚琴而治都是具有教化而治的内涵，这是这联诗中的第一重指喻。这一个典故里，其实还有自我修身、风雅的意味在。在古人的认知中，琴可修身，同时琴又和家，古人常用琴瑟合鸣来喻夫妻关系，夫妻之间通过琴瑟和鸣取得节奏的一致从而使关系亲密，然后琴又可治世，所以儒家的所谓修身、齐家、治国、平天下以及仙（道）家传说里的道都在琴里了。

既然道家的求道、儒家的修身齐家治国平天下都在琴里，"明月照琴台"的意象就变得无比丰富了。这也是为什么王子居在一首多以龙山万象为组成的诗里，忽然之间写出一座最高的山，山上置一琴台，而且将明月接来相照，并将这两句单独成段的原因。

以上种种含义都是蕴于琴中的，如果将这种种含义总结归纳，那就是古代的一种文化的（音乐本身的风雅）、理想的（无论是人格修养还是治世建功）、哲学【如上面的琴心，虽然是从《列仙传》来的，但它在应用上就被当成了一种哲学，佛学是哲学，那么仙道（道家）是否也是一种哲学？】的寄托。

由于《龙山》是一首带着游仙色彩的古诗，所以在它里面的琴台与历史上实有的琴台，自然是不完全相同的。而相同的就是，它是一种文化的、理想的、哲学的寄托。

以上文字中，我们讲了《龙山》的抽象的哲学的贯境，给琴台之喻做出了层层铺垫，而同样的，琴台的典喻之运，又恰是《龙山》的抽象哲学贯境的组成之一部分。

事实上，这种化典故为指喻，并成为一种文化的、理想的、哲学的寄托的手法，在王子居很年轻的时候他就已经经常运用了，如在他十八岁的《咏怀·孰奏》里，开篇就是这种化典为喻："孰奏广陵琴，东山有客归。"就是连用两个典喻。

琴台是用典，但王子居也可以同时把它用成指喻，因为琴台不是单一的象，这一联诗中整体的象是"明月照琴台"，而更完整的象则是"三千尺秀峰里明月照琴台"，再完整一些的象则是"高出于九天九霄、仙界人间大千世界的三千尺秀峰里明月照琴台"，以王子居的一象多喻来讲，恐怕秀峰出世高耸，超出三千世界，直接九天之上的明月，使之映照琴心，恐怕还是与道相关的，因为在王子居的喻演论里，琴演是诸演中极为重要的一演（见后文《琴演之论》）。而早在王子居十八岁时的《琴操》等作品里就已经以琴喻道了。琴心高出三千世界，高出覆盖三千世界的仙云，更高出俗世的龙山世界，那么它究竟指喻了什么，就不言而喻却又难以揣测了。

我们在后文将讲到的《诗演2：理之贯通与虚拟构境》及对《梦中诗•江海》的解读中，有两种相反的抽象构境，即构建出的世界、景象可以象征性地或者抽象地表达一种意境，《龙山》中的明月琴台之喻，显然是一种抽象的精神世界，而不是单纯的自然世界。

喻诗的特点是凝练，喻诗中的指喻自然也不例外，一象贯多维的境界，只需要一句诗就可以了。但在一首可以挥洒自如的长诗中，由于篇幅的加长，给了喻诗创作更多的可能，所以喻诗的凝练会更进一重境界，以"秀峰入云三千尺，直接明月照琴台"这一联而言，它既是以象贯通指喻，更是通过前后诗句的意境来贯通指喻。这一联上下贯通着不同的意境，以上而言，"明月轮转过九天，九霄风贯忽然间。白云如海冰冻结，奇松顶雪意凌寒"给了我们一个风冻云海，只有明月、长风、冻海、奇松的空旷境界。

而下面三段：

峻列雄峰挂奇（巉）岩，仙云缭绕覆大千。龙山坐镇天地间，鲲河奔冲永不闲。

绝岭遥遥缠复绕，万龙聚首共来朝。千秋万代有天骄。

风来松海万重涛，雨落涧林千龙啸。中有仙人乐逍遥。

这三段给我们构建了一个纷繁世间和逍遥仙界，从覆盖大千世界的仙云，到坐镇天地之间的龙山和永恒不息的鲲河，再到世间的天骄、世外的仙人及象征他们的山风松雨……而这些尽在仙云缭绕之下，而就在

变化无方的修辞和艺术手法

这样一个浩大无比的仙凡世界之中，其中有一座山峰只有三千尺或一座山峰的三千尺高入云霄，它有一部分穿出了仙云缭绕的大千世界，它超脱了出来。

然后王子居给我们塑造了一个独特的意境，在仙凡纷繁变幻的大千世界之上的无尽空旷世界，只有一座秀峰接着一轮明月映照着一座琴台，除了意境中的空空旷旷、冷冷清清、寂寂寥寥……其他就什么也没有了。

空旷、幽静、高冷，透着无言的大寂寥，至高的寂寥。

所以它自然隐喻着时空万古，隐喻着宇宙唯一的真道，隐喻着世界的唯一和至高，隐喻着人类精神文明探索的极尽，也或许王子居还用它隐喻着华夏文明的喻道，也或许它隐喻着比华夏文明更高的道……只不过这一切都被抽象化地象征在了秀峰、明月、琴台组合出的意象里了。

这种至高的寂寥是通过对比显示的，这一段与前后四段有着强烈的对比，除了空旷与热闹的对比之外，它还有一种局限与无尽的对比，为什么呢？因为秀峰进入并超出仙云的，只有三千尺，这是一个可见可量的高度，而其他四段中，无论是九天、九霄、如海、大千、天地间、遥遥、缠复绕、万龙、万代、松海、万重、涧林、千龙等，都无一不显示了辽远、繁杂的意境，都是往无限里讲的，但高出于这所有热闹的无边和无限的，却是三千尺的秀峰中，孤独寂静的明月映照着孤独寂静的琴台。而它们下面是无尽的云海和大千世界。

这一联的妙处，除了用典、指喻之外，还有一种出人意料、不合常理、不可揣测的奇诡对比，这个对比就好像是"芥子纳须弥"一样奇诡的对比。至高的，小的可以眼量，其下的，则在诗意中无际无边。

事实上，《龙山》中并不止一处运用这种手法，如"岠（山）中仰视遮高天，遥观青翠叠重峦"就通过身在岠中感觉到的岠的高大遮天，和"遥观青翠叠重峦"中哪怕岠也仅仅是天际那一抹青翠中的一滴或一缕，这种极大与极小的对比和变幻，是《龙山》想象奇诡、笔法夸张的一种经常表现。

另外，事实上，联结"秀峰入云三千尺，直接明月照琴台"的上一段和下三段，事实上也是一个大对比，上一段篇幅很长，主要的隐喻之象就是隐晦不显，像"岫窟渐没失云烟""隐隐洪钟松外传，霭霭云生峰不见。峙列雄峰遮断天，乱布云林迷仙眼。天风旋岚绝飞鸟，峭壁穿云跌虎豹，唯大丈夫可登攀。"都是讲隐晦不显的，甚至"白云如海冰冻结"有一种近似的喻义，而这一段在最后以"奇松顶雪意凌寒"透发出了一点生机，它是一条明线，而"明月照琴台"的空旷无人则是一条暗线，它们结合起来后，下面三段的"龙山坐镇天地间，鲲河奔冲永不闲""绝岭遥遥缠复绕，万龙聚首共来朝"的文明、民族、国家的复兴之隐喻，乃至仙家仙云大千、松海涧林的兴盛气象，则是与隐晦不显的衰落期相对应的，它们之间是一种极为强烈的对比。

而正是这种在诗意上的大对比，使得"明月照琴台"的隐喻更明显了，而其内涵也更丰富了。

而在《龙山》整体诗意的关联中，"明月照琴台"的旷古空寂，似乎与"千秋万代有天骄""中有仙人乐逍遥"是有着若有若无的联系的。琴台所待之人，是否就是这两个？抑或，这两个能否超脱出来，在那琴台上抚琴演道？

王子居运用他极尽繁复、极尽高超的艺术手段，将古代典籍中所蕴有的文化和哲学寓义不断往上推高，不过，他只给我们一个意境，他用一个独一无二的、神话传说中的意境来给我们一个难以揣测的指喻。是的，只有意境，没有言说。他只让我们揣摩，而不给我们答案。琴台本是怀古之地，但王子居既不怀古，也不抚今，更不展望未来，他展现的是一个精心构造（或者说是偶然天成）的、独一无二的超绝意境，在这意境之中，藏着深深的指喻，也藏着古、今、未来的精神追求和真理的探索。

为了更好地理解指喻这一特点，朋友们可以看一看《三体》的最后一部太阳系文明灭亡时，有人用隐喻给人类文明指出未来但却被解读错误从而导致太阳系文明被压缩成一个平面二维世界的故事，虽然不是完全一回事，但却可以很好地从侧面加深理解。《三体》的故事可以让读者很好地体会到，一个宽泛的指喻是可以有千百种解读的。

当然诗歌中的指喻跟故事还是有区别的，就是诗歌中的指喻有着严格的贯通性，而非仅仅靠关联性去联系想象，王子居的喻学是严谨的，他的喻诗也一样严谨，他的指喻是不能乱解也不可以乱解的。

　　同样的，王子居对喻诗的创造也从以象为喻提升到了以意境为喻。这是中国诗歌史上第一次实现这样的创造，当然，它也在世界诗歌史上实现了这样一个创造。

　　明月照琴台，琴心在何处？

　　秀峰入云、超越世间，它已经接到了明月，而明月已经映照了琴台，可有琴否？又谁来抚琴？

　　明月照琴台，所待是何人？这也许是这一联诗所具有的最重要的喻义吧？

　　《龙山》是一个整体，它的时间维度在过去有"日月合易，象在龙天"，在未来有"鲲河奔冲永不闲"，合过去未来则有"千秋万代有天骄"，所以在《龙山》里，有无尽的时间在流淌，有无尽的龙山在起伏，而那明月寂静地映照着琴台，有着一种永恒的、至高的空旷和寂寥。它是一个似乎已生、似乎未生的旷世指喻。

　　不过诗至此而止了，不加任何文字，所以没有结果，只有至高的寂寥，给我们留下了无尽的猜测和想象。

　　王子居做诗，其立意之深远、笔法之高妙，此联可见一斑。

　　在《龙山》中，以这一联来说，王子居的用典，是通过对整篇诗歌中不同境界、诗意的变化、叠加，从而用这种种不同的诗境，作用于故典，使得故典产生了更加高远、更加深奥的喻义，这是他对用典之道的升华，给我们展示了修辞格运用的全新境界，一种完全不同于古代诗人们、远高于他们的运用修辞的境界。

　　这一句的指喻其实极为精密，它对上下段是真正的承前启后，除了上接对仙境的描述，下面更是过渡到人间世界，从龙山坐镇到"千秋万代有天骄"，琴台似乎指喻着治道；而明月在上一段中也有描述，亦从首句就是"旧传海上有仙山"从而以仙道隐喻了一种传说中更高的道，若说琴台喻治道，明月（九霄仙道）喻天道，有上下句的互相呼应，则明月照琴台，虽是指喻，但其指喻之相又似有各种踪迹。这是从最简单的指月喻来讲的。

龙
山

所以，王子居用典取其神而去其相，取其义而去其事，是一种化典籍而出新境的笔法，与历代诗人的普通用典有着很大区别。

　　从全诗的结构来看，这一联两句，单独成段，除了"秀峰入云三千尺"是全诗中最雄奇之句外，明月琴台之喻也具有极深的隐义，应当是它特立独行、单独成段的最大原因。而我们揣测这种喻义，王子居将这孤悬之境置于三千大千世界之上，以高出尘世、高出白云为喻，然后又以明月映照琴台为喻，其所指喻之事，自是深合于这种至高极静的意境，只能想象、无法言明（我们实在没有能力将这种用意境构成的指喻来言明，就好像用语言去讲一幅达至极境的山水画之美，不但是徒劳无功的，语言的局限反而限制了这种自然的美）。这一联所具有的意象可谓玄而又玄。

　　另外，直接二字，颇可深思。

　　如果只是单纯地用典，是用不出如上的妙境的，《龙山》用典神妙，是因为王子居用典时还附带指喻，同样的道理，单纯用喻，也未必极尽神妙，但王子居用喻时还同时用典，于是多种修辞格互相助益。如同我们最开始所讲的，《龙山》的修辞是一句多维修辞，所以才创作出了诸多鬼斧神工般的妙句和意境。

　　犹如琴台的用典其实同时有着对比、指喻、排比等修辞格的组合作用，《龙山》中很多诗句都是多种修辞格在同时运用，不过下面，为简便起见，我们只讲某一种修辞格的运用（偶尔涉及其他的修辞格），而不讲它们中含有的多维辞格了：

　　《龙山》一诗中"日月合易，象在龙天""捧日高标六龙行"等诗句，都属用典。为什么说日月合易是用典呢？因为易字本就是日字和月字合成的，而孔子注十翼，讲"阴阳之义配日月""悬象著明莫大乎日月"，如王子居所讲，《龙山》一诗专运气象，而日月是天地间最大的、最普遍的象，王子居用它来引出龙山，因为龙也是《易》里面所采的重要的象。所以这　句是典型的用典。

　　《龙山》用典有一个非常显著的特点就是连续多句用典。如：

我叩天门欲归去，诸仙纷言世悲苦。凤凰金台萧宜弄，麒麟玉阁书可读。捧日高标六龙行，量天振翼鸿鹄举。秋清云淡高风便，事业名山当自许。

　　天门，一般解释为神话传说里的天宫之门，如《楚辞•九歌•大司命》："广开兮天门，纷吾乘兮玄云。"《淮南子•原道训》："昔者冯夷，大丙之御也……经纪山川，蹈腾昆仑，排阊阖，沦天门。"高诱注："天门，上帝所居紫微宫门也。"又天门是中国神话中的星官名，属角宿，源于中国人民对远古的星辰自然崇拜，是古代中国神话和天文学相结合的产物。诸仙纷言，则是出自佛经，不过佛经因为多重复讲解、翻译的原因，往往一件事有很多出处。这两句在用典的同时，也是一个指喻。

　　我们在百科里看到的凤凰台有十一处，较早的典故可能是《列仙传拾遗》所记载的："萧史善吹箫，作鸾凤之响。秦穆公有女弄玉，善吹笙，公以妻之，遂教弄玉作凤鸣。局十数年，凤凰来止。公为作凤台，夫妇止其上。数年，弄玉乘凤，萧史乘龙去。"此处用典在明暗之间，因为弄箫的指喻其实是凤鸣的指喻，弄箫引凤的指喻目的在于引凤。

　　麒麟阁，汉朝阁名，供奉功臣。汉武帝建于未央宫之中，因汉武帝元狩年间打猎获得麒麟而命名，主要用于藏历代记载资料和秘密历史文件。这两句其实也是明显的指喻，只不过他所指喻的，我们很难揣测出来。他此处用典之外，还以金玉许之，究是在讲仙道，还是在讲人间？要知道金玉除了富贵外也象征地位，金色在古代象征帝王，而玉有时会代替银象征王侯，因为古代士大夫的文化象征就是玉，儒家非常重视玉在礼仪中的作用，金的地位可能跟佛经的传入有关，佛学中以金为地位崇高的体现，后来被运用到了帝王的象征之中，另外，无论凤凰还是麒麟，在古代都是地位的象征。除了在地位和富有层面，金和玉在文学里则是一种美的意象，因而它亦有华丽的象征。这一联里金玉的隐喻自然有富和丽及高贵的三重喻义，因为它所隐喻的事物如凤凰麒麟、台阁、书箫等本身就具有这三种意象，它们与金玉的三种象征是紧密关联的，所以这是一个较明显也较简单的一象三喻义，而事实上当它们诸多元素组合起来后，整联诗事实上组合出了一种高雅、超迈的诗境，而高雅、超迈就是组合出来的更高意象，而金玉本身在历史文化的渊源中本就有超迈的、高高在上的象征。

六龙出自易经"时乘六龙，以御天兮"，又李白《蜀道难》有"上有六龙回日之高标"之句。捧日也是一个典故，王子居在其《海诗八首》里曾有过"捧日仙人踪迹轻"的诗句。在记忆中，他应该是从《日照文史》中知道这一典故的，我们现在从网上能看到《太平御览》卷八七二引《符瑞图》："日，二黄人守者，外国人方自来降也。"又唐朝滕迈《二黄人守日赋》第二："日观天文，彼黄人之离立是守，丽紫霄而规模乍分。"又如清黄遵宪《出军歌》："一轮红日东方涌，约我黄人捧。"不知道王子居当年是否看到的是其他的典故。

所以，"捧日高标六龙行"一句，其实是用了两个典故。但这句诗与李白等人的不同之处在于，除了用典外，它依然是一个指喻。我相信，上下句联系起来，大多数读者会把它视为高远志向或高标准的一个指喻。但无论是量天还是捧日高标，用来指喻个人的志向显然都有点失之空、失之大，它作为通篇隐喻其实更适合隐喻一个民族、文明的"量天度日之高标"，而民族、文明的隐喻才是《龙山》一诗创作的初衷和本义。

上面讲金玉的三重喻义，事实上和"捧日高标六龙行"一样，由于《龙山》是通篇隐喻，所以金玉除了隐喻个人理想的名山事业外，亦隐喻了民族、文明的富、丽、高贵、超迈……而事实上司马迁最早用名山来隐喻形容事业时，它本身就是超迈的，另外个人文化事业的超迈是可以贯通到民族、文明事业的超迈中的，又有哪一个民族、文明不希望自己的事迹留在世界各国的麒麟阁、名山之中的典藏里呢？它事实上也是一个本喻多维叠加指喻多维的叠加用喻。这一点，它和后面讲到的"龙山坐镇天地间，鲲河奔冲永不闲"属于同样的维度叠加（可参看本章最后的《一字一修辞，一字一重天》）。而在一个通篇隐喻中，凤凰台、麒麟阁与金、玉是一样的，它们也是本喻多维叠加指喻多维的叠加用喻，这种叠加用喻本来是一个隐喻就可以做到的，但我们在这里为了方便读者更容易理解它，我们用凤凰麒麟、台阁、书箫、金玉的组合典喻来解构，这样它就会更丰富更立体，但在《王子居诗词：喻诗浅论》中讲《紫薇》等诗里的本喻多

变化无方的修辞和艺术手法

维及后面"龙山坐镇天地间，鲲河奔冲永不闲"的本喻多维时，由于它们本身有阴阳相对哲学的贯境，所以就不讲其组合典喻了。

鸿鹄举也是一个典故，出自《张良传》，而汉刘邦《楚歌》："鸿鹄高飞，一举千里。羽翼以就，横绝四海。"汉刘向《新序•杂事》五记载了田饶谓鲁哀公："夫鸿鹄一举千里，止君园池，食君鱼鳖，啄君菽粟，无此五者，君犹贵之，以其所从来远也。臣请鸿鹄举矣。"

高风便出自曾启发王子居写出第一首诗的唐代才女张文姬的名作《沙上鹭》：

> 沙头一水禽，鼓翼扬清音。
> 只待高风便，非无云汉心。

"秋清云淡高风便"其实与"鸿鹄举"是密切联系的，是两个典、两个喻连用，王子居用典的时候，往往会对典升华，除了运典成喻之外，如果所用典故本就是典喻同运，那么王子居也会在气象上超越前人，如秋清、云淡、风高这三个象，所取的都是清越高远的象，都是用一个形容词性的字来概括秋的高远之象，从而在气象、意象两个层面比"只待高风便"的直陈其事的赋的笔法的用喻给超越了，而"量天振翼鸿鹄举"一句中，振翼两字，自然与汉高祖的诗相去不远，但胜就胜在量天二字，量天之志，显然是气魄更加雄大、志向更加高远，它除了《楚歌》指喻所贯通出的气势、意志之外，还贯通出了志向、抱负、胸怀、理想的维度，它的指喻没有像《楚歌》中那样被政治形式所束缚，从而有更宽广的指向，可以指向一个民族、一个文明的志向、理想。

又唐戴叔伦《宿灌阳滩》：

> 十月江边芦叶飞，灌阳滩冷上舟迟。
> 今朝未遇高风便，还与沙鸥宿水湄。

高风之便，虞士男的《蝉》也写道：

居高声自远，非是籍秋风。

不过他的高和风拆开了，但秋风和高风便一样，都是喻时机和外力。

高风，如汉刘向《九叹•远游》："遡高风以低佪兮，览周流於朔方。"唐韦应物《始至郡》诗："昔贤播高风，得守媿无施。"

其实秋清云淡也与"天高云淡，望断南飞雁"有些许关联，不过由于后句是高风便，有了高字，所以天高云淡变成秋清云淡也是自然之选，不过以王子居来说，显然一般不会将"天高云淡"整体写入，而是会化而用之。

事业名山的典故，则是出自司马迁的著述，名山是古代帝王藏策之府。名山事业指在帝王藏策之府的事业。不过事业名山倒过来后，意义变了，这个事业就变成有资格藏于名山、世代流传的事业，多指著书立说。《史记•太史公自序》："藏之名山，副在京师，俟后世圣人君子。"不论王子居所指这个事业是否是著书立说，但它一定是一个可以藏于国家策府的事业，对于广大读者来说，这是一个励志的指喻。而最后这个指喻是在前面连续四句的铺垫之后才做出的，而前面四句所显示的境界，也确实可以"自许名山"。

这八句，在运用用典、指喻的修辞手法时，还运用了铺垫的文法，它的中间四句还运用了诗歌中最基础的对偶。

以上八句，句句用典，句句指喻，文化典故丰富了象的意义，以象指喻更升华了文化典故的内涵，两者互相增益、互相衬托，尽显喻诗多维诗境之妙，古来之用典者，曾无人达如此之境界。

所以事实上，王子居看似写山川壮景的诗句，实则处处有典，处处与中国博大精深的文化相合。其化典成喻，不着痕迹，所以幽微难察。

其所喻者，捧日高标，志高明也；量天振翼，志远大也；凤凰金台，志之宣也；麒麟玉阁，志之功也；秋云高风，志之时（辅）也；事业名山，志之久也。王子居连续四联八句，句句用典，典典成喻，诗相唯象，不著一事，诗意唯喻，不著一典，开古来未有之文法。

又如：

我本鲁庸人，来游蜀仙地。杜宇夜啼，望帝遗枝，女歌频传落花溪，一声长笛蜀天碧！人道蜀山奇诡匿仙踪，蜀云玄迷未可知。我道临高正可呼秋雁，云深才好觅仙展。

庸人可见《荀子·哀公》中孔子曰："人有五仪：有庸人，有士，有君子，有贤人，有大圣。"蜀仙之传说典故，我们找不到传统意义上的典故出处，大约出自各种传奇小说、传说、小说、影视等。此处王子居以五等人中庸人自比，与蜀仙之奇玄形成更鲜明的对比。所以这一联诗每句有两种修辞：用典和对比。而前六句，基本都是用典和对比两种修辞手法同时运用的。

杜宇、望帝则同出一典。对于任何一个诗歌爱好者来说，对这个典故都应该很熟悉了吧？不过这一联用典，杜宇夜啼写出了亡国之君魂化杜宇的永恒的悲凉凄楚，而望帝遗枝则写出了历史沉淀出的沧桑，杜宇落在曾经落过的枝条上数千年不止于悲啼，这千古不已的执著是何等的可叹？而类似的亡国之痛在数千年间，于华夏大地上反反复复地不断上演……

因为这首《龙山》是写中华气象的，不可避免地写到了中华的气运，所以杜宇那数千年不间断的悲啼就有了特别的意蕴。所以这一联其实是一个用意极深、技巧极妙的伏笔或者说隐笔、指喻。

当读到这里，我们就会明白为什么"杜宇夜啼望帝枝"会与"女歌频传落花溪"构成一种鲜明的对比。

一声长笛，是王子居致敬"长笛一声人倚楼"的，但王子居的一声长笛，终于是写出了神鬼造化之妙。

蜀山奇诡、蜀云玄迷，是否有典？我们也无从查证。不过修辞学中的暗典恰是如此，不能从文字上去查证，只能从诗意上联系。而还珠楼主那号称"开小说界千古未有之奇观"的《蜀山》，不知可否称之为典？恐怕要见仁见智了。

临高呼秋雁，化自孟浩然"相望始登高，心随雁飞灭"，痕迹很明

龙山

显，两人的诗意其实非常契合，算是王子居对孟浩然的一种致敬吧，只不过孟浩然写的是思念之情，王子居写的是一种豪迈气概，两者在艺术上各有千秋。当然，如果考虑到这两句中的指喻维度，孟浩然的诗就要显得单薄些了。

> 龙山分列江河措，经纬纵横华夏依。山拱河卫形不尽，山依河倚势无圻。天高地远连六合，深形大势八荒弥。白云深处倾玉帘，山径危绝挂天梯。千林怪木击风鼓，万丈巉崿响鸣镝。

以上诸句，由于王子居用典取其神而去其名相，我们没有去找具体的出处（不会是唯一出处，而应是多出处），不过上面鸣镝出自冒顿单于的典故，倒是十分明白、唯此一家。为什么王子居用典往往选出处较多的典故？因为越是被更多典籍所运用的典，越是富于深义。而鸣镝的意义则非常简单，它就是一支令箭。《龙山》用典往往是出处较多的典，这决定了它所蕴有的内涵更加丰富、多重，这同时也决定在化典为喻的时候，其指喻的内涵更深厚，更多重。

比如说拱卫，前蜀杜光庭《自到仙都山醮词》："众流回环，严设龙蛇之府；群峰拱卫，秀为真圣之都。"明沈德符《野获编·畿辅·四辅城》："自大宁撤防，东胜失守，关隘弥近，拱卫宜严。"清薛福成《代李伯相议请试办铁路疏》："四方得拱卫之势，国家有磐石之安。"只不过王子居在用典时将两个字分隔开了，很明显，如果非要一个出处，则"群峰拱卫"显然是最好的出处（不过，我们从百科中见到的典故未必就是最早、最好的典故），但其他的拱卫也一样契合。

这是用典的一种技巧，或者说是奥妙，对比上面杜甫的用典，一个是去其事相而取其典义，一个是执于事相而忽视典义，两者境界，可以说高下立判。古人说"杜诗无一字无出处"更显得像是阿谀荒谬之词。拱、卫两字，除了用典之外，还有拟人的修辞格。这一段除了用典外，大多句子都有拟人或比喻的修辞格。

前三联在国学尤其是军事学乃至史典中，皆应有所出处，不过王子居没有时间找，我们则直接找不到，其用典还是未用典，留待以后查证吧。

在后面我们讲"龙山坐镇天地间，鲲河奔冲永不闲"是用学，事实上这一整段都是在用学，都是对军事地理学或者古堪舆学的化用，而事实上，《龙山》整首诗除了对军事地理学的运用外，还是对演学的运用，也是对易学和喻学的运用，所以说《龙山》是将用典的修辞手法进行了质的升华和化用的。它将中华古文明中的诸多学术化用到山川景象之中，从而实现了人类文学史和文化史上从来没有过的"一字一修辞，一字一境界"的多维诗境。

如果说《龙山》中有很多暗典，那这些暗典可能只是运用了一两个名词，王子居信手拈来的只是一些典故、传奇中的故事碎片，他将这些出自不同典籍的典故碎片重新组合出了一个浩瀚博大的精神、学术、文明的世界。那么这种典故碎片的重新组合算不算是用典呢？我们认为算的，当然，大家可以见仁见智。

暗典之用，又如"传说伏仙草，栖猛兽，藏异果，远尘凡"，其中仙草传说，至少我们少年时看《盗仙草》这部电影，里面就有盗仙草的传说（这部电影亦同时包含了栖猛兽），甚至在王子居小的时候，盗仙草还是很流行的年画呢。他只记得小时候的电影和年画，没见过盗仙草的出处，因此交代说它出自电影，只不过它还真有出处，它出自清方成培的《雷峰塔》传奇。藏异果中的异果，在唐宋传奇里也有，而且不止一处，就连"深潭无波隐蛟龙，任人垂钩下网捕鳞虫"也能在一些神话传说和志怪小说中找到痕迹。

又如"岩际古松枝摩天，岫窟渐没失云烟""隐隐洪钟松外传，蔼蔼云生峰不见"两联，很像是暗典于《桃花源记》及王维《桃源行》"自谓经过旧不迷，安知峰壑今来变""当时只记入山深，青溪几度到云林"，唐宋传奇中也多有这种仙山隐没的描写，至于"古松"，隐隐像是以古木为入口的仙府传说，唐传奇的名篇中有一篇似是讲太湖边上有一古木是仙府入口的。只不过王子居的暗典用得全无痕迹，他是截取了诸多典故中各自最经典的某一部分，重新组合成诗，令得《龙山》的用典隐隐约约，就像"隐隐洪钟松外传"一样，似有似无，有一种虚无缥缈却又"曲终人不见，江上数峰青"的美感。

事实上，有两段诗中，王子居是明确地点出本诗是用典的，即"旧传海上有仙山"的旧传二字、"传说伏仙草"的传说两字，这两段都是在段首就明确本段来自志怪小说和神话传说。不过我们一直没有意识到这四个字的真实含义，当它们与用典这一修辞格联系起来时，我们才意识到它们在诗中的作用不仅仅是做一个交代，而是透露给我们《龙山》诸多诗句都在用典这一重要信息。

"壁立雄嶂神斧削，插天奇屹（峰）仙剑寒"，这显然脱胎自一种神战传说，具体有无出处也难查找。"地陷东南水流补，天倾西北山为柱"则用典比较明显，是共工怒触不周山和女娲补天的典故。昆仑是天下龙脉之宗，"绝岭遥遥缠复绕，万龙聚首共来朝"一句，似乎是指昆仑，但从上下句来看，王子居所指的万龙来朝似乎就是指中华或者说天骄，不过也许没有实指在诗意上会更好一些。"仙云缭绕覆大千"似出佛典，具体出处，诸佛典多有重复雷同。"龙山坐镇天地间，鲲河奔冲永不闲"一联之中，龙山鲲河具有典故，但王子居化典之用，令得我们无法确定他究竟是化自古堪舆之学还是远古神话抑或是《庄子》等典籍或是志怪小说、传奇等。"旧传海上有仙山，烟云轻渺虚无间"，海上仙山（岛）的传说，最早见于《史记》所载秦始皇使徐福入海寻仙药的典故，"岩际古松枝摩天，岫窟渐没失云烟"这一联极可能是出自唐宋传奇，其他像"奇石嶙峋仙布阵，怪树舞风旗招展。隐隐洪钟松外传，霭霭云生峰不见。峙列雄峰遮断天，乱布云林迷仙眼"都似乎有典故的影迹在。而"明月轮转过九天，九霄风贯忽然间"中，无论是九天还是九霄，都有出处，不过用典的意味似乎不浓，隐隐约约之间，我们感觉月转九天、风贯九霄等似乎是有所出处。

以上诸典，王子居都取神话传说，但他在《龙山》一诗中另创世界，即一个独立于中国神话、佛教神话之外的龙山世界，于是他所用之典具有了龙山世界的特点（抽象混涵华夏文明、中华气象、中华文化包括神话和仙家传说），所以令得我们领悟其义，而忘却其相、其事、其史。

变化无方的修辞和艺术手法

以上的种种用典，再加上诗中多维的指喻，尤其是一些阴阳相对喻如"龙山坐镇天地间，鲲河奔冲永不闲"等诗句，令得《龙山》其实具有深厚的中华文化和哲学的贯境。

如我们在第一殊胜中讲的军事布局，本就是军事哲学在山川地理上的化用。

以上讲了修辞手法中最主要的四种和诗歌中比较常见的用典，《龙山》还有什么秘密？恐怕我们现在还发现不了，我们就讲到这里了，毕竟我们主要是讲《龙山》在整体上的十种殊胜，更多的细节上的殊胜，留待他时来讲吧。

龙
山

对比和对偶

《龙山》一诗，基本是对偶的，但很明显的，王子居在利用对偶产生更好的诗意、更好的气韵时，还刻意避免了排律的僵化、呆板，使得整诗对偶与散行交替，从而在气韵上实现了丰富的变化。中国诗歌中尤其是律诗必有两联要求对偶（初盛唐古律要求对偶，近体格律诗中的对仗还要求平仄），而对偶这一形式中，很多对偶其实就是对比。对偶我们就不讲了，我们只讲对比。

除了对偶形成的对比外，《龙山》里面，对比的修辞手法运用得很多，如同用典是成段运用，王子居在对对比的运用中也一样整段对比，如开头第一段的整段用典之外还有整段对比：

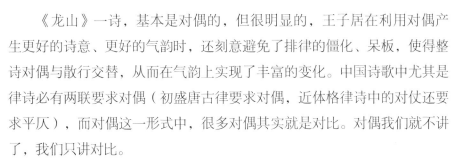

我本鲁庸人，来游蜀仙地。杜宇夜啼，望帝遗枝，女歌频传落花溪，一声长笛蜀天碧！人道蜀山奇诡匿仙踪，蜀云玄迷未可知。我道临高正可呼秋雁，云深才好觅仙屐。

鲁庸人和蜀仙地事实上是存在一个庸和仙的对比，而杜宇夜啼望帝枝和女歌频传落化溪也是一个对比，是一个凄苦和享乐的对比、古与今的对比、文化遗失和现实世界的对比，而"人道蜀山奇诡匿仙踪，蜀云玄迷未可知。我道临高正可呼秋雁，云深才好觅仙屐"中人与我也形成了一种对比。

上面是一段非常明确的整段对比，还有一种整段对比是在倒数第五段，先说"旧传海上有仙山"，然后讲"海岛终为一隅地，雄奇正叹龙山前"，不过诗歌偏向的是龙山，讲龙山的多，它的对比在比例上是不对称的。

在这一大段中，除了整段形成一个大对比外，王子居还在局部形成了一个四句对四句的阴阳对比（见下）。

最后的两段也是一种对比：

绝岭遥遥缠复绕，万龙聚首共来朝。千秋万代有天骄。
风来松海万重涛，雨落涧林千龙啸。中有仙人乐逍遥。

它在表面上是仙和凡的对比，事实上也是仕和隐的对比、功与学的对比，而

秀峰入云三千尺，直接明月照琴台。
峻列雄峰挂奇（巉）岩，仙云缭绕覆大千。龙山坐镇天地间，鲲河奔冲永不闲。

这两段也算是一个对比，它是世界之上的精神境界、哲学境界和世间的精神、哲学境界的一个对比（上段的哲学、精神可见上节讲用典时所讲，下段的精神、哲学可见后面所讲，此处略）。而上面四段，整体上又是一个大对比，一个仙界人间的反复对比。如果这种大段落的诗意反复也算是一种修辞手法，那么这几句中的单句事实上就达到了六种修辞（由于对偶也是一种修辞手法，如果我们要将这一点也算进来的话，那它可达到七字七修辞）。

这种大段落构成的诗意反复，较之现代语法中那简单的字词的反复或者说回环，其实是一种升华，它与对比等语法相结合，从而构成诗意上的强烈对比。如果说在它们中间能找到现代修辞定义之意义上那种隐藏的僵

化句式的话，那就是一段讲人间，一段讲仙界，从而形成一段为实，一段为虚的对比。

很明显的是，最后两段，王子居是刻意对传说中的仙界和人间做了一个对比，这个对比其实包含着一种矛盾的思想，即仙之自由与人之功业之间的矛盾（出世入世的矛盾）。当然，它主要还是讲中华文化隐与仕、无为与有为的两个哲学方面，两相对比，互相映衬，从而增强了《龙山》的文学之美、文化内涵、哲学之美、精神意蕴。

如果说"始惊蜀天清兮蜀云幻，复叹蜀水妙兮蜀山奇"中的天清云幻与水妙山奇是一种对比，也许有些牵强了，但"庸人远望已胆颤，壮士临之乐登攀""天风旋岚绝飞鸟，峭壁穿云跌虎豹，唯大丈夫可登攀"等句，则是十分明显的对比，"仰望雄山不见天，俯视云林莫知底"则是一个极高与极低的对比。

上下句的对比，比较明显的如"岩际古松枝摩天，岫窟渐没失云烟""隐隐洪钟松外传，霭霭云生峰不见"都是一显一隐，上句方显，下句即隐。给我们营造了一种"惊鸿一瞥"的恍惚迷离的美感。而在这种对比中，还有着指喻的存在（具体请见《指喻维》一节）。

87

以上是非常明显的对比，还有一种对比是我们难以察觉的，如"岠（山）中仰视遮高天，遥观青翠叠重峦。"他通过在内与远观实现了对同一事物不同视角的对比。

另一种形式是一句诗之内即有对比，如"巨鲲自觉虾蟹小，雄鹰当看燕雀低。"每一句提到的两个事物都形成一个对比，而两句由于表达的是相同的喻意，所以内有对比、外有排比（白话文中三句以上为排比，但古诗中多为两句一联，故也视为排比），同时兼具两种修辞，再加上这两句本身都是指喻，而且它还是比喻与拟人的兼用（还是说套用更严谨？），所以事实上它每一句都有四种修辞手法。如果加上对偶则有五种。

作为喻学中的根本之喻阴阳，王子居在《龙山》中的运用也是非常多的，除了单联中上下句的对偶中有对比（古代辩证唯物哲学中相反之事物为最典型的阴阳对比）之外，《龙山》本身整首诗就是仙家传说和国家气象交互描绘，所以它事实上整体就是一个大的对比。

变化无方的修辞和艺术手法

除了整体的对比外，《龙山》更有段落之间的对偶，而这种对偶同时也是对比，如"绝岭遥遥缠复绕，万龙聚首共来朝。千秋万代有天骄。"写的是人间竞争，王者争霸；而"风来松海万重涛，雨落涧林千龙啸。中有仙人乐逍遥"则是写了离世无争的逍遥自在。通过两相对比来结尾，令得整首诗的诗意在虚与实之间变化对比，这种阴阳对比与全诗贯穿的人世争雄、仙家传说等虚实相间的写法相呼应，在最后的结尾处令得这种对比明显起来，令得两种境界的不同更加强烈。

在对阴阳动静的组合运用上，王子居的笔法可谓出神入化，如"天渊精气混云岚，旭日磅礴千峰巅。仙花香传九万里，苍木耸霄绿藤悬"写的是阳光照耀下的光明、绿意、生机，而"明月轮转过九天，九霄风贯忽然间。白云如海冰冻结，奇松顶雪意凌寒"写的则是极阴的无边冰冷，四联八句，用游仙诗的自由想象，写出了阴阳转化间的那种神奇瑰伟。"天渊精气"写天的气息与地底的深渊所溢出的精相交融，混合成为精气而又与云岚相混合，从而成为一种独特的云霞天气，而阴阳相交的那一刻恰恰是日出分际，于是旭日以雄伟的气势喷薄而出，以磅礴的王者之风和气势君临千峰之巅，这一联，既用天渊精气写了天地阴阳交融的伟大天象，又指喻了无上巅峰的王者之风。而下联，则更具游仙诗的神奇色彩，那仙花因天地交融阴阳相合日出照耀天下而绽放，其香气飘荡九万里之遥，而苍木高大，直上重霄，其上面挂着无尽的绿藤……而写阴的方面一样精彩，首先阴中有动，那就是明月轮转于九天，似王者巡察天上宫阙，而在明月轮转之际，那九霄之风贯彻天际，阴寒之气将无尽云海突然冻结，千山万岭、如海白云刹那静止，而在这无穷冰冻中，那无穷龙山的最高绝巅上，有一棵奇松顶着冰雪，散发出无穷无尽的不屈的凌寒意志，从而令得诗意得到了一种无上的升华。

喻学里的阴阳喻有各种形式，比如正反相对，如高与低、上与下等，在《龙山》中我们可以看到这种极尽的对比。以简单的单句对比而言，有时候我们可以看到王子居有意对比的痕迹，如高低的对比有不少。"千林怪木击风鼓，万丈巉崒响鸣镝。仰望雄山不见天，俯视云林莫知底（这一联其实还有一重暗的对比，即人的渺小与雄山之高、云林之深及山谷之深的对比，之所以还有这一重对比，是因为仰望和俯视都是人的行为，所以它比其他诸联的对比又多了一重）""铁嵴（骨）万里根盘（牢）地，绿甲千旬气弥天""崇巄气激嘘长啸，巇峪潮生泛疾漩。"这四联都是高与低互相对比的，而且都是极高与极低的对比。除了千林怪木要从语境里体会它相对属于极高外，其他都是很明确地写其极高。又如"千旬荡波映月轮，万里扬风摇海日（开海雾）"，除了日和月是一个阴阳对之外，水（波）和风也是一个高低对。

而这种刻意的极高与极低之对比，有时候就会附带了一种哲学上的喻义，如"千林怪木击风鼓，万丈巇壑响鸣镝""铁嵴（骨）万里根盘（牢）地，绿甲千旬气弥天"两联，事实上有着"动于九天之上，隐于九地之下"的意味。这也许是一种暗典。或者说，王子居在造化诗境的时候，是周密而严谨地考虑到中华文化中的各种著名概念的。

喻诗的一句多维境决定了它有很多元素都要隐藏，而博大精深的阴阳对在《龙山》中也有很多是隐藏的，如"千林怪木击风鼓，万丈巇壑响鸣镝"这个典型的阴阳对，它其实指喻着军事中的"动于九天之上，潜于九地之下"。上句写崇山峻岭之上的山峰林木都是中华民族的战士，它们以风（此为九天）为槌，以身为鼓，在九天之上，奏响无畏无敌的战歌；而万丈深的谷底（此为九地），巇壑之中传出尖啸的鸣镝，在九地之下发出有我无敌的战令。

王子居诗歌有一个共同的特点，就是由于他的诗追求凝练性，所以他的诗歌的诸多艺术手法和技巧都是隐性的，比如多维诗境里的比喻往往是指喻，由于所有的贯通维度都隐藏在象（自然景物）里，我们平常看到的往往只是他写出来的景象，而景象中蕴藏的更多维度，极其容易被忽略。所以他的诗中，对比的笔法也是隐藏的，需要认真思考才能发觉。

以单句的上下句对比而言，《龙山》中很多拟人句都同时有对比，如"山拱河卫形不尽，山依河倚势无圻。万屹千岮争攘攘，千崤万岘拥熙熙"每联的上下句事实上是一种对比。很巧的是，这两联的对比是通过回环和反复的修辞手法来实现的。

王子居善于构造博大无边的、对比强烈的意境来表达他的意，事实

89

变化无方的修辞和艺术手法

上，他对格律诗精华的掌握程度古来罕有，因为格律诗的对偶被他运用到诗歌中就变成了诗意的大对偶，也就是说，整首诗、两段诗、整段诗、段中四联八句……在王子居的运用中，往往都实现一种整体的大对偶，从而令王子居的诗歌具有一种更加博大精深的文明内涵。

王子居在律诗中创造出了别出心裁的大小对，而《龙山》中这个对，恰恰也是大小对。前四句是旭日磅礴、生机无限，后四句是冰封万里，而旭日磅礴的王者之风，对一棵古松的傲雪凌寒，也是一种大小对，它是以一种磅礴无边的气势，对一种不屈无畏的精神，一种是极其盛大的顺境，一种是极其艰难的逆境，也是一个虚实之对。

这样的诗意大对偶+对比在《龙山》中还有一个，即"绝岭遥遥缠复绕，万龙聚首共来朝。千秋万代有天骄"的红尘凡世之盖世英雄与"风来松海万重涛，雨落涧林千龙啸。中有仙人乐逍遥"的世外仙境的仙人之对。只不过在古诗里，王子居没有让它们对得那么严格而已，而这恰恰是诗意的整体大对偶的精华（过于追求对偶的工整、严对，会让诗意僵化，是应该避免的诗病）所在。

在《古诗小论》中，王子居举许浑的名作讲律诗的内对偶（《龙山》一诗中的内对偶如"龙山分列江河措""苍木耸霄绿藤悬""巨鲲自觉虾蟹小，雄鹰当看燕雀低"等句），其实王子居对内对偶的运用超越了许浑的境界，因为他的内对偶富含更深的诗义，比如那首曾令他封笔停诗的《紫薇》，其末句"长空碧海一浮沤"，他用长空碧海的无限广阔和一个浮泡的无限渺小做了一种强烈的对比（这是一个指喻的多维诗境，以修辞手法而言，它同时有指喻和对比），即便我们不去探究这种强烈的对比所指喻的多维诗意，单只看他在一句诗里进行这种强烈的对比，这种诗意的凝练就是古代诗人很少能做到的。

而《龙山》在单句的修辞手法上，其实现的维度还要高于《紫薇》的"长空碧海一浮沤"，如"龙山坐镇天地间，鲲河奔冲永不闲"一联，既有单句的拟人、指喻、用典，又有上下句之间的对比，它实现了一句诗中，蕴四种修辞手法，而事实上，由于它是属于全诗的最后三段，而最后三段事实上是形成一种排比的，所以如果我们真正讲修辞手法，那么这一

龙
山

联诗事实上具备了文学四大修辞手法的全部四种大类，还加了一个小类用典。如果我们算得宽泛一些，加上前面提的反复和对偶，那这联诗达到甚至超越了七字七修辞。

事实上，指喻和象征很难分别，这一联也象征了华夏的安定不移和生机繁盛。如果加上象征，那它事实上达到了八种修辞。除了象征之外，其实它还有警策修辞，为什么这么说呢？因为"鲲河奔冲永不闲"是经过几次修改的，其最早的形态是"大河奔流不复还""大河滔滔去不还"等初始诗句，从气势或气象来讲，也还不错，但王子居修改成鲲河以与龙山相对应，将流字改成冲字以增强大势的感觉，将不复还改成永不闲以示警醒，为什么要改成永不闲呢？因为"龙山坐镇天地间"给我们带来了一种安稳不动的安全感，王子居觉得这种安全感可能带来松懈、疏忽、不思进取之病，所以他用鲲河的奔流不息来警醒龙的传人要自强不息、永行无止。除了不可懈怠的警策外，这种动静结合、刚柔相济、缺一不可的思维缜密性，本身就是一种更高层面的警策。

所以这一联的象，既有象征，也有指喻，还有警策。读到这里的读者不必惊讶，天下万象，日月为尊，日月之下，山河为大。如果运用这世间第二大的象，还写不出单句九重天和单句九修辞来，那王子居也就没资格成为喻学和演学理论体系的创立者了。

喻诗中的形式之喻主要的是诗意的对偶，而王子居的喻诗中这种对偶从整首的大对偶过渡到数段、整段、数联，然后向最小实现一联、一句的小对偶、内对偶，可以说，他的诗歌对对偶的运用超越了有史来所有诗歌的极限，从来没有人运用对偶能像他那样将一首诗写得如同一部精密的仪器，有各类大大小小的齿轮紧密咬合。而这种严密的诗意对偶中，还变化着诸如阴阳对、虚实对、大小对等诸多别具特色的变化。

之所以能有如此的凝练是因为喻诗学是以象来进行贯通的，王子居最好的多维诗句中除了象之外，几乎是"不着一字"，正因为他利用象进行了多维度的诗意贯通，从而减少了对其他文字的浪费，所以他的诗作才能用有史来最简短的篇幅，去表达有史来最丰富、最深厚的诗意；同时，他也因之能够用最少的字数，去运用最多的修辞手法、文法。

《龙山》一诗虽然形式上是七古，但其实它大部分诗句都是对偶的，所以它的对比也很多。事实上，在中国历代古诗中，《龙山》无论是对比喻，还是对拟人、对比、排比等修辞手法的运用，都是最多的。

　　王子居的诗越到近期，越发思维缜密如同精密的瑞士名表，他的诗句由于深通象的多重贯通，因而具有象的多重相性，这种多重相性既表现在诗意上的多维度，也表现在修辞手法运用的多维度。

　　这也是为什么我们说如果只读一首诗，那一定要读《龙山》，也是为什么我们说《龙山》是世界诗歌史上诗歌学习的典范，因为它的艺术技巧和笔法、文法都是最多的。

　　为什么《龙山》能成为世界诗歌史上诗歌学习的无上典范？因为它是中国诗歌独有的多维诗境的代表作，以象为贯通的多维诗境，除了在一句诗中具有气象、意象、气势、意志、指喻等的多维诗境外，它还在一句诗中能同时具有指喻、拟人、对比、排比的修辞笔法，因为它可以在一句诗中具有多种修辞手法和文法，所以它具有其他诗歌所无法具有的学习功能。而且，对于多维修辞来说，《龙山》可能是唯一的范例。

　　王子居说他对《龙山》没有我们想象中的那种复杂而精密的构思，而是主要凭对气象的感觉而写成，我们不禁深深地怀疑，这究竟是象的自然巧合呢，还是王子居潜意识里对喻的隐性运用呢？抑或是他以喻为诗早就成为习惯因为太过熟练所以已不需要特别地做构思呢？借用《加勒比海盗》里的一句话，他究竟是临时起意、随机应变呢？还是早有预谋、步步为营呢？

　　也许就在有意无意之间。

龙
山

隐性的排比

百科上这样讲排比：

排比是一种修辞手法，利用意义相关或相近，结构相同或相似和语气相同的词组（主、谓、动、宾）或句子并排（三句或三句以上），段落并排（两段即可），达到一种加强语势的效果。

把结构相同或相似、意思密切相关、语气一致的词语或句子成串地排列的一种修辞方法。

现代语言里的排比很清楚，一般会有相同的字词，但这种字词的相同到了古文里就会嫌累赘，比如《老子》里：

道可道，非常道。名可名，非常名。无名天地之始，有名万物之母。

豫兮若冬涉川；犹兮若畏四邻；俨兮其若客；涣兮若凌释；敦兮其若朴；旷兮其若谷；混兮其若浊……

这种排比是不用"结构相同或相似和语气相同的词组"的，它只有一个结构相同。

土子居讲对偶中多有对比，也讲对偶中多有排比，不过古诗中的对偶多是一联两句，而现代语言定义排比修辞时是要三句以上，而古诗一个单

93

变化无方的修辞和艺术手法

元最多就是两句（比如排律），它的排比显然应以两句为最少。

《龙山》有很多近似排比的诗句，句式基本相同，从而形成了一种气势，它事实上去掉了排比句中彰显排比的语法字词。因此就好像《龙山》的用典、指喻一样，它的排比其实看不太出来，只能从诗句的气势中领悟。如：

山拱河卫形不尽，山依河倚势无圻。万屹千岏争攘攘，千崦万岘拥熙熙。天高地远连六合，深形大势八荒弥。

每一联句式相同（对偶的基础要求），所写的事物也一样（都是龙山），只不过王子居的古诗用字凝练，在一句诗短短7个字中要表达更多的诗意（尤其是多维诗境要表达多重诗意时），就必须对很多因素都隐藏（或者说去掉），许多语法词汇不显，因此我们判断起来就很难。如果我们把它翻译成现代文：

那万里的山河互相拱卫，所形成的地形变化没有穷尽；那万里的山河互相依倚，所形成的军国大势没有边际。那万千的屹岏熙熙攘攘；那千万的崦岘攘攘熙熙。龙山的高远连着高天连着地平线连着六合；龙山的形势极深极大弥漫着八荒。

事实上，《龙山》中存在着一个"结构相同或相似和语气相同的词组"，那就是龙山，因为这一整首诗都是写龙山的，它的写作对象十分集中，可以说，在历代篇幅较长的诗歌中，极少见像《龙山》这样几乎所有篇幅都在描写山。所以《龙山》具有隐性的排比也就很自然了。以这一点而言，龙山是整篇排比，因为它的大多数诗句如果翻成白话文，都有龙山二字作为前缀，而《龙山》有很多对偶句，更是形成了"结构相同或相似和语气相同的词组"。

当我们用现代文还原《龙山》真实的意境时，我们就会发现，《龙山》运用了一种没有现代排比句必须有的相同文字之形式的隐性的排比

（事实上，上面的山河、万千其实是相同词组）。在古诗中尤其是句句对偶的古诗中，像白话文那样每句都有相同的排比语法词组来实现排比句增强气势的效果，显然是不可能的，即便是排律，想要营造排比所带来的语气效果，也不可能通过重字来实现。所以诗歌营造气势，只能用隐性的排比。

需要注意的是，这几句都是拟人，前面两联尤其明显。除了拟人之外，前面两联还用到了回环、反复的小技巧。尤其是"万屹千岏争攘攘，千嶹万岘拥熙熙"事实上是对反复与回环的合用，即诗意上是反复的，形式上是回环的，这样说起来，加上对偶和拟人，这一联事实上用到了5种修辞技巧。

其实上面的文章里面，由于山河千万是重字，所以它的排比其实相对来说还是较为明显易见的。更隐晦的排比是王子居变化了句式的排比，如下面这一段：

岠（山）中仰视遮高天，遥观青翠叠重峦。风云万岭浮天际，光雨千溪落地渊。崇嶟气激嘘长啸，巇峪潮生泛疾漩。虎吼熊咆林间纵，鲲腾蛟跃浪中翻。

那龙山中的大岠，当身在岠中时，仰头上望只见山峰，连天也不能见到；当身在岠外，遥观之时，它就是一抹青翠隐含了重重叠叠的山峦。远望时，风云变幻，视觉的错觉令得万千峻岭如同浮动在云中水上；近观时，瀑布溅起的雨映着阳光泛着七彩，伴随着千万瀑布飞落下地底深深的大渊。高高的山峰间隙在大风的激荡中发出长啸；深深的谷底水流在潮流的汹涌中泛起急漩。在林间，虎在怒吼熊在暴咆，在浪中，鲲在飞腾蛟在跳跃。

《龙山》为什么具有一种一往无前的气势？《龙山》为什么在气象之中写出了诸多气势？王子居运用了隐性的排比是一个重要的原因。

古诗的排比是不可能出现现代语法或赋中的排比句式的，对这种营造气势的隐性排比，只能个人去体会、认可或不认可。

事实上，中国古诗之所以能成为世界文学史上最经典的文学形式，有其必然的道理，如在对偶之中常常包含对比、排比的修辞手法，就是其中一个重要原因，《龙山》中对这些修辞手法的贯通性运用，则是超越了历代古诗的极限，达到了更高的高度、更多的维度，从而产生了更多更强的效果。

就如同《龙山》整首都在指喻、拟人、对比、用典一样，《龙山》一诗整首也在运用排比。

排律是古体诗中的一种，但遗憾的是，古人排律难出佳作，至少能让我们记住的很少，《龙山》的特点就在于，它对偶和散行交替，从而得到了排比的气势却避免了排律的僵化。

除了在诗意、结构上的排比外，王子居对排比这一知识的贡献还在于，他在诗歌中还采用了声调的排比来增强诗歌的气韵感、气势感。具体请见后面讲到的《气韵》一节。

龙山

从排比开始，排比、拟人、夸张等修辞手法我们选择略讲，《龙山》中其他的排比这里也不一一列举了。

拟人

《龙山》不但整首都是指喻，同时它整首也是拟人。因为如果不是整首拟人，龙山是无法写活的。而在这整首拟人中，部分细节上的拟人则实现了《龙山》的更多维度。

在写《龙山》所形成的军事地形布局时，王子居就用到了局部的拟人，如祁连天山坐相望的坐字和望字，都是拟人的笔法。又如：

龙山分列江河措，经纬纵横华夏依。山拱河卫形不尽，山依河倚势无圻。万屹千岏争攘攘，千崵万岘拥熙熙。

这三联里用词全部是拟人化的，如分列、措、经纬纵横（此处为动词）、拱卫依倚、争攘攘、拥熙熙等，都是用人的动作或状态来拟龙山的。"白云深处倾玉帘，山径危绝挂天梯"看起来是比喻，实际也是拟人，因为帘子和梯子都是人类产物，而倾字和挂字如果以形容词解，则此句是比喻，如果以动词解，那就是拟人。

看过《喻诗学：中国诗学的革命》和《喻文字》中关于厚字的讲解，相信大多数人能够理解，喻文字本就具备多种词性和意义，作为喻诗学的开创者，王子居运用文字时，尤其是在古诗这种体裁里，一种文字多种词性是很自然的运用，这一点，看过《论语原解》中王子居对古代语言的阐释，就会更容易理解。

变化无方的修辞和艺术手法

如果说以上的拟人比较隐晦，那么，"千林怪木击风鼓，万丈巉嵲响鸣镝"就是比较明显的拟人了，在王子居的笔下，崇山峻岭之上的山峰林木都是中华民族的战士，它们以风为槌，以身为鼓，在九天之上，奏响无畏无敌的战歌；而万丈深的谷底，巉嵲之中传出尖啸的鸣镝，在九地之下发出有我无敌的战令。运用人性化的动词来写事物，从而将事物写活，这是拟人最基本的方法，而《龙山》以下诸句，就是用人的举动来写山的：

龙山

日月合易，象在龙天，天予华夏，富诸龙山，

铁崤（骨）万里根盘（牢）地，绿甲千旬气弥天。

壁立雄嶂神斧削，插天奇屹（峰）仙剑寒。

崇嶂气激嘘长啸，巉峪潮生泛疾漩。

巨鲲自觉虾蟹小，雄鹰当看燕雀低。

峻拔雄山接海日，浩荡高风贯寰宇。

万年凝雪披白玉，千秋木落飞鸿羽。

大日迎我登顶来，长风为我廓天宇。

捧日高标六龙行，量天振翼鸿鹄举。

龙山腾跃势欲飞，霸世雄峰连天路。

岩际古松枝摩天，岫窟渐没失云烟。

奇石嶙峋仙布阵，怪树舞风旗招展。

秀峰入云三千尺，直接明月照琴台。

龙山坐镇天地间，鲲河奔冲永不闲。

绝岭遥遥缠复绕，万龙聚首共来朝。

《龙山》除了整体的大拟人之外，它在局部的运用上，多处用到了拟人的修辞笔法。至于这些拟人在诗中具体运用的奥妙，这里就不再讲了，因为讲到这里时已经到了七万多字的篇幅了。如果把《龙山》的技巧一一讲出来，恐怕三十万字也未必做到吧。

不过在这里想提醒创作者的是，拟人和指喻一样，也是创作多维诗境必不可少的修辞。

夸张和与指喻混同的象征

对于一首形式上的游仙诗来说，诗中那些夸张的笔法还算不算夸张呢？如果描绘仙山的句子也算是夸张，那么无疑，《龙山》中运用最普遍的修辞手法就是指喻和夸张了。

对部分读者来说，可能《龙山》的象征要先读《王子居诗词：喻诗浅论》里的象征论述，因为《龙山》对象征的运用几乎是全隐的，而象征运用是分不少层级的，有从明确到半隐到全隐的发展历程，一下子就接受全隐的象征可能会有些难以适应。

在百科中经常会有一些混乱，比如对修辞学的定义中象征被视为一种修辞，但在象征的定义中象征又被说成是一种构思手法。以下是百科对象征的定义和表述：

象征手法是根据事物之间的某种联系，借助某人某物的具体形象（象征体），以表现某种抽象的概念、思想和情感。它可以使文章立意高远，含蓄深刻。恰当地运用象征手法，可以将某些比较抽象的精神品质化为具体的可以感知的形象，从而给读者留下深刻的印象，赋予文章以深意，从而给读者留下咀嚼回味的余地。

这种手法，来源于《诗经》中的"比""兴"。《诗经》《楚辞·橘颂》就是通篇运用比兴手法的古代名作。此后在诗歌、散文中成为常见的

变化无方的修辞和艺术手法

手法之一。它一般用来赞颂美好的事物，体现作者对理想境界的追求，但有时也可用来讽刺丑恶的事物，抨击不合理的现象，它既可以通篇运用，作者并不点明，而由读者自己去体会象征的含义，也可以只用于某些章节片段，由作者直接点明象征的含义。

象征是一种艺术手法，它和比喻修辞手法有相似之处。正如比喻要求喻体和被喻事物之间要有某种相似的特点一样，象征也要求象征之物与被象征之物之间有某种相似的特点，从而可以让人引起由此及彼的联想。不过，比喻属于修辞范围，它可比喻抽象的事物，也可比喻具体的事物；而象征则属于艺术手法，它与构思相关，属写作构思技巧，而不只是语言加工问题。象征一般都用来表现某种抽象的概念或思想感情，也就是说，它是通过某一具体形象表现出一种更为深远的含意，让读者自己去意会，从而让读者获得美的享受。这是一种隐晦、含蓄而又能使读者产生体会愉悦的美感的技巧。

王子居应该对传统的象征的定义不是太认同的，比如他说"象征必皆来源于指喻，指喻有可能化为象征。"浸淫于佛学经义二十年的王子居，可能对于佛学的理解较他的诗学造诣更深，佛学中文学性的如莲花之喻，莲花就是一个典型的一指多喻，如喻清净、出世俗而不染世俗、出欲望而不染欲望、升华欲望俗法为佛法、纯洁、母体（如塑象中莲花出书册、圣贤坐莲花）、女性【与金刚杵相对应的性别、与喜舍相对应的慈悲、与方便相对应的智慧（如圣贤坐莲花）】、超群之美态……那么当莲花化为塑像的时候，它就不再是指喻，而是象征，它象征着清净、出世俗而不染世俗、出欲望而不染欲望、升华欲望俗法为佛法、纯洁、母体（如塑象中莲花出书册、圣贤坐莲花）、女性【与金刚杵相对应的性别、与喜舍相对应的慈悲、与方便相对应的智慧（如圣贤坐莲花）】、超群之美态……

在《龙山》中，指喻和象征是很难分别的，如"铁嶂（骨）万里根盘（牢）地，"我们可以把它解成"中华文明的坚固不拔就像那龙山牢牢盘住大地的山根一样，中华文明的坚强不屈就像那龙山绵延千里的铁嶂一样。"这样解的时候它就是指喻。我们也可以这样解，"龙山那绵延千里的铁嵴象征了中华文明不屈的脊梁，龙山那牢牢盘住大地的山根象征了中华文明的坚固不拔。"这样解的时候它就是象征。

我们搞不清楚修辞学里对象征和比喻的具体的区别究竟是什么，但很明显的，作为一象贯多维的《龙山》，既是整体的隐喻，也是整体的象征。

我们说《龙山》整体象征应该是不错的，因为不是所有的指喻，都能成为象征！就好像前面我们讲的古人用典之病，古人用典不能化为指喻，但《龙山》的用典却大多成为指喻，而其指喻能成为象征，自然也不必多疑。

而《龙山》之中，化典、指喻、拟人、象征，实际上是圆融一体的。

这个圆融一体，就好像《龙山》能做到气象、气势、意志、骨力、气韵、气质等维度圆融一体一样。

而实际上，《龙山》四十重左右的维度，也是圆融一体的。

变化无方的修辞和艺术手法

其他修辞手法

　　即便是较少用的修辞方法，王子居在《龙山》中也有用到，如"山拱河卫形不尽，山依河倚势无圻。万屹千岏争攘攘，千嵋万岘拥熙熙。"他十分具有创造性地将反复与回环合体而用，他在反复与回环中求变化，只运用部分的反复和回环，而避免了章回小说中那种僵硬的、简单的反复和回环。

　　现代语言学中的修辞仅仅是一种文学的小技巧，《龙山》虽然将修辞运用升华到了道的层次，但它依然有一些小技巧存在，比如"千劫万世谁成仙，仙人悲泪竟如雨。雨落林光千涧涨，风掠云根万峰浮"一联，就用到了顶真这个小技巧。另外如"云深才好觅仙屐"的仙屐二字，很明显是一种指代，浅了说，指代仙人，复杂一点说，指仙人的踪迹。之所以用这个修辞小技巧显然是为了押韵。

　　又如"纵横经纬华夏依"的双关，喻文字的特点决定了它的双关性，"纵横经纬"四个字，就语带双关。它们明面上是写山川布局的，但这两个词其实贯通着其他的意思，大家想必都很熟悉"纵横捭阖""经天纬地之才"这两个常用词语，喻诗的特点就是贯通性，它贯通着这两个意思，所以这一联诗其实是两维的，在修辞上，除了双关外，依字也是一个拟人的用法，当山川能够"纵横布列""经天纬地"时，这个句子其实已经是有拟人的修辞格了。由于双关的不确定性，我们既可以将那"纵横经纬"的主体理解为山川，也可以理解为历代的英杰。

而一喻多指，恰是指喻的特点。

其他像象征可能用得多一些，还有警策等，分散在各句里面，就不一一讲了。而事实上，由于《龙山》的文明、文化涵义极为深厚，所以在《龙山》里事实上存在着一些曲折或婉曲的修辞格，只不过既然《龙山》选择了婉曲，王子居自然也不会公开讲这些修辞格，那就"只可意会，不可言传"了。

《龙山》之中，对偶、排比、对比是一组，经常混合而用，这一组增强诗的气韵或者说气势，而比喻、象征、拟人为一组，这一组，增强、加深诗的内涵深义，这两组再交叉组合运用，就造就了《龙山》的万般大气象。当然，要说明的是，对比也是一种增强、加深诗意的修辞手法。

我们算是大体上粗略地讲完了《龙山》在修辞技巧方面的殊胜，很多细节比如拟人、排比等尚还来不及细讲。

《龙山》中的修辞殊胜是最后被发现的，不过最终却被列为《龙山》的第一殊胜，因为无论王子居将它运用到何种高度和维度，它毕竟相对其他殊胜来说还是最简单的。可就是这最简单的喻之贯通，其实我们也只讲出了表象，更深刻的内在的东西，比如修辞手法如何运用、如何组合出多维诗境等，根本不是我们能讲的。

是的，以上看似牛哄哄的一顿修辞手法的列举，确实没能涉及到这些修辞手法是如何起作用的，它实际运用的奥妙在哪里，我们智止于此，力尽于此，且留待以后吧。

感兴趣的朋友，可以多多揣摩。因为我们讲完修辞之后，就会讲到《龙山》一诗真正的诗意了。

变化无方的修辞和艺术手法

一字一修辞

龙山

2019年的时候，事实上我们对《龙山》的维度有点不知该怎么计算，因为那个时候已经出版的《古诗小论》里只主要讲了气和意两种维度，其中还曾涉及到的时空维度，在《龙山》中就被归入诗演的维度。

因为在其他诗词中整体维度也算是单句之维的，比如一象多喻境的诗歌每一句都带有多重喻境，自然是一句多维，而《龙山》除了整体隐喻外还有整体象征和拟人，我们上面举例的修辞其实都是单句即具修辞格的，并没有把那些依因《龙山》的整体隐喻、拟人、象征而具有的修辞格列入。

同样的，《龙山》由于抽象整体的布局和哲学贯境而具有的诗演层面的那些特殊维也是未计算维度的，因为王子居并没有对它们进行明确的维度定义。

而在多维修辞与诗境的关系未被发现之前，它也不被王子居视为一个维度，而2020年则被视为一个维度，但并不是所有的修辞都能出现多维诗境，只有与多维诗境贯通的修辞王子居才认为是多维修辞。

而我们更倾向于诗中的修辞即是多维修辞，这样才会有更多的诗人进入多维诗境。

我们看得出来王子居并不想去完全彻底地确定诗歌的维度和维度的标准，他想交给时间由其他诗人们自己确定。因为只有经历时间洗礼和更多的人体验才能看得更清楚、定得更准确，当然，最主要的是合乎诗歌发展的实际情况。

《龙山》不仅单句在气和意这两个传统层面能达到九维诗境，它还有修辞的多维、指喻的多维。也就是说我们在《龙山谣》里划分的九重天，只是传统诗学理论里所讲的诗歌意境维度的九重天，而修辞之维、指喻之维是不论的。当所有维度全部计算，《龙山》最高可达单句三十三重天左右。而这还不算《古诗小论2》《王子居诗词：喻诗浅论》中指出的数理维度的八重天，亦不算由于局部维度叠加带来的乘数效应，如我们前面在《意象万千与气质万千》中讲五维气质乃至七维气质，有时候就讲成一个气质维度了，指喻维的维度自然也一样。

因为喻诗的贯通交织和交织贯通自然会造成各种叠加，从而产生一种维度的乘法效应。事实上王子居早就预想这种喻学的交互的贯通、交织造成的维度叠加，会对中华文明的各个认知领域尤其是科学领域带来一定的借鉴、启迪、变化，当然目前它只在一个预想阶段，想要去证明，需要很长的时间、很多的人、很多的物力……

事实上，科学界的世界十一维度之论本就是一种设想，并不能证实，而喻诗学为我们展现的这种维度叠加的乘法效应，未必不能对科学的维度论带来另一种思路，何况这种维度的叠加不单在喻诗学四部曲中有很多例证，王子居在《局道》《喻文字：汉语言新探》《决定健康的八大平衡》《平衡的，才是健康的》等著作中都曾运用及论证这种维度的叠加。

在王子居看来，如果是对其他文学体裁和对外国的字母语言诗歌而言，中国初盛唐古格律诗当然可以讲数理维度的八重天，但对于古诗本身而言，由于字数齐整的古诗本就要遵守几重天，格律诗自然要遵守八重天，已是一个常识，所以讲古诗自然就不计数理的维度了。

如果是对外国诗歌讲维度，我们要是讲得宽泛一点，将数理维度和整体维度也计入，如果再计算维度叠加的乘法效应，那《龙山》是可以达到单句四十九重天乃至更高的。

一句话可以用几种修辞？而一句诗七个字，可以用到几种修辞？如果平均一个字就是一种修辞，如果没读过喻诗学四部曲会有人相信吗？如果这七种修辞中的一种修辞可以被分为五六种完全不同的诗意，没读过喻诗学四部曲的人会相信吗？而这就是《龙山》给我们彰显的文学技巧所能达到的极境（目前而言）。

　　《龙山》的一句三十三重天可不完全像王子居说的那样是由感而发、自然而成的，其中绝对少不了匠心，如这两句"雄山峻伟天地间，大河滔滔去不还"，因为《蜀山》改名为《龙山》，那么"雄山"也就改名为"龙山"，一字之差，就具有了象征和指喻，而为了对应"龙山"，"大河"自然也就改为了"鲲河"，不过仅仅这样改，这两句诗是不具有后来那十几重的指喻维的，当王子居将"峻伟"改成"坐镇"时，拟人的笔法使得这两句诗具有了气势和意志，而当"去不还"改为"永不闲"时，这两句诗就构成了诗歌中极难追求的时空对，并且让整联诗一下子具有了多重喻义，而当滔滔改为奔冲，这十几重喻义就比较圆满了，从而也就承受得住任何解构了。而同样的，王子居的喻诗学在数理之维中，强调对偶是诗意之维与数理之维的完美结合，是因为对偶最能方便地利用汉文字中的阴阳哲学对，而龙（有学者认为古指龙星，是北极星的别名）在《易经》中代表天象，是刚健的象征，属阳的范畴，而鲲在《庄子》中是海中生物，属阴，王子居将大河改成鲲河，于是就具有了哲学贯境，将去不还改成永不闲，于是就与天地间形成了时空的哲学对，与坐镇形成了动静的哲学对，从而将阴阳相对哲学多维地贯通到了这一联诗中。

　　当我们溯源《龙山》一诗的创作修改过程时，我们才会明白，《龙山》的三十三重天不光是灵感生发，更是由匠心所铸！

　　王子居前期的诗，如《紫薇》等作尚留有原稿，我们能看到他将一首简单的写景抒情的诗作修改成一首喻诗的过程，但他后期的诗很多是直接在电脑上修改的，有时候存储文档不同，我们能从不同文档中进行对比从而看出他如何修改出一首喻诗，但储存于同一文档中的诗作的修改过程，就无法追溯了。

　　通过对景象的不断修改而点化出喻诗，正是喻诗创作的题中之义，那么复杂的多维结构，不可能是一蹴而就的，即便是最简短的《相思》，看似极其天然、脱口而出，那也是因为他同时创作了整整15首相同题材的诗作，尤其是《红豆咏》有近两千字，他其实思考得已经很多，所以才能天然成就《相思》。

而《龙山》是在电脑上修改的，很多修改的历程是看不见的，王子居也只能说它是"天成之作，非人力可及"。

现代修辞学的理论对王子居的诗歌是不太适应的，因为现代修辞学里的套用、兼用，无法解释王子居诗歌里的一句数修辞所创造出的意境，所以我们才说多维修辞。

以喻学创造出的喻诗，在修辞学方面，自然也是用喻的贯通性来解释才恰当。

喻诗的修辞能达到什么程度呢？它能达到有史以来人类文学从未达到维度+密度，之所以《龙山》在很多个层面超越了人类文化史的极限，修辞的运用恰是其中原因之一。

让我们用"龙山坐镇天地间，鲲河奔冲永不闲"为例，让读者朋友有一个直观的理解。

《龙山》虽不是排律，但多数诗句都讲究对偶，而对仗、对偶是诗歌中常用的修辞格，但我们要注意的是，这一联的对偶不是普通的对偶，而是升华的对偶，是多种维度的对偶。

王子居讲诗意的大对偶、内对偶等对偶理论，《龙山》诗中，除了诗意的对偶外，形式的对偶也很多，如"千林怪木击风鼓，万丈巉礐响鸣镝""仰望雄山不见天，俯视云林莫知底""始惊蜀天清兮蜀云幻，复叹蜀水妙兮蜀山奇"等句，都是形式上严格对偶。"龙山坐镇天地间，鲲河奔冲永不闲"这一联，前面四个字两个词是形式比较严格的对偶，后面三个字则是形式不严格的时空对。

想要史好地理解这一联的诸多修辞格尤其是对偶和其中的指喻，首先要理解何为指喻。

指喻出自佛经"修多罗教如标月指，若知所标，毕竟非月"。指头是指着月亮给人看的，这种比喻王子居称指月喻，而当指头伸出去时并不明确是指向月亮，那它就是指喻。

指喻由于并未指向固定之事物，所以它能够一指多喻。

为了更好地理解指喻这一特点，朋友们可以看一看《三体》的最后一部太阳系文明灭亡时，给人类文明指出未来但却被解读错误从而导致太阳系文明被压缩成一个平面二维世界的故事，虽然不是完全一回事，但却可以很好地从侧面加深理解。《三体》的故事可以让读者很好地体会到，一个宽泛的指喻是可以有千百种解读的。

当然诗歌中的指喻跟故事还是有区别的，就是诗歌中的指喻有着严格的贯通性，而非仅仅靠关联性去联联系想象，王子居的喻学是严谨的，他的喻诗也一样严谨，他的指喻是不能乱解也不可以乱解的。

指喻作为喻诗学中最终极的形式，是刚刚出现的全新概念，也许会比较难以透彻地理解，所以我们先来看王子居诗词中那些多维诗境的指月喻：

龙山

杨柳春烟迷蝶路，落叶秋风失雁行。

由于这一部分后来增补到《王子居诗词：喻诗浅论》里了，如要看得更仔细，请读其《喻诗究竟有多美》一节。

王子居赋予他的诗以超越诗骚汉唐极限的美，除了诗骚汉唐共有的气象、意象、情景交融之外，更高的意境、更多更好美的往往隐藏在他的指喻里。而这两句诗恰是传统意义上的指喻，即指月喻，但它的形式却并不是指月喻，而是指喻，为什么一个指喻的所喻是确定的呢？因为它是紧承上一联而来的，上一联所讲的是：

一笑一叹一流光，一人一事一衷肠。

"杨柳春烟迷蝶路，落叶秋风失雁行"是紧承着它而来的，也即是说，第一联的一笑一叹、一人一事、流光衷肠的具体所指，就是第二联。所以这个指喻被第一联限定，因而成了指月喻。

如果没有上下联对诗意的限定，"杨柳春烟迷蝶路，落叶秋风失雁行"（具体赏析可见《王子居诗词：喻诗浅论》）是可以一指多喻的，而且它还是一个可以成为哲理之喻的一指多喻。中国古代诗歌里，有很多诗歌被后人用为比喻，脱离了它们原先的诗意，比如"山雨欲来风满楼""青山遮不住，毕竟东流去"等，都被用作讲解政治形势的比喻（可参考《古诗小论2》）。

这一联诗如果脱离出诗的本身，则它具有的因太美而迷惑、因时势而失落的象，也一样会被贯通出各种喻义，来形容人的际遇乃至政治形势的变化。

以上我们说的是被限定了所指（通常一首诗的本身就会限定所指，但有的诗境过于阔大时，这种限定就会变得更自由）的指喻达到多维诗境后所具有的神妙，而不被限定所指的指喻，达到多维诗境后，自然会更加神妙。

充分地理解一个指喻如何被限定地用为指月喻，可以令我们更好地理解《龙山》中那些没有被限定的指喻。

比如"龙山坐镇天地间，鲲河奔冲永不闲"是没有任何上下文的限制的（但依然有《龙山》整诗的限定）。相反，上下文给了这一联诗更广阔的空间（可参看《抽象整体的布局与哲学贯境》等节），从而让它的多所指向的指喻变得基础更扎实。

上面所讲"杨柳春烟迷蝶路，落叶秋风失雁行"，是意象二维、指喻三维、时间四维的四维诗境。单句四维之美已是诗骚汉唐的极限。

而"龙山坐镇天地间，鲲河奔冲永不闲"呢？它具有的维度超越了十维，事实上，即便我们不做叠加之维的乘法计数，它只论单维也达到了三十三重维度。它本来是"龙山坐镇天地间，大河滔滔去不还"及"大河奔流不复还"等句变化而来，因为原句是少了好几个指喻的维度的，而且对偶也很松散，所以王子居改为"鲲河奔冲永不闲"，不只是对偶更严谨了些，而且最重要的是它平空就多了几个指喻的维度，同时还多了时空相对的维度。

而它具有的修辞呢？也达到了十种左右（按现代语言学的标准严格地说也许是七八维，但这是古诗）。

我们在2019年十月份以前，并没有意识到《龙山》在修辞上具有高维，那个时候我们写的《龙山谣》依然是写九重天，不过它已经不同于王子居在《古诗小论》时讲的诗意九重，而是指《龙山》综合的九种殊胜（可参考下一章对《相思》的十四殊胜的讲解及本书各处论述）。

2019年年底我们才发现，《龙山》的单句，至少有四个九重天，也就是说《龙山》的单句实际上达到了三十三重天。

下面让我们仔细看一下"龙山坐镇天地间，鲲河奔冲永不闲"这一联因指喻而变化的对偶：

1.首先它是一个刚柔对，山与河本身是一个阴阳相对的对偶，这联诗的指喻修辞格中，还有男女的指喻，它具有着男性和女性的差别。这并不是天然成就的，而是王子居刻意赋予的，当他将不复还改成永不闲，将大河改为鲲河时，这些阴阳哲学对是在他的有意赋予中的。这可能是《高山青》里"碧水常围着青山转"的那种男女刚柔的意境在他潜意识中存在很久后，突然在《龙山》里进行的化用。

2.它是一个时空对，上句的天地间是表空间的无远弗届，下句的去不闲是表时间的永恒不已。

3.这一联在对偶的同时还具有指喻的修辞格，而指喻与对偶结合起来，使得这联诗其实具有三种对偶，除了形式对偶外，二是自然山川之象的对偶，三是其指喻的对偶，而其指喻也是多维的，具有攻守（国家形势）、开合（国家策略）、刚柔（形势哲学）、动静（形势哲学）、男女的五重指喻，每一重指喻都能构成一个单独的对偶。也就是说，所有的对偶加起来至少有七重对偶。王子居所建立的演学理论里，从一到五的数理之学中，贯通中国文明史的最发达的就是二的数理阴阳相对哲学，作为二十几年前就已发现喻文字中的阴阳哲学对的人，他对阴阳相对哲学的精研，使得他能够做到这种多维叠加的对偶。对于这一点，读者可参阅下一章讲到的《相思》一诗，那是他在十八年前的作品。

喻诗里面产生的这种多维现象，是喻文字以象为载体不断贯通的延续。

王子居的喻诗在整诗而言有"一象多喻境"，在单句而言，《龙山》已达到"一象九（攻守和开合或可为一，则数为四）喻境"乃至更多，这个数量难定是因为它的维度就像刚刚讲到的对偶一样，有三种对偶、七种对偶的分法，就有三种对偶、七种对偶的算法。王子居秉承了古文化中的计数习惯，以三、九、三十三为约数，所以本书中经常出现的"单句九重天"其实只是一个约数。

我们在《王子居诗词：喻诗浅论》中对《紫薇》的维度，可是用到了叠加维度的乘法的，那么如果这一联单句五喻，而又有整体上的九至十三维的隐喻境，那么五乘以十三就是六十五维了。当然这是往多处捞摸，可我们并不能现在就断言，如果《龙山》的多维贯通模式应用到其他学科尤其是自然科学后，会不会产生更多我们无法想象的结果。我们只是顾忌九维诗境其实已经超越很多人的想象了，三十三维也许算是一个极致，似乎不应该再增加了。所以维度叠加本来不是王子居愿意讲的，但我们还是觉得应该稍稍提一下，因为谁也不知道这种维度叠加对其他领域会有什么启迪、借鉴的作用，因为至少在华夏古文明时期，所有的学术认知领域包括古代自然科学领域，都是由象和喻进行贯通的。

如何更直观地理解"一象多喻境"或"单句五喻境"？

可以想一想电影《无双》，《无双》里讲到高明的画师遇上高明的裱画师时，由于高明的画师力透纸背，而高明的裱画师技艺无双，所以能将一幅画裱成三幅，三幅画都是真迹。我们不知道《无双》里的这个说法是不是只是电影的艺术想象，但王子居在诗歌里可是将这种想象变成了现实的。

无论是三喻境或五喻境，都可以解释成三种或五种诗境。与一画三裱完全相同的境界不同的是，这几种诗境本质上、领域上、维度上是不同的，是完全不同的诗境。

所以说这一联诗的指喻对偶有五维，加上时空对和本有的阴阳

变化无方的修辞和艺术手法

对，它其实具有六七种维度的对偶，如果我们往多了计数，加上自然现象和诗本身的对偶，则它有八重对偶。而天地间的时空对对于龙山坐镇和鲲河奔冲所形成的五种阴阳对偶，是可以叠加的，如果我们在对外文学比较的时候，我们是完全可以再叠加出五重时空对的。也就是说如果我们往多里计数，这联诗有贯通交织的十几重对偶。而且这还没有与它的整体指喻叠加。

所以这一联诗虽然也是对偶，但它绝不是普通的对偶。

这联诗达到了一字一修辞的极境，而它一字一修辞的对偶辞格中，还有七八重对偶。它不光是"一句九修辞"，还是"一句九对偶"，同时，它还具有因抽象整体布局带来的"一句九隐喻"，这是在一个维度的极境之中又做到两重分维度的极境，是极境的叠加。所以仅以对偶一个修辞而言，《龙山》之趾，世界之巅，并非妄言。

感兴趣的朋友们可以在四千年古诗中寻找一下，有几个人的诗能对出空间的无远弗届和时间的永恒无尽？又有谁的诗能在对偶中做出六七维？

所以，单论最基本最简单的对偶，《龙山》一诗所取得的成就就是古来未有的。

四千年世界文学史上，有哪一部作品能够如此？一个对偶，《龙山》就已超越了所有古诗。

4.现在我们来看这联诗修辞的第二维：用典。

用典有明典、暗典之别，王子居的用典则在明暗之间。

"龙山坐镇天地间，鲲河奔冲永不闲"一联之中，龙山鲲河俱有典故，但王子居化典之用，令得我们无法确定他究竟是化自古代堪舆之学还是远古神话抑或是《庄子》等典籍或是志怪小说、传奇等。但我们总是有典可循。

不光是龙山、鲲河有具体的出处，在化典为用的层面上，如我们在《抽象整体的布局和哲学贯境》一节中所讲，结尾的"龙山坐镇天地间，鲲河奔冲永不闲。"坐镇二字，其实也是对山川布局所具军事上意义之保家卫国的一种明确地显示。

而与第二段遥相呼应的"龙山坐镇天地间"，则是经过了王子居对龙山之雄奇壮伟等种种无上气象的描写之后，进行的点睛之笔。龙山坐镇于天地之间，镇压宵小、定世界太平，是何等雄伟的气魄，正因为气魄雄伟至极，所以王子居才安排四句单独成段。

5.而军事层面的地理布局，是一门学，所以事实上王子居不止用典，还化学为用。正是因为《龙山》是一门演，而演是可以演化各种学术的，所以我们才能说《龙山》不只用典，还化学，这一点，请参考《抽象整体的布局和哲学贯境》《哲学贯境》《文化自信和文化底蕴》《龙山之演与指喻之维》等章节。等读者读完《龙山》的九种殊胜后，就会发觉《龙山》之演，有哲学、文化、文学等多种层次之演。另外，以一首诗演化军事学说，其本身已达到了演的层次，虽然这种演只是一首诗歌的小小的演，但它同时演化了文明、文化、精神等，并为我们提供了喻演学的最新最好的范例，所以它是一门创造性的化学为演。

6.《龙山》一诗中的种种用典，再加上诗中多维的指喻，尤其是一些阴阳相对喻如"龙山坐镇天地间，鲲河奔冲永不闲"等诗句，令得《龙山》其实是以深厚的中华文化和哲学来贯通全部诗境的，因为《龙山》的整体贯通不但有辞维的、喻维的贯通，其实亦有整体的气的贯通、演的贯通、它们事实上都是整体贯通的，这些整体贯通令得诗中多数诗句都附加了整体具有的维度，因而"龙山坐镇天地间，鲲河奔冲永不闲"也具有这些维度的贯通。

7.对比：对偶往往会自然形成对比。对偶有很多种形式，如黑与白的相反为对，如"两个黄鹂鸣翠柳，一行白鹭上青天"的相对为对，很明显，《龙山》这一联诗是正反相对的，所以它事实上具有对比这一修辞格。在修辞的维度中，阴阳哲学对是对偶的升级，是更高的一个维度，动静刚柔开合攻守的相对性，确实是正反相对的，称之为对比是现代修辞学层面的，事实上王子居在喻文字理论中总结的阴阳哲学对，才是最适合于它们的概念。说这一联有对比辞格，还因为《龙山》一诗的最后四段其实是一个虚实交叉的大对比。

变化无方的修辞和艺术手法

8.这一联诗属于全诗的最后三段,而最后三段事实上是形成一种气势排比的,所以它事实上还具有排比的修辞。事实上在《古诗小论2》里,王子居认为对偶本身就是排比,因为对偶符合排比里的句式相同(语法次序、词性相同)这一特点。

9.坐镇和奔冲、不闲,都显示了这两句诗具有拟人的修辞格。

10.事实上,指喻和象征很难分别,我们在《抽象整体的布局和哲学贯境》里讲到,龙山是抽象的龙山,而不是具体的龙山,这一特点决定了,《龙山》一诗中,很多处都有象征,这一联事实上也象征了华夏的安定不乱和生机活力。这种象征事实上也近乎是一种祈愿。但祈愿算不算修辞手法呢?

11.中国古代诗歌是世界文学史、文化史上一种最独特的语言形式,王子居运用修辞手法的时候,常常将单句中的修辞手法运用到诗歌的结构布局中,那它还算不算是一种修辞呢?比如《龙山》的最后四段算是一个大对比,它是世界之上的精神境界、哲学境界和世间的精神、哲学境界的一个对比(上段的哲学、精神可见上面用典时所讲,下段的精神、哲学可见后面所讲,此处略)。而这四段,整体上又是一个大对比,一个仙界人间的反复对比。

这种大段落构成的诗意反复,较之现代语法中那简单的字词的反复或者说回环,其实是一种升华,它与对比等文法或辞法相结合,从而构成诗意上的强烈对比。如果说在它们中间能找到现代修辞定义之意义上那种隐藏的僵化句式的话,那就是一段讲人间,一段讲仙界,从而形成一段为实,一段为虚的对比。而这四段在结构上的反复、循环,该算是辞法还是文法呢?

12.《龙山》一诗中充满了警策,"鲲河奔冲永不闲"是经过几次修改的,最早是"大河奔流不复还",从气势或气象来讲,也还不错,后改成"去不还",气势上增强了一点,最后王子居修改成鲲河以与龙山相对应,以鲲对龙,不光是出于对偶的考虑,还因为鲲河较之大河更有文化底蕴,这也是用典的好处。他将流字改成冲字以增强国家民族大势的感觉,将去不还改成永不闲以示警醒,为什么要改成永不闲呢？因为"龙山坐镇天地间"给我们带来了一种安稳不动的安全感，而所有的安全感都会带来松懈、疏忽、不思进取之病，所以他用鲲河的奔流不息来警醒龙的传人要自强不息、永行无止。除了不可懈怠的警策外，这种动静结合、刚柔相济、缺一不可的思维缜密性，本身就是一种更高层面的哲学性的警策。我们在《王子居诗词：喻诗浅论》里讲他诗词的缜密、严谨，这一联是最好的演示，他甚至将一句诗对读者可能带来的认知偏差、心理错觉都考虑周全了。而这种委婉的警策又似是婉曲的修辞格，而在修辞格中，警策和婉曲是比较接近的。从定义上来讲，警策是目的，而婉曲则是形式和方式，它们是完全可以结合在一起的。

当我们以警策修辞的视角来重新审视这一联诗的阴阳哲学对时，它其实多了一种原则性和灵活性（变通）的隐喻，也就是在前面我们讲的攻守动静开合刚柔男女之外，还有一重因警策而具有的隐喻，而事实上它的警策还具有守成与进取的隐喻，所以它事实上贯通的喻义要比我们想象得还多。这样一来，它的对偶修辞即便不算叠加，也达到了一句九对偶的极限。

而从警策之中化出隐喻形成对偶，这种繁复的修辞叠加变化，是喻诗学修辞中的一个奇迹般的创举。

这种贯通，其实是喻文字的贯通性的延续，因为喻文字本就是一字多义、一词多义的。

13.喻诗喻诗，除了象的贯通性成就外，在修辞手法里最重要的当然是比喻：

"龙山坐镇天地间，鲲河奔冲永不闲"的指喻是蕴含了华夏文明多种深意的气象之喻。无论是国、家、公司还是个人事业，都会有个气象，如中兴气象、气象鼎盛等，而气象的背后则是文化的变迁。

这一联在诗意上的多维，是指喻、气象、意象、气势、骨力、意志、时空、阴阳哲学的合体，这是七维乃至九维的诗境（时空其实为两维，有些诗只有空间维度，有些诗只有时间维度），而其中的指喻，如前面所说的有四五个维度，那么事实上这一联在诗境上已经超

变化无方的修辞和艺术手法

过了十个维度。气象是象本身具有的，而意象是以意染象，是意赋予象的，而指喻则是赋予意的最佳途径。所以这一联诗在天然自带雄奇俊伟之气象的同时，也因饱含深义的指喻而具有了深妙的意象。

指喻、意象、象征，此三者很难分辨。

"鲲河奔冲永不闲"的最后三字，初作是不复还。为什么王子居将它改成了永不闲呢？因为永不闲使得鲲河奔冲具有了奔流不息、永恒不止的喻义，从而能指喻中华民族和中华文明的永恒不灭，这种永恒不息与天地间所指喻的不变存在（这种不可改变、不能撼动的诗义是从前面诸多诗句中不断递进而来的，如前面讲的"铁脊万里根牢地"）是互相对应的，这是其一，其二，奔冲永不闲的动与坐镇天地间的静形成了一个阴阳相对喻，第三，永不闲是时间的永恒，而天地间是空间的广阔，上下句构成了一个完整的时空，从而使得整联诗多了时空之维，以两句十四字凝练出了华夏文明的上下四方、古往今来。

龙
山

坐镇和奔冲一动一静，一刚一柔，一个坚固不拔，一个变化不休，一个永恒不动，一个无时或止，体现了哲学的相对性和互补性。它与"天倾西北山为柱，地陷东南水流补"等诗句可互为参考来看，它们彼此之间在诗意上有着微妙的联系。

奔冲与坐镇相对，一个是安然镇守，一个积极进取，它们的指喻攻守兼备，从而使得龙山所指喻的华夏民族在精神上并无缺陷。

其实这一联诗最简洁地为我们展现了《龙山》之演，也就是《龙山》一诗不但全诗为演，具体到它的一个单句，也一样演化了国家、文明的攻守、刚柔、动静等关乎生死存亡的博弈哲学或者说策略哲学。

正因为这两句具有如此丰厚深刻的内涵，它才有资格四句成段，在最后镇压全诗。

"龙山坐镇天地间，鲲河奔冲永不闲"，因有着气象、意象、气质、气势、骨力、意志、时空，因而构成了七维诗，再加上它指喻中的男女、动静、刚柔、攻守，无畏无敌不可撼动之心、自强不息永恒无止之意，再加上龙山和鲲河本属用典，它在事实上已经超越了十维，中华文明以九为极数，所以我们说这两句诗达到了"单句九重天"。当然，这是在没有计算整体维度的情况下它本身就显露出来的维度。

　　笑傲诗坛的"一象多喻境（与上面单句的指喻不同，成就最高的一象多喻境是整诗为一象），单句九重天"，在《龙山》里也有所体现，如"龙山坐镇天地间，鲲河奔冲永不闲"是一个多所喻的阴阳之喻（指喻），既象征（指喻）了攻守，又象征指喻了男女、刚柔（这一阴阳相对之喻的妙处，读者可以通过《相思》一节来体会，因为那一个阴阳相对喻，比这一个更经典更玄妙），永不闲还暗寓了自强不息、奋进不已的意志（相对而言，龙山的坐镇其实有万世不改、永恒不拔、镇压天下、不可撼动的寓意或象征，是气势、意志和骨力的合一）。以指喻的多所喻而言，这一个比喻有势的攻守、男女阴阳刚柔的互济（此处有小三重）、动静的相生、开合自如、安隐不动、自强不息的五重喻，所以说王子居的"一象多喻境，单句九重天"不是孤例，而是有不少例子的。其他像"万龙聚首共来朝"，既指喻了大中华气运雄伟，万国来朝，也指喻了下一句的"天骄"为众多人杰所拱服。这种一象多喻，于单句之间，具备四五维度，于一象之中，暗蕴天地人世诸般变化，这是喻诗的独到之处，也是他的喻诗超越盛唐气象的根本所在（一象多喻与一句多维，是喻诗强大无比的两根支柱）。

117

　　14.本书最后四章讲指喻维时，会讲到《龙山》的整体之喻，它包括华夏文明、国家民族、国家民族的文化气质、国学（喻学）、个人的文化理想等维度，也至少具有六七维，甚至达到了最多的十三维。而这一联诗恰是具备整体之喻的所有维度的。

　　整体之喻更加复杂，读者可参看后面讲指喻的诸章。

　　如以上所举，对偶、对比、用典、用学、排比、拟人、指喻、反复、象征、警策（婉曲），如果往定义宽泛处讲，这一句有十种修辞，如果我们暂不论诗意的大反复和用学这些尚可探讨的概念，亦排除排比这种或可能存在争议的概念，这一联诗也达到了"一字一修辞"的古来未有之极境。如果我们再加上它在对偶中实现的九重对偶，指喻的九种分喻，如果我们往多里捞摸，它还有十余维的整体指喻。如果我们还想往多里捞摸，它的对偶、分喻、整体指喻等辞维是可以叠加的，是可以以乘法计算的。因此可以说单以修辞而言，它是在极限修辞中再贯通多个极限修辞，从而形成能以乘法计算的叠加修辞。

在2018年王子居创作《古诗小论》并发表喻诗学、诗演论、多维诗境论时，他尚以为一句九重天应该已是诗歌单句的极限了。可事实上，就在2019年年初，他创作的《龙山》就远远超越了这个极限。

另外喻诗多重叠加还体现在气质、意志、气势对整体隐喻的叠加上，因为整体隐喻是覆盖全篇的，所以当整体拟人笔法所表现出的气质、意志、气势、骨力等气或意的维度贯通向整体指喻时，它们就会变成另一种乘法的叠加，比如意志，《龙山》的一象多喻中（见后文诸章），既有王子居个人追求自己的文化理想的意志，也有华夏文明永恒不止、永不言败的意志，而这首诗最初设想是以诗中气象来对比盛唐气象从而象征中华气运的，所以国家气运恒强的意志亦在其中，以此而言，一象多喻境的隐喻之维，是同时携带其他诸维的。

我们在《王子居诗词：喻诗浅论》里讲过的指喻携带其他修辞格多维贯通，在《龙山》里有更多维度；而我们讲过的隐喻维度跟其他维度共同叠加、递进运用，在《龙山》也有更多维度，这一联诗就是最好的证明。

除了辞维中九种基础修辞→九种对偶＋九种分喻之外，还有双重多维之喻（第一重是十几种的阴阳哲学对的隐喻，第二重是十几重的整体隐喻）的叠加，如果我们再计数像气质、意志、气势等诗意层面与整体隐喻及哲学构境等抽象整体的乘法叠加，再计算整体维度中拟人、象征等辞格与整体隐喻维度的乘法叠加，那么《龙山》是可以达到九十九维构境乃至更多叠加之维的。

当这种乘法计数到以千为单位的时候，我们觉得似乎这太多的叠加之维有点像数字游戏了。不过喻是不断贯通的学问，谁知道这种叠加思路应用到其他学科领域中，会带去怎样的启发和改变？所以就让我们保留这种叠加的乘数算法在这里吧。

《龙山》的构境维度，也许并不是华夏喻文明的维度的终极，但至少在目前这个阶段，我们是找不到比它维度更多、更高、贯通交织更复杂的案例的。

一象双九喻、单句九重天、一句九修辞乃至一句三重九修辞，《龙山》的这一联诗开创了文学史上的奇迹，它是奇迹中的奇迹、神话中的神话。

王子居2018年提出的一句九重天及后来的一句九修辞，这种像梦幻一般、像神话一般、像奇迹一般的创举，在《龙山》中确确实实地实现了，而且远远地超越了。

就像它取材游仙一样，借用电影《哪吒》里的一句台词，《龙山》很"玄幻"，也很不"科学"。它超越我们的想象太多了！

当然，这也因为它的母本虽然是科学的喻学，但形式却是玄幻的文学。

所以《龙山》远远地超越了人类对文学、对文化的想象，说它是超越人类文学史的所有极限，并不为过。

而这种超越并不是一联两句的超越，而是整首诗多达一千字的整体超越。

读到这里的读者不必惊讶，天下万象，日月为尊，日月之下，山河为大。如果运用这世间第二大的象，还写不出"一字一重天"和"一字一修辞"乃至"一句九重天""一句九修辞"来，那王子居也就没资格成为喻学和演学理论体系的创立者了。

如果假设只能从这个世界上选择一篇文章来作为文学创作的教学范例，恐怕那就只有《龙山》。没有其二，因为目前为止没有另一个多维的高度。

对此，我们十分肯定，不会有一丝动摇，任何一个读完《龙山》十种殊胜的人，也无法不肯定，也无法被动摇。

我们刚开始的时候没有意识到《龙山》的多维，所以我们讲它具有九种殊胜，艺术手法在解构计划甲本是第七殊胜，但最后我们把它向前挪了，因为它相对而言更容易理解。

发现这首诗在艺术技巧的运用上确实殊胜，还是王子居不断点醒的，我们在写第二殊胜气势和意志及第三殊胜指喻的时候，王子居提醒我们不能只讲指喻和意志，还要讲拟人。

我们觉得一个修辞手法算什么呢？在返朴归真的境界里，修辞手法只是小学生作文才去用的。但王子居的修辞其实已经不算是一种修辞手法，而是超越了修辞手法的维度造境方法。

后来王子居对我们的文本表示不满意，他说你不讲修辞手法，很多诗人永远也悟不到多维诗境该怎么写。

当我们认真解构《龙山》里的修辞手法时，我们才意识到，我们对多维诗境的理解仅仅停留在气象、意象和指喻，我们没有认识到，喻的贯通性除了在诗意上实现多维诗境之外，它在修辞手法上也是多维贯通的。

在对修辞手法的运用和升华上，相对任何诗歌鼎盛时代的名作，《龙山》都是前无古人、登峰造极的。

意象和极尽意象的隐喻

垂緌饮清露，流响出疏桐。
居高声自远，非是藉秋风。

细节上的极尽匠心

　　这本书主要是粗略地讲了《龙山》在整体上的博大精深，而在细节上，虽然《龙山》追求的是气象的雄壮，但在这样一首特别限定其风格的诗篇中，一样能做到精妙入微。

　　王子居诗词里的精妙入微，和他诗歌的绵密严谨是分不开的，但其实他的诗并不只绵密，而且绵长。我们在《王子居诗词：喻诗浅论》中对于《无题•一笑》《紫薇》等诗的解构，都讲过其严密的诗意。一般来说绵密的诗意往往在意象流诗作中出现，《龙山》是一首气象雄浑的诗作，但由于其多维隐喻、婉曲警策等辞法及其他诗意维度的存在，它的诗意也一样极为绵密。

　　首联"我本鲁庸人，来游蜀仙地"是一个开篇的交代，虽然仅仅是一个交代，但依然通过强烈的对比，通过抑己扬仙给我们做了一个令人期待的开头，而且它有一种由凡入仙（圣）的跨度感。"杜宇夜啼，望帝遗枝，女歌频传落花溪，一声长笛蜀天碧！"这一联是极惊艳的一联，只不过能不借助解构就真正读出这一联的深微妙义的人不会很多。

　　王子居在2011年开始著作《发现唐诗之美》（后来的《唐诗小赏》《古诗小论》）时，对唐诗讲着讲着忽然觉得没得讲了，于是就讲了自己《春意》，其中"飞花触地开禅心"的触字，与这一联的诗意有异曲同工之妙。

"一声长笛蜀天碧"，王子居是向他非常喜爱的"长笛一声人倚楼"致敬的。不过"一声长笛蜀天碧"超越前贤，堪称是鬼斧神工的句子。

"杜宇夜啼，望帝遗枝"，写的是蜀地传说和风情，杜鹃鸟在夜间还无法栖息，还是在凄惨的啼血而鸣，对于它的仃足之处，王子居也是极为讲究的，他用了个"望帝遗枝"，将古蜀的历史传说勾勒出来，恰让来蜀游仙的诗人在深夜听到，历史的久远和凄凉的深意，就在八个字里隐藏。

这一联用典，却分别而用，杜宇夜啼写出了亡国之君魂化杜宇的永恒的悲凉，而望帝遗枝则写出了历史沉淀出的沧桑，杜宇落在曾经落过的枝条上数千年不止于悲啼，是何等的执著？而类似的亡国之痛在数千年间，于华夏大地上反反复复地不断上演……

因为这首《龙山》是写中华气象的，不可避免地写到了中华的气运，所以杜宇那数千年不间断地悲啼就有了特别的意蕴。所以这一联其实是一个用意极深、技巧极妙的伏笔或者说隐笔、指喻。

而王子居诗意的巧妙之处，还在于杜宇在望帝的遗枝上坚持了数千年而不已的悲鸣，与下一句"女歌频传落花溪"的当下浮华产生了强烈的对比。在深夜啼血的望帝杜宇，与彻夜歌舞相对比的深意，王子居轻轻的一笔，但却蕴含了历史时空、人世沧桑的无穷感慨。到了此时，它不仅是指喻或隐笔，还具有了婉曲的辞格。

这样的笔力，才真正称得上是"史笔"吧？

以上笔意的凝练还不算什么，其实这两句的关键在个夜字上，因为有了这个夜字，"一声长笛蜀天碧"才变得惊艳无比。

这几句写夜，分别是望帝的遗枝、杜宇夜啼、传到落花溪水的女歌声。而写清晨，则是一个碧字。

不过，一声长笛之所以能称鬼斧神工，是因为这一声长笛，夜与昼因之做了分野，一声长笛结束了夜，开启了昼，作者见到了晴亮的碧空。

而这一声长笛所分离的，当然还有杜宇啼在望帝遗枝、彻夜不息的女歌之醉生梦死或歌舞升平的历史人生的现实境界，与全新的寻访龙山那一种古往今来都绝少有的精神世界！

刹那之间，昼夜交替，境界变换。所以这一声长笛，是精妙入神的。这一声长笛，不但破晓，不但破开阴阳，也破开了人生全然不同的精神境界。将诗意从凡人世界带入到了抽象的哲学世界之中。

当我们这样来理解"长笛一声楚天碧"的神韵时，我们对《龙山》的整体抽象布局和哲学贯境，对于《龙山》以民族文明、精神意志等为隐喻的内核，就会有更深入的理解。

你看，在这首诗的开篇，王子居做了一个简单的交代，就写了凡人的平庸、神话传说的令人向往、历史的厚重沧桑、人世的浮华喧嚣，然后他用那神来之笔的一声长笛来结束这一切，为我们开启一个全新的关乎中华文明气运的精神气象天地，四句诗，概括四种人生境界，这样的笔力究竟有多凝练？谁能在杜甫一千多首十四多万字的诗中，找到似这样的一处吗？

事实上，对于夜字，他完全可以用"女歌夜传落花溪"来表达，但那样"一声长笛蜀天碧"的刹那在诗意上就显得局促了些，所以他加上蜀地最优美最凄凉的传说，令得这夜显得更诗意、更漫长、更丰富，而且他用了一个频字，令这夜的感觉蔓延开来，正因为这夜的丰富与漫长，所以那一声破晓的长笛所揭示的刹那，整个世界只剩下如洗的碧空，夜的繁喧则全部隐去，这笛声在刹那与时空的变换相结合，才会变得那么美妙、那么充满禅机。

王子居善用阴阳哲学对，因之善用对比，这联诗里充满了对比，其中最美的是夜的繁喧、丰富、漫长和长笛一声后的碧空的简洁之间的对比，以及夜之漫长繁富与笛声刹那的对比。

这一写法并非孤例，在他的《春意》中，触字的用法一样具备这种刹那的神悟。让我们看看在《王子居诗词》和《古诗小论》《唐诗小赏》等著作中，所记载的他的改字过程：

春意

帘外浓香促游晨，桃露杏蕊沾满襟。鱼入新流怯深浅，鸟辞枯树快啼音。绿柳应风成舞韵，飞花触地开禅心。万物含情皆有以，碧草鳞虫俱可亲。

第三联，"绿柳应风"的"应"字，原来作"摇"，后来改成"迎"，又改成"因"，最后定为"应"。"摇"字固然写出了柳在风中的姿态，但还是很普通的境界，而"迎"字使得柳有了主动的意思，它不再是死物一个了，变成了活的，但这个境界仍不够好，于是改成"因"，因为有了风的存在，所以柳树变化出了舞韵。这个"因"字还是不够好，"因"显得是风的水平高，一切都是风成就的，不关绿柳什么事，绿柳是被动成就了舞韵，最后把这个字改成了"应"。什么叫"应"呢？我们来体会下面这些词：回应，应答，对应，应变，我们说应声而答，表明一个人反应的敏捷，所以这个"应"，就把绿柳写得很聪慧，水平很高，随你什么风来，我就能跳出什么舞蹈，狂风有狂风的舞法，轻风有轻风的舞法，好比"随所住而生其心"，所以有了"应"字，后面这个"成舞韵"就比用前面几个字更好了。而且"应"字还含有"应风之约，风柳相契"的意象。

又如"飞花触地开禅心"，一作"红花入目开愁心"，一作"残花满地开禅心"，一作"飞花落地开禅心"。满地落红的凄美，这境界不灵动，残花满地虽美，但境界是死的，于是又改成了"残花落地开禅心"，"落"字就是动态了。佛经中讲，辟支佛观飞花落叶而悟道（辟支佛出于无佛之时，他悟道有两门，一是观飞花落叶，一是观十二因缘），因为看到万物的摇落而领悟无常的道理，残花落地和飞花落地，"飞"字比"残"字的意思要更适合本诗的意境，所以又将"残"改为"飞"，于是在"落"字上面又添了一层动态。

不过飞花落地还是太普通，于是就把"落"改成"着"，飞花着地，差别在于这个"着"字，因为"落"是着地前的动态，而"着"是着地时的动态，在动态上更丰富了。可惜"着"字还是不够惊艳，于是最后变成了"触"字。

意象和极尽意象的隐喻

我们看到，即便写诗强如王子居，对那种以一刹那蕴含天地之大美、大悟的神句，王子居也是一步一步做到的，他先从静态开始，写到动态，最后才完成了一刹那的升华。以此对比那句"一声长笛蜀天碧"，相信读者的体会可以更深刻。

佛学说：十方世界，自他不隔微末毫端，三世古今，始终不移当前一念（好像这个是王子居改过的版本，他一定是懒得查百度了）；又有电光火石之悟的说法。这个"触"与"禅心"联系起来才是最恰当的。因为"触"是一瞬间的动态，飞花触地的那特定一刻，行者因之蓦然开悟，飞花、诗意和禅机就在刹那间真正地融为一体了。

不解佛学，不知佛学故事，是不会明白"飞花触地开禅心"这句诗的诗意的，佛学中有"闪电悟""刹那悟"之说，而这句诗从一个典故中来，可见《虚云和尚自述年谱》，光绪二十一年，时年五十六岁。"一声破碎，顿断疑根，庆快平生，如从梦醒。"是因为打碎一个杯子，所以有了电光之悟。

触字就是佛教哲学与文学完美结合的范例，王子居写诗，显然是要化腐朽为神奇，飞花在他的笔下可不是死物，而是"万物含情、万物得智、万物有心"的境界，但单看"飞花触地开禅心"，这个飞花与杯子是没有差别的。它们之所以会有天地之别在于，王子居的诗极其讲究整体性，"单句成境，句句互益"是他的写诗心得，这一句的前三句，"鱼入新流怯深浅，鸟辞枯树快啼音。绿柳应风成舞韵，"及后两句"万物含情皆有以，碧草鳞虫俱可亲"，都为我们揭示了这一境界，所以飞花之开禅心，不是偶然，而是飞花有意，因为飞花一句与绿柳相对，绿柳的有知正对应着飞花的有意。而这个飞花的开智，比绿柳的应变还要更深一层，诗意更加玄妙、深奥。

王子居不只是写飞花之智、万物含情，他还通过飞花绿柳写出了世间万物之间微妙的联系，飞花如老师一般为我们揭示这天地万物之妙，而鱼水、鸟树、柳风也为我们揭示着万物之间的微妙联系，因此他的《春意》事实上构造了一个神奇的"万物皆有灵"的世界。这也恰合了他在《东山诗话》中所讲的"小诗人固是写诗，是抒情怀，大诗人则非是写诗，是创境界，是造世界"的论点（见《古诗小论》）。

从诗骚开始，咏春、描写万物的诗数以万、十万计，但能写到这种"万物含情、万物得智、万物有心"并构造出一个独立的、完美的诗世界的，除《春意》外，还有哪一首？

我们说《龙山》是千古第一雄诗，事实上《春意》也一个类型中的千古第一，因为达到《春意》这种"万物含情、万物得智、万物有心"境界的，似乎只有这一首，在它那种境界类型里，似乎再举不出另一个例子来。

为什么王子居在《古诗小论》和《唐诗小赏》里专门讲"物有情"？因为他达到了那个境界，并将之写到了更好，所以他比那些诗评家更懂得这种境界，而在他之前，又有谁讲过"物有情"？虽然简单的说这只是一个修辞拟人就能具有的，但你的诗写不到，你自然也就讲不出来，因为你诗写不到，你的认识就达不到，我们评王子居的诗总是评不对、评不好，总是被他批评，这还是我们经常向他询问、请教的结果，即便如此，我们也依然讲不好、讲不透他的诗，他的诗中类似物有情这种微妙的境界是很难体会并更难用文字来表述的。事实上，不读王子居的喻诗学和他的诗论，是不可能真正懂得诗歌的。

意象和极尽意象的隐喻

这两句诗，总的排列组合会有十几种吧，王子居对每一个字都要追求匠心独到，在排列组合之中，诗意变化无穷，最终会找到最适合的字词，组合出自己想要的意境。讲到排列组合，王子居的"女歌频传落花溪"也称得上是一个经典范例，首先，他用落花的意象来描绘溪流，落花流水，是古人写了很多遍的题材，它寓年华、寓盛衰，王子居在这里用落花流水的意象，与女歌、杜宇的千载夜啼相结合，自然不是随意的，而频字则意在表达浮华的盛景，繁华的女歌传到漂流落花的溪水，很明显，这些意象的选择是非常有讲究的，是带着指喻的，化洛莺啼隐喻着文明的失落，而女歌隐喻着盛世的浮华，它们是一个强烈的对比。正是因为王子居对诗材的选择十分讲究和严格，对诗意的组合极为严谨和周密，所以在很多时候，他的一些看似简单、随意的短句，却偏偏蕴含着常人难以发现的精心构思和绝美诗意。

这四句诗（其实本来是三句，杜宇夜啼望帝枝本来是一句，王子居为了气韵的变化性，将之拆分成了两个短句）的结构中还有一个细节，那就是我们可以想象的，诗人夜间未眠，在落花溪畔，听着树上的杜宇哀啼，听着远方传来的繁华之音……这种鲜明的对比（事实上，女歌、杜宇、望帝传说、落花、溪水、树这几个物象所组合出的诗境，挺唯美的，这种唯美其实掩藏了这种对比，令我们看不到他隐藏的诗意，从而就更无法察觉并领悟他那长笛一声的奥妙了）所形成的强烈的诗意（而且，诗人面对这些时的所思所感，要从后面他对龙山的描写来领悟，而这些感触，全都用那一声长笛来托空入象、托象入喻了），我们真的很难用语言来表达，因为托空入象本就难以表达了，而托象入喻后象与喻和义的关系就更难表述了。

王子居的诗歌，往往蕴诸多深意、含诸多奥妙，有时候是需要相互印证才能够深刻体会的，"长笛一声蜀天碧""飞花触地开禅心"都是将天地微妙、人生哲学以刹那来表达，而"长笛一声蜀天碧"除了天地微妙、人生哲学之外，还有历史时空、文明兴衰、浮华真义的种种微妙，也都用一个刹那来表达了。若无王子居对我们的亲自开示，有谁能读得出来这种种微妙？而即便王子居为我们打开了那扇门，我们也不可能将他的意与象之间的那种神奇的、微妙的感觉表达出来。我们能表达他的艺术手法，但那种一声长笛的刹那就阴阳分晓、天地变换、时空轮回、精神升华的感觉，又该如何用语言来表述？所以王子居的诗，是越读诗味越浓的，比如王子居大学毕业后有几年的时间，每夜都看着《春江花月夜》吹笛，直到他的《紫薇》出世而决定停止写诗。事实上，王子居的诗比《春江花月夜》蕴藏的精义要多很多，他的诗，只有反复品读，才可能领悟他无上的诗心、他运笔的匠心以及他诗歌中蕴藏的多个维度、多重角度的富含万象、哲思、指喻、意象或气象的大美。

古人评论古诗，常慨叹虎头蛇尾，开头容易结尾难，但开头真的就那么容易了吗？像《龙山》这样容纳万古、开辟精神世界的开头，古往今来又能有几首？王子居的诗往往蕴含诸多深意，其精妙入微、精微入神，已达化境。

当我们理解了"一声长笛蜀天碧"这样的神来之笔，我们再来理解他对杜甫"阴阳割昏晓"那不屑的批判（见《古诗小论2》），就会变得更容易，更清楚了。

我们可以看到，王子居对事物的本质和特点的认知比杜甫清楚很多，因为王子居对于变化莫测难以表达的事物，是通过象来让读者会意的，而杜甫则是勉强用具体的字词来形容，天地万象，尤其是阴阳变化，这样博大的象是不可能用一个字来概括的，杜甫显然没有意识到这一点，他不懂得中国古文化的基础是象，无论《诗经》的比兴还是《离骚》的比喻都是以象为基础的，他妄图用一个具体的形容词或动词来表达博大的天地之象，显然在认知上没有达到或突破到足够的境界，从而在方法上，他运用了错误的方法。从文字运用的角度来讲，杜甫所犯的错误就是王子居所说的"本应虚写的，勉强用实写"，一个只有虚写才能写好的东西，杜甫总是要靠实写来表达，又如何能成呢？所以杜甫对于语言文字的妙用，显然还差很远。

接下来的两联，王子居竟然还是运用了对比，上联他写常人的认识"人道蜀山奇诡匿仙踪，蜀云玄迷未可知。"借他人之口道出了蜀山的神奇和不可探索，而下句他自我表达"我道临高正可呼秋雁，云深才好觅仙屐。"写出了一种乐观心态和高远的情怀。

当然，这两联诗其实主要在其隐喻，它们是紧接着上面四句的民族文明、国家兴衰的隐喻而继续隐喻的（见后文关于隐喻的诸章）。

于是，在一连串强烈而鲜明的对比和深深的隐喻之后，他为我们彻底地展开了一幅神奇瑰美的壮丽画卷。

在表达方法上，《龙山》由于题材非常单一，基本上通篇都在写山。所以它其实难免有重复的地方，比如作者特别钟爱的诗境，在诗中其实是有重复的，但作者却从不同侧面，写出了不同的诗意。

意象和极尽意象的隐喻

如"风云万岭浮天际，光雨千溪落地渊"，既是用最高的群峰浮于天际之上和最低的地底之深渊，来表达一种高和低的极限美，又是用万岭和千溪来表达山川纵横的繁盛美，高低纵横的空间四维全部写出，从而创造了一个远阔而又高深的空间，而光雨和风云浮天又写出了一种视觉中的幻觉般的、光怪陆离的仙境般的幻境美。而与之题材相同的"风掠云根万峰浮，雨落涧林千龙啸"则主要写一种动态美，这种动态美是一种神话了的动态美，也比较符合《龙山》在某种程度上算是游仙诗的那种立意。上句重在一个掠字，但云根的根字则用得比较神奇，写出了仙云的浩瀚，它博大而沉重地似乎有了根一样，因为强劲的仙风在掠动云根，于是无穷无尽的云烟飞掠，万峰在其间好像漂浮着一般。大雨落下，像树林一样多的深涧在无数瀑布降落下的水柱中发出无数神龙一般的狂啸，想象力十分丰富。这一联主要写神奇的动态，虽然两联写的是完全相同的事物，但由于写的是不同侧面，从而令相同的事物表达出了不同的美。

事实上，浮字本为摇，那样的话境界就更加神奇，不过，虽然有着游仙诗作底，意境可以充分地想象，但王子居还是考虑到真实性和贴切性，觉得摇字可能是用得过分了，所以最终用了一个较为平稳的浮字。

不过，这一联王子居在《龙山》中最终是拆分成了两联，既"雨映林光千涧涨，风掠云根万峰浮"和"风来松海万重涛，雨落涧林千龙啸"，可见王子居对这奇诡之境的偏爱。而"风来松海万重涛"代替"风掠云根万峰浮"之后的特点在于，它与下句一样是以听觉为主的，除了雨落涧林所激发的千龙长啸一般的巨大水流撞击声外，风扬松海所卷起的万重涛声，也轰鸣壮烈，既写足了浩大壮伟的声觉美，同时也写出了松海涌动、雨落群涧的浩大无边的动态美。

"千林怪木击风鼓，万丈巉壑响鸣镝"，莽莽叠叠的千重山林，都在击鼓应战，而从那深不可测的万丈之深的巉壑之中，飞射出激鸣的令箭，昭示着一场绝世大战开始，颇有"隐于九地之下，动于九天之上"的妙义，可谓战意澎湃、斗志昂扬、威武不屈。山林树木，天地为兵。这种拟人手法所表达出的战争意志、无敌气势，超越了直接以人类行为、心理活动等为表达基础的作品，王子居将修辞手法中的拟人发挥到了目前所能有的极致。

"千林怪木击风鼓，万丈巉崿响鸣镝"，在这一段中为我们透露出了龙山在国家间的终极之战暨军事层面的意义，莽莽千重山林，都在击鼓应战，而从那万丈之深的巉崿之中，飞射出激鸣的令箭，似是一场绝世大战开始，可谓战意澎湃、斗志昂扬、威武不屈。很明显的，这一联是拟人的笔法，而事实上，整篇《龙山》，都是一个拟人，这种整篇拟人的笔法，王子居经常运用，如他"一象多喻境"的《菩萨蛮》等诗，都是通篇地用比喻、拟人混合成一个诗境。

事实上，《龙山》一诗由于题材集中在山川上，所以王子居写同一事物时有颇多不同的变化，这些变化互相呼应，互相增益，如他写风时，较整体的有"浩荡高风贯寰宇"，在这浩荡高风之下，局部则有"九霄风贯忽然间""万里扬风摇海日""风云万岭浮天际""风掠云根万峰浮"，这还是比较大的景物，再细致一些如"千林怪木击风鼓""天风旋岚绝飞鸟""风来松海万重涛"以及再相对范围似乎小一些或温和一些的如"千秋木落飞鸿羽"……

意象和极尽意象的隐喻

在笔法上，龙山的主体是静的，但龙山之中的万千气象却是动的，所以《龙山》在整体上写山，虽然是静态的山，却写出了锋利、昂扬、壮大，如"天高地远连六合，深形大势八荒弥"写出了静态的远、大、壮、伟、深、高等诗意，而"险峰直上，群岩叠悬，壁立雄嶂神斧削，插天奇屹（峰）仙剑寒"，虽然都是静态，直上两字却写出了一股无可阻挡、一往无前的气势，而群岩叠悬则写出了无数奇崖层层叠叠地挂在山峰的一种神奇地貌，壁立雄岩神斧削，则写出了一种开天辟地、旷世神战的雄奇壮伟，"插天奇屹（峰）仙剑寒"则以山比剑，写出了一种凛冽的战意和斗志。

《龙山》既然被称是国运的象征，军事上的不可撼动自然是重中之重，除了以上讲的战意和斗志外，像"龙山分列江河措，经纬纵横华夏依""山拱河卫形不尽，山依河倚势无圻""地陷东南水流补，天倾西北山为柱""千林怪木击风鼓，万丈嶙峋响鸣镝""奇石嶙峋仙布阵，怪树舞风旗招展""峙列雄峰遮断天，乱布云林迷仙眼""龙山坐镇天地间，鲲河奔冲永不闲"……都有战斗的或军事的涵义在。

　　为什么说《龙山》古来最强？因为它无可比拟的诗意，是以象驾驭诸多写作技巧和修辞手法而实现的，它一句七字，最多可达八种修辞，较普遍的能达两三种，它构成的单维诗境可超九重天，普遍的有两三维的诗境，这是世界诗歌史上从未有过的。

　　现代语言学的修辞定义里，对修辞有兼用、套用，差不多一句里会出现两个修辞格。但对于《龙山》的平均一字一修辞的境界来讲，这些修辞术语显然是解释不了的。

　　以王子居对《龙山》创作过程的解释，他从来没有考虑过任何语言技巧和艺术技巧，这些技巧是自然生成的，自然不能说是兼用或套用。那么《龙山》里的一句数修辞乃至一字一修辞的高超境界，只能是喻的贯通，是通过象贯通或化生出来的修辞手法。

　　如果我们要正确地称呼《龙山》里这种修辞手法的运用，那就只能说是贯通或化生。

　　如同前面所讲"直接明月照琴台"的直接二字颇可玩味，王子居的诗有诸多意义蕴藏于象，而即便简单到动词乃至语气词，往往都是关键，如"麒麟玉阁书可读"的可字，单这一个透露出异样语气的字，其实也给我们透露了诸多玄机。

《相思》

按语：我们在2019年写作本篇时，由于《古诗小论2》《王子居诗词：喻诗浅论》还没有成形，所以在诗中讲了一些基础的喻诗知识，而现在《古诗小论2》《王子居诗词：喻诗浅论》已出版，有些简介似乎就是多余了，不过它恰可见证喻诗学系列形成的过程，因此我们保留了最初始的那种极为吃力又觉得难以讲清的论证：

意象和极尽意象的隐喻

由于《相思》也是喻诗的典型代表作品，而它与《龙山》一样都是用山水为喻写成的，一长一短，恰可两相印证，故本书将它放在章首，与《龙山》对比来看，可相得益彰。

让我们先重温一下《王子居诗词：喻诗浅论》里的一段讲解：

如梦令

似怕离愁沉醉，苍山寒云依偎。看取笑眼中，莹漾潇湘流水。却悔，却悔，别前多少春睡。

苍山寒云依偎是很明显的隐喻了，它隐喻着男女之间不肯放舍的缱绻。而在她笑意盈盈的眼中，他看到了如潇湘之水一样流动的眼波，那分明是泪意。

王子居很少简单直白地写感情，他写感情时往往附带了一种自然的美，或是山川，或是花草蝴蝶，他通常用山川自然中最美的象组合出一幅能同时表达感情、意境、情怀的画面，来表达人类的感情，而这种笔法，是他后来三重阴阳子母喻的《相思》及天人合一境所必不可缺的过程。

这首小词也用到了山水为隐喻，和《相思》《龙山》有相似之处，当时为了讲清喻诗的层次，就把它放在节首了。

什么样的两句诗需要用一万多字才能讲个大概？正常来讲，一首一流五绝的讲解超过千字就算是注水猪肉了，王子居在《唐诗小赏》中选择唐朝最好的五绝大约有百余首，只有孟浩然《春晓》的赏析超过了千字（对《春晓》一诗的解读是王子居首次明确意识到中国古诗中有时空之维，正是对时空之维的惊艳，才会有千字的解读），很多五绝只有几十个字的赏析，却还是不免泛泛而论（这是因为王子居不肯对唐诗向外解）。

而我们在解构王子居的诗词时也是向内解而不向外解的（内外解可参看《王子居诗词：喻诗浅论》），如果是向外解，《相思》有可能会被某些诗评家再发挥出一两万字来。

那么，具有什么样的内涵才能让两句诗十个字要用一万多字来讲？因为它虽然仅有十个字，却具有十四种左右的殊胜，这十四种殊胜还仅仅是从大的方面讲的。如果再讲细节的殊胜，它怕是能具有二十一种左右。

一首短短的五绝，十个字，要用一万多字来阐释，而且还尚不能全部讲出它的玄妙，这样的诗歌，在世界诗歌史上都是绝无仅有的。

何以如此？因为王子居的喻诗是多维境，他所创造出的创作方法，往往是乘方式的组合。打个比方，单维境的艺术手法是1×1，而两维境的是2×2的组合，三维组合则是3×3+3×2+3×1的组合。

维度越高、越多，艺术的创作方法就越丰富，正是因为王子居提出了多维诗境论，所以他创造出的笔法也远远超过了过去几千年所积累的方法，而《相思》则是这诸多全新的创作方法中比较典型的一个代表。由于王维的《相思》是千古名作，所以这里我们将两首对比来看：

相思

红豆生南国，春来发几枝。愿君多采撷，此物最相思。

不管当代有过多少次"当代王维""当代李白"的宣传，那都是些噱头而已，不过这一次，可是真真正正地实锤了。它不是虚假宣传，而是用理论真真正正地论证。

在王子居的《唐诗小赏》里，王维的《相思》被他选入"巅峰完美，无以为比"的第一序列里，也就是说王子居认为王维的《相思》是唐人五绝中最好的一列之一。

我们在2011或者2012年对王维《相思》的解读。实在是泛泛之谈。而王子居对自己在《唐诗小赏》中对王维《相思》的解读也十分不满意，认为有些泛泛（至于其他人对王维诗的过度错误解读，很多读者是时候反思自己究竟读到些什么荒唐离谱的错误解析了）。

但王维的《相思》本质就是简单直白的，并没有运用特别的艺术技巧，作为王子居来说，他自然不会为了多赚点稿费从而乱添字数以至于对一首诗进行过度地解读，是以他只能说一些看似无关痛痒的"废话"。因为"废话"虽然没多大意义，但至少不是错解、乱解、滥解。

对于王维《相思》的解读，大家应该看过一些版本，这里就不讲了。

王子居的《相思》则不是一首简单直白的作品，而是古诗歌艺术技巧的超级典范之作，小小五绝之中，充满了技术的巧妙和艺术的美妙。可以这样说，能在一首五绝中运用如此多的艺术技巧且毫无任何技巧痕迹而浑然天成的，数千年诗歌史上，古今中外（可以将外国诗歌四句的算进来，不限单句长短），《相思》都是唯一的。

相比王子居的"一象多喻境，单句九重天"而言，《相思》仅仅是一象一喻，且单句似是不过二维，相比王子居很多三五维的短诗，看似是极为简单的。但我们所有人都过于轻视这首小诗了，所以所有人也都没有看到《相思》这首小诗的真正深刻而丰富的内涵，以及它富于哲学技巧的国学底蕴，因之也无法领悟这首小诗在中国诗学乃至国学中的重要意义。

作为四千年世界诗歌史上唯一的一个三重阴阳子母喻（目前我们未见

意象和极尽意象的隐喻

有其他，估计未必有，因为若有的话，早就流传甚广了），《相思》有着许多我们意想不到的文学和文化的秘密。喻诗学是从喻文字而生出的，喻文字是从喻学而生出的，《相思》作为中国喻诗中的一个最典型案例，很好地为我们昭示了喻学的强大。

在2014年王子居在四所高校举办挑战杜甫最强七律活动之前，他其实进行过多次小规模的挑战，主要是在几家出版社、报社、党校、图书公司等，其中他的《相思》与王维《相思》的比较，王子居是大获全胜的。

这个小规模的挑战首先是在出版社进行的，文艺青年郭女士眼睛眨也不眨地就选了王子居的《相思》，王子居问她为什么，她说她就是认为这首更好，而图书公司的编辑策划郭红霞，也是这样十分肯定而直接地选择了王子居的《相思》，事实上，参加调查的女士，绝大多数都选择了王子居的《相思》（在王维的《相思》负有盛名的情况下，少数选择王维的人有一部分原因是没有勇气破除自己的成见）。有意思的是，2012年王子居进行这个小范围调查的时候，他是出版社的编室主任，郭女士是另一编室的编辑，两个人在此之前认识，但没说过话。等2014年郭女士成为编室主任，正好责编了《王子居诗词》。

为了纪念这段趣事，王子居还特意嘱咐温雅在书中提了提。

王子居的《相思》为什么在这几次挑战中均胜过了王维的《相思》？表面上看，是大多数人都感觉到王子居的《相思》要更美妙。

不过，按喻诗学的理论，诗的诸多本质决定了诗的象，诗的表象决定了读者对诗的感觉，一般来说，读者喜欢一首诗，并认为某首诗比另一首诗更好，往往是凭主观直觉的（大多数诗人、诗评家、读者并不能清楚地认识到一首构成比较复杂深妙的喻诗的内在本质）。如果一首诗能令很多人在主观直觉上十分肯定其好，那它在内涵上往往会具备诸多的妙处。

王子居的《相思》能够在众人的直觉中完胜王维的《相思》，是因为静水流深、内涵深刻，它是中国诗歌史上最凝练的五绝，在艺术手法上，达到了最巧妙、最丰富、最深厚的境界。并没有另一首五绝能凝练《相思》这样超绝的艺术手法。

在《相思》这首诗歌中，他有很多的创造性，首先，他在中国诗歌史上第一次创作出了三重阴阳子母喻的神作。

王子居是反对对诗歌进行过度的、歪曲的解读（这是当代中国诗歌解读的通病）的，但他自己的诗却由于构成的繁复性（远超盛唐最巧妙的诗作），反而需要极深极广的解构，事实上，我们对王子居的诗从来没有过度解读，王子居也有很简单的喻诗，如他的《咏君子兰》：

宽厚长一色，挺直世无多。

列叶兄弟对，簇蕊同心结。

也是一首很好的喻诗，它用君子兰来比喻品德，一句一特点，一句一品质，它的气质中正和雅、端严大方，如果按古儒的赏美标准，它要比《相思》好得多。但这首诗的艺术手法就非常单一，只是中规中矩地像前人那样将物象的特点比喻为人的品质（不过在艺术构成上它事实上依然比王维的单维诗境要更富于艺术特点，因为它每一句都既写出了君子兰的主要形态特点，也写出了君子的主要品德特质）。在王子居的诗歌中，以艺术构成而论，《咏君子兰》算是较为简单的作品，而《相思》就不同了，它的艺术构成之丰富超越了历史上所有五绝这种体裁诗歌作品所能达到的极限（这种构成有多丰富或者说多复杂呢？我们费了几个月的时间，才勉强能给它一个思路比较清晰、结构比较清楚的解构，而这个解构还是我们将之简单化了，用美学的角度来串联才实现的）。

它也用这种极限证明了喻诗是中国诗歌的本质，是中国诗歌的正宗，是中国诗歌的巅峰，是中国诗歌皇冠之顶的那颗明珠。同时，它与千古第一雄诗《龙山》一样，也证明了喻诗是中国诗歌的未来之路。

相思

（门前）山中红豆树，（庭内）河畔含羞草。

豆涩草常合，相思双不（末）晓。

意象和极尽意象的隐喻

第一殊胜：王子居的《相思》用天地自然写人生，达到了天人完美合一、无法分别的境界，这种天人合一的境界是历代古人梦寐以求却极难达到的。

第二殊胜：《相思》近似于一种童话构境，因为在童话或神话里，天地万物是会说话、有感情的，《相思》用山川草木的情感，构画了一个类似童话的自然世界，这是诗演的前兆，或者说它本身是一个已构成独自世界的简单诗演，所以本节事实上是后面所讲诗演诸章的一部分，是一个典型的案例。

我们说王子居的喻诗打破了盛唐喻诗的藩篱，超越了盛唐喻诗的极限，是因为在他的一首诗中，往往具有唐人多首诗才能具有的各种殊胜。《相思》虽然很短，但也具有种种殊胜，下面，就让我们从最简单的文艺美来讲起，然后一层一层深入下去……

首先，让我们从常规的欣赏角度和层面来看一看这首诗所表达的美、真（感情层面）：

1.天成之美

可以说，在艺术技法上，王子居用山水写情诗，瞬间惊艳了万古。

高山流水的意韵能写到爱情里吗？怎样才是清丽脱俗、美到绝巅、纯如清泉、不沾一丝烟火欲望气的爱情？

《相思》并不像王子居著名长诗《红豆咏》那样，写得疏荡又恣肆、浪漫又深情，而是写得清丽飘洒、神韵飞逸、含蓄而隽永、似散文如小品，由于是贯通性极强的喻诗，所以它在绝对的简洁中又意味万千。作者可谓"妙手得天韵"，将山、树、河、草这些常见得不能再常见、普通得不能再普通的事物，写出了绝妙的味道，可以说是神韵天成，具有天然的美妙。

虽然写得很美很蕴籍，但这树、这草的美都不是重要的，重要的是要以此入情。红豆羞涩，含羞草常常会闭起，两个深陷相思的人，很是在乎却都没有说出口，只是任凭着深深的刻骨思念把自己的感情世界淹没。

人们评论古诗，常说"浑然天成"，但事实上，能够不着痕迹，真正称得上浑然天成的又有几首？《相思》无疑是称得上的。

他用山和树两重指喻来描写少年的沉静、阳刚，用河和草两重指喻来写少女的灵动、温柔，他用豆涩来指喻少年的青涩，用草合来指喻少女的娇羞，做到了完全的契合，没有一丝生硬，实在是太天然也太含蓄了。

由于是用山水草木来表达爱情的，所以《相思》不沾一丝红尘烟火气，没有一点红尘欲望的气息，所以王子居才能将初恋或者单恋写出了绝世的美、绝世的情怀，以及无瑕的意、无垢的情。人类写爱情诗，无论如何多少都是要沾点情着点欲的，都不免要沾红尘烟火气，但王子居的《红豆咏》《相思》两首以红豆咏相思的诗作，在写到爱情时，都是彻底地摒除了红尘烟火欲望之气，将爱情写到了一种不沾一丝杂质、没有一丝杂念的纯粹精神的境界。

在意象上，山河草木既古远淳朴，又清新可人，由于运用的是指喻+拟人，所以它同时蕴含着这两种极致的气质。而这种气质的感觉是无数诗篇、文章对山河草木的描述所形成的历史底蕴给我们造成的印象。

只有这种以象喻情的笔法，才能更好地写出人类心中那最初的本心和那种无瑕疵、无尘垢、无污染、无目的、无私求、完全真爱的真情，而这种初恋的情怀也只有少年时才可能有吧，正因为它是那个年龄所独有，所以它才是人生最珍贵的初心。

人一生中最难忘也是最忘不了的就是初恋，因为初恋是最纯最美的，初恋的感觉虽然象雾里看花、水中望月一般，但却是一个人最初的憧憬，它是最初的心花，是人生的第一朵花，所以朦胧但却至痴至真，因而始终都让人怀念和迷醉。

初恋是人生的最美，不就美在它无尘无垢吗？为什么王子居的《相思》完胜王维的《相思》？因为这种初恋的情怀太受女士们的珍爱了。为什么那些文艺女青年一见到这首诗就尖叫出声？正在于此。

《相思》用山川之性表男女阴阳之性，用山川之美表男女刚柔之美，这是一种无言之美、无形之美、无声之美，它是一种不著一相而万相具足之美，是一种充满想象空间之美。

王子居的天人合一不但写出了山川的性和美，更写出了人之初的纯粹

意象和极尽意象的隐喻

和真一。

反观王维，他笔下的红豆、杨柳只是一种人为的象征事物，本身并没有性和美与人的相思完美融合，所以王维的诗达不到自然之美与人性之美的天然合一（这种合一不是写诗的必然要求，却是古人梦寐以求的诗歌中最高境界）。

所以我们说王子居用山水写情诗，瞬间惊艳了万古。

如果说两首《相思》各自写了一种感情，是各擅胜场，那么在艺术的美感上，王子居单句五字，写出了三种美：山的自然美、山的性之美、人的阳刚之美（性之美），而下句用完全相对的阴柔之美，使阳刚与阴阳互相映衬，六种美构成了一幅天地人间的绝美图卷。很明显的，在艺术美感的创造上，不只是王维《相思》输得一点不冤，整个盛唐的五绝里也找不到能与这一联相比的作品。

而这种运用天地万象写情怀的诗作，在王子居的诗集里是在所多有的，如他的《雪夜》：

> 满天满地落纷纷，无声无语正销魂。
> 此夜此心犹此雪，何情何事为何人？

不只是将无涯无岸的相思之情化成了满天满地的纷纷飞雪，他在重字的运用上也达到了化境，像这种全篇用重字且能写出如此意境的诗作，读者朋友可能举出另外一首来吗？

2．意象的凝练

即便是我们不讲王子居那独步千古的"一象贯多维"，王子居在意象的凝练上也是达到极点的，如"豆涩草常合"中王子居比喻男女情愫的含蓄，都是只用一个词性的，如男性用涩、女性用合，全都符合男性和女性的最根本、最显著、最重要的性象而不是众多的普通的性象，它符合男女（可参考"夫坤，其静也翕，其动也辟""乾动以直、坤静以翕"）的性别特点，两个象性，写出了男女之间那种纯真的、朦胧的羞涩，而在其他的咏物诗或拟人诗中，这样的效果往往是要用两句乃至数句来表达的。对于王子居笔力那超常规的凝练，《相思》一诗有着很好的体现。

以上是我们在2019年的解构，那时候我们还不知道这是性的贯通。所以这一小段的标题应该是：性的贯通和意象的凝练，它们是两种殊胜，但却被用如一体了。

而王子居早期诗作中随处可见他对喻文字的性之贯通在诗歌中的这种贯通性运用，他最后能发现喻文字理论体系，与他早期就掌握喻文字的各种贯通有密切的关系。

事实上，王子居诗词中喻文字的运用方法和喻诗学一样，也是一个重要的研究方向，因为有了喻文字的贯通才有了喻诗的各种贯通，它们之间是一种起源和延续的关系。

3.风俗美和故事美

喻学具有普遍贯通性，而在少年时代就已经能运用喻的王子居，在这首小诗里写出了大多数人那无疾而终的初恋，相信大多数人的情窦初开其实都是一种不敢表达的暗恋，这是一个无数人都经历过的心灵故事，而王子居用山水花木，写出了这一故事和结局，并为我们留下了世上最唯美的袅袅不绝、回味无穷的余韵，亦给我们留下了内心深处最美好的回忆，因为他所取的象，是不著一相而万相具足的，是万千滋味尽在一象之中的（象是华夏文明用语，相是佛学中用语，相似而不同）。

王子居是反对诗歌的过度解读的，但事实上，《相思》如果按照某些诗评者们的解读路数来解读的话，它显然是富有故事的：柔弱的少女在河边浣纱，从山里来的阳刚虎气却青涩的少年路过了，两个人产生了朦胧的爱情（或者只是单纯的喜欢），可是他们太年轻了，无法表达这种思念，于是少女继续在河边浣纱，少年继续在山中砍柴或者打猎、耕种，他们的爱情纯真而又持久……

当然，有的解读者会解读出更多。

在《天成之美》里，我们说山河草木既古远淳朴，又清新可人，是因为王子居取象只取了山中和河畔，它们是两个远离尘世的象，是远离都市喧嚣的象，所以具有古远淳朴的意，而在湿润河畔的一株含羞草，自然有着清新可人的意，因为山河草木古远淳朴，它们之间产生的感情自然也是非常朴素的，是含蓄蕴籍的，而这种朴素的爱情本身就是远古的风俗，它们同现代人的那种爱情自然不是一种风俗。

为什么《相思》会具有那么多的美呢？因为王子居截取的是这天地之间的最本源、最典型的意象，历代诗歌中有各种起兴、明喻、指喻，但其他众多诗歌里的指喻都达不到《相思》中指喻的效果，没有别的原因，只是因为它们的喻不够典型。或者，如果我们换一种语境表达，是它们没能观察、总结出最典型的喻义。

4.除了上面的天成之美外，还有附加的空间及世界之美

《相思》的三重喻还构成了一幅优美的山水图卷，使得诗意更加丰富，这幅山水图卷给我们展示了一个原始的、朴素的空间，并使得这首清丽绝俗的小诗多了一种开阔，多了一种山水的最质朴、最原始、不加任何修饰的美。

我们去年讲相思的时候，用的概念是空间，而今年我们发现了诗演的存在，那它的概念就是世界，事实上，它正是我们开头所讲的童话世界，也就是虚拟世界的美，在这首诗里，王子居用的是他一贯常用的组合意境，他用山和河组合成大的空间世界，而山河是我们这个世界的基本构成，应当说，这一联他以山和河为大组合，虽然极其简单，但这两个象是人类世界最基本的两个象，足以构成一个虚拟世界了，然后他又以树和草填充细节，虽然这个细节也极简单，但也足以构成一个类似童话的"万物含情"的简单虚拟世界了。

王子居在《古诗小论》《唐诗小赏》中极其强调的排列组合的笔法，在《相思》中被运用到了极致，因为它组合出了多种殊胜。

山中、河畔，本来是门前、庭内，门前、庭内也是一个阴阳相对喻，它的相对是内外相对，后来改成山中、河畔，就多了空间的维度，从而构成一个更加广阔的世界。

除了世界构成不同外，门前、庭内虽然有着家的美感，但它不能构成

阴阳子母喻，所以王子居才将它们换成了山中、河畔。

我们从这些诗作的修改历程中可以看到，喻诗的多维其实是通过不断地修改其载体——自然之象从而不断地增加维度而实现的，这一点，《龙山》中的"龙山坐镇天地间，鲲河奔冲永不闲"的修改历程和《紫薇》一诗的修改历程，都有着很好的体现。

以此而言，王子居在喻诗的创作历程中，其实是通过不断地调整象来增加维度，才达到难以想象的多维之境的。所谓的"妙手偶得之"在高维喻诗中只能占三分，七分是人力而成。

5.抽象之美

在诗歌中构画一个世界容易，但要构画一种近似于诗演的世界并不容易，因为一个近似或成为诗演的世界，一定先是一个虚拟世界，然后得是一个抽象世界（此段为后面诗演诸章的重要内容）。不是虚拟世界就很难抽象，不是抽象世界就无法成为诗演。

所以在意象的维度上，《相思》是抽象流的诗作。

首先，山和河是表阴阳的，亦即它自有阴阳的同时又暗喻了男子的阳刚和女子的温柔，这是它的第一重作用，另外，山和河也表达了男子所处的象和女子所处的象，这是第二重作用，抑或者说是它们的父体和母体。而树和草分别暗喻了男女的阳刚和阴柔的性情，但王子居对这种阴阳性情之别是不著一字描绘的，所以它们是一种抽象的美、哲学的美，是一种抽象的性、哲学的性。

这种美给我们带来各种各样、因人而异、千人千面的感觉，它给我们的想象空间是巨大的。

在《相思》一诗中，王子居给我们创造了三重世界，一个是三重阴阳子母喻的最原始、最朴素的阴阳哲学世界，一个是自然田园间男女那纯粹的心灵世界，一个是童话般的万物含情的自然世界。

当这三重世界合一的时候，《相思》就是一个小小的诗演了，它用独特的喻诗手法，为我们演化了一个小小的、独特的世界。

王子居在他的《东山诗话》（见《古诗小论》）中讲"大诗人是造世

界"，并非虚言，他用他的诗很好地印证了这个说法。

6.音韵的美

被王子居十分赞赏的山东才女张文芳认为这首诗：音韵与意境契合，读起来有唇齿留香的感觉，"相思双不晓"写得朦胧而清新；她觉得单看这首诗的字形的排列，就有一种十足的美感（可能因为这首诗的字都是比较简单的汉字）。近体格律诗是中国诗歌史上的大错，它的传统里没有仄声韵，所以王子居这首仄韵的诗作在音韵美（音韵、意境、字形完美地和谐统一）的层面上给我们留下了一个范例。

山中红豆树，河畔含羞草。
豆涩草常合，相思双不晓。

门前红豆树，庭内含羞草。
豆涩草常合，相思双未晓。

即便是两种排列组合的字形，整体上观看也一样都确实非常之美。这种美，我们只要与上下文其他文字对比一下就能很好地领略。

7.诗歌中美学手法的突破

如果单从比较简单的美学层面来讲，《相思》突破了对美的细节的描写、局部的描写。为什么这么说呢？因为在五个字里，诗歌是很难做到对一个事物的美进行整体性的描写的。诗歌想要将一个事物描写全面，往往需要一整首诗来写，这种写法在古诗中多见。

《相思》对美的描写突破了对形、态、象、意的描绘，而直接用一个性来表达所有的这些。

王子居在2012年创作的《发现唐诗之美》（后来以《唐诗小赏》《古诗小论》为名再版），讲到了王维的"空山新雨后，天气晚来秋"的艺术手法，也讲到了温庭筠的《商山早行》、马致远的《天净沙·秋思》，这些手法都是一种手法。但他们的共同点是未能突破象的藩篱。

我们现在终于明白，王子居早在他26岁时，就已经将这种手法运用到了更高的境界。

为什么说《相思》对象的运用是一种突破？因为你在其他中国诗歌的五绝里找不到这样凝练、概括、典型的艺术手法。

即便是诗歌史上用喻最好的短诗张文姬的《沙上鹭》《溪山云》、虞士男的《蝉》、陆龟蒙的《白莲》、曾巩的《咏柳》，他们也只是用事物静的形态和动态的象来达一种人类的感情或抱负，其中有一些甚至都不具备万象的美。陆龟蒙的《白莲》具备了这种美，但它只是一种事物的伤残的美，而王子居为我们构建的，是整个自然万物的抽象的美，他不是用事物的动态或静的形态来表达一种感情，而是用象的组合来实现包括感情在内的更多的内涵（可参考《王子居诗词：喻诗浅论》中《喻诗究竟有多美》等章节），两者之间可谓天差地别。

而在诗歌的内在构成上，除了天地自然的美之外，还有人的性、情之美，还有纯粹心灵世界的万物含情之美，这样多的混一构成，唐诗就更加达不到了。

《相思》诗中的景象是至简的，它是以至简蕴至大、至伟、至淳、至正、至情、至性。

8.诗歌中美学手法的突破

在美学的表达手法上，王子居用山水万象的性（其实他并没有直接讲性，而是通过两句的对比，让我们自然而然感觉到了性，如果没有上下两句十分强烈的阴柔阳刚之对比，我们可能很难察觉到这种高超的艺术技法）和象来表达人类的性质（包含性格）和情感，两者无法分别、完全为一，这是喻诗的根本特征，也是一种美学表达手法的突破。

它不著一色，不著一味，不著一形，不著一态，就连它的内在本质，也是通过对比得出的。这种只有名字、不著一相却尽得风流的笔法，除了《相思》之外，怕是很难再有了。

这种笔法，王子居在《唐诗小赏》《古诗小论》中曾举温庭筠《商山早行》、马致远《天净沙•秋思》做过比对。但事实上，马致远的《秋思》虽未著形态，但他的"老、枯、昏"等依然著了色。

9.整体上的和谐统一之美达到极致，超越盛唐的极限

《相思》这首诗在气韵（包括音韵）、意象、意境、人类情感、自然万象、性质特征等各个方面都实现了完美如一，这种多重美与性的统一是超难的，也是前所未有的。

这一点要综合前后十余条体会。

10.排列组合的深意

王子居十分强调数学方法排列组合在诗歌中的运用，在《唐诗小赏》《古诗小论》中曾特别刻意地强调过。

王子居善用意象，他的意象往往幽微无比，但他更善于用指喻，他的指喻往往深妙无比。

"文章本天成，妙手偶得之。"读到这首《相思》，才更深刻地理解这句诗的意思。红豆树和含羞草，我们哪个不知道？我们又哪个不知道红豆代表相思？可只有王子居将它写出来了。而山中与河畔，那不正是我们最流恋忘返的地方吗？老天早就把一首好诗放在那里了。王子居将山中、河畔、红豆树、含羞草，四个再平常不过的物象组合在一起，那山和树不正是男子的象征吗？那河和草不正是女子的象征吗？豆子的青涩，草叶的闭合，也都是平常的现象，可王子居轻轻一组合，一下子化平常为神奇，单恋被他写得那么美妙。看来文章虽然天成，但也要妙手才能得到啊。

11.世界诗歌史上绝无仅有的三重阴阳子母喻

作为喻诗学理论的开辟者，王子居自然善于运用各种各样的喻诗手段，比如《龙山》之中有很多诗句他是通过一句一象（通过形态描写）来实现单句三五维的至高诗境的，而在《相思》中，王子居则是通过对天地万象的组合（抛开有形描写，而直接用无形无声的描写）来实现多维贯通的至高诗境的。可以说，王子居通过他的喻诗学和他自己独创的各种匪夷

龙山

所思的艺术手段，令得中国诗歌更加丰富了起来。

王子居的诗句，往往在不经意间独步千古，为什么说他的诗往往独步千古？比如这首小诗的上联"山中红豆树，河畔含羞草"短短十个字，却是三重阴阳相对喻（山对河，树对草，男对女）和双重子母喻（山河为母体，树草和男女为子体）的合体。它具有纵向的两个子母喻，又同时具有横向的三个阴阳相对喻。山蕴树河蕴草、山养男水养女，是两个子母喻，山与河是阴阳喻、树与草是阴阳喻、男与女是阴阳喻。

这是一个很神奇的比喻，在人类历史上的任何作品中，我们都见不到将比喻运用到这种地步的。而将比喻运用到如此繁复的程度，却完全不影响诗意，反而将爱情诗写出了千古独到的山水之美，这才是更惊艳的地方。

三重阴阳双重子母喻，看似很简单，却又是天成的神作。中国诗歌史数千年，《诗经》的比兴、《楚辞》的比喻以及《诗经》《楚辞》和唐诗的气象和意象，都是喻诗，但将喻诗创作到双重子母喻这一重天地的，却只有王子居的《相思》。

147

意象和极尽意象的隐喻

12.择材精严、运用天地万象组合出的多维贯通

王子居也有诸多单维诗境抒情绘景的诗作，但他只要一写喻诗，往往富有中华文明中的诸多深厚内涵，如同静水流深，这些超越了诗歌本身的奥妙之处、博大精深之处，是很难察觉的。乃至于他若不讲，外人根本难以探知。

事实上，在王子居的《古诗小论》出版之前，我们是解读不了这首《相思》的。因为这首小诗虽小，但它的诗艺却非常高，技术性极强，它是多维的，如首先它是一事双重喻。

王子居写诗，一向妙用无穷，是历代诗人中诗歌最凝练、最蕴籍的，他的用字，往往蕴含深意、妙义。他的诗，不光是创立了中国诗歌多维诗境的全新境界，连他用的字词，也往往在他的诗歌中起到多重作用。

比如这极为简单的山中、河畔，这四个看似简单无比的字就起到了多重作用。

首先，山和河是表阴阳的，亦即它暗喻了男子的阳刚和女子的温柔，这是它的第一重作用，另外，山和河也表达了男子所处的象和女子所处的象，这是第二重作用，中和畔，则指喻了男子与女子在现实上客观存在的一种难以打破的隔阂（距离），正是这种隔阂的存在，才导致了下联的"豆涩草常合，相思双不晓"。这是这两个词的第三重作用。大多数的咏物诗，往往拘泥于具体的形象特点，而山中、河畔，较之庭中、门前，还扩展了一个原始的、朴素的空间，使得诗意更加丰富，使得这首清丽绝俗的小诗还多了一种开阔，同时王子居将爱情赋予了一种山水的纯净的自然美，将爱情描画成了一幅优美纯净的山水图卷。这是这两个字的第四重作用。另外，王子居取象，往往不受拘泥，如山中、河畔，是所有的山、所有的河，而不拘泥于某山、某河，这种抽象凝练的手法，如他的《龙山》以龙为名，统所有中华之山，从而使得诗意具有了普适性。

这么多的深意，王子居仅用几个象就完美地融合在一起。

读王子居的诗，一定要注意他选材的精严，古人批评杜甫"取材无择"，而王子居恰恰与杜甫相反，杜甫的诗材充满错误、下劣，而王子居的诗材，不光是合格、美善，而且他对诗材的要求极高也极为严苛，他不光是"择材精严"，更是"一材多用"，像《相思》一样，他的很多诗作不止是一材多用，并且都达到了更高一层的一象多维的神奇化境。因之他的诗作往往达到了古诗用最少的字所能表达出的最多的意。而最可怕的是，这最多的意是那么地完美和谐，从来没有勉强和拼凑。

所以王子居的诗，往往具有两种殊胜，一种是一象贯多维的用象造境界的殊胜，一种是他的单字的凝练，其一词或一字具备多重作用的殊胜。

这种殊胜，是王子居的诗歌所特有的。历代诗人中能达到这种用字殊胜的，廖廖可数，而他们的作品能达到这种殊胜的，也只有寥寥可数的一两篇巅峰诗作。

可以说，王子居的这两个多维贯通，是他傲啸诗坛，将中国诗歌带入更高境界的根本手段。

唐人五绝，首推的是王维和李白，但我们就算是在李白和王维的诗里，我们也找不到一首构思如此繁复、行文如此精巧、蕴意如此深沉，却又天然流畅毫无瑕疵的神作。

《相思》乃是真正的天人之作。

13.从感通天地到真正天人合一的数千年跨越

王子居的《相思》这么小，为什么我们对它的评价却那么高？因为它的笔法超越了诗歌史上的所有高度。讲到高度，一生都耿耿于怀想要与柳咏一比高下的苏轼曾评价柳咏的《八声甘州》："此语于诗句不减唐人高处"，也就是说柳咏最好的词里面最好的那句，可以跟唐朝的诗人比比高度了。而唐人的高度在哪儿呢？在《登幽州台歌》《黄鹤楼》《代悲白头翁》《洛阳女儿行》以及李白的歌行等以七言为主的诗作，当然，近年来被视为艺术成就最高的（目前异议不多的），是《春江花月夜》。

《春江花月夜》为什么被近现代人视为唐诗的高度？除了在艺术上的大美之外，还因为它有着宇宙人生的感怀，艺术与哲思并运，是《春江花月夜》成为唐诗高度的主要原因。

中国诗坛，在高度上能超越《春江花月夜》的（不论总体艺术，如《相思》只有四句，与《春江花月夜》比总体上的艺术美自然没有相比的可能性），只有王子居的喻诗（《春江花月夜》的艺术成就很高，正是因为它也是喻诗）。

为什么王子居的喻诗在高度上超越《春江花月夜》呢？因为喻诗学贯通的维度在理论上可以达到单句三十三重。而《春江花月夜》在单句上基本是二三维，《龙山》等作品则往往是单句达到四五维，而且王子居的宇宙人生感怀与《春江花月夜》不在同一层次。王子居所在的层次是天人合一、物我两化，即见山即是见我，写山即为写我，而《春江花月夜》依然是见山而感我，它的人生感怀是见景而发，它的人生感触是触景生情，属于感通天地（这些境界差别请参看《王子居诗词：喻诗浅论》，里面有更多论述），所以在境界上还差了那么一层，达不到物我两化、天人合一、心象一体。另外，在维度的折叠上，《春江花月夜》要实现宇宙人生与意象的结合，往往需要数联，而王子居的很多喻诗是在一句诗中就实现的。

从《诗》的见物起兴到《骚》的香草美人之喻再到李白歌行和《春

江花月夜》的意象境，都是想要达到触天地之景而激发宇宙人生之感怀，无数杰出的诗人们停留在感通天地之境界的时间是几千年，不要小看《春江花月夜》和王子居喻诗的维度差别，这一层境界不是那么容易突破进去的，古代诗人努力几千年也未能突破。

14.喻诗中性的贯通

当《古诗小论2》和《王子居诗词：喻诗浅论》中为我们讲出修辞的多维贯通时，我们再看这首《相思》，如果说它有什么特别的技法，无非就是拟人、指喻的运用，可这些修辞古人早就运用了，为什么王子居的《相思》能天人合一呢？因为他的喻学贯通了山水草木的性和人的性，他将山水草木和人的性在人的认知中的共性贯通起来，通过象来表达，于是人蝶两化、天人合一、心象一体了。

龙
山

15.王子居的喻诗接续了中国诗歌"一象贯多维，因象成喻诗"的千年断路

综合以上，我们可以说王子居在他二十六岁甚至在他十六岁时（事实上，他十二岁左右的《鸿》就已经达到了单句三维境），他就已经凝练了中国四千年诗歌精粹中的精粹，超越了四千年中国诗歌的极限，打破了盛唐的藩篱，将中国诗歌带入了全新的境界。

王子居的喻诗，是自古以来最耐解的（认真读到这里的朋友，相信不会对"最耐解"三个字再有疑义了，但其实前面对美的解读还远未讲尽，下面还有更深入的解读），需要层层递进的解读，才能领会他诗歌中的妙处，为什么王子居的诗最耐解？因为他的诗歌最凝练，为什么最凝练？因为古人讲意象，乃由中国文化被称为象文化，中国诗歌也是不脱这一传统，从《诗经》中的比兴，到《离骚》中的香草美人，到盛唐的气象，一直以来中国诗歌都是以象（万物及其表现）为基础的，而在这个传统之中，诗的意，是蕴含在象里的。而喻也是以象为基础和出发点，一个懂得喻的诗人，其诗作自然会超迈殊胜无比，而王子居的《相思》，恰恰是

从古以来对喻的运用达到的一个新巅峰（最简短的篇幅中所贯通的维度最多）。因为象喻贯通不断，诗学中的所有维度都一体同喻，才实现了喻诗的最凝练。

之所以说王子居的喻诗学接续了中国诗歌自盛唐而开始衰落并在晚唐终结的中国诗歌断路，是因为王子居继承了发源自四千年前却又被抛弃一千余年的中国喻诗传统，并且他不光在理论上第一次讲清了中国古代诗歌的本质是喻诗、高峰在喻诗、艺术之美在喻诗，他还在从《南风》到《诗经》再到盛唐单句二三维诗境的基础上进行了突破。

王子居将中国诗歌中的各种境界差别对我们讲的很清楚，喻诗学的十余重境界都讲明白了（见《古诗小论》），可以说整个中国古诗的未来蓝图都已经为我们画好了。甚至于，王子居的诗学理论基本上已经将中国古诗尤其是格律诗给讲尽了（可参看《古诗小论2》）。

唐人并不清楚自己号为"无与伦比"的盛唐是因为盛唐的气象和意象进入了二三维的境界。喻诗学出世的意义在于，它在理论上讲清楚了盛唐"之所以为盛唐"。

中国历史上有什么诗学理论？没有的，只有只言片语，没有成体系的理论，王子居的喻诗学可以说是唯一。现代人的诗学理论基本上是运用西方文艺理论来讲中国诗学，这样无异于是瞎子摸象。

当代有些人主张天才与超天才，他们笔下所谓天才，就是"知其然而不知其所以然"，而他们笔下的超天才则是"知其然更知其所以然"，王子居显然是"知其所以然"的那一个，他的喻诗学的"诗境维度论"将中国诗歌的秘密讲了出来（这个秘密是被唐后"再不见气象意象"的千年诗歌史所丢失了的）。

这也是为什么我们将《相思》一诗所蕴藏的文学秘密和它的强大在这个时候正式讲出来的原因，因为如果王子居的诗不够强大，如果王子居不现身说法，当代的诗人和学者们是很难接受他所讲的真理的（虽然并没有人能出来反对）。

在2012年或2011年，有五六个人解王子居的《相思》，没有一个人意

意象和极尽意象的隐喻

识到一联五言中，王子居可以做出三重阴阳相对喻、双重子母喻的合体，我们完全没有意识到王子居用喻的凝练和妙处。

其实我们有不足，王子居也有他那个时期的局限，比如当时被王子居深深看重的才女张文芳，对这首诗做出了惊艳绝伦的评价。当时她说，"这首诗太美了，不用去看诗意，就看它的字形吧，这首诗的字形排列得太美了，一首诗如果美，首先它的字形看起来一定要美。"

大家当时觉得这个理论比较新颖，但似乎太过离奇了。

不过，当2018年王子居《喻文字》的理论体系出世之后，他才真正意识到，才女张文芳这个想法实乃天才的想法。若无对中国文字学的理论探索，王子居也意识不到这个新理论对中国诗歌乃至文字学的意义。

龙山

诗演与琴演：象数性理的合一

垂緌饮清露，流响出疏桐。
居高声自远，非是藉秋风。

琴演之论

让我们先来看王子居对古代典籍中琴演之论的相关论述：

说古琴是演的一种，但它是相对特别的一种，如八卦是运用抽象的形象来演绎阴阳变化之道的，还有如围棋、麻将、扑克、象棋（见《局道》），这些都是有形的局演，多数演的是阴阳（古人对象的定义其实最初是日月轮回的昼夜天象，象即天象，后来这个字义贯通为万象，阴阳则是日月之天象及其他万象中所存在如男女等相对性的抽象总结），而琴和八卦一样，其演化的都是天地万象等无形的事物。另外，琴与书有更多相似的地方，在情致、胸怀、品质的培养方面，都有不可替代的作用。

世人讲音乐，乐器有很多种类，但与道相联系的则只有琴，就连在古代与琴相提并论的瑟，也没有成为一种独特的文明。稍微能靠近琴一点的就是笛，但笛也没能像琴那样成为一种文明的象征。

《太古遗音》谓："伏羲见凤集于桐，乃象其形，制以为琴。"虽无历史的明文记载，但大多数论者都认为伏羲、神农、黄帝的时代，琴已经有了，也即是说，琴在华夏的出现，至少要在五千乃至八千年前，《礼记•乐记》说："昔者舜作五弦之琴，以歌南风，夔始制乐，以赏诸侯"。这说明在公元前2200年左右的舜，为了歌南风之歌，制作了五弦之琴。而五弦琴至周代，先后由文王、武王各加了一根弦，称为文武二弦，以合文武之德。于是华夏的古琴由五行之数理而至五行加文武之数理。实则这也是阴阳（文武为阴阳之喻）加五行的数理，而阴阳五行是华夏文明中最基本最重要的两个数理，所以琴在喻道上是得天独厚的。

琴分五音，合于五行，又有五音六律之说，而古人亦认为昔年伏羲观天察地，感得河出图洛出书，于是画八卦，并听八风以制音律。于是琴制长三尺六寸五分（亦有为三尺六寸，象三百六十度圆之象），象年岁之三百六十五日，此是天时之喻贯通于琴；琴广六寸，以象四方上下之六合。琴有上下，古琴的琴面往往为桐木而琴底往往为梓木，既象阴阳两仪，亦象天地之运气呼吸，琴底上部曰池，下部曰沼，池象征着水，沼象征着伏，喻义为上面平则下面伏，这是政治层面的喻义；琴的前面广而后面狭，象征着尊卑差别，也是古代政治的喻义。上面圆润象于天，下面方正象于地，以合于天地之德；龙池长八寸，为八风之象；凤沼四寸，合四气之象；其弦为五，发为五音，合于五行，宫、商、角、徵、羽五根弦又象征君、臣、民、事、物五种社会现象。一弦属土为宫，土星分旺四季，故弦最大，用八十一丝。声沉重而尊，故曰为君。二弦属金为商，金星应秋之节，次于宫，弦用七十二丝，能决断，故曰为臣。三弦属木为角，木星应春之节，弦用六十四丝，为之触地出，故曰为民，居在君臣之下为卑，故三弦下八为此。四弦属火为徵，火星应夏之节，弦用五十四丝，万物成美，故曰为之事。五弦属水为羽，水星应冬之节，弦用四十八丝，聚集清物之相，故曰为之物。古琴的七根琴弦上起承露部分，经岳山、龙龈而转向琴底的一对雁足，象征着天象中的七星（一说北斗七星，一说五行星加上日月为七星）。而在琴面上，则有十三个琴徽，取喻于一年的十二个月和一个闰月，于是阴阳、四象（四季）、五行、七星、十二月、三百六十五日这些天象，合之于琴上部的圆润之天的整体，古琴以一具琴身，取尽了天道圆行的诸象。以上诸喻，见于历代琴论，或有未为妥贴处，尚需细思细推以使之更完备更精严。

诗演与琴演：象数性理的合一

与其他诸演不同的是，古琴还取喻于身。古载伏羲大圣"近取诸身，远取诸物"，他见凤集于桐而制琴，故古琴之体亦喻凤体（实亦与人体相贯通，以人为喻而制，如下之琴肩即取人身为喻，因鸟类有翼，而肩则不显），故亦有琴头、琴颈、琴肩、琴腰、琴尾、琴足之说。

琴头的上部称为琴额，额的下端镶有用以架弦的硬木，称为岳山，又称临岳，这是琴的最高部位。琴底部有大小两个音槽，位于中部较大者称龙池，位于尾部较小者称凤沼，以喻天地万象中的上山下泽，龙凤阴阳。并以此四象代表天地万象。

在琴腹内，头部又有两个暗横槽，一名舌穴，一名声池，尾部一般也有一个暗槽，称为韵池，而与龙池、凤沼相对应处，往往各有一个纳音。与龙池对应的纳音靠头一侧有天柱，靠尾一侧有地柱。这就使得"声欲出而隘，徘徊不去，乃有余韵"。

岳山边靠琴额一侧有一条硬木条，称为承露，上面有七个弦眼，用以穿系琴弦。其下则有七个用以调弦的琴轸，琴头的侧端，则有凤眼和护轸。

自腰以下，称为琴尾。琴尾镶有刻有浅槽的硬木，称为龙龈，是用来架弦的，龙龈两侧的边饰则称为冠角，又称焦尾。

而《三礼图》则进一步以体为喻，如："琴有弦有徽，有首有尾，有唇有足，有腹有背，有腰有肩有越。唇名龙唇，足名凤足，背名仙人，腰名美女。越长者龙池，短者凤沼。临岳琴首，绲弦者也。岳山琴尾高起，绲弦者也。城路，岳山下路也。鴈足支肩下，系弦者也。轸支足下，转扭调弦者也。"

古琴的数理，小说家亦多有理解，如冯梦龙在《警世通言》中的《俞伯牙摔琴谢知音》中讲伏羲见凤落于桐，而将桐截为三段，按天地人三才分之，树高也很讲究，要达三丈三尺，按三十三天之数（这明显是小说家的牵强附会，因为三十三天是佛教的说法），其实这不是三十三天而是三才之象，取上一段叩之，其音过清，取下一段叩之，其音过浊，遂取中段，清浊相济、轻重相兼，合于中道。于是在长流水中浸泡七十二日，按七十二候之数。琴厚二寸，取两仪之数。

以三才为数理，则古琴有三种音色，一为散音，二为按音，三为泛音。亦有高音区、中音区、低音区的三才之数理。三音相和，即是调和天地人三才之喻。

作为华夏文明中集万千宠喻于一身的古琴，在阴阳相对哲学方面，亦有不少演喻出现，如《格古要论》："古琴有阴阳材。盖桐木面日者为阳，背日者为阴……阳材琴且浊而暮清，晴浊而雨清；阴材琴且清而暮浊，晴清而雨浊，此可验也。"

此处是琴师的经验之谈，讲的是阴阳之性对物质特性、时令特性的贯通性。而古琴对于阴阳之运用，亦是极具匠心的，如龙池、凤沼、舌穴、声池，两两对应，互为阴阳，再加上两个对应的韵池纳音，就构成了整整三个阴阳对，而这三个阴阳对是组合的，不是排列那么简单。用现代方法看古琴共鸣腔的剖面结构，就会发现整个琴的腹腔被分成两块，一个是大共鸣腔，一个是小共鸣腔，大小共鸣，互相振动，完美地实现了阴阳互化之喻。

琴在华夏文明时期是颇为兴盛的，如《诗经》中就有不少关于琴的记载，如"窈窕淑女，琴瑟友之""琴瑟在御，莫不静好""我有嘉宾，鼓琴鼓瑟"……

孔子编修古书，《诗》《书》《礼》《乐》《易》，《乐》为五经之一，可见其重要性。

琴之所以在华夏文明史上占有重要地位，是因为华夏文明中认为乐为心声，人的心理情志是与乐声相共振的。如《史记•乐书》："凡音之起，由人心生也，人心之动，物使之然也。感于物而动，故形于声。声相应，故生变；变成方，谓之音。"又太史公说："夫上古明王举乐者，非以娱心自乐，快意恣欲，将欲为治也。正教者，皆始于音，音正而行正。故音乐者，所以动荡血脉，通流精神而正心也。"

最典型的例子，如孔子弹琴，颜回怪之，说老师你怎么起了杀心，孔子说，我看到猫在捉老鼠，为猫着急，不由得入了琴意，所以琴音中有了杀意。

这是最典型的一个讲琴音可以表达心意的例子。

另外一个知名的故事就是俞伯牙与钟子期的故事了。这个故事在《吕氏春秋》《列子》中都有记载，在刘向的《说苑》中亦有记叙。

伯牙善鼓琴，钟子期善听。伯牙鼓琴，志在高山，钟子期曰："善哉乎鼓琴!巍巍乎若泰山。"志在流水，钟子期曰："善哉乎鼓琴!洋洋乎若江河。"伯牙所念，钟子期必得之。伯牙游于泰山之阴，卒逢暴雨，止于岩下，心悲。乃援琴而鼓之。初为霖雨之操，更造崩山之音，曲每奏，钟子期辄穷其趣。伯牙乃舍琴而叹："善哉，善哉，子之听夫志，想象犹吾心也，吾于何逃声哉?"

可见，从琴音中听出抚琴者的心意，乃是古代善于掌握琴道者的一项傲人技能。而在华夏文明中，喻的贯通性决定了，古琴的琴音是要与天地万物为一体的，是要表达天地万物之象和意的。如上伯牙的琴声完美表达了山水的真意，那么反过来，想要弄通琴道，就要观摩大自然，从大自然的天地万象中得到智慧。《列子》中也记载了这一故事，说是伯牙跟随成连学琴，但却得不到其神韵，于是成连对他介绍自己的老师方子春，将他带到东海边上，没见到方子春成连就走了，将伯牙一个人留在海边。结果伯牙观自然景致，忽有所悟，创作出了高山流水。成连听了，叹说："你已经是天下最出色的琴师了。"伯牙至此乃悟，原来涛声鸟语，高山流水，天地万象，这才是最好的老师。

所以，古琴有一个核心宗旨，就是"会天地万物之心、通天地万物之情"，这是与《易》的主张相一致的，只不过《易》的方法是用卦，而琴则是用音声。所以古人才说："音从意转，意先乎音。音随乎意，将众妙归焉。故欲用其意必先练其音，练其音而后能洽其意……此皆以音之精义，而应乎意之深微也。其有得之弦外者，与山相映发，而巍巍影现；与水相涵濡，而洋洋悄恍……则音与意合，莫知其然而然矣。"

所以"不见其意，则不得其旨耳"。

由于琴能传天地之妙、万物之情，所以抚琴是一种最好的感悟，而听琴是一种最好的学习。抚琴即是感悟天地大道，而听琴即是品味天地大道。琴蕴含天地的大智慧，涵人世的大沧桑。

　　琴为心声，声动心念，所以琴亦能养性、修身，以达到天人合一的境界。

　　琴最为贯通，古圣、先贤、大儒、道、佛，诸家无不精于琴道。如司马承祯《素琴传》所论："皇王以琴道致和平也……闲音律者以琴声感通也……灵仙以琴理和神也……君子以琴德而安命也……隐士以琴德而兴逸也……"

　　刘向的《琴说》，论述"凡鼓琴有七例：一曰明道德，二曰感鬼神，三曰美风俗，四曰妙心察，五曰制声调，六曰流文雅，七曰善传授。"也是讲了琴之作用的多面性。

　　琴音的感通力，古人多有所言，如"瓠巴鼓琴，则飞鸟集舞，潜鱼出跃"、师旷叩弦"乃变节候、改四时"。华夏时代的琴道，远非我们今天所能想象。

　　而荷兰知名学者高罗佩在其著作《琴道》的序中则说："写山水于寸心，敛宇宙于容膝"，可见他亦是深通琴之喻的。

　　所以琴不止能娱乐身心，更能拨幽通玄、达于至道。如朱长文《琴史》谓："夫心者道也，琴者器也。本乎道则可以用于器，通乎心故可以应于琴……故君子之学于琴者，宜正心以审法，审法以察音。及其妙也，则音法可忘，道器冥感，其殆庶几矣"。认为古琴只有心通乎道，才可以真正抚好。而抚琴首先需要的就是正心。

　　又如明徐祺《溪山琴况》道："稽古至圣，心通造化，德协神人，理一身之性情，以理天下人之性情……"则琴的贯通能力是无限的，可以通于造化，通于鬼神，管理天下人的性情。

　　古琴在"会天地万物之心，通天地万物之情"这一方面，颇具神秘性，较难理解，然其占例都米自于百家之经典，事关乎孔子颜回古圣之流，所以虽然神妙难解，但亦非浅薄之辈的牵强附会，而都是具顶尖智慧与学识的人所言传。而这个层面的贯通，是琴演所独有的，

　　诗演与琴演：象数性理的合一

是其他演所少具备的。

　　琴为圣制，它所具有的功能普通人是很难穷尽的，它的贯通性也是很强的，它贯通于道，贯通于禅，如老子的"大音希声"、庄子的"女闻人籁而未闻地籁，女闻地籁而未闻天籁夫！"天籁无相，亦通禅宗，成玉磵在《琴论》中说："攻琴如参禅，岁月磨练，暋然有省，则无所不通，纵横妙用而尝若有余。"禅僧善抚琴，史上多有，如李白写有著名的《听蜀僧濬弹琴》。其他著名的琴僧，史上亦多有所载。

　　所以琴是通天意之器、会人心之器、悟至道之器。

　　古人重琴，还在于琴为圣制，大圣伏羲，圣王虞舜等，都以琴为教化之具，关乎天下之治理，实为大事，而其所赋予的本喻甚多，而其用也甚广。如：妻子好合，如鼓琴瑟。——《诗•小雅•常棣》，在华夏文明时代，琴是用来和的。和君臣、和家室、和万邦，则天下大治，足见古圣对琴是寄予厚望的。

　　在古人的认知中，琴可修身，同时琴又和家，古人常用琴瑟合鸣来喻夫妻关系，古代夫妻鼓琴瑟相和通过旋律的同步以增进感情，然后琴又可治世，所以儒家的所谓修身、齐家、治天下都在琴里了。

　　又如儒家的思想有"中庸"，而中庸的内涵是"和"。如《中庸》里说："中也者，天下之大本也。和也者，天下之达道也。致中和，天地位焉，万物育焉。"而天下能达到和的器物是什么？莫过于古琴。

　　古人颇有贤达明于此理，如明徐谼《溪山琴况》道："稽古至圣，心通造化，德协神人，理一身之性情，以理天下人之性情，于是制之为琴，其所首重者和也。"

　　正由于古琴有无可替代的和的功能，所以孔子才主张礼乐教化，礼与乐合而为一本，亦代表了阶层的差别，而春秋时的礼崩乐坏，也确实与诸侯战乱是同时发生的。礼乐有相辅相成的功能，可使个体之间、群体之间达至和谐的关系，故其社会教化意义、政治治理意义都是重大的。

龙山

又如《乐托•魏文侯》篇说："君子听琴瑟之声，则思志义之臣。"认为君子听到琴瑟的和谐之音，就会想到志于合义的大臣。

因为琴可以和，所以琴也能禁，如《白虎通义》所谓："琴者，禁也。禁人邪恶，归于正道，故谓之琴。"可见琴乃君子之器，可以和，可以正德，可以禁非。

汉末蔡邕在《琴操》里说："昔伏羲氏作琴，所以御邪癖，防心淫，以修身理性，反其天真也。"而《乐记》则记载说："昔者舜作五弦之琴，以歌南风。夔始制乐，以赏诸侯。"而《尚书》亦云："帝（舜）曰：夔，教汝典乐，教胄子，直而温，宽而栗，刚而无虐，简而无傲。"可见那个时代，典乐的官职主要以乐化民，并教子弟以诸德。

这些记载都表明，琴是关乎教化的，可以正人品性，养成人的美德。所以桓谭在《新论》里说："八音广博，琴德最优，古者圣贤玩琴以养心。"

琴为古圣所制，自然要明古圣之道，所以明代《神奇秘谱》的序里说："然琴之为物，圣人制之，以正心术，导政事，和六气，调玉烛，实天地之灵气、太古之神物，乃中国圣人治世之音，君子养修之物。"

由于琴可以修身养性，正义去非，所以古人有"君子无故不撤琴瑟"的说法。

琴为贵，非高贵之宾，不得听琴，听琴者也要正襟危坐，用心品味。这是古代琴者的规矩。

即便是在与琴相关的小物件上，古人也穷尽讲究之能事，如黄杨代表正色、枣木代表赤心、玉温金坚、竹寒且清，以这些附属于琴的小物件来喻君子之德。

所以古人重琴，不但华夏古圣对琴赋予了诸多本喻，后世贤达也为琴赋予了不少附喻。

因琴的如上种种功能，所以琴是治世之器、进德之器、明志之器、修心之器、养性之器、涵气之器、会心之器、通神之器、合天地万物之器、悟道之器。所以古人赋予琴以各种优美的名称，如雅琴、

诗演与琴演：象数性理的合一

素琴、玉琴、瑶琴等。

因为古人尊琴、重琴，所以又有六忌七不弹的说法：

此琴有六忌、七不弹、八绝。何为六忌？一忌大寒，二忌大暑，三忌大风，四忌大雨，五忌迅雷，六忌大雪。何为七不弹？闻丧者不弹，奏乐不弹，事冗不弹，不净身不弹，衣冠不整不弹，不焚香不弹，不遇知音者不弹。何为八绝？总之，清奇幽雅，悲壮悠长。此琴抚到尽美尽善之处，啸虎闻而不吼，哀猿听而不啼。乃雅乐之好处也。

可见古琴在古人心目中的地位是何等崇高了。

古人既如此崇琴，将琴视为"道之器"，那么在文学和艺术之中，当然也有吟咏出琴演、琴道之旨的，如李白《答杜秀才五松见赠（五松山在南陵铜坑西五六里）》"袖拂白云开素琴，弹为三峡流泉音"，不但有天人合一之旨，又有琴演之旨，因为他以"三峡流泉音"直接表琴了。

古人极为重琴，因为琴在古代华夏文明中乃修心之器、教化之器、养德之器，如贺兰进明的古诗《古意二首》"崇兰生涧底，香气满幽林。采采欲为赠，何人是同心。日暮徒盈把，裴回忧思深。慨然纫杂佩，重奏丘中琴"，通篇用喻，丘中之琴自然也是有所隐喻了，但他究竟隐喻何事，我们很难从逻辑上把握，相对而言，我在诗中的隐喻要明确多了。

古人重琴，如杨志坚《送妻》"平生志业在琴诗"，乃至有以琴诗为业的。他如刘长卿《送宇文迁明府赴洪州张观察追摄丰城令》"陈蕃待客应悬榻，宓贱之官独抱琴"，在古人的心理，琴道与治道是不可分的，独抱的琴是什么？显然是以琴借喻儒家治国之道。

在古人的心理，不光琴是教化之神器，就连琴台也备受尊敬，如颜真卿《刻清远道士诗，因而继作》"金气腾为虎，琴台化若神"，琴台所起到的教化作用就像神一样。

古人以诗入琴，大约是极普遍的事，孟之琴诗，多言友情、知音，虽无入道之作，但古风自然高迈，而宋人不解此道，苏东坡笑浩然"但少诗材"，实为无知之言。

孟浩然的诗，写琴之于文人的重要性，还是颇可为证的，如《还山贻湛法师》"平石藉琴砚，落泉洒衣巾"、《题长安主人壁》"枕籍琴书满"，都写了文人生活中琴的重要性，它是与典籍、笔砚同等重要的。孟浩然以琴入诗中的隐喻如"欲取鸣琴弹，恨无知音赏"，虽然很多人都这么写，但他全诗都透出一种独特的气韵。他写的比较风神的如：《与黄侍御北津泛舟》"莫奏琴中鹤，且随波上鸥"，这就有了取象入诗的意味了，而且琴中鹤的意思是琴音中有鹤的意存在，已经讲出琴演之旨了。《送张郎中迁京》"豫有相思意，闻君琴上声"则是讲了古人琴理中琴音与心意贯通的基本原理。

孟浩然诗意高古，多有古风，常以琴入诗，略计其篇幅，概三分有其一。而孟李相承，诗法气韵一脉，太白以琴入诗，尤其为多，兼太白博学，儒道纵横等莫不知晓，故太白琴诗，不但数量多，且多达琴演之旨。

如《赠临洺县令皓弟（时被讼停官）》"陶令去彭泽，茫然太古心。大音自成曲，但奏无弦琴"，无弦琴的典故出自陶潜旧事，陶潜喜欢虚拟弹琴，其实是他意识到了琴为心声的哲学思辩，既然古代弹琴是以心灵模拟万象，取象入琴，那么何必用琴这个形式？直接用心灵模拟万象，然后用心灵模拟弹琴弹出这万象和心声不就可以了吗？所以陶潜是深知琴演之义的，不过陶潜所示的无弦琴之真旨，知道的人并不多，讲出其原理的，就更少了。李白这首诗用的是典喻，他用无弦琴隐喻即便没有了官位，但治国之学、治国之道还可以继续修练。而其《赠崔秋浦三首其二》"抱琴时弄月，取意任无弦"，不但又讲到无弦琴意，而且还讲到了"取意"，取意就不单单是取象了。

李白在诗中亦用到隐喻，如在《自溧水道哭王炎三首其三》中讲"未成霖雨用，先失济川材。一罢广陵散，鸣琴更不开"，他用广陵散隐喻人亡道息。

《长相思（下篇一作寄远）》"赵瑟初停凤凰柱，蜀琴欲奏鸳鸯弦"、《代别情人》"风吹绿琴去，曲度紫鸳鸯"、《赠清漳明府侄聿》"琴清月当户，人寂风入室"及"取意任无弦"都是讲取意的。

如果说上面的"取意任无弦"是讲取意，那么太白诗中讲取象的也有，如《前有一樽酒行二首》"琴奏龙门之绿桐，玉壶美酒清若空"、《鸣皋歌，送岑征君（时梁园三尺雪，在清泠池作）》"琴松风兮寂万壑"。

古人言琴必取象，而太白又别出心裁，如《赠瑕丘王少府》"清风佐鸣琴，寂寞道为贵。"不言取象而言佐，又如《陈情赠友人》"清琴弄云月，美酒娱冬春"，不言取象而言弄。

太白造化词工，有时连佐、弄之词亦不用，如《听蜀僧濬弹琴》"蜀僧抱绿绮，西下峨眉峰。为我一挥手，如听万壑松。客心洗流水，馀响入霜钟。不觉碧山暮，秋云暗几重"，直接以客心流水、馀响霜钟组合了，而"如听万壑松"则是用一个比喻言琴声所表之象。《夜泛洞庭，寻裴侍御清酌》"抱琴出深竹，为我弹鹍鸡"，则直接以弹鹍鸡之声态表明了琴曲的取象。

他如《邺中赠王大（一作邺中王大劝入高凤石门山幽居）》"抱子弄白云，琴歌发清声。"《赠从孙义兴宰铭》"退食无外事，琴堂向山开。"《送纪秀才游越》"绿萝秋月夜，相忆在鸣琴"《春日独酌二首》"我有紫霞想，缅怀沧洲间。思对一壶酒，澹然万事闲。横琴倚高松，把酒望远山。长空去鸟没，落日孤云还。但恐光景晚，宿昔成秋颜"……

王子居在《唐诗小赏》里，极赞李白的"物有情"，事实上"物有情"是天人合一的前奏，当琴诗合一时，天人合一就很自然了，因为琴是取象的，如《宿白鹭洲，寄杨江宁》"绿水解人意，为余西北流。因声玉琴里，荡漾寄君愁。"李白直接用流水进入玉琴来表琴曲的取象，从而通过次序的改变将琴与水合一了，太白常有这种合一，又如《献从叔当涂宰阳冰》"广汉水万里，长流玉琴声"，水声与琴声就为一。又《金门答苏秀才》"月出石镜间，松鸣风琴里。得心自虚妙，外物空颓靡。身世如两忘，从君老烟水"，除了悟道之言外，

龙山

"松鸣风琴里"其实也是如上一样将松风之鸣与琴曲合一。《月夜听卢子顺弹琴》"闲坐夜明月，幽人弹素琴。忽闻悲风调，宛若寒松吟。白雪乱纤手，绿水清虚心。钟期久已没，世上无知音"这首诗将取象表述为琴意，因为琴意和取象本就是一体的，无论是风调还是松吟，都既是琴意又是取象。《拟古十二首》"遗我绿玉杯，兼之紫琼琴。杯以倾美酒，琴以闲素心。二物非世有，何论珠与金。琴弹松里风，杯劝天上月。风月长相知，世人何倏忽"，除了"琴以闲素心"是讲古琴在古代的心灵陶冶作用外，"弹琴松风里"看似是写景摹态，但我们综合以上诸句，亦应知道它是松风是琴意和琴象。

太白学识颇博，如《庐山谣，寄卢侍御虚舟》"早服还丹无世情，琴心三叠道初成"，直接以琴心为道心。又如《陪族叔当涂宰游化城寺升公清风亭》"季父拥鸣琴，德声布云雷"，则不止有琴之教化，亦有《易经》中云雷之象。

太白整诗言琴的有《幽涧泉》：

165

> 拂彼白石，弹吾素琴。幽涧愀兮流泉深，善手明徽高张清。心寂历似千古，松飕飗兮万寻。中见愁猿吊影而危处兮，叫秋木而长吟。客有哀时失职而听者，泪淋浪以沾襟。乃绪商缀羽，潺湲成音。吾但写声发情于妙指，殊不知此曲之古今。幽涧泉，鸣深林。

这首诗不太好解，"善手明徽高张清"是讲琴的手法的，"心寂历似千古"是讲琴意的，因为"流泉深""幽涧"都有寂历之象，而且李白在这首诗里对文字的贯通性运用也很出色，如写声发情，他不用发声而用写声，自是别出心裁，却又得喻文字的真义。

《酬裴侍御留岫师弹琴见寄》"鼓琴乱白雪，秋变江上春。瑶草绿未衰，攀翻寄情亲。相思两不见，流泪空盈巾"，这首诗则是夸张的笔法，因为它有了玄幻的色彩，因为琴师弹琴，不但乱了白雪，而且让秋变为春，这是一个化典而用，这个典故应当出自《列子》《新语》《说苑》《吕氏春秋》等博记之作，至于究竟出于哪一部，我少时所读旧作，现已模糊不清，精力时间的缘故也不可能去故典堆中查找，有明确出处的读者，可望告知。

古人评韦应物的诗颇有道意，事实上他写琴的诗也确有到了道意的，如《司空主簿琴席》"澹景发清琴，幽期默玄悟"，不说玄悟本就是悟道的别名，以澹景发于幽琴本就具有取象澹景的琴演之意。而其《朝请后还邑，寄诸友生》"晨露含瑶琴，夕风殒素英"因为语言文字的阐释问题，是否也是取象之意，则尚需推敲。

李白的好诗尽在其五古、七古之中，盖因他不愿受近体格律之束缚，更因他受近体格律之束缚，诗便写不到他自己的高处，李白的诗，超越杜甫甚多，但后人以宗杜、近体格律为本，实属买椟还珠。

魏源在《天演论》中说"盖古人既已发其端，而后人不能扬其绪"，这个说法用在中国一千余年的近体格律诗上很合适，因为近体格律诗流行的一千年，中国诗歌基本是空度了。

即便是纯粹的音乐，古人的乐论也有达到琴演之旨的，如《古音正宗》里论《平沙落雁》："盖取其秋高气爽，风静沙平，云程万里，天际飞鸣。借鸿鹄之远志，写逸士之心胸也。……通体节奏凡三起三落。初弹似鸿雁来宾，极云霄之缥缈，序雁行以和鸣，倏隐倏显，若往若来。其欲落也，回环顾盼，空际盘旋；其将落也，息声斜掠，绕洲三匝；其既落也，此呼彼应，三五成群，飞鸣宿食；得所适情，子母随而雌雄让，亦能品焉。"

古代中国的琴曲，多有模拟，如《高山流水》模拟山之巍巍、水之洋洋，而《平沙落雁》模拟秋高气爽、风静沙平、雁鸣天际、云霄缥缈。

我们用现代的词汇来理解就是模拟形态，但琴曲无形，如何模拟形态呢？古人显然尚能理解华夏古文明的一些精髓之处，如《古音正宗》讲的是"盖取其……"取其自然是取象的略语。而取象才是中国古代文化包括中医（取象类比）也通用的概念。

而事实上喻文字的义理贯通，更能讲清楚古琴里取象万类的哲学思路（可参看《古诗小论2》中《由喻文字决定的喻诗学》）。

王子居可能在小学就掌握了喻学贯通以及琴演之义了，因为他小学时反复阅读多遍的古典如《三言二拍》中《警世通言》里的《俞伯牙摔琴谢知音》一章，就讲了古代琴制，其中的喻学里象之贯通的用法自然会被他领会，也许正因为此，他才能在初中时就实现多维诗境。不过他的这种领悟力也确实是太惊人了。

而正是因为从小学时就被瑶琴的悠美传说所吸引，他才会在诗歌中不断地将这种琴演化入诗中，他渴望做到的，应该就是一种以此琴演的喻之贯通原理做出诗歌境界的突破。

这种以演入诗和他化诗为演的努力，是有密切关系的。

正如王子居讲述琴演时提到的琴演是诸演之中极为特别的一演，所以在王子居以演入诗的创作历程中，只有琴演被他反复化用。

但可惜的是，琴演毕竟主要存在于琴中，王子居诗歌中的琴演要么是惊鸿一瞥，如《咏怀•孰奏》里的"广陵琴"，要么就是极其简短，如《咏怀•弹铗》《秋风引》《琴操》等作。

诗演与琴演：象数性理的合一

诗演与琴演：琴意与诗意的贯通

龙山

事实上我们从《局演之论》中王子居以古为证，论喻诗之演，就可以看出，琴本身就是一个典喻，它是同流水落花一样是可以直接用为典、用为喻的。

我们常说王子居的诗词要几首乃至几十首贯通起来看才能理解，是因为他的诗词因为篇幅和意象的缘故，只能是片断性的喻的显现。

而他诗词中讲到音乐的句子，这一特点就更加明显。

无题

一笑一叹一流光，一人一事一衷肠。杨柳春烟迷蝶路，落叶秋风失雁行。梦里不知花谢尽，诗成还道酒余香。漫随流水青山下，心声琴意两悠扬。

在《王子居诗词：喻诗浅论》里用了很大的篇幅来讲"杨柳春烟迷蝶路，落叶秋风失雁行"的多维之美，也用了不少的篇幅讲它的诗意之绵密，我们看第一联，一笑一叹，一人一事，是哪人哪事？是哪一段流光？是哪一段衷肠？第一联紧紧地扣着二三联。就是蝶已迷路，雁已失行，花已谢尽，酒已饮光。对这些已流逝的美好，笑又如何？叹又如何？就好像那流水在青山下漫漫流淌一样，而那无法表达的心声，只好追逐悠扬的琴意。如果说第一联概括二三联，那么第四联就和《紫薇》一诗的第四联一样，再度总括前三联。它们在诗意上之绵密、结构上之交叉，都是古诗中少有的。这一首诗的四联诗意环环相扣，互为表里，达到了整体上的完美统一。

但事实上，这首诗最惊艳的句子并不是"杨柳春烟迷蝶路，落叶秋风失雁行"，而是"心声琴意两悠扬"。

心声和琴意在很多人看来会以为是造词错误，因为琴声、心意看起来才是正解。

而王子居将之互换，却恰恰体现了喻学的由此到彼、由彼到此的一种循环贯通，这一个看似简单的互换，完整地体现了琴与情（心）、人与我、艺术与鉴赏的关系。

站在听者的角度，是从琴声中听出了弹琴者的心意，由琴知意，这就叫知音；而站在弹琴者的角度，我弹琴是要弹出我的心声，琴声即是我的心声。

但显然的，王子居在这首诗里要表达的是一种哲理性的意义，在这句诗里修辞变得很重要，他将琴拟人化了，琴（或琴曲）本有意，此意和心声（前面三联所表）在青山流水之间互动，一起悠扬。

这句诗的诗意十分之绕，它不但具有我们上面所讲的人与我、艺术与鉴赏的关系，它还具有一种以琴演意，与心互动的哲学的或者说喻学的意境。首先，琴若有意，必得我先听出它的意，而心若有声，亦必得琴能和于此心之声，如果听者不能听出琴之意，琴曲不能和于心之声，那就不会"两悠扬"了。

在通常的哲学关系中，琴与心本是主与客的关系，但在这句诗里，王子居赋予琴以人格，于是人与琴两者都兼为主客，从而构建出了一种微妙复杂的关系。

这种琴意即心声、心声即琴意、琴声即心意的微妙合一，即是以琴演心的一种直白的表达。

当然，王子居写这句诗是表情感的，但他那种喻诗多维的作诗习惯，令他自然而然地截取了一小段琴演之论来表达他的感情和人生领悟，于是这句诗就成了以理贯象然后再贯情的微妙结构。

这最后一联与前面三联是截然不同的，前面三联是伤切苦痛的，而最后一联却是悠然、随性的。

为何最后一联会同前面三联截然不同呢？因为青春的迷失是挽不回的，人生的征途失落是挽不回的，花已谢尽、酒已饮干，无论是那一人一事还是一笑一叹，都在流光中逝去。

诗人剩有什么呢？

他只能散漫由心地任那轻舟随着流水围绕青山而行，已经从伤切之中进入无心之境的他，忽然之间，实现了"心声琴意"的哲学或者说喻学的感悟。

正是因为他失去了一切，所以他的心在琴声中悠扬，我们可以说这是一种空掉了自我的心境，但也可以说是"杨柳春烟迷蝶路""梦里不知花谢尽，诗成还道酒余香"之外的另一种形式或意境中的迷失。

所以我们在《王子居诗词：喻诗浅论》中分几节讲这首诗的绵密、意象统一时，其实并没有讲全，这首诗中除了"一人一事一衷肠"外，其他七句都在或多或少、或明或隐地讲人生、心灵、情感的迷失。

它是王子居以性贯通的意象流的典型代表作品。

它是一笑一叹的流光，一人一事的衷肠；它浓缩了人生际遇与感慨，凝练了春之幽美与秋之感伤；它迷惘着爱情，凄凉着孤独；它流淌着记忆，摇曳（贯穿）着时光；它穿越了唯美，远行着悲壮；它融入琴音而悠扬，它融入心海而荡漾……

当我们深刻理解了"心声琴意两悠扬"以及《琴操》等作之后，我们才能真正理解《秋山小散》《春烟》等作。

入莱农作

临风谁散香气来，有意无心落尘埃。笑不关情随意好，始吹笛罢下楼台。
夜翻睡起观星斗，昼览奇山蕴壮怀。客意求之青梅子，煮酒谁曾暗相猜。

题目一作《莱农客咏》《秋山小散》，为作者十七岁初入莱农时作。

与《旅思》触摸到了气韵的存在一样，这首《莱农客咏》也营造出了一种独具特色，难以重复的气韵，这才是读者喜爱这首诗的根本原因。吾甚爱此笑不关情随意好句，这是这首诗的精髓，多少人只为情困，多少人只为红颜，可是生活却不该仅仅如此。人生有着更广阔的边际和更丰富的意境，会心之处良多，而作者在这里道出了一种自然而然、不假物不假情的天然之笑（这是一种只有年轻人才有的笑）。

想象一下这幅画面吧，临风，闻着那飘飘渺渺的香气，不知是谁散发而出，似有意，似无心，落在尘埃，难道不值得玩味吗？人要适时地放下那颗世俗的、腐臭的心，这本该是水晶色的心灵实在不该因为名利而染上了瑕疵。第二联的笑不关情递增了有意无心的诗意，这种随意间的闲适感和自然感最是难得，无忧无喜的轻快心境是不容易得到的。而这种感悟又化作了笛声，一曲终了，就下了楼台，毫无滞留。这一联不著一相，自然洒脱，兴尽意尽，诗意极为酣畅。王子居诗中写笛写琴，莫不出人意表，往往是惊天地泣鬼神的妙作，如《龙山》中他那划破长空的一声长笛，及《春烟》中的落花暮吹笛。

王子居在大学前的诗弥足珍贵，因为那个时期的诗词他都是完全凭着本心的感觉创作的，这首《入莱农作》极为特别，他的隐喻似有还无，却又充满全篇，他的意趣又让人捉摸不定。

"有意无心""笑不关情""暗相猜"都使得这首诗的诗意显得虚无缥缈，但他的"夜翻睡起观星斗，昼览奇山蕴壮怀"又明确指出这首诗是一种精神境界的抒发。而"始吹笛罢下楼台"有着一种不着一物一相的潇洒，但王子居诗中写到琴、笛时，往往是与道相关的。现在我们想来，也许这首诗里的"始吹笛罢"，然后就下楼台，应该与"笑不关情""随意好""有意无心""谁散"等结合起来，共同组合出一种不着一相、不着一物、随心自在的精神境界吧？

但他的下联却又是有相的，是与天地山川共鸣的。

在夜里，何事无眠？他起来观满天星月，寄志趣于宵汉之中，这是何样的襟怀，他超凡脱俗，趣在星空，那星空究竟是勾起他何样的心思呢？可能只有这星空，才令他有所寄托，能平静他的内心吧，也许那星空深处是心灵所居之地，人间只是一场寄旅。在白天，他就远眺苍山，望着雄奇的山岭，胸中激荡气难安，豪气干云冲霄汉！他借助这山的雄奇，来蕴养自己的胸怀和气质。在夜里观星，在白天观山，他将自己完全交给了这个自然，继而让自己成了它的一份子，充分吸收大自然的营养。

那有意无心的香气和尘埃，那不著一相的笑，那与天地相合完全忘我的吹笛，那凝望星空的心境，那以山蕴怀的志趣，这一切发于心灵深处的秘密之事可与谁言？因为此意难表，所以结联才说将这客意求问青梅，你可知道有谁会有煮酒论英雄的雅兴，在酒酣耳热、高谈阔论之际，也认可我呢？

这小小的细节，让人觉得这幅画面更加情切，也更加真实，这扑面而来的不仅仅是酒香，也掺杂着情谊，这实是一首恣肆纵横抒情的好诗。让我们静下心来，细细品味每一粒文字的味道，再闭上双眼，享受着那肆意澎湃的情感冲击，最后再煮上一壶老酒，来一盘青梅，此方才懂诗之真谛也！

始吹笛罢下楼台，这句诗读者可参考《莱农集》里的《琴操》来加深理解。

其实王子居的这首诗有一些印象流，不过是不那么明显罢了。

春烟

春烟罩村树，遥失海曲路。无风浸斜阳，有风迷万户。
独坐啼鸟晨，吹笛落花暮。惟解寂寥深，不知何所悟。

每一个啼鸟的清晨，每一个落花的黄昏，我都在这里静静的思索和享受。在这样的环境里，抛开一切的俗世纷争，安安静静地领悟这深深的宁静，思索这生存的意义，人生当如是，莫负春晖。而第四联的惟解寂寥深，则将我们带入到"寂兮寥兮，独立而不改"的境界中去。在这种境界中，排除了语言文字，所以说是"不知何所悟"。

这首诗的前两联和后两联结合得不是非常紧密，达不到王子居所提倡的混然一境的地步，前两联构写了一个背景，第二联写了春烟的两种形态。第三联最是令人神往，它的美是值得我们深入体会的。这一联是互通的，独坐时，无论是听啼鸟还是看落花，都是在思考，而与常人理解不同的是，吹笛也是王子居感悟的一种独特方式，这一点很容易误解。

这首诗有一个特点，就是所有的事物都是表静的，只有独坐显示了人的存在，但独坐也是静的，而"惟解寂寥深，不知何所悟"其实也是静的，因为它们是一种心灵状态。

所以吹笛这个行为，在这一首诗中是极为特殊的。

而这首诗也一如王子居的诸多喻诗一样，是充满隐喻的，上阕的隐喻要与下阕对比来看才能读得出来。

《春烟》和《八月十九日闲有思》是同期作品，它们之间有着密切的联系，"有风迷万户"和"秋阴万户深"一样，"遥失海曲路"和"络绎人间路"一样，都是若有若无的隐喻。

春烟迷失了海曲（日照古名）县的道路，和风吹烟起迷茫了万户，是与下阕的"独坐""吹笛""解寂寥""悟"等对道的探索、思考相对的。它以人间的茫茫对探索的寂寥，是一个典型的上下阕的诗意大对仗。

首联写诗人看到春烟袅袅升起，然后这烟迷失了海曲的路途，除了在意象上构造了一种迷离的美外，它也隐去了整个人间。

二联写春烟的不同形态，如果是没有风的时候，这春烟直上天空，令得斜阳似是浸在烟中一样，而有风的时候，它们弥漫至千家万户，二联的下句和一联的下句都是在构造同一种情境，那就是人世间的迷失。

相对来说，三联具有古律诗对偶的精严的美，啼鸟晨和落花暮，配合独坐和吹笛的静态和动态，除了悟道的象征外，亦组合出了一种人与大自然交融的意境。

这首诗的意境和隐喻都比较特别，因为上阕如果没有隐喻的话，似乎与下阕是割裂的，但因为它们暗含的隐喻，它们又与啼鸟晨、落花暮紧密联系了起来，共同构成了一幅烟迷人间与独自感悟的难以言传的联系。

这首诗里的吹笛与独坐两个意象，都是思考、探索的直接表述，它与上一首《入莱农作》一样，都是结合整首诗的意境使得诗歌有了琴（音）演的意义。

咏怀

天高时雨过，坐久忧思多。穆穆响瑶瑟，唯与清风和。

清风岂长可，遥念淑人德。俯仰觉远阔，心意无由说。

　　首句高起，时雨过后，在人的视觉里天显得很高，刚刚在雨中坐久了，心里有很多忧思。于是弹起瑶瑟，想要排遣这忧思，而这天地间，最适合入于琴意的是这清正之风。一曲弹罢，不禁想到清风是不长久的，长久的是淑人的美德。但是自己却与这淑人相隔遥远，这心中的倾慕之意无从表达。

　　这首诗更加明显地具有《琴演之论》一节中所讲的以琴演天地诸象或者说琴声取象天地诸象的意味，首先是时雨之后人有忧思，于是以琴瑟取清风和畅之象，排遣忧思，而清风虽然和畅能排遣忧思，毕竟不是长久之计，于是思念淑人之德，可惜山遥水远，这淑人之德又如何入于琴意呢？所以忧思事实上反而更重了。

　　瑶瑟本应是瑶琴，但为了气韵的流畅天然，王子居用了瑟的四声。可见虽然王子居不遵近体格律的平仄而取初盛唐的古律，但他依然十分重视诗歌中气韵的和畅。

咏怀

雁高信难系，鱼沉素未托。风动鸟相呼，琴声谁与和。意比云难测，愁随落花多。伤情恐见月，偷泪忍滴荷。枯翠翻疏影，香馨怎如昨。未必人生恨，肯同香馨歇。

　　"风动鸟相呼，琴声谁与和。"这是作者最得意的句子，就如同他深爱"穆穆响瑶瑟"那首咏怀诗一样，比兴的手法，在这里被运用到了极致，作者看到风起了，鸟儿相互呼唤和鸣，于是感慨自己的琴声，有谁相和呢？这一联的比兴转换流畅自然，造句工整典雅，很简单，却很美妙。

　　这一联诗中，由于诗人取象"风动鸟呼"，所以他遥想到了谁能象鸟儿相呼那样能唱和自己的琴声呢？很明显的这里的琴声是有着独有的隐喻的，只有他那种文化理想的隐喻，才能令他发出谁能相和的雅问。

事实上，当我们将喻诗中的见物起兴、以象贯多维和琴演中的取象演情、取象演道及中医学中的取象类比等结合起来看，我们就能意识到，整个中国古文化，都是由华夏喻学的以象贯通为基础的，取象是中国古文化的所有领域的最基础也最原始也是历史最悠久的方法、传统。

这首诗的全篇意象都紧紧围绕"琴声谁与和"这个中心来构建。

咏怀•琴操

少年面如玉，弹琴初雪里。天地净而洁，都来入琴意。

谨慎调五音，声声皆如心。质本怀高义，情原适雅伦。

孤处无忧悒，入世可周群。自应有我类，毋劳问知音。

净而洁，一作静与洁。

这首琴操写的是一种精神境界，而王子居在这首诗里对取象演琴心的表述比较明确、直白。

首联面如玉对初雪，引出二联的净而洁，天地净洁的意象入于琴意，琴为心声，少年通过雪中抚琴来净洁己心，所以琴声演绎的是纯洁清净的意。

三联写琴道，他谨慎专注，令每一个音都能契合他的心意，这首诗写琴声之演心意，可以与前面讲的"心声琴意两悠扬"结合起来理解。

四五联则直接描写德性，四联从本质和情怀两个方面的内在品质来写，五联则从处世的两种状态来描写行为。

周：取孔子"君子周而不比，小人比而不周"的用法。周群意指团结于群体。

三四五联都放弃了取象，而直接谈心，应当说在这首《琴操》里，王子居将琴演的两个方向（取象和演心）写全了。

而古代琴论里面，往往只谈取象，未及演心，王子居的喻诗心象一体，他自然很早就领悟到琴演也是心象一体的。

正如这首诗中一二联的玉、雪的净、洁，既是天地人之象的性质和特征，也是心灵之象的性质和特征，王子居对喻诗的理解和对琴演的理解是一致的。

这是因为中国古代文化本来就是一个贯通的整体。

秋风引

金风萧萧兮过吾林，吾知吾心之宜深。

金风萧萧兮过吾林（庭），吾知吾心之宜真。

王子居16岁时已经探索到喻学，并能充分运用喻学，最明显的一首诗就是《秋风引》。

它是最简单直接的诗演、乐演的合一（见《诗演2》）。就这一点而言，《咏怀·琴操》《咏怀·弹铗》是《秋风引》的注脚。

这是作者最钟爱之作。秋风萧萧，林木摇动，令作者心有所感，他觉得自己的心应该深沉、真正。作者那时候尚不知道儒家讲究正心、诚意，佛家讲究直心、深心、菩提心，但他也隐隐有了这样的概念，虽不明晰，却也初具。世间之心，无非真伪，宜真之说，是谓深得要道。而这一颗真心要不断深入下去，不停于肤浅表层之境，一真一深，极得心的妙理。

2018年《古诗小论》出版，我们才明白王子居从小时候写诗开始，就已经是达到喻诗的极高境界。

这首诗看似极为简单，其实已达天人之际，境界之高，足以傲视千古，只不过他写的过于简单，而喻诗之意往往深藏于象中，故我们当时解这首诗，竟然感觉解无可解。既不能从艺术上讲它，也不能从内涵上讲它。

在艺术上，《秋风引》是不如《咏怀·琴操》丰富和变化的，但它强就强在简洁、直接，如果说《咏怀·琴操》具有"时时常拂拭，勿使惹尘埃"的变化美的话，《秋风引》就是"本来无一物，何处惹尘埃"，它简单、直接、粗暴，它香象渡河、截流而断，直接就明心见性、见性成佛。

之所以这么说，是因为它是最简单直接的诗演、乐演的合一（见《龙山》中《诗演2》）。就这一点而言，《咏怀·琴操》《咏怀·弹铗》等诗作

龙山

其实是《秋风引》的注脚。当然，以起兴而言，它就比较简单了，第一句起，第二句兴。但，它是起、兴、演一体的，以此而言，它的价值，是我们前面所讲到的诸多如典喻同运、组合典喻、喻兴一体、起兴转进、喻喻转进、喻兴一体转化（进）、双体喻、总纲喻、喻中喻、循环对比喻、多维修辞兼喻、相对连环喻、喻体递转、阴阳相对博喻、明喻递转隐喻、喻体连续递进明喻兼隐喻至一指多喻……所不能比的，为什么呢？因为阴阳相对喻等能探入哲学的层次，但演是喻学的一个层次（见《局道》《诗演2》）。

他小时候诗歌中讲深与心的关系，除了十六岁这首诗外，十七八岁时的《琴操》也为我们透露出了端倪，而且我们想要理解《秋风引》，其实必须先理解《琴操》。即他诗歌中的象，是心与物会、感应天地的。常人大多并无此通晓天地奥秘之能，也无窥探造物玄妙之智，自然察觉不到王子居诗歌的深妙之处。

秋风萧瑟之音对心灵的触发，可能王子居有深刻体会。他对深与心的运用，在其后的诗作中也时有出现，如：

遥念丁兆良求学西安

何事忽相忆，金风萧杀音。

秋深心自远，唯念异乡人。

如果说这两首诗写出了秋风萧杀之音对作者的心灵有莫大触动的话，那么《咏怀•琴操》才算是具体的写出了这种触动的轨迹和历程：

咏怀•琴操

抚七弦于林下，求天地之应情。循幽明之幻化，入琴声而隐微。隐哉，微哉，乃孤处之敏心。

抚七弦于林下，求受命之有响。引秋风之浩荡，遂肃穆而高昂。高哉，肃哉，慨有志于四方。

这首《琴操》将天地万象的变化与人的心志、琴道、天地之情、人生命运之间冶为一体，而用风和光影两个象表达了出来。真正达到了喻诗学的巅峰高度。这是另一类的一象多喻境。

本诗写琴，琴音为心音，上写造物之幽隐，下写天地之高昂，天心幽隐，故我心隐微，天心肃穆，故我心高昂，心与物会，感应天地，此诗之旨趣也，意趣在于天地。若以道意入于诗歌，王子居之境，超迈独绝。

上阕写他寻求自己的情怀与天地的对应，结果他循着光和影的变幻，与自己独处修行的敏感心灵相契合，于是演奏出了隐微的曲调。

下阕写他寻求所受命运的回响，于是他找到了秋风，秋风浩荡，这是因为有事业心想要有所成就的缘故，于是他演奏出了肃穆而高昂的曲调。

这首诗的大对偶非常明显，上下阕的结构完全一致，都是第一联写天地万象，不过一个是写应情之象，一个是写受命之象，并写作者对天地万象的探索和思考，二联则写取象，各取一个象，然后写出这个象的人文特质，第三联则由取象至入心，每一个象及其人文特质，都符合人的心理情志。

事实上这首《琴操》几乎就是琴演论的精华版，它以一个诗人感悟天地、感悟琴道的探索历程，将古人制作琴演的逻辑次序给讲清楚了。

同时，它也事实上可以看作是诗演的逻辑次序的一次探索，因为只要我们将琴替换为诗，它就变成了喻诗及诗演的次序：先看到天地万象，然后有感，然后通过诗或琴写出这天地万象的人文特质，而这种人文特质与我心意特质完美契合。

王子居的喻诗中，往往蕴含中华古文明的其深哲学，也蕴藏许多方法论、技巧论，只不过大音稀声、大象无形，没有足够到位的解构，这些蕴藏甚深的哲学意象，是难以察觉的。

诗中写天地、琴声、秋风等几种常见实物，却有着绝不普通的意境，其中的潇洒之气，其中的慨然之情，千载之中难寻一二，堪称不世出的名品。评者读过许多的咏怀诗，不是拘于格式，就是流于滥情，常常会见到无病呻吟，又或是发之艳情，失了那浩然的男儿之意。而这首《咏怀》做得最好，于格式上不受局限，于情感上呼号慷慨，这才算得了诗之真意。

为诗者，不在几言几字，而在那与天地共通的灵性，与文字缠绵的痴情，只有这样才能以妙手摘得那天成之美言。

读罢此篇《咏怀》，让人觉得情怀顿小，眼界甚窄，大多凡人并无此通晓天地奥秘之能，也无窥探造物玄妙之智。而王子居的这首诗，给我们提供了一个新的视界，一种全新的思考方法。

这首《琴操》有多强？简单地来说，它是古诗中意象流和气象流的典型代表。王子居在其著作《古诗小论》《唐诗小赏》中曾赞美过几首诗，说它们是气象与意象兼得，这就可见气象与意象兼得，在盛唐大诗人那里，都是非常难以做到的。

但王子居在这首《琴操》里，上联写的是意象，下联写的是气象，意象与气象兼备。尤其下联，是气象与意象存在于同一联中的。

这首诗也写出了他对音乐的理解，那就是音乐和诗一样是抒天地之心的。知道了这一点，我们才能读懂"始吹笛罢下楼台"这一句诗的真实意思，也才能读懂他后来所作的《春烟》一诗中"独坐啼鸟晨，吹笛落花暮"一联的意思。他吹笛的过程，就是寻找大自然之心的过程。

咏怀

弹铗弹铗，铗音壮哉。志士慷慨，其心远哉。悬铗悬铗，光不显哉，志士踌躇，须待时哉。

鼓琴鼓琴，琴音和哉。君子仪端，其心正哉。盒琴盒琴，声不扬哉，君子晏机，待宜人哉。

作歌作歌，歌声越哉。君子福患，与民同哉。缄唇缄唇，言不发哉，君子洗心，使意诚哉。

这首诗以音为咏，分别以剑铗、古琴、作歌为喻，讲的是古代传统文化里比较典型的志向、德行、理想。

这首《咏怀》腔调激昂又充满堂堂止气，是咏怀、抒情、励志的上品，可为自我鼓励的座右铭，通篇四溢着男儿志气和豪情。

弹铗，这声音是多么的雄壮，男儿志当壮烈高远，怎能不时时待机

179

诗演与琴演：象数性理的合一

求发。世界有着太多挑战，把这柄利剑藏于胸中，时刻提醒自己要志存天地四方、勇往直前。作者在二三阙通过鼓琴、作歌，来讲君子需仪端、晏机、忧福患、勤洗心，方能不负这凌云之志、男儿之躯。

这首诗也是喻兴一体，每阙的首联是以声显为喻，然后第二联写君子志士的理想、操守。而第三联以声隐为喻，写君子或志士的洗心待时。

弹铗则壮、鼓琴则和、作歌则越，悬铗则光不显、盒琴则声不扬、缄唇则言不发，都概括出了事物的典型特征，而这些特征又恰好契喻于君子的出或隐的选择。这首诗在对事物典型特征的概括上是很下功夫的，而典型特征的相似性也正是比喻成立的基础，这首《咏怀》可算是喻兴一体最典型的案例了。

这首诗为我们很好地展示了乐器、乐法与心的关系，像铗的壮烈、琴的和雅、歌的越，都符合乐器的特点，而乐器的特点又合于人的特点，而乐器的开合又与人的心念相通。可以说，它很好地为我们展示了琴与心（王子居以琴演表乐演，所以我们这里以琴表乐）的贯通性、琴与心的关系。

王子居的诗歌，不但从来没有像杜甫诗那样的混乱和相悖，而且条理层次极其分明、性质特点极其一致，这是他早期诗作就已具有的特点。

这个特点就是，他的喻诗很多是对事物的客观的、清楚的认识或总结，乃至是一种方法论的展现甚至哲学的、喻学的展现。这一特点在这首《弹铗》和《琴操》里表现得尤为突出。

咏怀

孰奏广陵琴，东山有客归。余情成寂寥，方暖复阴回。
萌草绿围楣，生蛛网连楣。修篁水溅溅，寒石山巍巍。
独处应德至，一年响初雷。临望暮烟薄，野极春树黑。

这首诗琴道讲的少，典故和易象用得多，如"寂寥""方暖""阴回""应德""初雷"都是运用的易象，因而有象征的喻义，而"萌草绿围壁，生蛛网连楣。修篁水溅溅，寒石山巍巍"用的是隐喻或象征。

琴歌

叮叮绿绮，思彼佳人。苒苒焦尾，嘉彼哲人。悠悠柯亭，忆彼离人。巍巍汤汤，谁善聆音。既无阮咸，其谁入神。周郎逝矣，何人顾临。世无善爱，繁弦作音。桓伊远隔，谁解邀陈。霭霭穆穆，独乐阳春。嘤嘤凄凄，谁感巴人。将引秋风，恐伤思心。纵发舞虹，欲惊谁闻。

王子居的喻诗变化无方，如前面有的诗是讲琴演之道的，而这首诗则多讲典喻。它的特点是将古代音乐的典故杂汇，隐喻的琴道与人生的方方面面。

我们以前看这首诗，以为是通篇用典，所以在2015年的《王子居诗词》里只讲了用典，而现在看来，它却是通篇指喻，因为我们那个时候不懂什么是典喻同运。

典喻同运自然要紧紧扣典，在这首诗里王子居依然展现了他那种严谨、绵密的诗风，比如绿绮合于佳人，焦尾合于哲人，柯亭合于离人，都紧扣琴的名称和典故，绝无乱用，而且他的双字的叠字拟声，也是合于佳人、哲人、离人之情态的。

在这前三联里，他为我们展现了典、音、琴、人的完美统一。

另外，虽然这首诗全诗用典喻同运，但他依然用了自己的一个典，即"将引秋风"，这一句里他又将琴曲取象的演之意旨透露了出来。另外，在这些典故里，本身就有着取象，如"巍巍汤汤"是山水之象，"纵发舞虹"是典故中的取象。

诗演与琴演：象数性理的合一

龙
山

诗演2：理之贯通与虚拟构境

垂緌饮清露，流响出疏桐。
居高声自远，非是藉秋风。

天成与偶得间的自然成演

在喻诗学中，对于喻的四种基础贯通形式象性数理，我们较少见到关于理的论证。理的贯通是一种概念、规律、规则的贯通。理之贯通比较明显易解的，我们放在本章《一体同喻：涛雏将别》里来讲了。

因为理之贯通在喻诗中的运用从古以来就较缺实证，所以我们对它的认知也仅仅是一个开始，对这些认知放到最后一节来总结。

《龙山》其实给我们带来了另一种哲学思考，即文章天成与妙手偶得的关系的思考，如果一个诗人在一生中偶然写出了几首妙诗，是可以这么讲的，但王子居的诗作大部分都是喻诗，这就不能说是妙手偶得了，但若说他所有的诗都是明确构思而成，也实在难以置信。

王子居做学问从来都是完全唯物的，任何不能被证实的论点他都不会相信，更不可能运用，比如天成偶得的哲学关系。

其实他在自己的诗里已经讲过这种关系了。

苦吟

此诗情中存已久，情中生苦为寻求。

纵难从他心外觅，安排文字欲强留。

苦吟

有情难为表，搜句欲断魂。

排文翻新境，远胜苦思心。

他是用数学概念来讲天成偶得的关系的。

也就是说事实上并不存在偶得，也就是说并不存在那么多的巧合，即便真的有巧合，由于不能被证实，他也不会在他的学术里讲这种巧合。

但作为喻文字理论的创建者，他当然知道喻文字的形式是象文字，而作为喻诗学的创立者，他当然更知道喻文字多维贯通的本质决定了喻诗的多维贯通，而同理，喻文字是用象作为载体的，而《龙山》的本质就是象，亦是以象为载体，象文字实现了喻文字的贯通性，从而也实现了华夏文明的贯通性，而象同时是诗歌的载体，那么象文字自然也将华夏文明的种种精华和象文字所表达的山川万象完美地统一为一体。

从这种演学的角度出发，我们可以这样理解，哪怕王子居只是在潜意识中具有隐喻象征的渴望，那他在抽取天地万象中最经典的象时，这些象自然而然也暗合华夏文明的种种特质。也就是说华夏文明本就是从天地万象总结而来的，那么王子居在抽取万象进行组合诗意时，这些万象本就具有华夏文明的种种本源之义，不用王子居构思，它本身就具有种种华夏文明的精神特质。

或者另一个理解是，作为国学宗师，王子居眼中的山川本就覆盖着华夏文明的色彩，这在他头一年的《天地中来》（2009年作品《大自然的启迪》）中已见端倪，天地山川是智慧、德性、美的化身，实际上它们是德演论、智演论、性演论、美演论，只不过王子居是用散文形式写出来的。

既然《天地中来》（《大自然的启迪》）里早就将天地山川万象视为智慧、德性、美的源泉了，那么王子居笔下的山川自然也是被抽象化了的山川，是蕴含着华夏文明精义的山川。

那么当他创作《龙山》时，其实不用他额外构思，他写出来的山川自然而然附带着关于华夏文明精义的各种隐喻。

事实上，无论性的贯通还是理的贯通，在喻诗中都还是象的贯通，因为诗歌是要追求美的，而追求美就要追求象，所以在喻诗中性、理的贯通同时都是象的贯通。

无论是《龙山》之演还是《龙山》的多维隐喻，如果从真实的层面来讲，是因为无论是象文字还是喻学本就是中国先民从天地山川万象中得来的，而整个中华文明都是以此为基础的，所以《龙山》所绘的天地山川万象天然就与华夏文明的种种内涵相贯通。

所以如果从科学的、逻辑的、事实的角度来讲，《龙山》之所以能具备诸多维度，并不需要三十三维的构思，而是他对华夏文明与自然山川天地万象的关系认识透彻，他早就理解过天地山川万象所具有的贯通，所以他可以信手拈来创作出《龙山》。

这其中并没有任何巧合，也没有任何好运。

在已经出版的各种著作里，王子居已经为我们演示了文（文和字是两个不同的古代概念，喻文字的根本是文）演、诗演、德演、局演、体演、医演等诸种演学。而《龙山》则是他独创的一个新的演的形式。只不过可惜的是，如何概念定义这种演，如何表述这种演，以及这种演的意义究竟在哪里，连王子居也还未能清楚地认知。

他把它创造出来了，是知其然，借助于天地山川万象构成，自然相对容易些，而要把它的奥妙讲出来，是知其所以然，自然要难很多。

这也许是因为他创造出文（喻文字）演、诗演、德演、局演、体演、医演等理论，是建立在前人几千年的思想、理论结晶的基础上的，所以相对更容易更清楚。

而《龙山》之演则是他借助天地万象和华夏文明精髓而创造出来的新形式，所以即便《龙山》之演相对简得很多，他也一样难以清楚地表述。

何况《龙山》之演与其他演学不同的地，它是目前唯一一个被确定有三十三维的演学。

也许它的维度之广、深、多变、复杂，就是它作为一种演的意义，因为只有《龙山》才为我们充分展现了华夏文明的多重维度。

以他目前的体力、时间而言，《龙山》之演的真正奥秘、价值，恐怕不知何时才能被充分解构。

我们只能由表入里、由浅入深地涉及一些。

我们也许可以这样理解，《龙山》之演就是将华夏喻文明的一些精义、方法、技巧，以最低限度（字数）的篇幅、最大限度的维度展现出来。

它为我们展现了华夏喻文明的发展空间，因为喻学是贯通整个华夏文明所有领域的学问，如果诗歌中可以展现三十三维境界，那么其他领域自然也能。

在已出版的著作里，《局道》《喻文字：汉语言新探》等著作其实已经为我们展现了这些维度。

诗演2：理之贯通与虚拟构境

幻境世界

一个人总要受到环境的影响，在大学之前，王子居没有《唐诗三百首》《宋词三百首》这样的图书，他对诗词的喜爱主要是从《三言二拍》《封神演义》等古典小说中来的。所以他的诗受小说影响尤其是神话小说的影响很大，这导致了他诗中的幻境世界以及后面将讲到的剧幕入诗的出现。他将小说里的幻境和剧幕里的造境手法化入诗歌，从而使得他的诗有了独特的构境、造世界的特色，这种手法在古人诗中，大约只有游仙诗有，但王子居将它们化入了各种类型的诗歌中，从而一步一步写到了诗演的境界。

事实上，焚诗对王子居前半生影响很大，它使得王子居诗中除了悲观主义外，还强烈地存在着完美主义，他强烈渴望自己的诗能写得与众不同，而更重要的是，他经常想斩断过去，重开人生。

这种重启人生其实和他的文化理想是一脉相承的，如上面《写给诗》《囚笼》中所表现的解脱诗、复活诗，又如上面那首《咏怀》中的"要当脱魔障，还凭世界移"。又如他在十六岁那年写的：

谢梁道士

旧意不可温，往事若浮云。难得梁道士，为我解古今。

炼诗止失真，人语世事纷。从此束薜笺，为我压诗神。

他甚至幻想着找个得道的高人道士为自己镇压"诗神"。

写诗乃至他的文化理想、追求与学业之间的矛盾令他痛苦万分，乃至在《涛雏将别》中他也表露了"新生"的渴望。

"临碧山水兮吾敛思而自问，将远行兮成乎嘉业。恰相得兮吾将舍之，抑敏情兮吾长啸。"他渴望远行求得新生、舍弃过去。《十六岁词集》中的《云想词》里这种想法表达得更明白、强烈："欲得青山新形容，乘风携云英。同游远处此难见，定可度别样人生。几个黄鹂归晚，一片舒喧无穷。"他想远离眼前的世界，到遥远的、全新的地方，去换一个另一样的人生。

事实上，这种斩断过去、重启人生的思想，是他后来写出诗演的一个重要原因。这是因为他有这种想法后，在他的诗词中就经常构建一个全新幻境。

事实上王子居从一开始就运用想象构境了。如他焚诗前的这两首作品：

青林

日出江山外，人在乐游园。

火锻青杨林，有梦倚云天。

他生长在一个平凡的小乡镇，既没有江，更没有江山之外，乐游园也是他虚拟的。

晚唱山霞

霞江歌自悲，红灿心独寒。

染洗清秋林，哀梦倚云天。

虽然他的家乡有一条河，但完全称不上江，他笔下的霞江只是一种虚拟的幻想世界。

梦中诗

数夜前得奇瑰之梦，即在梦中吟诗，醒来追忆记成，但不如梦中境界之奇瑰。

江海陷足下，天际标帆点。
客去千嶂叠，独对夕阳晚。

如果我们要讲他的幻境世界，那么梦中的景象和梦中写的诗，足以资为参考了。

咏怀

望海日空边，身坐云山内。怅忆当年别，青春初啼泪。
相逢如闪电，相思若流水。与岁增白发，孤菊谁堪对。

首联很特别，作者在诗中将自己置身于一种非常空旷寂静的意境中，仿佛除了他和回忆之外再无其他事物了，没有嘈杂，只有他在安静地回忆。

为了表达他的"百年孤独"，他特意虚构了一个云山对海日的场景。

当然事实上他家乡有山也有海，但"身坐云山内"显然是一个特意突出的构境。

我们在《殉道者的隐喻》中讲过的《云想词》《望海潮》《野游》《立河滩》《彩云朝》都有这种幻想构境。

事实上我们讲幻境世界，除了他很明显地为我们讲他想到一个全新的、无忧的世界中去遨游外，他的拟人世界其实也是一个全新世界。

因为王子居的诗中运用的多维修辞里除了隐喻最多的就是拟人，而且他往往拟人与隐喻同运，尤其是一象多喻境必须要用到拟人。

虽然他的拟人世界不是简单的童话世界，但也一样是一个独特的世界。如上一章中所讲的《菩萨蛮》。又如：

彩云朝

谁扫净萧条，换万里云天妩媚。些入神处，任人寻找。涌泻不尽，流华年少。群芳竞去，怎生强留，一笑皆过了。雅志临空，聊独立处，凭凝思，青青草。

演排多少风骚，总是春光最好。看不尽，青山多少，碧水多少，更有风华多少。漫多情，招烦恼，将楚峡巫苑云抛。人生当此无由，怎堪错过，三月彩云朝。

下阕写要珍惜眼前的美景。演排多少风骚，这一句颇有深意。“更有风华多少”是承接上一阕的“群芳竞去”的，这里的群芳竞去显然是与《送春词》中隐喻汉唐才子的群华、川草是同一个隐喻。

只不过，这首《彩云朝》中没有像“汉唐才子归何处，杳杳追无路”“人事如川草，千载同荣枯”“想并得山水胸怀”“怅觅真意”这类的点出隐喻之本体的句子，也就是说《彩云朝》从《送春词》中那种明隐相间的文化理想、人格追求之喻，过渡到了纯粹的隐喻。

这首《彩云朝》他再次幻想了一个完美的、清净的、无忧的世界。

送春词

怎剪云裳对春舞，杨柳争姿，细乱莺燕语。人寂寞，汉唐才子归何处，杳杳追无路。杜宇低飞声惨苦，平添幽叹：人事如川草，千载同荣枯，让春思如许。

想并得山水胸怀，却闲愁恨，早晚写难除。怅觅真意，不觉群华，风轻吹送去。心在失言处。倒算此别，春也还得意，挥洒渺姿，临万里行只微伫。

他构造的是一杨柳能争姿、莺燕能语、杜宇能苦、风知春送，春知得意的春之世界。

莫长嗟

看溪川流不住，同长游独无语。君是才质双极，春是声色晴佳，比诗奈无绪。君绘月柳烟花，我写残垣颓壁。苦难和，无共处。

往来迹烟渺，前行无力。草树纷披石乱地，人事太伤心，旧迹今何觅。海云风变君兴起。君知否，男儿胸襟非无泪。共猜疑，谁解破，万载千年意。

君富雅志文华，援笔即超越，风流胜古人。桃林到潭边黯碧，思深更觉愁苦。草长时与君契，却偏离去。尘世于君无志，怕说些仁义事。莫言志，莫言志，一言志，便使人泣。

　　这首词里他虚构了一个才华无比的人与他同游于一个他虚构出来的诗中世界。他构景时运用一系列的意象来隐喻他的文化理想并映衬他的情感。

　　他诗词中的隐喻和感情的映衬往往是同体的。

啸傲行：化戏剧为指喻

如果说幻境构建比较复杂的话，那么戏剧构境就似乎相对简单。

在中国四千年诗歌史上，浪漫主义诗歌的巅峰有屈原和李白，他们用他们夸张丰富的想象，给我们带来艺术的浪漫和唯美。

而在他们之后的诗人，其实是应该有着比他们更丰富的想象和更强大的创作手法的，因为后世有《西游记》，有小说，有戏剧，有电影……

很明显地，王子居很早就将现代生活中的各种手段运用到他的诗歌中了，比如仙侠世界、戏剧。

事实上，唐人创作长诗时也已经算是戏剧为诗的雏形了，如李白的游仙诗，有完整的虚幻的故事。

但古人叙事诗依然是叙事诗，为什么我们只说《涛雏将别》《啸傲行》这样的诗歌是戏剧贯诗及《龙山》是剧幕贯诗的诗演呢？

这是因为《涛雏将别》和《啸傲行》除了在段落构成上展现为一幕一幕的场景和情景外，它们还有了一种不同的主旨，即文化追求和文化理想以及文化和文明的指喻和象征，它们所写的都是对未来的想象，都是一幕幕的未来场景，从功用上来说，它们既能叙事但又超越了叙事的功能，变成了指喻和象征的场景。

为什么王子居在诗词中经常要用到虚拟场景？这可能跟他经常运用一象多喻境是一个道理，因为现实场景有其局限性，不能在十分简短的一联内表达丰富的意思。

如果说《龙山》是诗演的话，那《涛雏将别》只能算是演的边缘，而《啸傲行》等只能算是演的碎片。

从《啸傲行》到《涛雏将别》到《龙山》，其实诗演的进化和演变经历了从剧幕到虚拟场景到虚拟世界的历程。

啸傲行

我站在风口浪尖，这胸臆热辣辣升腾火焰，看苍天空荡荡渺茫无限，看大地莽苍苍起伏无边，想人世几多风险几多艰难，美江山万里锦绣万里斑斓，恨只恨这铜墙铁壁百二秦关，横生生阻塞我眼前，且瞬眼暂回头看，来路已过千种艰难，又何必惧这些须风险，谁让我这手中有倚天长剑，破前关好似青菜泥丸，好男儿要破釜沉舟奋迅向前。

《啸傲行》又名《破秦关》，可能王子居觉得这名字太文艺化（诗歌不就是文艺吗？可能王子居觉得文艺和文学还是有区别的吧），于是改为《破秦关》了，《破秦关》这个名字更符合这首诗的隐喻，但我们现在恢复它的原名，因为在王子居的诗词中，特别文艺化的诗名不多。

《啸傲行》更像是一首曲子，语言极为简单，却又充满了"壮怀激烈"的激荡气息和强大的意志与自信。

这首曲子很有流行歌曲的味道，但在形式上却因着对偶等因素，又完全不同于现代的歌词。说曲子也不完全像曲子，它是对现代歌词、曲子、词等文学形式的一种综合的运用，用现代的词汇来说，它属于一种中国风（与歌词的中国风不同，它是一种典型的词牌或曲子的形式，只不过，王子居所创作的词、曲大多都是由他自创词牌的）。

这也是一首多维诗境的诗作，虽然它好像是一首曲子，但我们不妨将它当作是一首歌行。

王子居的喻诗可以说是穷尽天地造化之功，他几乎将人类文学的各种手法都信手拈来化为喻诗。比如这首《啸傲行》，他直接用一种戏剧造境为象、为喻体，来指喻他的人生前路。

这首曲子或者说歌行的特点是，王子居运用戏剧的手法，创造出了一幕场景，那就是他立身在古代的重重雄关之前，用倚天长剑斩破阻碍。他用这样的一幕戏剧来指喻和象征自己即将开始的事业，表达自己的意志和决心。这种手法在他17岁的《涛雏将别》里，运用得更丰富、更典型，也更具技巧性、哲理性。相对而言，《啸傲行》要简单得多。

在艺术手法上，除了对偶之外，王子居还了的利用了对比，如苍天的渺茫无限对大地的起伏无边，人世的几多艰难对江山的万里斑斓，而铜墙铁壁则对比青菜泥丸。

虽然是一个指喻，但是对喻体，王子居还是颇为下功夫去描绘的，无论是苍天的"空荡荡渺茫无限"，还是大地的"莽苍苍起伏无边"，都写出了一种荒古的气象，这两句都是气象与意象兼具，所以王子居这首信手而为的曲子，实际上单句也达到了二维境，加上指喻则是三维，而在修辞上，也具有指喻和象征的二维。当然，这首曲子里还有对偶、对比、夸张、排比、比喻、用典的修辞格。像"铜墙铁壁百二秦关"既有夸张也有比喻，而"破前关好似青菜泥丸"则是夸张，"倚天长剑""破釜沉舟""奋迅向前"则都是用典，而"看苍天空荡荡渺茫无限，看大地莽苍苍起伏无边，想人世几多风险几多艰难，羡江山万里锦绣万里斑斓"则是对偶、对比、排比、指喻、象征都有，而"风口浪尖""热辣辣升腾火焰"都是比喻兼象征同运。

诗演2：理之贯通与虚拟构境

所以事实上以维度而论，这首小曲子是一首高维度的曲子，像"看苍天空荡荡渺茫无限，看大地莽苍苍起伏无边"在诗意层面具有气象意象的二维，同时在修辞层面具有对偶、对比、排比、指喻、象征的五维。

当然，王子居的诗是喻诗，最大的特点是指喻，这首曲子也不例外，它继承了从王子居十二岁的那首《鸿》就开始的指喻，而指喻的本体往往是他的文化理想和个人意志：

"风口浪尖"显然是王子居意识到，从这一刻起，他的人生将会风云激荡，而"热辣辣升腾火焰"则是他胸中激情的象征，或者说是指喻了他胸中澎湃激荡的感情，"空荡荡渺茫无限"的苍天似乎是指喻了他对茫茫渺渺命运的追问，"莽苍苍起伏无边"的起伏二字，似乎指喻着前路的起起伏伏，"江山万里锦绣万里斑斓"自然是指喻了他的文化理想具有江山万里般的宽广前途和锦绣斑斓的华彩，"铜墙铁壁百二秦关"指喻了建功立业的困难，"倚天长剑"指喻了意志、智慧和能力，"破釜沉舟奋迅向前"则指喻了自己的意志和决心，其中破釜沉舟意味着为理想断绝自己所有的后路，而奋迅向前则指喻了要以最强健的姿态前进。

事实上我们从《啸傲行》里最能看出一象多喻的秘密，王子居成为北漂是因为他想实现自己的文学的、文化的理想，而想要实现这种理想最好的办法就是做出版，那么他打算创立一个小公司，出版自己的书，不再浪费生命和时间在编攒和做枪手上，而他两手空空，没有任何资本和资源，所以写了这首曲子来激励自己。

我们看到这首诗的情绪是非常激烈的，正是他在那种茫然无助而又不甘的现实下心情的体现，所以这首词里既充满了困难和无助，也充满了雄心壮志和意志豪情。

从而在事实上，这首诗指喻的文学、文化理想的艰苦道路，和他穷尽所有做一个小公司的艰苦道路其实是重叠的。

而多象多喻境、一象多喻境很多时候就是这种重叠。

同理，在《涛雏将别》这一类的文化理想的诗歌中，个人的探索道路和文学、文化的发展道路是可以重叠的，同样的道理，个人的文化追求和文化操守，是可以与民族的文化、哲学、道德操守相重叠的。

当这些感情、追求重叠起来时，一旦在诗歌中运用指喻，就自然而然地写出一象双喻境或一象多喻境。

渔家傲

漫漫青山寻无处，烟云浩荡谋难主。量情尺短空延伫。要说与，最是艰难愁无数。

天意成败休妄度，人情可改无多顾。万面风雷开水路，和云雨，直奔兰芷汀洲去。

在《象之贯通：气象流》和《从明喻到指喻》两节中，分别讲了此词的多维诗境和整体指喻，而事实上，因为这首小词是完全虚构的场景，

龙山

所以它事实上也也有剧幕入词的成分。而且与《涛雏将别》不同的是，它是全部用隐喻来展开剧情的。它称不上是如《涛雏将别》《龙山》那样的演，但它已经具有了演的各种要素，是演的雏形或者说是最简单、最原始形式的演。

渔家傲

低叹神仙清泪落，高吟惊动天宫阙。红拂爱才无缘遇，诗中鲤，辞海龙门何时过。

信道潮生须明月，他时画壁应有我。莫论风流甚超越，皆冰雪，梅花香满对谁卧。

这首诗是咏诗歌创作的，因之它的指喻指向的也是诗歌。

红拂爱才，才有夜奔的美谈，这是一个典故；鲤跃龙门，才能成为腾飞的巨龙，也是一个典故，不过这个典故同时有了隐喻，它隐喻自己的境界，此时他的诗才是一条鲤鱼，何时能脱胎换骨化龙腾空、超越凡俗呢？

信道潮生须明月，也是一个隐喻，它隐喻着诗歌的新潮需要明月的引力，画壁则是一个典故，取的是唐诗人旗亭画壁的典故。

冰雪喻高洁无染，梅花喻孤高，香满喻成就乃至德行，冰雪洁白，梅香暗涌，在这样高洁而神奇的境界中，我又对何事何物何人而卧？这一段的隐喻其实颇深，不是我们能讲清的了。

自演一方世界的多维构境

最美的情郎

龙
山

绿茵是你低垂的裙裳，
竹露是你断续的低唱，
飞花是你遗落的梦想。
　　而我愿是，
　　你最美的情郎。

辰星是你的一点眸光，
春风是你的一丝残香，
溪水是你的一曲离殇。
　　而我愿是，
　　你最深的忆想。

那里集中了向往，
那里充满了希望，
那里盛开百花香，
　　那里就是，
　　我望你的方向。

在王子居的虚拟构境里，这一首是比较特别的，因为他构造的一切都是那个心中想象的恋人所化。它是一个博喻，又是一种虚拟构境，王子居利用上古神话盘古化天地转化为拟物笔法，从而创造了一个唯她、唯美、唯情的抽象的世界。

除了神话的虚拟构境外它还是一个抽象构境。

记得你的好

你只消羞涩一笑，胜过那倾城艳丽傲人娇。你早已去了，去了，而我，还记得你的好。

你只消淡淡轻语，胜过那百曲郦音千般妙。你早已去了，去了，而我，还记得你的好。

你在杏花春雨里，依稀身影拂过微风春晓。你早已去了，去了，而我，还记得你的好。

你在我心幽境里，永不提起若两世梦遥遥。你早已去了，去了，而我，还记得你的好。

你是水中的花朵，映我孤单倒影无情流过。你早已流过，流过，而我，不悔曾经爱过。

你是天上的云朵，荫我孤独身影无情飘过。你早已飘过，飘过，而我，不悔曾经爱过。

这首诗也是一种局部的抽象构境，那个想象中的她，存在于春雨中、水中、天上，更存在于"我心幽境"之中，虚实俱有。

我和她

……

我把她背在背上，

飞在天空，

飞在无数个维次，

那一个个世界叫做幻想。

我把她抛进字符里，

她被肢解成无数片，

每一片都有她的灵魂，

每一片都是一个完整的她。

她是音乐，

她是舞，

她是歌，

她是梦，

她是诗。

······

龙
山

　　这首诗看起来和《最美的情郎》一样似是一个博喻，不过它明确地讲出了"那一个个世界叫做幻想"，揭示了这是一个幻想世界，除了无数个维次之外，她还存在于每一个字符中，每一个字符都是她的灵魂世界。

　　这首诗想象极为奇特，这三段其实写了三种幻境，第一个幻境是我与她一起飞在无数个幻想的世界里；第二个幻境是她存在于无数微观之中，每一个微观中都有她；第三个幻境是她充满于无数的宏观之中，所有抽象的事物里，她都存在。

　　如果说王子居的诗喜欢自演一方世界，那么这首诗里演化出的人与世界的关系是复杂而奇妙的。

　　这个世界也是抽象的，而这种精神意想的抽象世界相对于我们前面讲过的诸多幻境世界，显然是更高的一个诗歌维度。

死了

我在寻找
寻找
寻找
寻找什么呢？

我发现一切死了。
我走过平原，
平原死了，
我走过沙漠，
沙漠死了。
我翻过高山，
高山死了。
我涉过河流，
河流死了。
我游过大海，
大海死了。
我飞向天空，
天空死了。
我奔向太阳，
太阳死了。
我穿越宇宙，宇宙死了。

一切都死了，
只有我活着，
我空虚，
我恐慌，
我呐喊。

后来有个人叫梵高，

把我画进画里，

我很不满意，

但后来这幅画竟卖了很多钱。

后来有个人叫鲁迅，

把我写进文字里，

我很不满意，

可他居然成了名。

早知道这样，

不如当时，

连我也死了。

在这首诗里，王子居虚拟了一个精神毁灭后的世界，在这个世界里一切都死了，只剩下了《呐喊》的残灵。《死了》这首诗歌创作了一个独特的、抽象的精神世界，其精神力量极强。

咏怀

水温碧苔美，苇密可依栖。那忧道路远，飞行志不移。

猛风摧双翼，骤雨急相击。缥缈山似叠，深险谷若失。

常信阴云开，日照山河奇。可以自在翔，能与岁月驰。

这首诗依然是以雁为喻。如同我们前面讲过的，王子居一象多喻的诗词中，经常有拟人笔法，而他拟人笔法的诗篇中，经常有虚拟构境，在上一章《指喻之维：一象多喻境》及《王子居诗词：喻诗浅论》中有较多这种诗词，此处仅列此一首。

无题·仙侠小说

足下履坚岳峰沉，匣中剑气星（牛）斗惊。

白龙骏马冲（腾）天翼，我自江湖啸傲行。

我们说王子居的诗歌包罗万象，将仙侠小说的笔法也写入了诗中，此首和下面一首就是例子。

快马加鞭•自为调，咏于回馆

快马加鞭，何事行人不解鞍？人生匆匆仅百年，前行只为叩苍天。

快马加鞭，何事行人不解鞍？人道救兵如救火，前行只为克时艰。

这首词和上一首一样，写的都是仙侠小说的世界。当然它们不像《最美的情郎》《死了》《我和她》那样明显的构造出一个世界，举此两例只是侧面强化证明一下王子居在诗词中虚构世界的多样性和变化性。

口占

烽火连天战不休，枕戈待旦志须酬。

壮士横击三千里，摧城拔寨万兜鍪。

这句诗以古代壮士为喻，暗喻要摧毁人生道路上的种种艰难。诗的气势很雄壮，强似唐人，当然没有唐人的风华和蕴藉。

这样的诗其实也可以视为咏史，但我们看到的是它是一个励志的隐喻，用古代战争世界来隐喻人生路上追求理想的意志和气势。

听刘军峰说莱阳八景思而叹之

……烟树千方阵，冰河万转图。……

这是一个明喻，看起来比较简单，但它同时隐藏着拟人笔法在里面，这是因为它的全诗隐藏着拟人笔法，它写的是造物的神奇，千林烟树、万转冰河是造物所布置的天地山川大阵图。这一笔法在这里还不太明显，但到了《龙山》的时候，就整诗都是这种笔法了。对于这一联的意义，请参看《王子居诗词：喻诗浅论》。

咏怀

　云行雨施，龙行太空。龙行太空，将安可归？万物皆归，吾亦将归。物归乎尽，龙归乎时。寂寥无极，吾之归乎？

　　这首诗显然是以《易经》里的象为基础构建的一个哲学的世界或者说抽象的世界。这种构境方法在《涛雏将别》《龙山》中得到了发展。

龙
山

一体同喻：涛雏将别

我们前面讲的一些诗，分为戏剧构境和幻境构境。而《涛雏将别》的特点是它除了同时运用戏剧构境和幻境构境，它同时还运用学术构境，它运用《易经》中的几个基本理念进行构境。

而这种复杂的基础构境正是《龙山》构境的雏形。

令王子居从《十六岁词集》那种"拟断肠"的颠狂状态中逐渐走出来的是他开始读《易经》了。对《易经》等国学经典的阅读使得王子居诗风陡变，他在《十六岁词集》中探索的那些诗路就此中止。

而对国学经典的阅读使得在一个时期内王子居对文化理想的朦胧追求变得清晰起来，这使得他在《十六岁词集》中创造出的那种指喻的一象多喻境，开始有了明喻化、比兴化的趋势。

虽然明喻化、比兴化相比《十六岁词集》中印象流、一象多喻境在维度上是一种退步，但它让我们比较明确地捕捉到王子居诗词中大量存在的指喻究竟指向何处，正因此，我们才能读懂那深深地隐藏在象底下的一指多喻。

而《涛雏将别》是王子居诗词中运用易经的象最多的一首诗。

王子居十七岁的名作《涛雏将别》是一个奇迹，人们将之视为神作。事实上我们现在看来它确实具有无与伦比、独一无二的创造性，不说他将指喻、经义、万象混而为一的笔法，单说他创造一幕神话戏剧场景作为喻体的指喻手法，就已经足以惊为天人了，何况那个时候他只有十六或十七岁。当

诗演2：理之贯通与虚拟构境

然，像这种将小说、电影、戏剧的手法化为诗歌手法而进行的创作，事实上在他的《十六岁词集》中就已经运用了，比如那首《莫长嗟》。

　　临碧山水兮吾敛思而自问，将远行兮成乎嘉业。恰相得兮吾将舍之，抑敛情兮吾长啸。胜地虽不得意兮而我铭之，吾得其灵秀以前行。吾之情可以消兮以适性，吾之爱可以死兮以完吾志。

　　瑟瑟冬之风兮入无垠，涤天地兮若无物。吾情之简兮以为人事简，抱壮志而将行。气候萧兮往已屈，吾究理以求来之信。

　　远友朋之欢哗而独思，静处兮换心之乾坤。万物之晦兮从吾眼内变，见云雾之破兮文明曝。吾势高驰以千里。

　　惨惨思之长夜兮无可经纶，吾向日月而追求。恶水穷山之迂回兮，出其困其艰哉。物境之幻兮不可观，骤乍身前之宏阔。

　　鸿云坠穹侧兮风不流，地势之起落兮不更吾志。琼瑶之芳纯兮若不见，吾之觉兮欲穷宇。挥袖之卷纳千载耶，探手以牵星河。此境虽即逝兮亦无憾，吾之觉兮接天宇。

　　转回心兮观人世，风流兮如一梦。吾既生兮则为民而事，尽人之力兮为吾业。去吾之私兮以绝情，忆少年之情怀兮唯好梦。今方决绝兮而不恋，迅雷烈雨其何惊哉。

　　乱曰：潜龙升兮，其道也革。神几变兮，其迹也异。为人兮以根生，涛雄盛吾情根。龙出波兮其鳞痛，有道相待兮天则生我，吾浴痛兮而以前。万象之成佳兮，境遇之备兮，吾以诸贤之志行。

　　让我们先看看王子居在《古诗小论》中自己对这首诗的讲解。

　　以喻为诗创造多维境界，还有另一种写法。我在高三时写过一首《涛雄将别》，当时是因为高中课本时学了屈原的《涉江》，屈原的用喻让我脑洞大开，而我那时已经读过《易经》，所以将易经与比喻直接就用到了一起。

龙山

瑟瑟冬之风兮入无垠，涤天地兮若无物。吾情之简兮以为人事简，抱壮志而将行。气候萧兮往已屈，吾究理以求来之信。

远友朋之欢哗而独思，静处兮换心之乾坤。万物之晦兮从吾眼内变，见云雾之破兮文明曝。吾势高驰以千里。

在这首诗中，我用自然景物来喻《易经》之理，而这两者又都喻我的思想和活动，我创作这首诗的时候就是要将三者混为一体的（《易经》中的万象和义理就是一体）。比如"万物之晦兮从吾眼内变，见云雾之破兮文明曝"，其实是说我的理想是要参破这世间万相的隐晦，而洞察真理，云雾之破既可以比喻我个人思想的豁然开朗，当然也可以比喻我想象将来有一天会走出人生的迷途，这种不指向具体事物的多指向的比喻（指喻），是古老汉语中的普遍现象。其实，《易经》本身就是以象喻义的一部著作，用它的方法来创作诗歌，自然也就具有喻文字的多重贯通性，所以这样的写诗方法，是可以再多一维的，也就是经学中的义理（前面所举"长空碧海一浮沤"，其实亦有义理在，只不过感情色彩更强烈罢了，不知读者以为然否）。

王子居对这首诗应该是曾经很不满意的，可能潜意识里他认为那个时候不可能驾驭好这么长的篇幅，而这首诗的风格跟他一体天然的要求似是相悖的，所以2014年他整理旧作时才勉强录入诗集。但在我们看来，这首诗天马行空，诗意纵横，写得酣畅淋漓，极富想象力，很有点李白诗的味道，似是既有李白的肆意又有杜甫的骨力，还兼具屈原问天的情怀。

临碧山水兮吾敛思而自问，将远行兮成乎伟业。恰相得兮吾将舍之，抑敛情兮吾长啸。胜地虽不得意兮而我铭之，吾得其灵秀以前行。吾之情可以消兮以适性，吾之爱可以死兮以完吾志。

敛思，收敛纷乱的思想使之凝聚专一，是郑重认真的意思。临碧山水，像这样的诗是一定要有一个非凡的起始的，作者选择了临碧山水为起。嘉业：美好的事业，原作伟业。远行：他感觉自己的人生理想很远，所以应远行。恰相得：在这里他认为他与涛雏是心相得的。抑敏情：应是对男女之情的一种反思，我们在他的《断肠集》中可以看到他因爱情而受的痛苦，他认为这种感情的泛滥是很不利的。不得意：指学业上的失败。灵秀：作者受古典文学的影响，认为天地间每一地皆有灵秀之气，他自认为在那个地方他是得到灵秀之气的，当然，这是少年人的想法，这种想法过了高中后就没有了。消其情，死其爱，这一联诗写得很果决，颇具意志力，他那时候对意志一说很是信服。

　　这一段显露了王子居矛盾的心情，无论是他少年时所憧景的伟业也罢，还是他后来修改为的嘉业也罢，他都"临碧山水兮吾敛思而自问"，他"敛思"，认真地扪心自问，并下了"将远行"的决心，不过这是不是对学业失败的一种逃避呢，综合起来看，似乎又不是。因为这一段他写得很果决，除了"抑敏情"外，还有"而我铭之"，他立志要将焚诗之后所经历的忧苦记住，然后哪怕是"消情""死爱"也要完成自己的"志向"，也就是他心中并不太清晰的文化理想。

　　　　瑟瑟冬之风兮入无垠，涤天地兮若无物。吾情之简兮以为人事简，抱壮志而将行。气候萧兮往已屈，吾究理以求来之信。

　　第一段是回忆与展望的，第二段跨度很大，一下子写到了冬天，冬风涤荡天地，似乎将天地都扫荡干净了。这种干净纯一让作者想到了简易之理，情也应简，情简了后事也应简，只有简了这两点，才能轻装上阵，怀抱壮志而行。其实他写冬风与气候主要是为了与道理相对应，于是他说：气候萧兮往已屈，气候萧萧，春夏秋的繁华和丰实已经"屈"（收缩，《易经》里的概念），这是天地之屈，而人呢？他在推究天地万物的道理，以此来见证未来的"信"（《易经》里的概念，有展开、生机成长的意思）。这一小段里他将天候、易理、志向结合了起来。

　　首联他用冬天大地田野的空旷，来隐喻他思想的空旷，而何为思想的空旷？实际上就是荒芜、贫穷，这同他在《咏怀•樊笼》里面讲的"昏昏屈屈，若蛰冰雪"其实有着相似的地方，田野的未萌和蛰虫的未出有着类似的喻义，都隐喻了文明的冬天。而由于他同时运用了《易经》的象，所以它也有着一切简化的意思在里面，而这个一切简化是与首段的"抑敏情""消情""死爱"一致的，不过首段是感性的，这一段则进入了经学（哲学）的理性。

我们从这一段可以看出王子居一象多喻的运用之妙，因为从首联紧接下来的二联看，首联的天地空旷似乎仅仅是《易经》之中象的运用，通过自然之象去尽春夏繁盛进入荒芜空旷来过渡到《易经》里的简易之道，但末联的"气候萧兮往已屈"却明确地告诉我们王子居对这一个象是有多重应用的，因为"屈""信"都是《易经》里的哲学概念，一个是讲蛰伏、消逝、衰败、退守、屈缩，一个是讲伸张、发展，"究理"即是王子居诗词中经常出现的苦悟，因为只有究尽于理，才有可能使自秦汉焚书造成文明断代的华夏古文明在未来能"信"。

在这里"往已屈""来之信"显然不仅仅是讲时间的过往和将来的，因为如果"气候萧兮"仅仅是讲时令，那么未来的春光如何要"究理以求"呢？

所以首联虽然看起来很像是诗骚传统中的见物起兴（当然它事实上也有见物起兴的用法），但三联一下子就彰显出了首联的真正喻义，这一段其实告诉了我们一个很明确的事实，那就是王子居构造一个意象时，恐怕真的不是天成偶得的偶然凑巧得到了很多隐喻，而是他构造的这个意象本就要表达诸多的隐喻，这首十六七岁的作品尚且如此，何况他后来诗艺更加成熟时？

既然王子居的诗意构境始终都是多维为本，那么我们在读过第三联后，很容易就明白第一联的"涤天地兮若无物"是在隐喻华夏古文明在经历古代多次的断代断层之后，就像冬天的原野一样空无一物，只剩下荒凉、萧瑟、空旷。

那么以王子居一象多喻的习惯性造境手段，既然他在第二联中已经讲了"以为人事简""抱壮志而将行"，那么第三联的"吾究理以求来之信"，就正如我们前面所解构的那样，除了对文化理想的期许外，亦是他对自己未来人生的展望。

所以这一段诗歌中的意象，妥妥的至少是一象双喻。

如果说第一段中的"临碧山水"还属写实，那么这一段的"无垠""无物"，就已经开始进入幻境了。

远友朋之欢哗而独思，静处兮换心之乾坤。万物之晦兮从吾眼内变，见云雾之破兮文明曝。吾势高驰以千里。

远离友朋的喧闹，独自思考，通过静处独思将心灵的世界来一个改天换地的转变（作者以乾坤比喻心的世界，那么在他的意识中，心的世界是与现实世界一样丰富的）。世间万物那不明白的部分在作者的眼中有了变化，思想上的迷雾破开，文明的光辉出现。面对此象，作者说：他势要千里高驰。

这一段的幻境构造就十分明显了，在《王子居诗词：喻诗浅论》中我们讲过他的抽象流诗作，而这一段中，他的抽象流是十分博大的，因为他写的是一种"心世界"，也就是"换心之乾坤"，人的心灵世界也是一个独特的世界，而为了"究理以求来之信"，他要做的就是"远友朋之欢哗而独思"，并且通过深深的思考，将自己的整个心灵天地彻底地更换（或者说升华），将自己的心理感触、认知方法、意识理念彻底的改变、革新，然后他相信自己就会"见……文明曝"，经历两千年晦暗（《易经》之象）不显的华夏古文明，在他眼中变化出了全新的面貌，笼罩着它的云雾被破开了，他见到真正的文明显现。这个时候他就会"高驰千里"，追逐这文明曙光至更远的地方。

这一联的构境，除了《易经》的象学世界、隐喻的幻境世界外，还加入了心灵世界或者说思维意识世界，这些都是通过隐喻来实现的。

我们推理《龙山》诗演的进化历程，是从王子居幻想境界开始，而事实上在他十六岁时，《涛雏将别》集大成了他这一年的感悟，从幻想境界进步到用三维世界构建一个诗中世界。

210

龙
山

惨惨思之长夜兮无可经纶，吾向日月而追求。恶水穷山之迂回兮，出其困其艰哉。物境之幻兮不可观，骤乍身前之宏阔。

思想的长夜是凄惨的，好像贫贱之人没有任何经营一样，所以他向光明的日月去追寻真理。人间的道路充满恶水穷山，迂回辗转，想要出离这种困境是很难的。这些外界的幻象不可以细观，难以看清，忽然之间他看到自己的身前一片宏阔。

这一段紧承上一段而来，在构建出一个至少三维的诗中世界后，他继续丰富这个世界，并且他在语言中继续显现了这个世界，即"思之长夜"，这个夜不是生活中的夜，也不是社会比喻中常用的夜，而是思想的长夜，既然身处长夜，那他就要向着日月去追逐，首联用反比隐喻继续讲"往已屈"和"来之信"。而穷山恶水的迂回曲折，显然是他知道未来的道路有多难，无论是他，还是已经断了传承的华夏古文明，都面临"出其困其艰哉"的艰难。

王子居早年的诗作有一个好处，就是它们的笔法有迹可循，除了像第二段他给我们展示的对一个意象要在不同维度反复运用外，他在这一段里居然也给我们留了一个把柄，那就是"物境之幻"，他明确地言明这是我的想象，而在他后期的诗里像这种多余的词句，根本就不可能出现，无论有多少维度、隐喻，都会隐藏在他展现给我们的象里。

最后一联承接"来之信"，他讲他自己并不知道未来的文明会怎样，它是不可观的，他只不过大体想象一下而已，而在他的继续想象中，忽然之间，他就从"恶水穷山之迂回"中走了出来，他将"骤然""乍然"两个词汇合并，来形容那种刹那明悟的突然。

鸿云坠穹侧兮风不流，地势之起落兮不更吾志。琼瑶之芳纯兮若不见，吾之觉兮欲穷宇。挥袖之卷纳千载耶，探手以牵星河。此境虽即逝兮亦无憾，吾之觉兮接天宇。

大云弥漫天际，浓重的感觉好象将天也压得变低了，风根本无法吹动这鸿大的云，地势起落，人生浮沉，但我的志向不会更改。琼花瑶草，芳香迷人，但我好像看不见她们一样，我的感觉似乎穷尽了宇宙。仿佛在挥袖之间，千年的历史就被我轻轻卷纳，我探出手，就将星河牵动。这种美妙的想象之境虽然很快就消逝了，但并无遗憾，我的感觉仿佛与天宇相接。

他想象了一个充满抽象精神的文明的未来世界，并以这个世界的种种象为隐喻来形容他想象中的文明，他用浓厚的坠落下天穹连风都不能生起的鸿大的云来形容这个文明的博大，他用地势高低难行来形容他志向的不可更改，他用琼瑶这种传说中的仙草的美妙来形容自己的专一，然后他运用充分的想象，幻想在这个纯粹的文明的精神世界里，他可以挥袖之间就卷纳千载，探手之间就能牵动星河。

当时的那个少年，还十分的纯真，他在这一段里又一次讲明了这是他的一次幻想，"此境虽即逝兮亦无憾"，我幻想的这种感觉哪怕只有一瞬，但我也满足了、无憾了，因为在这一刻我的感觉仿佛接近了天宇。

> 转回心兮观人世，风流兮如一梦。吾既生兮则为民而事，尽人之力兮为吾业。去吾之私兮以绝情，忆少年之情怀兮唯好梦。今方决绝兮而不恋，迅雷烈雨其何惊哉。

从这想象的境界中醒来（在这里作者揭示上面四段都是作者的想象之境，难怪会那么出人意表），看这人世间，多少风流如同一梦。既然生在这个世上，就应该为天下苍生做事，竭尽力量不使光阴虚度。去掉个人的私情，将来也许我会回忆起现在这样一个少年的情怀，就像做了好梦一场。但现在我很决绝，绝不留恋人世荣华和欢爱，迎接我的也许会是迅雷烈雨，但那又有什么可惊惧的呢？

《涛雏将别》和《龙山》的最大区别就在于，《涛雏将别》不断地把这是一个幻境讲了出来，而《龙山》则根本就看不出来任何端倪。这一段他继续讲自己从幻想的世界中走出来："转回心兮观人世，风流兮如一梦"，他在幻想世界中的无尽风流，只不过是一梦罢了，梦醒了，自然要回到现实，于是他脚踏实地地讲既然生在这个世界，就要为苍生而奋斗，尽自己的力量成就自己的事业，而如果这份还在理想中的事业实在太艰难，那怎么办呢？自己能做到的只有"去吾之私兮以绝情"，他继续想象在未来某天，当他想起自己的少年情怀时，也许会嘲笑自己的理想只不过是一个"好梦"。但不管将来能否成功，至少现在他十分决绝，绝不留恋，他要像迅雷烈雨那样向着自己的理想一往直前、壮怀激烈地前进。

乱曰：潜龙升兮，其道也革。神几变兮，其迹也异。为人兮以根生，涛雏盛吾情根。龙出波兮其鳞痛，有道相待兮天则生我，吾浴痛兮而以前。万象之成佳兮，境遇之备兮，吾以圣人之志行。

结尾说：潜龙从海中升起，那么他的道也就要改变了。玄妙莫测的机变发生，其迹象也不会雷同。如果说人都有根，那么在涛雏这个地方，我的情根纷杂茂盛。龙跃出波，巨大的冲击灼痛其鳞，有真义等待我去发现、感悟，这就是我生的意义。我沐浴着思想的痛苦而前行。等万象都完美，境遇具备，我会抱持人间诸圣贤的志趣（立书著说）而行。

在最后他做了一个总结，"有道相待"指出了这首诗的核心是一个文化梦想，或者说是一个求道的梦想，无论是少年时志比天高的"以圣人之志行"，还是后来成人后修改为的"以诸贤之志行"，都是一种对文化理想的不懈追求和努力。

王子居在十六岁左右时对于造词有着极强的自主精神，如"万象之成佳兮，境遇之备兮"，备字也就算了，而他直接以成佳为词，这种贯通性的排列组合成词，恰是喻文字造词的方法，其他如"梯脚成绩"，他直接造出一个梯脚为词，而这种造词是完全符合喻文字的特点的。当然这个节奏其实也可以解构成"万象/之成/佳兮"，意思和"万象/之/成佳/兮"其实是一样的。

其他如"气候萧兮"，他是直接用一个萧字来代替古人的萧瑟、萧萧的。又如"骤乍"合"骤然""乍然"为一，这一类的构词习惯，是他早

诗演2：理之贯通与虚拟构境

期经常任性而为的。不过我们现在读到他的《喻文字：汉语言新探》后，我们反而感觉他后来被唐诗影响，讲求文从字顺，不再这样任性造词反而是不好的。

因为这似乎使他少走了一条可能带来全新变化的道路。

下面的内容是本书最后写成的，因为我们无论在解构《龙山》还是《涛雏将别》时，我们都没有意识到哲学构境的本质。

比如我们在本节的前面讲到的："《涛雏将别》的特点是它除了同时运用戏剧构境和幻境构境，它同时还运用学术构境，它运用《易经》中的几个基本理念进行构境"，以及我们在解构《龙山》时讲到的"它除了借助一个虚拟世界为我们演化天地万象与历史人文、民族精神、国势国运、文化传承等的贯通性外，它更以其艺术构成为我们演示了喻的多维贯通的一个最复杂、最多维的模型。《龙山》是一种演，本质上是化天地万象、人文历史、民族文明、精神意志、国家气运为一象，用这一象来演绎五千年华夏文明的诸多内涵，并（最重要的）演示喻的贯通性究竟有多强"。

这些论述都接近了理之贯通的本质，但又都没有触摸到。

我们触摸到喻诗学中真正独一无二的理之贯通构境，是偶然在忆起《洛伽山赞》一诗时领悟的：

洛伽山赞

洛伽草软香右旋，朝霞晚霁映山峦。虚空澄彻涵水月，心风无系散花烟。
一真妙义阐法界，百宝祥光拥圣贤。岛外云多失万物，原陆沧海两茫然。

这首诗的关键在二联。

水中月和心风都是佛学的典喻，水中月在佛学中隐喻众生所见不过虚妄，心风则多隐喻人心诸念如同空中之风不可捕捉，因而己心是变幻不定不可靠的。

在这联诗的构境里，心风不是现实之风，而是心相虚幻之风，那么它吹散的花烟，自然也是虚幻的繁华；同理，水月是虚幻不实之物，那么本来就隐喻"诸法皆空""万象皆空"的虚空自性，自然也是不实之物了。

那么这联诗的特点是什么呢？就是它看起来是天空、水、月亮、风、烟、花等物质或现象构成的世界之象，但事实上它却是用佛学义理中的空理建立的一个言空的世界。

也就是说，种种世界之象只是表象，它们背后的支撑是佛学中的理义，它是空之理或者说空之规则、规律建立的一个理义世界。对于这个独特世界的理解，也许读者朋友们可以看一看《黑客帝国》，虽然并非一理，但他山之石可以攻玉。

只不过王子居的喻诗所写的象往往太美，这种表象的美令我们忽略了它的真实构成。

《洛伽山赞》因为只有一联是十分明显的义理构境，而《涛雏将别》和《龙山》则是展开的整诗的义理构境，所以反而看不出来了。

如以下诸句：

瑟瑟冬之风兮入无垠，涤天地兮若无物。吾情之简兮以为人事简，抱壮志而将行。气候萧兮往已届，吾究理以求来之信。

……静处兮换心之乾坤。万物之晦兮从吾眼内变，见云雾之破兮文明曝。吾势高驰以千里。

惨惨思之长夜兮无可经纶，吾向日月而追求。恶水穷山之迂回兮，出其困其艰哉。物境之幻兮不可观，骤乍身前之宏阔。

鸿云坠穹侧兮风不流，地势之起落兮不更吾志。琼瑶之芳纯兮若不见，吾之觉兮欲穷宇。挥袖之卷纳千载耶，探手以牵星河。此境虽即逝兮亦无憾，吾之觉兮接天宇。

……今方决绝兮而不恋，迅雷烈雨其何惊哉。

乱曰：潜龙升兮，其道也革。神几变兮，其迹也异。……万象之成佳兮，境遇之备兮，吾以诸贤之志行。

王子居在2000年整理自己的诗集时，是未录这首《涛雏将别》的，因为连他自己也觉得这不像一首诗，事实上，我们也没有把握好这首诗的本

215

质，我们最早将它视为屈李诗风中的浪漫主义的想象，更进一步时我们认为它是隐喻成诗，再进一步的认知我们说它是以易理贯通的哲学贯境。

事实上王子居早在其《东山诗话》（见已出版的《古诗小论》）中就已经讲明了"小诗人固是写诗，是抒情怀，大诗人则非是写诗，是创境界，是造世界。"

我们很难理解什么是诗中造世界，但《洛伽山赞》很明白、很直观地为我们举例说明了，有了它的直观和直白，我们再来重新解构《涛雒将别》《龙山》时，我们才将哲学贯境的概念升华到了虚拟世界的更高层次，以义理贯通构建的虚拟世界。

这个虚拟世界并不是我们以前认为的是浪漫主义想象力的发挥，而是以学术原理、规则认真地、逻辑地、规则地建立的。

如《涛雒将别》中的大多数意象，我们从传统诗学的层面来解读，它们就是自然意象，而从喻诗学的浅层理论解构，它们是隐喻和象征，当再度深入的时候，它们都是《易》的象和理，而王子居正是用《易》的象和理来构建一个独特的诗之世界的，构建这个世界的并不是我们通常认为的象。

这就好像在喻文字的体系里象是一个载体，而喻是规律，是本质，是一个道理。

我们都被华丽的表象给蒙蔽了。

事实上在我们发现了义理构境的概念后，我们用这个概念解构以前解过的诗篇，发现它们一样是耐解的。如《咏怀•孰奏》里的"余情成寂寥，方暖复阴回""独处应德至，一年响初雷"都是易理构境，而"修篁水溅溅，寒石山巍巍"是隐喻的华夏文明构境，"萌草绿围壁，生蛛网连楣""临望暮烟薄，野极春树黑"虽与易象无关，但它们构成的原理则是《易经》的原理，以此诸联反推开篇的"孰奏广陵琴，东山有客归"则它是一种历史文化底蕴的、隐喻的构境。如果我们站在"造世界"的层面来重新解构《咏怀•孰奏》，那么它就是用易学之理混合历史时空之喻兼天地诸象之象征来构建的一个关于华夏古文明的理义世界。当然《咏怀•孰奏》虽然有构建虚拟世界的各种元素，但它的世界较之《涛雒将别》《龙山》并不明显、意味较淡。

但它却一样经得起以"造世界"这个层次进行的各种解构。

正如王国维用境界二字解析唐诗宋词一样，境界二字经得起考验，必须得唐诗宋词经得起用这两个字解析。

事实证明，王子居的喻诗是足够耐解的，因为无论一象多喻境还是虚拟理义世界的概念，本来就是从他的喻诗中总结出来的。

耐不住这种更高维度解构的，是诗骚汉唐。

如果说《涛雏将别》是以易理构建的虚拟世界，那么《龙山》自然是以喻学构建的虚拟世界。

当我们用义理世界去重新审视曾经解构过的王子居诗词时，我们就会发现有一些诗词具有造世界的维度，比如我们一直解构不断的《紫薇》：

紫薇

紫薇初谢月初秋，著地无声竞轻柔。香花美眷词中老，事业名山梦里休。
流水绕石悄然瘦，寂寞影人不了愁。寓言此意谁堪寄，长空碧海一浮沤。

由造境界至造世界，中间也许要经历不少不同的过程，比如我们前面讲的幻境世界是幻想出的一个世界或境界，事实上这种幻境世界跟现实世界是一样的，它的象即是现实世界的象。而自演一方世界则是用另外的法则或意境构成一个独特的世界，如《最美的情郎》和义理世界一样是在自然万象之后有着一个情义、心意的世界，如果说《涛雏将别》的本质是一个义理世界，那么《最美的情郎》的本质是一个情义世界，因为构成这个诗歌世界的自然景象是由情义、心念化成的。同样的道理，《死了》一诗用抽象构境建造了一个抽象的独特世界，而抽象是一种哲学的方法。

那么至少，在王子居的诗词中，至少就有心意、义理、哲学抽象等方法能构建一个不同于现实世界的全新虚拟世界。当然，《龙山》的世界构成要更复杂一些。

造境界或造世界有不同层次，比如幻境世界、意象流或印象流，它们的特点是它们的境界或世界与现实世界是相同的，如《紫薇》第一联，属于现实世界，但它却达到了印象流，二联也达到印象流，但它就是一个独特的义理世界，它是华夏文明中的典喻和心意、华夏文化特质相结合的一个独特的幻境世界，它是一个由诗意和梦境共同混铸的心灵世界，这种世界构境在王子居的诗中有比较明确的演示，如"但藏碧树心山里，相依游戏是白云"，就是将心灵世界演化成一个有着青山碧树和白云的美好世界。只不过这首《昨夜梦丁兆良》写得明确，而《紫薇》写得隐约、难明，《昨夜梦丁兆良》几乎明确地为我们讲演了造世界的方法。第三联"流水绕石悄然瘦，寂寞影人不了愁"也是一种独特的造世界，它就好像《相思》中用山河草树构建了一个拟人的童话世界一般，这联诗具有一种虚拟时空（上句）和现实人世（下句）交织的世界感，一种穿越历史时空的感慨和当下的现实无奈奇妙地结合了。

王子居所举的时空对，其实不多，比如唐诗中他仅举了"秦时明月汉时关"，在他的诗中，也只有"长空碧海一浮沤""杨柳春烟迷蝶路，落叶秋风失雁行"等数句。

龙山

我们在解构《龙山》乃至王子居诗词的过程中，到现在才明白一个道理，那就是想要理解一个事物，必须要有能解释这个事物的理论，若没有一个恰当的足够的理论，即便再简单的事物，人类也不会真正清楚地认知。

我们从2014年解构《紫薇》到现在，才在这《龙山》将要成书的最后时刻解构出了它的造世界，同时又对其他诗歌用造世界的理论去重新解构，然后才发现它们原来都承受得住这种解构。

可能是我们在解构《相思》时觉得诗中的山河草木有着人的感情，就像童话世界里草木山河都会说话一样，丁是提出童话世界的概念，那时我们就有了隐约的造世界的概念了，然后我们在"虚空澄彻涵水月，心风无系散花烟"中终于明确地发现了义理构境、义理世界的概念。

我们当时讲"杨柳春烟迷蝶路，落叶秋风失雁行"是一个时间对，或许它既有时间也有空间，即便它的空间感不是太明显，而"长空碧海一浮沤"是写出了空间维度的。

事实上王子居对喻诗中的时空之维并没有明确的定义，即便以《龙山》来说，像"我本鲁庸人，来游蜀仙地"一联，有鲁蜀之阔和仙凡之界，算不算得是空间之维呢？"杜宇夜啼，望帝遗枝"有历史之慨，算不算得时间呢？显然，至少在目前王子居是不愿意将时空之维降低标准的。

又如"蜀山奇，望八极，祁连天山坐相望，昆仑唐古横断西。"境域极尽辽阔，它们确实具有空间的阔大，但显然王子居并不愿将它们归入空间维度。又如"天高地远连六合，深形大势八荒弥"几乎极尽了人世间的空间，如果它也不是王子居的空间之维的话，那么王子居心中的时空维度，显然是一种超越了现实世界的时空维度，如果只是对现实世界的描写，那么无论多么广阔的空间，可能都不能算是一种空间维度，而必须是在广阔的空间之上建有新的维度，才能被称为空间维度。

单以《龙山》的一、二段而言，除了上面所举，像"仰望雄山不见天，俯视云林莫知底"所绘上下的空间也是极高极深的，又如"我道临高正可呼秋雁，云深才好觅仙屐"虽然空间感不明显，但亦极尽了高和深的空间边际。

整篇《龙山》之中，写出空间的广阔、辽远的诗句有很多，它们算不算有空间之维，也许在以后王子居解构唐诗宋词时会有更清楚的标准，因为他对唐诗宋词的维度标准肯定会比对他自己作品的标准要低一些、宽泛一些。

当空间维度成为一个维度概念时，那么义理世界算不算是和一象多喻境一样层级的一个整体维度呢？显然它应该是的，它应该是在空间维度之上的一个新发现的维度。

事实上，我们在没有义理世界的概念指引时，我们解构《紫薇》是有局限的，因为空间和时间构成世界，正如我们上面讲的，《紫薇》的三联是历史时空和现实世界的交织，而二联是诗意世界和梦境世界的交织，一联则是现实世界的印象流，那么它们事实上是多种维度世界的一种混合交织。

而事实上，二联的"词中老""梦里休"是隐含着时间维度的，虽然它们的时间并不太明显。

而末句的"长空碧海一浮沤"因为属于双重叠加多喻境，所以它事实上除了现实的空间构境外，它还是一个义理构境（见《王子居诗词：喻诗浅论》）。

所以事实上，《紫薇》是义理构境的诗演的典范之作，这一点在两个月前我们还没有认识到，因为我们那时没有诗演世界的概念支持。

这样，我们在《王子居诗词：喻诗浅论》中对某些诗词的解构就有了新的缺失。

王子居的造世界有什么标准呢？至少我们上面提到了多个层次，而造世界应该是义理世界、心意世界、抽象世界、诗演世界的层次才称得，比如《死了》的世界中，没有草木，没有生命，没有国家，没有人类，没有构成世界的基本要素时间，只有死亡和呐喊，它是一个纯粹的精神世界，事实上《死了》是哲学抽象世界和心意世界的合一。

《最美的情郎》其实和《风入松》很相像，它们都是自然现象和心灵、情感世界的混一结合，不过《风入松》是用自然现象构成的世界分两段来分别表达人的情感世界和精神世界，而《最美的情郎》则是以情感、心灵化成世界，它们之间有着维度上的差别。《死了》的精神世界和《风入松》的精神世界有着贯通的轨迹，只不过《风入松》的精神世界是正常的精神世界，而《死了》的精神世界是一个抽象的精神世界。

我们现在理解王子居诗词的本质是什么呢？对文化理想的吟咏是较浅的层次了，更深的对诗学维度的不断演化、升级，再深一点的是他对这个世界的维度认知演而成诗。

这是我们目前理解到的王子居诗词的本质。

如果说没有一个正确的理论指导，我们就认识不清中国古诗词乃至王子居诗词，那么同样的道理，如果没有正确理论的指导，我们也就认识不清中国古代文化……

以上所述是最终添补的，所以它本来是《龙山之演》一章的内容，但它的讲述次序却是落在这一节的，而本章本来也都是诗演的内容。

《龙山》也只能讲到这里了，从目前的经验来看，《龙山》必须要有第二部解构，才能讲得更清楚，不过那个时间就难以预料了。

殉道者的指喻

垂緌饮清露，流响出疏桐。

居高声自远，非是藉秋风。

文化隐喻

　　王子居的诗词中存在很多文化隐喻，而且有些诗如果不以文化隐喻来解构，是根本就讲不通的（见下章），只能觉得这首诗好怪异。本章的例诗，有多半是取自《十六岁词集》，其他集中如《咏怀》体等，就不多举了。盖因焚诗之故，《十六岁词集》已是王子居最早的作品，故最能见其喻诗之初心，由此本章琐举其诗，以见喻诗中一贯的文化隐喻。亦因《十六岁词集》乃王子居早期作品，尚未圆熟，故其隐喻往往明显可征，更易为我们显现其发展变化的轨迹。

　　中国诗歌史上有一些人是有鲜明特点的，如屈原的芳草美人和阮籍的《咏怀》及李白的游仙豪放之作。但大多数诗人的诗材都落在写景抒情上，比较集中于一个题材的，或者田园派（孟浩然），或者山水派（王维），又如南宋的诗人多有光复之作……

　　理解王子居的诗歌必须认清一个特点，他与大多数诗人的不同之处在于，他诗歌中的题材大多数是文化理想和人生追求（以文化为内核的人生追求）；第二才可能是爱情或其他感情题材；第三才是其他如历史、田园、山水等。

　　应当说，王子居诗词中最多的文化理想题材，恰是诗歌史上较为少有的，而这正是他的喻诗得以突破和发展的原因。

　　这是王子居诗词的一个最大的特点，也是他与历史上大多数诗人不同的特质，就是他的诗词创作最主要的不是表达自我。

在几千年的世界文化史上，王子居是第一个也是唯一一个反复不断地吟咏追求梦想一事的诗人。世界文化史上从来没有一个人有王子居那样的文化梦想、执着和追求，也没有一个文人付出像他那样的代价。

大家都已经认定诗词是对自我感情的表达，是对自我所见的陈述。世界上大多数诗人也是这样做的。

王子居自然也不免俗，但王子居诗词中却有着另一重更根本的表达，即对道、理想、人生修养和追求的一种探索、阐释、表达。

这些表达跟感情、所见（景、象）融合为一，就构成了王子居诗词中那些独步千古的成分。

对于这些文化隐喻，其实在《王子居诗词：喻诗浅论》中已经讲了很多了，本书会讲得再细一点，当然本书也讲不全。

在《王子居诗词：喻诗浅论》一书中其实已经在不少诗词中讲过文化隐喻，而在本书偏重讲的是文化孤征中的感怀及痛苦的领悟，至于文化隐喻的维度则在《指喻之维：一象多喻境》中讲。

殉道者的指喻

焚诗之痛和超严要求

龙山

王子居为什么将对道的探索、表达构成了他诗词的主体？究其原因，可能就是因为他十五岁时的那一次焚诗。

因为在初中时期他写诗太多已经耽误学业了，到了高一初秋时他的大伯父王均怀先生对他提出了严肃的批评。在各种痛苦的交加下，他一痛焚诗。

事实上，诗歌对他造成的痛苦、放弃写诗的决定时常流露在他的诗中：

诗魔

诗魔摄我魄，此身无所依。缄言成木讷，忧悒结春疾。

更将镜前泪，转成好梦稀。青丝渐白发，谁觉岁月移。

咏怀

命运有诗魔，而今始觉知。朝朝春梦破，夜夜感时驰。

断肠犹未尽，风流已涌至。苦恼永相追，颠狂终来依。

顾自无所得，身心若已失。昧性若重网，层层裹愚痴。

想来人生促，频闻惕警急。要当脱魔障，还凭世界移。

可以说在他的一生中，他经常有彻底断除写诗的想法，可他始终也不能断绝。

那次焚诗对他的思想、感情影响都非常巨大，因为在《十六岁词集》之前，他的诗我们几乎见不到了。而他的《十六岁词集》本来是叫《拟断肠集》的。作为一个青少年，当他连学习都扔掉而为之奋斗的诗歌创作被一朝焚毁之后，若说他感情上不受创伤，恐怕没有人会相信。而十六岁那年春天他的同学们兴起词热，对他也有影响，这种感情上的创伤让他不自觉地给自己的词集取名《拟断肠集》，就容易理解了。

但这种感情的创伤化为了一种动力，那就是他的诗词转而去表达一种追求梦想挫折后的情感抒发，于是他在十七岁后的诗词就充满了梦想、追求、道、真义等的表达。

也正是这些偶然性的事件，使得他在十六岁创作出了恐会成为中国诗坛绝响的"一象多喻境"的词作，从而将中国诗歌往更高峰推进了一个层次。

殉道者的指喻

王子居记忆清楚的是他的诗最后写了四个大本子，却因时代久远，王子居的记忆根本不可能清楚记得自己究竟写五绝七绝多还是古诗多。但可以想象，一个十二至十四岁的少年要创作律诗和长诗，是否有点太吃力？

我们只能这样来估算，那个时代的大作业本通常是线格满纸、五十页一本（也许会更厚吧，毕竟这是王子居买来专门写诗的，怎么会更薄呢），一页通常三十六或三十二行。

我们以三十二行来算，假如一行是题目，一行是诗，那一页就有十六首诗，一本就有八百首，四本就有三千二百首。

我们假设王子居那时还创作了一些较长的古诗、词，那么每首占个几行，估算下来，差不多怎么也有两千首左右，王子居那早就模糊的记忆中说有一千多首，应该是估算少了的。

而这是王子居在高一秋假之前的作品。

这其实意味着，初中时的王子居，已经写诗两千首左右了。

问题是王子居不但记不得自己上学的时间（每次他都要按自己唯一记得清的上大学的时间往前算），连岁数都经常记不清，这可能是因为他的思维都投入到抽象分析中去了吧。

比如他的第一首诗《鸿》，他对形象的细节记得特别清楚，比如那是在从平房教室刚刚搬到教学楼时，他的英语老师王伟讲课时，偶尔把英语课本放在他的桌子上，上面有张文姬的《水禽》一诗，于是他忽然之间就写下了《鸿》。

但后来他的同学们确定，从平房搬到教学楼的时间是初一，王伟老师教他们英语的年级也只有初一。但2014年，王子居是把这个时间记成初三的。如果说他初三一年就写了两千首左右的诗，然后还考上了高中（他们班是乡里中心初中两个班之一，当年他们班好像只有两个人考上了高中），如果这样就有些太不可思议了，很显然的，他应该是从初一就开始写诗了，因为在他的记忆里，他从初一上学期的晚期似乎就不怎么听课了，而且喜欢逃课。而他十年前的博客里写的这首诗的创作时期也是初一，而到了2014年，他就记成初三了。我们重新考察他的作诗时间是因为他在2019年的一次看病时发现医院电脑给他定的年龄同他自己算的不一样（最终答案见P257）。

将自己几年的心血付之一炬，说不后悔、不心痛那是假的。

人生最痛苦的事情是什么？莫过于对自我的否定，尤其是对人生目标、自我追求乃至理想、信念的否定。

事实上，除了在他最早期的《晚唱山霞》中的"哀梦倚云天"一句中我们看到了那种忧伤和痛苦外，在他十五岁焚诗后的第一首诗《登奎山》（见《王子居诗词：喻诗浅论》）中，也一样表达了这种痛苦之情。

《登奎山》一诗是《王子居诗词》中最早记年的一首诗，标注的时间是1990年秋，而恰是在这一年秋，因为伯父批评他将写诗"像当生意一样干"（可能是他写的太多了，从初一到高一有两千首左右），耽误了学习，为了让他转到学习的轨道上，伯父批评他"无病呻吟""现在不是写诗的时候"。

龙
山

那时候的王子居还小，不懂得伯父批评他"无病呻吟"其实是方便之语，是为了让他暂停写诗重回学业。

结果受了刺激的王子居一痛焚诗，可是这并没有让他专心学习，反而得了极重的抑郁症，并休学了一段时间，那时候小县城里还没有抑郁症这样时髦的诊断，都以为是大脑出了问题，结果治来治去也没治得好，只好不了了之。

一下子斩断了三年挚爱的王子居在秋天登上奎山，写下了那首惊艳的诗作。

而我们从《登奎山》开始，就能看到王子居的诗词里一种不肯停歇的执著追求和这种执著追求所带来的痛苦，它仿佛是一个追求于道而又彻底绝望于道却又始终不肯放舍于道的人，对于道的不止不休的离殇。

事实上，王子居是不同于历史上任何一个诗人的诗人，因为他的诗主要吟咏的内容不是风花雪月、爱情，也不是个人身世、际遇，也不是时事甚至不是友情及以现实人生，他甚至很少吟咏自己的感情，他的诗词中主要吟咏的对象是道，是他追求的文学极境，是他追求的文化梦想，是他想要实现的文明理想……

他所有的感情围绕的中心几乎都是对心中梦想追求而不得的寂寞、孤独、忧伤、痛苦、失落……

其实王子居的诗歌经历了几个过程，在《十六岁词集》中由于紧承十五岁焚诗的痛苦，他的诗伤而切，而差不多同期的《涛雏集》，许多诗也写得很痛苦。但到了《莱农集》时期，由于换了环境也没有了学业和写诗的矛盾，他的诗中就少见痛苦而多了很多极为高雅的古意浓厚之作，而在《东山集2》时期，则是《涛雏集》和《莱农集》的合体又加上唐诗的意韵。而在《京都集》时期，他的诗除了为进行"挑战杜甫最强七律活动"而创作的七律外，基本上都是励志诗，充满了高昂的斗志，但在后期的一些作品中，却又充满了悲观和失望。

《夜感学诗无成又闻风作》亦是在焚诗后的痛苦之作。

夜感学诗无成又闻风作

里恨奇愁夜底声，敏觉细构竟无形。

呕心沥血销魂事，只在昙花一梦中。

　　我们在《王子居诗词：喻诗浅论》中用了五千字左右的篇幅讲这首诗，这里就不重复了。

　　年轻时的王子居是极其苦闷的，因为他在以学业为代价全心地追求一个梦想，可他又不不清楚这个梦想究竟是什么，而且在焚诗之后他对诗的要求变得极高，一首诗词或一句诗词通常都需要绞尽脑汁地去构思，这种脑力消耗对乡镇高中的学生来说几近耗竭。

　　从以学业为代价开始到以亲情、爱情、财产、健康为代价，他每个时期的诗歌都有一些作品充满着这种痛苦。

　　而正是因为焚诗后他对诗歌的要求变得极高，他少年后期的诗词纷纷开始突破单维诗境，进入到多维诗境，并充满了指喻。

　　在《王子居诗词：喻诗浅论》里讲过以下几首诗：

自嘲

幼时稚气崇歌咏，曾谓才多文曲星。

画壁射雕人尽去，诗家流末自琢虫。

梦中诗

梦中有人来试我才，命题一出，即口占而成，醒来记之。

一树桃花香露浓，回飘摇曳舞春风。

茎油叶亮光色好，必得甜果坠枝成。

渔家傲

低叹神仙清泪落，高吟惊动天宫阙。红拂爱才无缘遇，诗中鲤，辞海龙门何时过。

信道潮生须明月，他时画壁应有我。莫论风流甚超越，皆冰雪，梅花香满对谁卧。

渔家傲·和李易安

清气良才吐珠玉，个中滋味谁清楚。堆怨叠愁墙外树，能几许，黄昏好阵青梅雨。

梦断魂销春残暮，写诗最恨前人句。风卷残葶心正苦，风不住，心花吹到天涯去。

无论是"清气良才吐珠玉""才多文曲""旗亭画壁""诗家流末""琢虫""高吟惊动天宫阙"的自信或自期，还是"诗中鲤，辞海龙门何时过""他时画壁应有我"的期待或渴望，还是"堆怨叠愁墙外树""梦断魂销春残暮，写诗最恨前人句""风卷残葶心正苦，风不住，心花吹到天涯去"所展现的喻诗探索中的痛苦，都显现了他自焚诗后对自己诗歌的超严超高的要求。

诗本身是王子居诗词中最重要的题材之一，如他一象多喻境的《菩萨蛮》中就有"词人怎倚春无韵"的句子，除了写诗之难和对诗的超高标准的要求外，王子居以诗为题材的还有他的新诗：

写给诗

诗呵，是什么原因，
将你逼上这举步艰难的境地。
是人们的嘲笑，世俗的喧嚣，
还是伪诗人那蝉鸣蛙噪般的声调。
是拜金主义者对你的困辱，
还是因为孤独无赏的生活太难熬。

我伟大的诗呵，
你到了这个地步，

将要像秋天的黄叶无奈时令而飘零么？
将要像披霜的寒蝉再无力振声流响么？

我伟大的诗呵，
你是到了乌江的项羽要抽剑自刎，
再没有拔山盖世的豪情么？
我伟大的诗呵，
你是那追日的夸父已经劳累无比，
空留下一片古林让后人乘凉叹赏么？

我伟大的诗呵，
你像那嵇康所奏广陵散一曲终了，
没有人再记谱重弹么？
我伟大的诗呵，
你像那飞鸿远去，
空留下嘹亮的鸣声和华美的羽毛么？

我伟大的诗呵，
你老了，累了，要死了么？
那么多人为你痛苦，为你呼喊，为你呕心沥血，
竟不能使你重焕异彩么？
让那些无知戏笑的伪诗人，唱着聒噪无味，令人头昏眼花的葬歌么？

我伟大的诗呵，
你像是那西山落日留下黑夜漫长，
还有东海再出照射人间的明天么？

我伟大的诗呵，
你险乎死过了多少次，

从那焚书的烟焰中都活转过来，
我相信你，我期待你，
我将在二十一世纪无比伟大的时代，
看你无比伟大的身姿。

囚笼

谁把诗锁进了囚笼，
从此不再有声音。
多少人寻遍了天涯海角，
不知她到了哪里。

你的心是不是也有一只囚笼，
锁住你的真实感受。
令你不再友好真诚，
是心把诗锁进了囚笼。

象山花过了浪漫的季节，
象果树过了收获的季节，
诗被锁进了心的囚笼，
谁该把她解脱。

殉道者的指喻

　　无论是《写给诗》还是《囚笼》，王子居都对诗歌的千年衰落做了痛苦的陈述，而在《囚笼》中，他还抒写了诗与人心灵、感情的关系，这一首明喻做的诗，写了一种很深的心灵深入的人与诗、心与诗的联系，而在《写给诗》中，他还写了对诗歌道路的探索，并希望诗歌能重新振兴。

　　其他案例请见《王子居诗词：喻诗浅论》。

诗心和文心的青春阵痛

在《十六岁词集》《涛雏集》中最切近的痛苦就是对诗歌的追求了。除了十四或十五岁时焚掉全部心血的结晶外，他对于诗道的追求也是他痛苦的最大根源，因为焚诗的刺激，导致了他对自己的要求太高，这种极高的要求高度事实上是超越了屈陶孟李王刘的巅峰的，而那时他才十几岁，显然，这种高强度的心灵压力是一个十几岁的少年所难以承受的。不过，也正是因为有着无上的、无极的严苛追求，王子居才在十六岁彻底地、稳固地创造出了喻诗，领悟了中国古文明的根本——喻学的真谛，并真正地掌握并运用喻的多维贯通的方法，从而为他将来终有一天发现喻学和演学做好了准备。

比如他十六岁写的很多词都是半阕残篇，有许多直到近十年后才被补齐。他对自己诗歌的要求太高太高了，以至于他在高中时期心力焦悴，即便如此耗尽精神他也不能完成自己的词作。

这种穷尽所有心血也不能让自己感到满意的情绪，时不时就流露在他十六岁时的词中。

如他那第一首自创词牌，颇为惊艳的《送春词》里这样写道："人寂寞，汉唐才子归何处，杳杳追无路"，他找不到同伴，只有历史长流中的汉唐才子可与他心灵交融，但却"杳杳追无路"，他追不到、看不见，忍受着一种无人可与交流的百年孤独。

同样是在这首词里，他还写道"想并得山水胸怀，却闲愁恨，早晚写难除"，他那种深深的寂寞和痛苦，不想写，却又极度地想要表达，心绪极为矛盾，而他有着高尚的理想和追求，即"想并得山水胸怀"，他还写道"怅觅真意，不觉群华，风轻吹送去。心在失言处"，这个真意，即他不知其然亦不知其所以然、但却一直在追求的东西。在追求真意的过程中，"群华"被风轻轻吹走，这恰是王子居最痛苦的地方，他追求真意，可是对于一个高中生来说最重要的学业却被他荒废了、最美好的爱情也被他抛弃了，这种痛苦和心理矛盾是最直接的。

所以写得极度唯美的《送春词》，其实内蕴着极度的痛苦和伤感，还有极度的寂寞和孤独。

同样写出他的超越极限之追求的还有《渔家傲·和李易安》，他写道"梦断魂销春残暮，写诗最恨前人句"，他要超越前人最好的句子，这种难度当然是极高了，他因此而"梦断魂销"，连梦魂都因苦苦思索、追求而痛苦不堪。他究竟有多苦呢？春残暮这短短的三个字，他用一个衰残、近暮的意象将现实与景象完美的合一，接下来则是对这春残暮与他的思想之苦的更深入描写"风卷残葶心正苦，风不住，心花吹到天涯去"，苦闷的内心，与被风卷动的花之残片，形成了一个凄凉、感伤的意象，而王子居的诗词往往意象和情感一起叠加、递进，所以接下来他写这风不住，所以那残花、自己的伤苦之心也在这红尘无法止歇，都被这风吹到了那遥远的、凄凉的、放逐的天涯。

事实上，王子居对诗歌的极限追求是很认真的，他曾经在班上周边女生中做过一次几个人的与杜甫的对比，他的"晚风声小人对月，池塘摇影泛黄昏"超过杜甫的所有诗句，得了第一。然而王子居并不满足，他依然极力地追求能与李清照、秦观、王维、李白等人的最强诗句达到可相抗的程度。这种思绪表现很多，如《物华催》中他讲"人向中庭立，难采春来意"，他以春喻自己那种文学的唯美追求，他采不到春的意（可参考他的"万载千年意"）。他在《定风波》里写"休被春风弄春愁""花雨哀情无处寻"都是对这种捕捉不到天地万象之美、之奥妙的一种情绪的抒发。而在他那首美到不可方物也伤到不可方物的《菩萨蛮》里，则是几乎全部篇幅都在写这种梦想的极限诗境无法写到的痛苦"春风嬉戏旧时门，词人怎倚春无韵"，他用倚不得春的韵来写他追求极限诗境及他的文化理想的那种无助。"伤心春雨泣，蓦觉春无意。何况写春难，痴心春不怜"，整四句都在写这种伤感。

十六岁时，王子居写有好多残篇，都无法补齐，而事实上，像《渔家傲·和李易安》这样惊艳的下阕，想要补齐一个与它相当的上阕也真是不容易。

所有王子居高中时代的残篇，他都是在2000年补齐的，因为那一年别人给他介绍了一个很著名的诗人，他要将自己的诗集抄录给这个诗人看，于是在2000年，他将自己的残篇补齐，其实我们现在看他的补作，都不免有些添足续貂之嫌，究其原因，不是他在2000年时笔力退减了，而是他在十六岁时对诗的追求太高了。

他在2000年时对自己少年时那种执着的、坚忍的追求，他自己想起来也还是很佩服的，所以他说"清气良才吐珠玉，个中滋味谁清楚"，在清雅中也依然透露着一丝丝的苦意，不过他对那个时候的痛苦记忆犹新，接下来写道"堆怨叠愁墙外树，能几许，黄昏好阵青梅雨"，他用墙外杨树的堆怨叠愁（树叶之象）来形容当年愁苦之多，在文字的创造上，2000年时的王子居可以信手拈来、出神入化，不过，堆怨叠愁这样的造字手段只是小巧而已，更精彩的是下句。本来是问墙外的树到底堆了多少怨、叠了多少愁的，但却答非所问，用了个"黄昏好阵青梅雨"来以不答答之，将无数怨、无数愁、无数心绪都落在了黄昏那一阵青梅时节的雨中。这种无可言喻、只以意象总结，将无数心绪归于一种唯美的景象的写法，王子居曾称为"托空"（他现在称之为入象），即不言而言、不喻而喻的一种意象流写法。

之所以不答，是因为那愁苦太多，实在答不了，所以只好"黄昏好阵青梅雨了"。

无论是"杳杳追无路"，还是"早晚写难除""风轻吹送去""心在失言处""写诗最恨前人句"的种种失意，都造成了少年王子居难以言喻的痛苦，比如他在高中时写下的"缄言成木讷，忧悒结春疾"，简直就是诗歌对偶中的神作，这一联诗他耗费整个高中时光都未能补齐，直到八年后才勉强补齐，但事实上，即便是八年后诗歌语言已经修炼到极度流畅的王子居，所补之句也不如这两句那么出人意表。

我们且看八九年后王子居所补如何：

诗魔

诗魔摄我魄，此身无所依。缄言成木讷，忧悒结春疾。

更将镜前泪，转成好梦稀。青丝渐白发，谁觉岁月移。

很明显的，多年后补齐的诗歌，自然有着对过去那令人无限怅惘的青春的怀念，他所写的有多半是那个时期的伤感，有少半是当下的伤感。

他希望将镜前的眼泪，转成日渐稀少的好梦，写得是何其悲凉。而首句的痛苦也很强烈，为了追求诗歌的极限和上面所讲"万载千年意"等追求，放弃所有包括工作乃至造成家庭矛盾，他都已经感觉到"此身无依"了。那种凄凉和仓惶，在数千年诗坛中，我们都只有在王子居的诗词里才能看到。而这个时候的王子居，不正恰恰是处在人生最美的年华吗？

而他将自己的一切都付予了自己对真意、诗歌极限的无尽追求了。他看不到自己所追求的真义为何，却将自己人生最美的年华全都付出了。

这种对真义苦苦追求而不得的痛苦，始终伴随王子居，并连续不断地体现在他的诗歌中。

如他在《莫长嗟》中写道"君绘月柳烟花，我写残垣颓壁。苦难和，无共处"，在这首词中，他虚拟想象出一个才华盖代的诗人与他比诗，而他处于痛苦之中，虽然是在"春是声色晴佳"的一派大好春光中，他的诗也只有"残垣颓壁"，他所见到的是"草树纷披石乱地，人事太伤心，旧迹今何觅"，他对那个他想象出来的盖代才子说"君知否，男儿胸襟非无泪。共猜疑，谁解破，万载千年意"，他追求的是什么呢？是万载千年的宇宙人生之真义。

这个他想象出来的，能与他心灵交融的才子又如何呢？他在词中写道"君富雅志文华，援笔即超越，风流胜古人"，他渴望一个"风流胜古人"的才子消解他的寂寞，可惜，"桃林到潭边黯碧，思深更觉愁苦"，一个十六岁的少年（按百科的说法，少年为十岁到十七八岁的成长阶段），开始承载着成人都难以承受的"万载千年意"，自然"思深更觉愁苦"，越是思考就越痛苦，以至于他眼中那本是春光灿烂的桃花，也变得"桃林到潭边黯碧"，当两个人走到水潭边，那声色晴佳的春光，也变得黯然无色了。这首王子居纯粹想象虚构出来的一次在词中的短暂相会，最后也要分手离别，"草长时与君契，却偏离去。尘世于君无志，怕说些仁义事"，这想象中的盖代才子与王子居惺惺相惜，可惜，虚构的梦幻总是要醒来的，这种在词中虚构的对王子居无边寂寞的安慰，醒来时只会带来更深的痛苦，所以"莫言志，莫言志，一言志，便使人泣"，以追求"万载千年意"为人生志向的王子居，越是追求探索就越痛苦，而这种追求探索的人生志向，与人生的幸福（眼前是高考）恰恰是一对矛盾，它对学业的荒废实在太强了。也许，这个想象中的人是他潜意识中渴望成为的另一个自己。

少年时代的王子居，由于深深追求着"万载千年意"，所以他的诗歌其实深妙难测，没有他的讲解，根本无法读懂。而这种对"万载千年意"的执着追求，却往往被所有人都忽略掉。而一旦忽略这一点，王子居的诗就永远无法读懂，因为他是几千年诗歌史上，第一个不断地写对"万载千年意"之追求的诗人。

比如他在刚十六岁时创作出的残词《摸鱼儿•和辛稼轩》："夜长吟唐诗宋曲，意绪正合佳句。春光难写况才短，四年悲苦深住。行漫乱，心若失。梦游思唤谁同去，索还彩笔。暗消沉，万里行人无计，孤篷待独举"，这一首词里他写自己苦苦追求的极限诗境难以达到（春光难写），从而"悲苦深住"，已经"缄言成木讷，忧悒结春疾"的王子居，变得"行漫乱、心若失"，有些时常失念了，所以他很消沉，但他依然要"索还彩笔"，要找到那支能写出极限诗词的神笔。当然，这一首词里其实王子居也提到了他的"万载千年意"，但他隐隐地感觉到，这条路漫漫长远，且孤独无依，所以面对这万里的长旅，他毫无头绪，少年的他很明确地知道他的命运注定孤独，所以他是"孤篷"，而这"孤篷"需要"独举"，用了一个孤，又用了一个独，看似重复，实则正写出了那种在追求理想的道路上那种深深的孤独感。从他的同学给他推断的他写诗始自十一二岁，一直到喻学终于出世，整整三十年，王子居用了三十年的深度孤独和痛苦，以失爱离亲、耗财损命为代价，终于算是追求到了他的"万载千年意"。

这种深度的寂寞，对于王子居来说，可以说是刻苦铭心，即便是八年后他补齐上阕，依然对那种深深的痛苦和孤独感触如在眼前：

才子事，独作独吟最苦，纵无他人相妒。携云揽月不为难，难有知音倾吐。问谁瞩得青目，离尘除是神仙属。心中暗许，缥缈瑶台路，乘鸾跨凤，梦里能飞去。

下阕中的诗意其实淡了很多，历时良久，王子居已经习惯了那种痛苦并且很少提及了，下阕仅仅是说，他的知音只有那天上神仙，而他的梦想也着落在瑶台玉阙之间，其实这也是一种很深刻地孤独。

在另一首词风极为独特的《连山低》里，王子居也写到了他对自己诗词创作成就的强烈不满。"苦学彩笔，到而今，写不了相思"，同时也写到了他的追求"从书寻千古人迹，问讯风流"，这一句表明他那时的追求是以千古间的先贤才俊为榜样的。这首诗依然写他的痛苦："目远春黯，向何处看足云曦。紫燕来时欢飞，引愁人意。"他的情绪只能靠看云看山水来排解。

而这一首词的末句写得最为凄惨"心被风吹碎，乱叶残声里"，他形容自己的心被风给吹的粉碎，混杂在风中的乱叶残声之中，将心绪与自然万象完美融合，这一联真是达到了意象流的极限。

《十六岁词集》的所有作品几乎都是在写一种爱情之殇和思想之痛、追求之苦。又如他《梦旧游》里写道"悲欤人杰堕落，年来苦难堪""难悔几多交游，竟恼人声，却喜天阑"，他有一种逃避的想法。在《思渺濛》中他写道："稚愿从来空，思绪渺濛濛"，他知道自己年纪还很小，所以对自己的那种种理想用了个"稚愿"，一个人的稚愿显然是从来为空的，没有人真的实现，所以他的思绪很迷茫。"谁用凄声哭砂曲，猛惹游情，就思早起，走向难名"，他想将自己放逐，通过放逐来摆脱这种痛苦的感情。"暗来心事浩无穷，独步长无寐，平静难成。不觉清泪出，对雨惜惺惺"，这几句全是写那种伤痛和迷茫。

在《漠楼云》里，王子居写他的这种不息的追求"黄昏夕日紫霞香，天涯海角都寻过"，如果天涯海角都寻找过也不得，自然是要"悲漠漠。起伏都有情，痴才终还在，何时高林独卧"，这种悲伤痛苦令他厌世，想要"高林独卧"。他写道"似我又何人，天星独落魄"，他感觉自己很落魄，当然，这是一种思想上、感情上的落魄。又如他在《物华催》中讲"愁苦犹还记，杜宇临庭泣。晓风默默心痛否，无言修剪樱桃树。……到晚空遥寒，鸿云青天际"。

除了王子居极其不愿意提及的《十六岁词集》外，他同时期的诗里也时不时表露着这种痛苦，对这些诗歌我们放到后面的章节中去讲。

龙山

道之追求

我们该如何理解道？真理？真知？哲学？似乎古人道的含义都可以等同这些名词。

上面诸节所举的两首词中，《渔家傲•和李易安》比较单纯的是写对诗的感触的，但《摸鱼儿•和辛稼轩》里的下阕，就不仅仅是讲诗歌了，在王子居下阕所补的"携云揽月不为难，难有知音倾吐""问谁瞩得青目，离尘除是神仙属""心中暗许，缥缈瑶台路"中，并没有言明所谓的"携云揽月""神仙属""瑶台路"究竟是什么样的道路、什么样的友朋、什么样的境界，但很显然，它已经不仅仅隐喻诗歌境界了，它更是一种高远的文化理想的境界。

殉道者的指喻

王子居那种对道的理想，体现在他的几首楚辞里，如较早期的《涛雏集》中《乐道词》所讲：

> 古来才子多少，寂寞伤心而已。成就多少，为道上进而已。吾何淹留，吾何悠游。吾欲进也兮，欲登大雅之堂。

这首诗里少年王子居对道的追求比较明确，一是为道上进，一是登大雅之堂。我们再看他的《咏志辞》所讲，由于这首楚辞题目就是咏志辞，所以多少可见他少年时的志向："吟啸于庭院内，学习于深室中"，深室一词，已然透着寂寞。"业求无匹兮，神求乎无苦"，他的事业标准是"无匹"，他希望自己的心灵不再苦闷。他想象自己将来"为长行而临胜兮，义行乎四海"，使胜义行于四海是他的一个理想，"察万物之杳微"，他的理想是洞彻万物万学中那些最难察觉又最微妙的奥秘。"象不迷于心兮，按三才而演习"，这是受启发于《易经》而写下的句子。

不过，象是中国诗歌的基础，也是后来他所创立的喻诗学的基础，这一点，自然是少年时的他所不能知晓的。另外，在他偶然兴起创作的三幅对联里，也体现了他少年时的文化理想和追求：

偶成对句

生生乾乾，知藏以往将来。平平淡淡，谱写万世千秋。

吟赏烟霞，高风笑傲人间景象。挥洒才情，风流看谁与我比肩。

广哉大矣，斯人之高无以观。善哉厚矣，斯人之深无以测。

龙山

知藏和以往、将来都是《易经》里的思想，而知藏以往将来，显然是一个极高远的文化理想了。

最后一联其实也是从《易经》里化出的，不过王子居将《易经》的思想转化成了一个理想的人格。广大善厚、高深莫测，和知藏以往将来，都是他那时对文化、智慧的追求和想象。

这个目标，自然是极高的。

乐道辞

有小子之乐道兮，欲求圣贤之大教。奈圣贤之未见兮，有经典以循照。终不弃此而他乐兮，不使心从于外道。

写于青年时期的这首《乐道词》，更是明确地讲出了他的文化理想和合道精神。

雁问

栖稳在高楼，斜照当休。水碧山青经几回。

一声应无梦，迎向春风。已是辰明何处飞。

下阕中的"无梦"二字算得上风流，有人觉得迎向春风一句稍弱些，实际上它是一种象征，是一种对未来的期许。诗人借问雁来问自己"何处飞"，这正是他自己的心灵写照，望着这苍茫的世界和浩瀚的时光，他感到了自己的渺小，这是一种对于生命的本能的忐忑，他忐忑期待的正是不知所踪的下一步，他迷茫的也正是宇宙与人生相依存的意义。何处飞与经几回，似恰与"我从哪里来？到何处去？"有些暗合，而作者那时并不知道有这样的哲学定义，但他却也隐隐地感觉到了这人生的问题。

王子居的诗词十分注重象征意味，如这首词里的"栖稳"的稳，"高楼"的高，都非常注重象征性，而碧水青山的悠美、春风辰明的阳光通透、无梦的安然恬适，都有象征的意味在。

正是因为这些美好的意象，构成了他"辰明何处飞"的美好的、阳光的、刚健的、和雅的文化梦想和追求。

到了大学时代，《莱农集》中的《咏怀》依然时常透露出这种道之追求或者说文化理想。

咏怀

入藩笼兮，常为之哀。惶惶惑惑，若羔迷歧。昏昏屈屈，若蛰冰雪。处群诺诺，未知所操，仿习纷纷，莫得所守。处僻阴兮，不见日月，处小庐兮，思乎明堂。君有金钥，奢乎施舍。既以与我，永可得脱。

屈，即收缩，与信相对。见《易》，此句是说自己的感情、思想混沌不清。而日月则喻明师或真正的道理。明堂则喻指大学问的境界，小庐喻作者此时的境界。

这首《咏怀》却是一个更现实、更残酷的人生感悟，是一种对人生终极意义的关怀，亦是对作者自己思想精神和学问、诗境的一次审视。

他感慨自己在这人世的樊笼里，不由得让人悲哀。他惶恐困惑，就像一只迷途的羔羊，不知去路，也不知归路，更不知方向。他的思想昏昏然不得伸展，好像蛰虫陷入冰雪之中，处于阴暗无识的冬眠。他唯唯诺诺的在人群中迷失，不知该坚持什么样的理想和操守。他想学习的东西有很多，各种各样的思想和概念、知识、理念，不知道什么才是值得坚守的。他就好像处在僻阴之中，极度渴望见到日月的光明，又好像处在低矮的茅庐之中，渴望见到光明的知识的、真理的殿堂。

这样的尘世和现实的人生，让作者发出这样的哀叹，思想的迷昧是不见日月的黑暗，于是他才会说，究竟谁能拯救我呢？谁有打开这樊笼的钥匙，可以解救我呢？

我们可以看到他内心的挣扎和灵魂的探索、疑问，或者说这是属于每一个人的挣扎、疑问。

我们该怎么称呼这种追求呢？理想？道？真理？真知？我们暂且用道来称呼吧。

咏怀

孰奏广陵琴，东山有客归。余情成寂寥，方暖复阴回。
萌草绿围壁，生蛛网连楣。修篁水溅溅，寒石山巍巍。
独处应德至，一年响初雷。临望暮烟薄，野极春树黑。

这首诗里面，对道的描写与对景象的描象合一了，因而它事实上是一种一象多喻境。

"广陵琴"是失传的绝响的意思，属于典喻同运，什么是失传的绝响？显然是自秦汉断代的华夏古文明，而"东山客归"也是一个隐喻，古人有"孔子登东山而小鲁"、谢安石隐居东山、五祖弘忍东山传法（东山法门）的典故，所以这里的"东山有客归"显然有着文明之道、文化传承的隐喻在其中。

写给诗

诗呵，是什么原因，
将你逼上这举步艰难的境地。
是人们的嘲笑，世俗的喧嚣，
还是伪诗人那蝉鸣蛙噪般的声调。
是拜金主义者对你的困辱，
还是因为孤独无赏的生活太难熬。

我伟大的诗呵，
你到了这个地步，
将要像秋天的黄叶无奈时令而飘零么？
将要像披霜的寒蝉再无力振声流响么？

我伟大的诗呵，
你是到了乌江的项羽要抽剑自刎，
再没有拔山盖世的豪情么？
我伟大的诗呵，
你是那追日的夸父已经劳累无比，
空留下一片古林让后人乘凉叹赏么？

我伟大的诗呵，
你像那稽康所奏广陵散一曲终了，
没有人再记谱重弹么？
我伟大的诗呵，
你像那飞鸿远去，
空留下嘹亮的鸣声和华美的羽毛么？

我伟大的诗呵，

殉道者的指喻

你老了，累了，要死了么？

那么多人为你痛苦，为你呼喊，为你呕心沥血，

竟不能使你重焕异彩么？

让那些无知戏笑的伪诗人，唱着聒噪无味，令人头昏眼花的葬歌么？

我伟大的诗呵，

你像是那西山落日留下黑夜漫长，

还有东海再出照射人间的明天么？

我伟大的诗呵，

你险乎死过了多少次，

从那焚书的烟焰中都活转过来，

我相信你，我期待你，

我将在二十一世纪无比伟大的时代，

看你无比伟大的身姿。

《写给诗》其实很明显的透露了王子居的文化理想，当然它仅仅是对诗而言。

囚笼

谁把诗锁进了囚笼，

从此不再有声音。

多少人寻遍了天涯海角，

不知她到了哪里。

你的心是不是也有一只囚笼，

锁住你的真实感受。

令你不再友好真诚，

是心把诗锁进了囚笼。

象山花过了浪漫的季节，
象果树过了收获的季节，
诗被锁进了心的囚笼，
谁该把她解脱。

《囚笼》也一样只提到了诗，但这个隐喻对秦汉焚书后的文化、文明之隐喻一样适应。不过它十分明显地只隐喻诗，所以我们也就不能做更多的解构。

八月十九日闲有思

络绎人间路，西风海曲云。有情疑梦幻，烦恼自家寻。
朱槿门前落，秋阴万户深。义真寻未到，山水自登临。

这首诗里面透露得比较清楚的有"有情疑梦幻，烦恼自家寻"，这一联显然是感悟自我的，而"义真寻未到，山水自登临"的义字，显然是统前面三联之义，而一、三联所隐喻的，我们在《王子居诗词：喻诗浅论》里已经讲过。

春烟

春烟罩村树，遥失海曲路。无风浸斜阳，有风迷万户。
独坐啼鸟晨，吹笛落花暮。惟解寂寥深，不知何所悟。

末联亦作：静想心若失，无言所得处。

此为思悟之作。每一个啼鸟的清晨，每一个落花的黄昏，我都在这里静静的思索和享受。在这样的环境里，抛开一切的俗世纷争，安安静静地领悟这深深的宁静，思索这生存的意义，人生当如是，莫负春晖。而第四联的惟解寂寥深，则将我们带入到"寂兮寥兮，独立而不改"的境界中去。在这种境界中，排除了语言文字，所以说是"不知何所悟"。

这首诗的前两联和后两联结合得不是非常紧密，达不到王子居所提倡的混然一境的地步，前两联构写了一个背景，第二联写了春烟的两种形态。第三联最是令人神往，它的美是值得我们深入体会的。这一联是互通的，独坐时，无论是听啼鸟还是看落花，都是在思考，而与常人理解不同的是，吹笛也是王子居感悟的一种独特方式，这一点很容易误解。

这首诗通过"独坐""惟解寂寥深，不知何所悟"为什么明确地透露出他在那个时间里在时时领悟。

紫薇

紫薇初谢月初秋，著地无声竞轻柔。香花美眷词中老，事业名山梦里休。流水绕石悄然瘦，寂寞影人不了愁。寓言此意谁堪寄，长空碧海一浮沤。

《紫薇》一诗在《王子居诗词：喻诗浅论》中有着很详细的讲解，它明确透露出道之感悟的句子，有"事业名山梦里休""寓言此意谁堪寄，长空碧海一浮沤"，其他的则是隐喻了。

送春词

怎剪云裳对春舞，杨柳争姿，细乱莺燕语。人寂寞，汉唐才子归何处，杳杳追无路。杜宇低飞声惨苦，平添幽叹：人事如川草，千载同荣枯，让春思如许。

想并得山水胸怀，却闲愁恨，早晚写难除。怅觅真意，不觉群华，风轻吹送去。心在失言处。倒算此别，春也还得意，挥洒渺姿，临万里行只微仁。

这首词在《王子居诗词：喻诗浅论》中也有着较详细的解构，在这首词中，明确透露出来文化理想意蕴的句子如"汉唐才子归何处，杳杳追无路""人事如川草，千载同荣枯，让春思如许""想并得山水胸怀""怅觅真意"等。

莫长嗟

看溪川流不住，同长游独无语。君是才质双极，春是声色晴佳，比诗奈无绪。君绘月柳烟花，我写残垣颓壁。苦难和，无共处。

往来迹烟渺，前行无力。草树纷披石乱地，人事太伤心，旧迹今何觅。海云风变君兴起。君知否，男儿胸襟非无泪。共猜疑，谁解破，万载千年意。

君富雅志文华，援笔即超越，风流胜古人。桃林到潭边黯碧，思深更觉愁苦。草长时与君契，却偏离去。尘世于君无志，怕说些仁义事。莫言志，莫言志，一言志，便使人泣。

"君绘月柳烟花，我写残垣颓壁"显然是一个隐喻或者说象征，它上句是写人生的幸福美满，下句是写追求的枯寂荒凉。而"人事太伤心，旧迹今何觅""往来迹烟渺"一脉相承地透露着"从书寻千古人意""汉唐才子归何处""群芳竟去"的伤感。

"往来迹烟渺，前行无力。草树纷披石乱地""桃林到潭边黯碧""草长时"显然都是写的一种黯然伤神的意象，它们自然也都象征着、隐喻着一种追求不得、意绪纷乱、思想痛苦的人生处境。

王子居那深刻骨髓的孤独感到了一种什么程度呢？到了他在诗中幻想出一个"富雅志文化，援笔即超越，风流胜古人""才质双极""海云风变君兴起"的完美无瑕的无极大才子，在幻想的诗境里与自己来了一次"穿越历史时空的对话"，可惜的是，他明知道这是假的，所以"草长时与君契，却偏离去""尘世于君无志"，那个幻想出来的能解自己之寂寞孤独的完美才子，终究是要从自己的幻想中隐去的。

另外，在文法上，他通过两种极限描写来进行极限对比，一是幻想中完美才子的完美潇洒，一是自己的枯寂颓废，一写君的风流快意，一写自己的失意苦闷……

所以他最后苦叹"一言志，便使人泣。"

从以上诸作，我们可以看出王子居诗词中隐喻的文化理想，是比较笼统、模糊的一个向往。

王子居诗歌中透露出来的理想、志向，其实并没有具体的所指，如：

鸿

鸿雁宿深林，举翼向阳晨。
只鸣云汉志，何关寂寞心。

云汉志是什么志？作为从小听评书长大的一个少年来说，显然他只知道云汉志，但不知道云汉志具体是什么，但他显然有很美好的象征，即像阳光充满的早晨那样阳光、正能量。

王子居的诗风多样，十六岁焚诗之痛后，不同于他在《十六岁词集》里的忧郁凄伤，他在《涛雏集》里的诗歌则有着豪放的一面，如与《十六岁词集》同时的这几首，都是因为高二历史课学到晚清时有感而作。

事实上，除了诗道传承和国学情怀，王子居偶尔也吟咏国家情怀、民族情怀，他的咏怀诗及咏志、励志之作往往十分纯正、阳刚，如与《十六岁词集》同期的《涛雏集》中的：

咏史

少负安国志，顾无经纬才。
长夜意不平，辗转窗前立。

有感于国家沦丧之痛，这首诗还是比较有爱国情怀的，我们从中可以看出一个学生的单纯和天真。当然他知道自己改变不了什么，所以说"顾无经纬才"，这也许是一种叹惜，也许是一种期许。

三月三十日读史夜感

列祖呕心宁瘦骨，争下龙华万古名。
夜思欲怒冲冠发，男儿热血宜豪雄。

龙山

在王子居的词汇里，不但有龙山，也有龙华，龙华：中华文化以龙为图腾，当然，事实上龙山在中国至少有几百座。

这首诗上联先写了祖先的奋斗和祖国的伟大，三句则写学历史学到清末时因百年国耻而感受到了愤怒，四句写男儿当有热血，奋斗以报国家。

三月三十一日读史夜感
老旧弃去已蹉跎，不息新生尚多磨。
必平百岁无为恨，肯破层宵决天河。

这首诗在《王子居诗词：喻诗浅论》中有着详尽的讲解，此处不作重复。

时隔太久，作者也记不住老旧具体何指，应是笼统的指陈旧的一切，具体些则应指向旧制度，新生应指中华人民共和国等新生的一切，具体些则指向新中国。当然也许这新生是他的自指，老旧则是指逝去的或无益的人，第三句写得很果决，第四句写得颇有些壮怀激烈。我们可以从中感受到他强烈的爱国之情。

249

殉道者的指喻

咏怀
百姓艰辛无数秋，圣贤壮志几时酬。千难万险唯奋进，九曲八弯不回头。
百川汇海同一味，天下无私始共求。赤子红心谁能染，英杰义士铸洪流。

唯奋进，亦作吾往矣。

诗人的情怀是博大的，他的悲喜绝不仅限于本人，而是放眼了整个宏观的世界，过去现在和未来。百姓的生活是艰辛的，圣贤的志向是难酬的，几千年来一直如此，我们的百姓还要等到什么时候呢？无数的贤达们想要改变这个世界，想改变这种不完美，他们明知这个过程会千难万险，他们明知九曲八弯，但是他们却不想回头，哪怕头破血流！想要改变人类的历史绝不能只靠圣贤们的一人之力，而是需要"天下无私"，可这个愿望却也不是那么容易实现的，但是贤达们却愿意为了改变这些而"牺牲"

自己，更不怕献出那颗赤心，这份决心和毅力足以让人动容。

洋洋洒洒间，诗人将自己深层的见解和渴望都讲与了读者，我们都能在其中感受到那种澎湃的不屈的力量、无畏的前行的意志、高尚的纯粹的理想、浩然的无私的正气，天下无私需要我们每一个人的参与，在此与贤达们共勉吧。

大悲曲

众生艰难，犹如蝼蚁，未知命掌谁手？生大悲悯，谁护人民，谁伏强虏？能几何时，奋英雄志？

宇宙洪荒，人世沧桑，沉浮由谁戏弄？按剑问空：苍天死耶？黄天死耶？执大愤怒，堪与谁战？

诗寒塞北，词润江南，名利困人几许？把酒问风：经纬在胸，才情满腹，怀大潇洒，与谁同欢？

我们在《王子居诗词：喻诗浅论》里讲到他的一些诗有着叩问苍天、追寻宇宙人生意义的诗句，其实可以把这一类称为终极关怀，因为西方哲学中对于这一类命题或探索是以终极关怀来称呼的。

《大悲曲》除了最后一阕是写自己外，上阕写的是世间、众生，中阕写的是宇宙洪荒和天意浮沉，都讲到了哲学的终极关怀。

从语言上来看，王子居的咏志、励志诗都比较粗犷，即便后期也是。

从《念奴娇》
看王子居之与唐诗宋词

殉道者的指喻

念奴娇·悼王国维

凭高最苦，看风华逝去，有情难语。雪乱云重，天地渺，那有幽兰芳树。欲望江山，但空平芜，魂梦托何处。落花流水，啼尽杜鹃千度。

纵有万紫千红，怎禁风雨，百代但孤独。谁道山河居龙虎，今忧唐诗宋曲。不必凭栏，意怀千古，恨无人可语，情如屈子，沉没碧波深处。

在我们看来，王子居的心与王国维是相通的，从这首词里我们就看到，他们对于唐诗宋词，对于文化，有着相同的情感，有着相同的认知，王国维最终以身为祭，祭了他心仪的文化，王子居没有以身为祭，但他以心为祭、以青春为祭、以人生主祭，似乎更高格一些。以结局而论，王国维成了一种象征，象征着国学。而王子居则差一点成了一种虚无，因为他写诗三十年，却从不发表，世间查无此人，他只在传说中存在，他的名字和他的诗，都被奇怪地撕裂了，与他的人隔绝了起来，世间并无王子居，有的只是他的诗歌和著作。他或许曾是一个浪子，或许曾是一个诗僧，或许曾是一个美男子，或许曾是一个行者，或许曾只是一个诗人，这一切归结到最后，我们总结为：他是我们人生中的一个过客，他的身影早已远去，只留下他缠绵的吟唱、美妙的诗歌，只留下给我们的无限遐想。

上面这段话是在"王子居挑战杜甫最强七律"前我们解析《王子居诗

词》时写下的，而现在大家从他的书里读出了一个逐渐清晰、明确的诗人及学者的形像。所以，王子居最终没有成为一种虚无，他的诗和他的学问在世人眼中逐渐清晰。

正如毛泽东评价王国维虽然形象老朽但学问很唯物一样，王子居虽然从《易经》的象和佛学里颇多所获，但他做学问的方法却是严格于逻辑、唯一于事实的，这一点两人也很像。西方的逻辑学等和中国古老文化传承的结合，在两人身上都能看到。

"雪乱云重，天地渺，那有幽兰芳树。"大雪纷飞，云层浓重，天地阴沉飘渺，哪里寻得幽兰芳树？这一联中，王子居用"雪乱云重，天地渺"来形容古文化传承的迷失，它已经迷失在历史的时空中了，然后他用"幽兰芳树"来形容文化俊杰、文化成就。这样，这一联诗有双重隐喻，一是隐喻古文化的迷失，而当古文化迷失后，文化俊杰也就只能"那有"了，没有"幽兰芳树"（文化俊杰和文化成就），只有"雪乱云重"的当今文化乱象和文化迷茫。

"欲望江山，但空平芜，魂梦托何处。落花流水，啼尽杜鹃千度。"敞望现世，空平芜有，大师执着追寻之魂无处可依。国学传统一败涂地，让人悲啼。没有高峰，只有荒芜的平原（没有学术高度），在这样的历史时空中，大师未息之魂该安于何处？那执著于华夏文明传统的不灭精神，又该向何处寄托？只有那落花流水，伴着凄苦的杜鹃哀啼了千年……

"纵有万紫千红，怎禁风雨，百代但孤独。"即使古老国学的成就曾经在神州大地上姹紫嫣红，但是时代变迁，终归凋落，只剩下百代孤独。现代西方文化和全盘西化思潮就像是一头时代气息浓重的怪兽，中国古老国学的痕迹越来越难被找到，它们就好像那在疾风劲雨中被打落的万紫千红一样随着时光的雨水流逝，而那些追求和研究中国古老精粹文化的人越发显得孤独。而王子居恰就是其中一个依然在执着坚持的孤独身影。西方人有百年孤独，但在王子居这里，则是百代孤独，因为他孤独的是一个远古传承至今的文明。

当解构到这里，我们不禁犹疑，这首词究竟是在讲王国维，还是在讲王子居自己？或许他把王国维当成了自己，或者他视自己如王国维一般，于是他讲述两个人共同的梦想、共同的执念、共同的情怀……于是，在这首词中二王重合了。

"凭高最苦，看风华逝去，有情难语。"他的孤独缘于他所追求的高度和深度，他看到华夏文明的风华早在历史时空中逝去了，而他该如何讲述这个古文明传承？他不禁"有情难语"。同样的，世间能够明白他，看懂他的人未见，他因之也发出了"魂梦托何处"的感慨。

"谁道山河居龙虎，今忧唐诗宋曲。"一切似是正蓬勃发展，积极向上，唯有他沉默内向，因为他内心忧虑，是对唐诗宋词、对传统文化精髓逐渐遗失的担忧。

"不必凭栏，意怀千古，恨无人可语"，他意怀千古，但他寡言，因为无人可语，这不禁让他想起了"沉没碧波深处"的国学大师——王国维。

那个人已经沉没于碧波深处了，而他呢？他的坚守又有何意义？

王国维对现代人的意义，更多的只是一个传统文化的代名词。再多一些的了解多是源于人们对他为何投河自尽的好奇。是殉情、躲债、为文化，还是抑郁症？"情如屈子"，世人再多的评断都抵不过一个"屈子"，屈原为了楚国兴衰而亡，是国家情怀，王国维为了文化道统而亡，是文化情怀，两个人一样都是绝望的。"情如屈子"道尽了王国维对传统瑰宝逐渐丢失的痛心疾首。

殉道者的指喻

王国维，其貌不扬，生性内向，他一生都在追求研究学问，桃李遍地，但是却很少，哪怕是在自己的学生面前洋洋洒洒地发表一通演说。但是他依然被誉为"中国近三百年来学术的结束人，最近80年来学术的开创者"。

跟随王子居的悼念追寻王国维的一生，他们都是伴着外人难以理解的孤独与忧郁度过的，但也就是他这种极度敏感与内向的忧郁型人格，成就了他那深沉与精辟的心思及其文化事业。

王子居为何要悼念王国维？因为他深谙其中的孤独与忧郁，深知他远离尘世，放弃生命的意义。为什么他们呈给世人的是精简、优美的文字，到头来还是如此孤独？毛泽东曾说过，王国维虽然形象老朽，但他的学问很唯物。也有人说，王国维之所以不太被人熟知是因为他的文章多为文言，理解起来困难，只有达到一定高度的人才能学习。

就算你对王子居兴趣不大，对王国维了解不多，对唐诗宋词不屑一顾。也许你觉得世事如此浮夸，他们与唐诗宋词那飘渺的美好早已不复存在，其实这恰就是他们执著坚守的必要所在。

尽管王国维与王子居都精于运用西学的逻辑，但是其描述却是典型的中国式，是诗意的凝聚，是精神的贯注。它包蕴了一种纯粹的生命体验和梦想追求，使人突破自身生活的局限；它设定了生命气息和哲学意境混一的充盈的坐标，引导人达到一种永恒的自由之境。

王子居的诗歌有一个最大的特点就是他的诗往往要几十首、百余首贯通来读，才能更好地理解，这是因为他的诗往往互为注脚，比如这首词中的"今忧唐诗宋曲"，因何忧之？如何忧之？可能将《咏怀》《写给诗》《囚笼》《死了》等诗作联合起来读才会有更深刻地理解，因为《写给诗》《囚笼》《死了》其实都是通篇吟咏唐诗宋词之忧的。

王子居的诗词中对诗道传承、文化理想、国学追求是反复吟咏的，由于偏重的角度不同，所以他的很多诗都是互为注脚，这是诗歌史上一个非常独特的现象。

之所以如此，可能有两个原因，一是因为诗道传承、文化文明、国学传承不是一个简单的事物，不是在一首诗中能吟咏尽的；正因为一，所以有了第二，既然国学传承不是一首诗能咏尽，而不懈追求的王子居就要不断吟咏。因而有了这种相互为注脚的现象。

虽然王子居在词里将王国维视为一种文化的象征，但事实上在王国维的词里，并未表现出多少文化意识、文化自觉，反而是在王子居的诗词里，处处表露出一种文化自觉、文明意识。

痛苦的起点

在《十六岁词集》中，我们经常看到有他在大学毕业数年后进行的补全，这意味着，即便王子居苦思冥想，穷尽心力，他当时依然有很多诗写不全，补不出下文来。这印证了他十六岁时写词之苦，同时也印证了他焚诗之后对自己诗作的要求之高。

当然，事实上这种现象印证了他写诗某种程度上是凑句子的论断，而凑句子事实上是他在诗论中以排列组合为本质的论断的前身。

这种苦吟的创作状态不但耗竭了他的精力和脑力，更影响了他的学习，这导致他高中时几乎门门都要补考，事实上，《十六岁词集》中他对此有着痛苦的反思，比如这首《木兰舟》：

木兰舟

晨起登奎山，层翠晴方好。倏忽风起，云缀天低，擂山急来雨。

雨骤无可避，白障青苹潭，旋流下山去。会向狂风间，倚岩聆相诉。软风细雨莫相狎，英思须立雄激处。

除了写急雨带动出的激烈的情绪感外，最后"英思须立雄激处"说明他对自己《十六岁词集》中那抹除不掉的痛苦、忧伤的难以忍受，他宁可在山中接受急雨的冲洗以此来自残。

可见他对于痛苦的忍受已经到了极点。

莫长嗟

看溪川流不住，同长游独无语。君是才质双极，春是声色晴佳，比诗奈无绪。君绘月柳烟花，我写残垣颓壁。苦难和，无共处。

往来迹烟渺，前行无力。草树纷披石乱地，人事太伤心，旧迹今何觅。海云风变君兴起。君知否，男儿胸襟非无泪。共猜疑，谁解破，万载千年意。

君富雅志文华，援笔即超越，风流胜古人。桃林到潭边黯碧，思深更觉愁苦。草长时与君契，却偏离去。尘世于君无志，怕说些仁义事。莫言志，莫言志，一言志，便使人泣。

在《莫长嗟》里面，他甚至幻想构画出了一个幻境，然后与一个卓绝的才子在幻境中同游，而像"同长游独无语"的无语心境，及"君绘月柳烟花，我写残垣颓壁"的颓废，"比诗奈无绪""前行无力""思深更觉愁苦"的无奈、无力、无兴，及"一言志，便使人泣""怕说些仁义事"的不愿提起，而其中心无非是"谁解破，万载千年意"。

而"人事太伤心"显然是对焚诗之痛后的一系列心路历程的概括。

菩萨蛮

春风嬉戏旧时门，词人怎倚春无韵。春到也无聊，携春过小桥。

伤心春雨泣，蓦觉春无意。何况写春难，痴心春不怜。

而在他这首最早探入一象多喻境的词里，无论是春韵难倚、春雨伤泣、春本无意、写春太难、春不为怜等凄苦之境，也写尽了一种苦苦追索却毫无所得的忧郁心境。

摸鱼儿•和辛稼轩

夜长吟唐诗宋曲，意绪正合佳句。春光难写况才短，四年悲苦深住。行漫乱，心若失。梦游思唤谁同去，索还彩笔。暗消沉，万里行人无计，孤篷待独举。

才子事，独作独吟最苦，纵无他人相妒。携云揽月不为难，难有知音倾吐。问谁瞩得青目，离尘除是神仙属。心中暗许，缥缈瑶台路，乘鸾跨凤，梦里能飞去。

这首《摸鱼儿》的上半阕是写于十六岁，我们看得出他十六岁时的词其实文意不是很流畅，而他的续作则流畅、飞动，在语言熟练上真是不可同日而语。

"四年悲苦深住"是直白的陈述，讲了自己四年时间都是痛苦的追索中，而"行漫乱""心若失""梦游思唤"则从三个侧面描写他追求探索对心灵造成的忧苦，而"暗消沉，万里行人无计"加重了这种伤感，而"孤篷待独举"则是一种远征的决心，无论那万里之遥的探索之旅是多么苦、多么无计，他都将一个人去追寻。

不过当我们解到这"四年悲苦深住"的时候，我们似乎找到了王子居作诗时间的钥匙，因为《十六岁词集》写于1992年春，如此往上推，四年时间是1988年（1992年春显然不可能算是一年，只能是前面四年），和他的同学们所记的时间正好吻合，也就是说，他开始写诗是在一年级搬进教学楼后开始的，而那时他的英语老师恰是王伟。

满庭芳

雨隐山川，千百绰约，尽随狂风杳现。赶早起来，一些皆渺远。细向小园寻觅，有诗意，极难入眼。湿透了，红砖紫瓦，滴点玉栏杆。

风残，正无心，邻里炊烟，过墙扑散。信挥开思惑，庭观安然。平巷槐花满，初照里，甜溢云天。开心处，好生晴朗，休再怨春寒。

极度苦闷的王子居，很少有稍微开心、轻松的时候，比如这首《满庭芳》，就充满了他的自我鼓励，事实上，我们现在察觉出他的这首小词其实可能是他后来的情绪流、氛围流的启蒙，比如这首里的闲逸、纤细，跟印象流的《相思雨》是一脉相承的。

"风残，正无心""信挥开思惑，庭观安然""平巷槐花满，初照

殉道者的指喻

里，甜溢云天。开心处，好生晴朗，休再怨春寒"，都是他经过很长时间的苦痛煎熬后短暂的宁静。

一直以来，王子居都是悄悄写诗的，这导致他的诗没有受到任何限制，反而随心所欲，比如虚构世界：

立河滩

怕勾无限愁，遂弃高楼去。远山近水与梦同，更添黄鹂住。欢啼似喜春柳，密掩两岸青青。到黄昏依约，有人抛喧哗独伫。

旧迹还相认，横笛自何处？不尽似旧时音，远隔疏竹传入。浑把年华错记，正哂笑时候，炊烟迷了春暮。

这首词里他虚构了一个安静的、无人的境界，古人说的触景生情、情景交融对他来说都没有成为范式、藩篱，他有时候造境直接凭幻想，幻想出一个境界，然后将人和情都投入进去。

龙山

望海潮·下阕

出得层林流香，正黄昏时候，千里辉煌。江山入眼，痴恼皆抛。无限水阔天长。风把彩云张。多少春山春水，闲愁顿忘。点点情思，苒苒悠悠绕斜阳。

王子居自己说"残词失半阕"，失去的可能永远失去了，想必他要补齐上阕并不容易，因为词风很难相同了，而心境则更难相似。这半阕词跟前面那些词中激烈凄苦的情绪很不同，写得意境开阔，优雅从容。

不能不说，这半阕词颇有潇洒、大气、风流的韵味。

彩云朝

谁扫净萧条，换万里云天妩媚。些入神处，任人寻找。涌泻不尽，流华年少。群芳竟去，怎生强留，一笑皆过了。雅志临空，聊独立处，凭凝思，青青草。

演排多少风骚，总是春光最好。看不尽，青山多少，碧水多少，更有风华多少。漫多情，招烦恼，将楚峡巫苑云抛。人生当此无由，怎堪错过，三月彩云朝。

这首词里他已经开始思考宇宙人生，但这首词里他还很模糊，比如他说"些入神处"，是指那能令心感悟的事物，他在这里与自然交感。涌泻不尽，写时光和英物及美好之物的一种奔涌的状态，而群芳竟去则是与之相对，天地的繁盛之后必然面临萧条。而作者呢，他雅志临空，在他独立的地方，青青的芳草似是凝著了他的沉思。

下阕则写要珍惜眼前的美景。"演排多少风骚"，这一句颇有深意。

这首《彩云朝》他再次幻想了一个完美的、清净的、无忧的世界。

登楼

总爱独登高楼，凭窗泄吾幽怨。正对春山，青白可辨。青树连扉，白水环绕。鹧鸪飞去远巷里，声声撩人。怀想，到黄昏时候，乱云里残阳，相对凝神。

其实《登楼》也只是半阕诗，这首诗写登高望远以畅胸怀，除了对景物的简单描摹外，最后的"乱云里残阳，相对凝神"，颇有天人交感之意，与李白的"相看两不厌，只有敬亭山"有些相似之处。

云想词

问讯湖边春已浓，偷分流水声。天光花草群艳丽，有独立万里风情。翠宇暮临船尽，一声长笛人惊。

欲得青山新形容，乘风携云英。同游远处此难见，定可度别样人生。几个黄鹂归晚，一片舒喧无穷。

这首词也是王子居在焚诗之痛中靠想象出来的美妙意境来安慰自己心怀的。

殉道者的指喻

他幻想一个湖边美景，这里有天人合一之境，"天光花草群艳丽，有独立万里风情"，这个世界只有他，他如同造物主一样与万里的美妙世界交融，有着万里的风情。

而下阕就更明显了，"欲得青山新形容"很明确地讲这是他的想象，他想象自己摆脱了一切苦恼，乘着风携着天上的云彩，自由自在地飞在天空。

然后"定可度别样人生"更是明显地告诉我们他构画了一个想象的无忧世界。

玉楼春

少年岂惜黄金遇，燕子高楼自可入。双鸿游戏彩云中，桂子闲愁八月雨。
离去不知归来苦，芙蓉得露郁楚楚。秋风有尽思无极，便到天涯留不住。

龙山

这首《玉楼春》苦乐参半，像"桂子闲愁八月雨"还属闲雅，而"离去不知归来苦""秋风有尽思无极，便到天涯留不住"便又陷入悲苦了。

采菱曲

东风舞漫轻灵，水云流去匆匆。别对黄昏，思想愁容。
早来暖风二月晴，四月旅难成。倚念人情，也如花生，应会此时逢，却落寒雨中。

那个时期王子居心乱如麻，这首小词里的"水云流去""四月旅难成""却落寒雨中"都隐喻了整个人的不好，而"思想愁容"则是直接描述。

卜算子·壬申

早适碧云楼，帘外秋山迷。杨槐云下犹青翠，行与燕归时。
淡淡云与约，金风上高楼。燕子不归北风迟，日在磴山头。

这首词体现了王子居的那种淡淡的、舒缓的诗韵，而这种气韵的感觉恰是他诗词中印象流的开端。这首词的舒缓，其实透着一种无力、无心而厌厌的慵懒。

连山低

从书寻千古人迹，问讯风流，苦学彩笔，到而今，写不了相思。目远春黯，向何处看足云曦。紫燕来时欢飞，引愁人意。

美景纷呈罗绮，错落屋宇，乱林掩门，农人依稀。目断连山低矮，流水浅岸鱼栖。心被风吹碎，乱叶残声里。

"从书寻千古人迹"，显然是写他的探索，虽然他手里的书不多，但他依然在"千古人迹"之中寻觅他的道。

不过他的探索显然很痛苦，他苦学诗歌却连最简单的男女相思也写不了，在他的眼中，春是黯然的，就连欢飞的紫燕也成了一种愁意的反衬，而屋宇错乱、门林纷乱、农人依稀分布、连绵的山岭低矮、初春的浅流、纷乱的树叶、残碎的风叶声，这所有的意象都是凄凉混乱的，正象征了他那混乱、忧郁的心境。事实上，这首词也是一种印象流的作品。

261

殉道者的指喻

墙外树

风撼屏树，云黯行人疏。黄昏收拾小屋，久坐无心思言语。

清白内宇，墙外湿翠幕。一人辰醒读书，凝思对落花淤雨。

赏析：这首小词写得工正典雅，有一种舒缓从容的意味。词中对心理活动进行了描写，也对学习思考的生活进行了特别的描画。

这首词相对来说较为平淡了，但它依然透露着未尽的伤感，无论是"云黯行人疏"的黯淡着色，还是"尢心思言语"的无可名状的失念状态，都是伤痛后的一种缓冲。

新酒词

靡睡不解深愁，狂呼难追旧旅。贪爱酒，把人事荒疏。望明月伤心，看孤云洒泪，心向斜阳，入寒山去。纵使萧条更苦，人随此恨到天涯。

总念当时永诀，泣烟柳黄昏后。久被迷淹情思，况秋暮几番游。残叶引悲心沉落，多扑簌向人间能何求。呼盏酒，要纵饮，却忆伊人含羞。

这首词的伤感写得也很重，几乎每一联所表达的色彩都十分沉重、灰暗。

物华催

愰几番愁，怪闲风雨，催物华移。高怀岁来谁解，被疑人嫉。人世谁堪，饰成琉璃。本想指引春风，反被春风嘲戏。

愁苦犹还记，杜宇临庭泣。晓风默默心痛否，无言修剪樱桃树。人向中庭立，难采春来意。到晚空遥寒，鸿云青天际。

"难采春来意"一句写得十分丰神，直接就天人合一了。其实王子居的《十六岁词集》中有很多很独特的写法，是以后他熟悉唐律后所没有的。只不过我们讲不出这种感觉。

这首词的上阕似是直叙较多，而下阕似是偏于情景交融、映衬，不说直接的"被疑人嫉""反被春风嘲戏""愁苦犹还记"，它的意象之语如"杜宇临庭泣""晓风默默""空遥寒"，已经进入意象流了，全都透露着伤感、孤寒。

思渺濛

寒风送雨晚来轻，一天井，满淋铃。稚愿从来空，思绪渺濛濛。谁用凄声哭砂曲，猛惹游情，就思早起，走向难名。

暗来心事浩无穷，独步长无寐，平静难成。不觉清泪出，对雨惜惺惺。

这首词写得也颇为苦，除了"凄声哭砂曲"本身意象中带的凄苦外，"暗来心事"透露了他的追梦之旅的挫折失意，而"独步长无寐、平静难成""不觉清泪出"虽然不是极其苦切，但也充盈了苦痛。

秋无岸

渺然思远，凉风晓梦残。黑水流连不肯行，有道波光曾可美。

惨淡江山，秋色应无岸。伊人声悄芳尘歇，笑笑流光独凭栏。

江山是惨淡的，秋色是无岸的，风是凉的，梦是残的，水是黑的，他的心灵世界一片黑暗、孤独、凄伤。

杜啼血

杜啼血，白莲憔悴芙蓉弱。远离别，心事终难说。向晚风里哀词莫复因我吟。怨梧桐雨，滴滴总动情，从晚到天明。

心意且消磨，山水不相得，人事催思发。呀，恰便似六月狂风催骤雨，风吹雨彻真无情，直打得满腹忧伤一腔深情争零落。

263

殉道者的指喻

王子居的《拟断肠集》在艺术上还是青涩的，但他有独到的特色，那就是他的情很重，用孔子的"哀而不伤"来说，他的《拟断肠集》很伤。而且他极善于对景物染色，所有景物在他的情绪的渲染下，都染上了浓重的感情。

首句杜鹃啼血，白莲憔悴，芙蓉孱弱，一派伤感之气。这种气氛为的是表达"心事终难说"的痛苦。而那梧桐和雨也偏偏多事，一滴一滴都勾起诗人的感情，从晚到明滴个不住，怎由得诗人不怨？

各种心意日渐消磨，这山这水也因我的无兴而无法相得，而人间事却又惹我种种思绪。这些事情积累起来，就好像那六月的狂风催动骤雨，把我的忧伤和深情全都无情的打落。下阕也是重重地用情绪给景物染色，而又用景物回头来把这情绪写得更加动态化。王子居要做到的可能不只是情景交融，而是情景互动，从而达到神而化之的境界。

这首词诸多情绪合写，既有学诗与学业的矛盾苦闷，也有文化理想追求的苦闷，还有爱情的苦闷。

唐多令

独处从来愁，园篱先入秋。怕觉来，懒对雨飕飕。邻妇整成新巷好，伞独掌，向西楼。

情变绪皆休，高风云挤流。竟许多，难事淹留。歌女偶为何事住，采菱曲，木兰舟。

《十六岁词集》本名《拟断肠集》，从名字就可以知其凄苦。

虽然《唐多令》只有"竟许多，难事淹留"透露了他的苦恼，然而"许多"二字，不恰是他各种情怀，诸如梦想之痛、学业之痛、爱情之痛等等的合集吗？

龙山

梦想与学业之纠结

事实上，王子居高中时期的作品在他的诗集中占比很高，《涛雏集》有四十五首，《十六岁词集》不计后期续全的，有七十首，总共一百一十五首，而在以后的二十年时间中，王子居也不过创作了三百首。

而这些诗作可能以高二和高三上半年的这一年时间居多。而在这一百首诗里，有十余首是明确写诗歌对他的学业造成的苦恼的。

谢梁道士

旧意不可温，往事若浮云。难得梁道士，为我解古今。

炼诗止失真，人语世事纷。从此束薛笺，为我压诗神。

"束薛笺""压诗神"自然主要是为了学业，而"炼诗"两字其实令我们看到了他写诗的执著态度，即千锤百炼的一种执著。而"人语世事纷""为我解古今"都暗含着学业为重的意蕴。

这首诗再度表露了他对自己沉迷于作诗的矛盾心理，但在这首诗里他同时还发出了人世纷乱，古今浮云的感叹。

梦旧游

夜梦同欢，竟回旧林边。犹忆兄弟效桃园。胜地日漂流，兴渐阑珊。

可否高试，容泪痕干，抑情已太晚。草木先黯眼，归舍月满园。

悲欤人杰堕落，年来苦难堪。伤烟花粉黛，都只在谈笑间。难悔几多交游，竟恼人声，却喜天阑。怎不恼，别春迎夏，终未得，逢归燕。

这首词写得极其明确了，"可否高试，容泪痕干"写的是他沉浸在对诗道的探索里，深深的沉迷竟然令他无暇学习，而"年来苦难堪"自然是写他学习成绩的不断下降了。

九月作

把酒谢人情，觉变思更生。取路宜分手，无常睡梦中。
悠游痛已极，十载学无功。会向九月间，一拼图有成。

在高中时仅有的八首五律中就有五首是写他的文明理想和学业矛盾之痛的，而仅有的两首七律，都是写他高考落榜之痛。如他在《天海行》中写道："师尊厚杰生，经风笑相迎。冷岸唯有我，魄落孤独中"，写自己学习成绩被耽误而成为边缘人士的情境。

天海行

师尊厚杰生，经风笑相迎。冷岸唯有我，魄落孤独中。
日常喜游荡，暗蓄鸿鹄声。大道心内解，抛开日月行。

秋逢丁耀昌

意外逢知己，清溪随旧流。纵情相竞唱，觅趣田野游。
秋风漠无觉，敏心皆有愁。携手赴天涯，化作两飞鸥。

这首诗里的"敏心皆有愁"显然是学业之愁，而对于王子居单个而言，显然又不只学业的单一。

登奎山

奎山润云尽，松色相更明。遥天集秀意，深宇寂无声。

人与辉烂漫，山对水澄清。孤望使人愁，回首泪匆匆。

这首诗里的"回首泪匆匆"显然有着现实学业带给他的压力。

送春词

怎剪云裳对春舞，杨柳争姿，细乱莺燕语。人寂寞，汉唐才子归何
处，杳杳追无路。杜宇低飞声惨苦，平添幽叹：人事如川草，千载同荣
枯，让春思如许。

想并得山水胸怀，却闲愁恨，早晚写难除。怅觅真意，不觉群华，风
轻吹送去。心在失言处。倒算此别，春也还得意，挥洒渺姿，临万里行只
微仁。

殉道者的指喻

这首词里的隐喻是十分纠结的，除了"汉唐才子归何处""千载同荣
枯""山水胸怀""怅觅真意"等显示了它的文化理想的隐喻外，"临万
里行"事实上也有学业的隐喻。

九三年将别涛雏

朝朝涛雏烟水白，云树楼村远不穷。

胜地从今闲芳草，三年羁旅一梦中。

对于高中三年，王子居的评价是"三年羁旅"，虽然没有点明学
业，但学业自然是羁旅的主要原因，如果学习成绩理想，自然也不会成
为羁旅了。

定风波

休被春风弄春愁，莫向空宇看鸣鸥。惹下幽怨竟无穷，雅静，惆怅留
与彩云洲。

游来游去云更新，难忘，流光志业消磨尽，花雨哀情无处寻。挥泪，洒向人间多少恨。

这首词里的"流光志业"除了文化理想的隐喻外，显然学业更重一些。

如梦令

常恐学业无成，会使病愁深住，但愁苦伤人，曾总开脱不去。发奋，发奋，多少忧烦抛弃。

这首小令则是极为明显的用"学业无成""病愁深住"来哀叹自己对学业的荒废。

龙山

梦旧游

夜梦同欢，竟回旧林边。犹忆兄弟效桃园。胜地日漂流，兴渐阑珊。可否高试，容泪痕干，抑情已太晚。草木先黯眼，归舍月满园。

悲欤人杰堕落，年来苦难堪。伤烟花粉黛，都只在谈笑间。难悔几多交游，竟恼人声，却喜天阑。怎不恼，别春迎夏，终未得，逢归燕。

这首词里的"可否高试，容泪痕干"显然是心中的矛盾纠结已极，因为十六岁是他一生中诗词创作的最密集时期，而他控制不住自己对诗歌的痴迷，于是哀叹"抑情已太晚"，即便是这个时候他能控制得住自己对诗的痴迷，全心投入学习，从初一就开始写诗不听课的他，落下的课程也未免太多了。

所以他伤感"悲欤人杰堕落"，这种情况下，即便他苦追也只能落后，何况他对诗歌的痴迷根本就控制不住，"人杰堕落"是难免的了。

卜算子

径远晓山寒，幽巷人归寂。向处低槐落雨滴，俯首迎人沥。

楼宇入湿睛，壮志从难已。漫道消息冷淡时，人也怀朝气。

"壮志从难已"，以他的智力，如果不是因为诗歌爱好和文化梦想耗费了大部分精力，他应该是能考取一座很好的学校的，所以他慨叹"壮志从难已"，既放不下壮志，又摆脱不了对诗歌的痴迷，他已经觉得自己一定会迎来一个"消息冷淡"的命运。

绝望之中，虽然涛雏街道的楼宇进入他含泪的眼睛，但他依然鼓励自己"也怀朝气"。

无题

一声雷震群魔绝，两袖清风回家门。餐餐忧郁人后尽，夜夜情伤天籁深。
怨时未契心欢者，积事难消暗恨人。幸得炼狱三霜满，从此谁伤片玉心。

这首诗充满了落魄和失意的心绪。我们可以从两方面来推究这种失落，一是沉迷写诗而荒废了学业，二是我们从其《断肠集》里看到了许多恋情方面的伤感，这个群魔更多的应是他的心魔。三联在词句上很讲究，颇具杜韩的诗风，不过显然这种诗风不是一种正确的道路。

知落榜

三年羁旅一梦逝，天命人能不可移。梯脚成绩畏人笑，断肠诗名只自知。
先恐双亲心底愁，未怨此身利禄迟。志存岂许弱冠泪，前路鸿飞会有时。

以上两首七律在王子居的诗集中是独特的，因为他的七律所学应是杜甫一流，还未彻底消泯杜甫的影响，由于对字词比较讲究，于是就少了一种天然的流畅，像梯脚成绩这样的词汇创造，在他以后的诗里几乎不再出现。他高中时的这种字字推敲却局限于字的诗风没有继续下去。

即便是王子居后来追忆并补足早先之作时，他犹自心有余悸。

殉道者的指喻

诗魔

诗魔摄我魄，此身无所依。缄言成木讷，忧悒结春疾。
更将镜前泪，转成好梦稀。青丝渐白发，谁觉岁月移。

无论是"摄我魄"还是"身无所依"，都是很恐怖的感受，而"镜前泪""好梦稀"也是十分伤感之句，是对人生的巨大失落。

"缄言成木讷，忧悒结春疾"其实是很沉痛的一联诗，王子居创作诗歌时如果太用力，往往有胸闷、气短、心悸、噩梦之症状，并常伴有精神恍惚，而事实上，1992年的一整年，是他一生中创作诗词数量最多的一年，而这一年恰是高二下学期、高三上学期，也就是说，是高中最重要的一年。

也难怪写于这一年初冬的《涛雏将别》中他发出痛苦而又决绝的哀叹"恰相得兮吾将舍之，抑敏情兮吾长啸"，他痛苦地嘶吼渴望能减轻自己诗词中的敏锐情感，并且希望"吾之情可以消兮以适性，吾之爱可以死兮以完吾志"，他渴望自己变成一个忘情忘爱的人，他隐喻自己的处境"惨惨思之长夜兮无可经纶""恶水穷山之迂回兮，出其困其艰哉"，于是，在一首将《易经》之象运用到文学中的咏怀类长诗中，他依然发出痛苦的呻吟。

1992年的《十六岁词集》和《涛雏集》，是王子居一生中写诗最苦的一年，而也正是这一年，他创出了诸如印象流、一象多喻境、诗演等各种新境界。

龙山

由痛苦而
决绝的《涛雏将别》

殉道者的指喻

　　王子居的诗有三个阶段，高中前、大学和大学后、二十四岁基本停止写诗后直到三十六岁著作《发现唐诗之美》（后来的《唐诗小赏》《古诗小论》）。这三个阶段全都连续了他对文化理想的坚持和吟咏。只不过这三个阶段全然不同，高中前是一种痛苦的感受的吟咏，大学和大学后是一种极为高雅的咏怀体，而第三个阶段则是在种种困难中的励志诗，王子居诗风的豪放，主要是这一个时期最多。

　　一个诗人的一生，几乎主要都在吟咏一个看不见、摸不着、未曾实现的文化理想，这在世界诗歌史上都是没有的。

　　而这种创作，也给王子居的诗带来了一个前所未有的特点，也就是他的诗，必须几十首、百多首的串联起来看，才能真正明白、深刻体会他的诗意。

　　我们在《本书的读法》中讲到他的诗中常流露出对重新开始人生的渴望，也就是说涅槃重生是他脑中经常出现的一个词汇，而事实上，他对于诗歌维度的不断增多、进化，正是另一种涅槃重生。

　　如《十六岁词集》中的《才子痴》所讲"悲极痛彻，或许转无情。要参悟义机真理，从此向天涯"。各种心灵的忧苦并没有让王子居转回到学习考试升学的轨道上，他反而有了一种为了"参悟义机真理"，让自己自我放逐、流浪天涯去追寻自己文学或者说文化梦想的意识，并且他因为痛彻、悲极，因而渴望自己能变成一个无情的人，从而将这些忧伤痛苦悉数忘记。

而一年后的《涛雒将别》这首楚辞则更加明显地透露着这种决绝。

《涛雒将别》给研究者的一个重大意义在于，他显示了一种极度痛苦和极度绝决。在这首诗里，王子居写道"吾之情可以消兮以适性，吾之爱可以死兮以完吾志。"为了"将远行兮成乎伟业"，王子居宁愿自己情消爱死。当然，也许这只是因为高一时的焚诗之痛和三年间写诗与学业的矛盾令他太痛苦，所以他渴望自己情消爱死，以避免这种痛苦，像这种情消爱死的渴望，高中毕业后学业压力消失，也就不再出现了。

史上可有任何一个刚刚进入十七岁的人立下如此宏愿？且又如此绝决？对自己如此之狠、如此之残忍？

而更绝决的在他的《漠楼云》一词中，这首词里他写道"前生寂寞，今生寂寞，来生也还寂寞"，这种对于寂寞的勇于接受和勇于坚忍，就更加可怕了。他又写道"君子无疑事，赤诚此心直，休怕坎坷"，对于牺牲掉自己的学业、前途、未来而去追求一种"万载千年意"的志向，王子居提醒自己不要怕现在和未来的各种坎坷，但是考学压力事实上像是一座搬不开的大山，始终是压迫在他心头上的最沉重的负担。所以他讲"恨此身，偏在红尘间，余力不肯有消歇"，他觉得自己如此痴迷地追求那种"万载千年意"，似乎是身不由己，不由自己选择的。

为什么他要如此决绝，甘于情死爱消并忍受三生寂寞呢？在《涛雒将别》中他无意识间为我们提供了答案，这首用《易经》化出的难以复制的神作，讲到"吾情之简兮以为人事简，抱壮志而将行"，为了实现壮志，他必须简化自己的人生，从财物和金钱，到上面所提到的情爱，都必须彻底地简化到极尽，也即做出彻底地牺牲，因为他的壮志是"气候萧兮往已屈，吾究理以求来之信"，什么是"已屈之往"和"来之信"？那个时候他自己也不甚清楚，甚至在2014年他给我们讲这首诗时，他也没有讲明白这"已屈之往"和"来之信"。

他想象着未来自己"远友朋之欢哗而独思，静处兮换心之乾坤"，将自己心中所学全部更换掉，这是一种彻底的、改天换地的更换，是把我们每个人都承接的华夏文明思想、理论进行彻底的更换、革新。他想象着未来的某一天"万物之晦兮从吾眼内变,见云雾之破兮文明曝",天地万象、真理的晦涩忽然被打破,整个世界在他眼中变化为全新的认知,就好象笼罩中华民族数千年的文化迷雾忽然破开,真正的文明光明四射。他想象着未来的华夏文明会有一种彻底的大变革:"潜龙升兮,其道也革。神几变兮,其迹也异"。他想象着自己穿破思想迷雾的这一天"物境之幻兮不可观,骤乍身前之宏阔",他写那种一朝感悟的感觉"吾之觉兮欲穷宇。挥袖之卷纳千载耶,探手以牵星河。此境虽即逝兮亦无憾,吾之觉兮接天宇"。他想象未来挥袖之间,千年古文明尽在掌握,探手之间,宇宙的奥妙被揭示……

这种想要追求最高真理奥妙的想法,也抒写在他的五律《天海行》里"日常喜游荡,暗蓄鸿鹄声。大道心内解,抛开日月行",这首诗是他十五岁(高二上学期)的作品,可见早在高一时,他就有一种极其独特的理想和追求了。因为写诗而耽误了学习,所以作者心境是颇为矛盾的。从这首诗里我们看到,他那时对"大道"产生了兴趣,而且他隐隐觉得有一种超越阴阳矛盾之道的道理存在。他的诗名为《天海行》,这个题目非常阔大,他认为连日月阴阳之道也可以超越。

而在十四岁的另一首五律《登奎山》里,他写道"遥天集秀意,深宇寂无声。人与辉烂漫,山更水清清",他亦写出了一种神秘莫测的以最真之心与天地交流的境界。

他写对自己的信心"有道相待兮天则生我",他坚信在自己的前方一定会有道在等待着自己,他一定能追求到道(真理)。他写自己的坚定"地势之起落兮不更吾志",写自己的不受惑乱"琼瑶之芳纯兮若不见",他写自己的理想抱负"吾既生兮则为民而事,尽人之力兮为吾业",为了实现这个事业,他写自己的决绝"去吾之私兮以绝情,忆少年之情怀兮唯好梦。今方决绝兮而不恋,迅雷烈雨其何惊哉"。他要去一己之私,所以他少年的情怀(可能是他那段"四年悲苦深住"的爱情吧)以后只会出现在自己的好梦里。

在这首想象自己未来的前瞻式的诗作里,他想象自己未来可能遇到的困难，"惨惨思之长夜兮无可经纶，吾向日月而追求""恶水穷山之迂回兮，出其困其艰哉""龙出波兮其鳞痛，有道相待兮天则生我，吾浴痛兮而以前"。

事实上，自十四岁开始的漫漫痛苦也表现在《涛雏将别》写将来的人生想象的诗句中，如"惨惨思之长夜兮无可经纶"，这是王子居对未来自己求索真理的道路时一种迷茫无助的凄惨状况的预演，因为这种状况从他十五岁就已经开始了。

涅槃重生的
渴望和自我放逐

事实上，焚诗对王子居前半生影响很大，它使得王子居诗中除了悲观主义外，还强烈地存在着完美主义，他强烈渴望自己的诗能写得与众不同，而更重要的是，他经常想斩断过去，重开人生。

这种重启人生其实和他的文化理想是一脉相承的，如上面《写给诗》《囚笼》中所表现的解脱诗、复活诗，又如上面那首《咏怀》中的"要当脱魔障，还凭世界移"。又如他在1992年写的：

谢梁道士

旧意不可温，往事若浮云。难得梁道士，为我解古今。

炼诗止失真，人语世事纷。从此束薜筑，为我压诗神。

他甚至幻想着找个得道的高人道士为自己镇压"诗神"。

写诗乃至他的文化理想、追求与学业之间的矛盾令他痛苦万分，乃至在《涛雏将别》中他也表露了"新生"的渴望。

"临碧山水兮敛思而自问，将远行兮成乎嘉业。恰相得兮吾将舍之，抑敛情兮吾长啸。"他渴望远行求得新生、舍弃过去。《十六岁词集》中的《云想词》里这种想法表达得更明白、强烈："欲得青山新形容，乘风携云英。同游远处此难见，定可度别样人生。几个黄鹂归晚，一片舒喧无穷。"他想远离眼前的世界，到遥远的、全新的地方，去换一个另一样的人生。又如《望海潮》"出得层林流香，正黄昏时候，千里辉煌。江山入眼，痴恼皆抛，无限水阔天长。风把彩云张。多少春山春水，闲愁顿忘。点点情思，苒苒悠悠绕斜阳"，他幻想出了一个水阔天长没有痴恼的新世界。

事实上，这种斩断过去、重启人生的思想，是他后来写出诗演的一个重要原因。

野游

今日嗟叹高楼，凭窗泄吾幽怨。青山远，碧水遥，听鹂鸪。怕起无限愁，遂弃高楼去。

旧时山水与忆同，人仿旧时游。山不改，人已变，人已变，情未改。

这首诗看起来没有写到寂寞和忧苦，但事实上它所揭示的真相更加残酷，那就是当王子居以诗道追求、文化理想为生命的近乎全部时，他失去了自我，他的整个过去似乎被断开了。

所以他"人仿旧时游"，但却又"人已变"，纵使他渴望自己"情未改"，但事实上他在一些诗作中又矛盾地提到"吾之情可以消兮以适性，吾之爱可以死兮以完吾志"，究竟他是不得不与过去割断，不得不与正常的生活割断呢？还是他主动与它们割断？

霜天晓角·春誓

风促春寒，园篱新条倚。对云不应怀恨，这多天，忧惑里。

心郁绪狂激，厌事催人徙。自此征途何顾，愁苦抛，理想记。

这首词对他对道的追求写得是很明显的，"这多天，忧惑里"，他为什么而忧惑？显然是他梦寐追求的诗道了吧？而"心郁绪狂激，厌事催人徙"则写出了他的忧苦，"自此征途何顾，愁苦抛，理想记"，什么样的征途？什么样的理想？他渴望摆脱那种忧苦的心情是何期迫切。

思渺濛

寒风送雨晚来轻，一天井，满淋铃。稚愿从来空，思绪渺濛濛。谁用凄声哭砂曲，猛惹游情，就思早起，走向难名。

暗来心事浩无穷，独步长无寐，平静难成。不觉清泪出，对雨惜惺惺。

事实上在这首词里也透露着他渴望摆脱当下的心情，"就思早起，走向难名"，哪怕未来世界是未知的，他也愿意投入，只要能摆脱当下的痛苦。

他的这种自我放逐的另一面就是决绝的孤征，即便是《送春词》里的"倒算此别，春也还得意，挥洒渺姿，临万里行只微亡"，事实上也是一种远征的隐喻，这一联的远征隐喻是很明确的，是王子居很少肯亲自承认的远征隐喻。

殉道者的指喻

眸凝波

卿不见，一年一度东风来，一年一度人情变。眸凝春波，千里应同在。奈淹留困有情，沦落更使人消瘦。中道竟失，无成人更伤痛。漫多言，吾去也。

"中道竟失"隐含着各种意思，有为诗而耽误学业的追悔，有为爱情而迷乱本心的追悔，而无论是写诗还是学业，都"无成"，所以他"漫多言，吾去也"，逃避之心甚浓。

新酒词

靡睡不解深愁，狂呼难追旧旅。贪爱酒，把人事荒疏。望明月伤心，看孤云洒泪，心向斜阳，入寒山去。纵使萧条更苦，人随此恨到天涯。

总念当时永诀，泣烟柳黄昏后。久被迷淹情思，况秋暮几番游。残叶引悲心沉落，多扑簌向人间能何求。呼盏酒，要纵饮，却忆伊人含羞。

这首词的情绪很激烈，望明月伤心，看孤云洒泪，给我们带出了一派愁伤的气氛。而心跟着斜阳进入寒山，哪怕更苦，也愿意带着这人生的遗恨走向天涯，这种心理和感情恐怕就只有那个年纪才会有了。

泣烟柳黄昏后，写得很凄美，而残叶引悲心沉落，在意象上就写得很成功了。而多扑簌向人间能何求，则是完全的少年人的倔犟心态。下阕作者再度运用了他最喜欢的递进。当时永别，在黄昏后的烟柳下，他已经伤心不已，而这伤感长时间迷淹着他的情思，又何况秋暮的几次野游加重了这伤感。那萧萧落叶，勾起他的悲心，沉落下去，他无法忍耐此痛，于是要纵饮，结果却想起当年伊人含羞的情态，这一阕把相思写得算是很苦了。

这首诗的自我放逐的意象最浓，如"心向斜阳，入寒山去。纵使萧条更苦，人随此恨到天涯"，他愿意让自己的心寄托于寒山，哪怕那里萧条无比，也比现在要好，而且可以"人随此恨到天涯"，又且"残叶引悲心沉落，多扑簌向人间能何求"，他宁愿无任何愿求，只要能解除他当下的苦闷。

龙山

悲秋风

月缺朱槿落，又岂深情得无缺。悲秋风，不胜寒意，园下残阳如血。连山垂首，清流哀歌，心事与谁说。只愿征鸿，无忧向天涯，情可止漂泊。

这首词里王子居不但以情染景，而且运用了"物有情"的写法。山和水仿佛成了他心灵的化身，随着他的情绪而变化。应当说，这首似是只有半阕的词在意象的营造上是很成功的，所有的象都染了他深深的意。

而这首词里也透露了那种自我放逐或者说对将来孤独远征的展望，前面所有的句子都是灰暗色调，充满了沉重、忧苦、伤感，而最后一联则有一种祝愿，他希望自己的征途是无忧的，不要有漂泊不定的感情因素。

渔家傲·和李易安

清气良才吐珠玉，个中滋味谁清楚。堆怨叠愁墙外树，能几许，黄昏好阵青梅雨。

梦断魂销春残暮，写诗最恨前人句。风卷残萼心正苦，风不住，心花吹到天涯去。

写于十六岁的下阕，明显比后来续作的上阕要更愁苦，上阕写到极尽，也不过是"堆怨叠愁"，而下阕的"梦断魂销"配以"春残暮""风卷残萼"的意象，自然是悲苦到极致，而"心花吹到天涯去"也充满了一种心灵与精神的自我流放的决绝。

这首诗有一个特点，就是他连续用了两个托空入象，一个是当他自问道"堆怨叠愁墙外树，能几许"时，他不答而答，用"黄昏好阵青梅雨"来将"怨愁能有几许"的问轻轻掠过了。但这一句的意象里的"好阵青梅雨"以雨的绵密、大来隐喻地回答了"能几许"。

而下阕中"心花吹到天涯去"，也将整首诗中的"个中滋味""堆怨叠愁""梦断魂销""最恨""心正苦"等所有感情意绪，全都归入一个"心花吹到天涯去"的意象中了。

这种托空入象的手法的手法，他时常运用。如在《物华催》中他写道："人向中庭立，难采春来意。到晚空遥寒，鸿云青天际"，一个人静静地立在庭中，想要采取春来的真意妙谛，写成无上的诗篇，却始终无法成功，这种思绪难以排解，他还是用"到晚空遥寒，鸿云青天际"来表达那种莫名的、无法描状的感触。当然"到晚空遥寒，鸿云青天际"的托空入象，还需要结合全词才能真正深入地体会。

托空入象，往往用于无以言喻、难以表达、无法出口的感情、意绪。而王子居此诗中不止托空入象，还托象入喻。

对于托空入象，在《王子居诗词：喻诗浅论》里举例阐释较多，可以参考。

漠楼云

独向楼云，漠看金花落。黄昏夕日紫霞香，天涯海角都寻过，悲漠漠。起伏都有情，痴才终还在，何时高林独卧。

前生寂寞，今生寂寞，来生也还寂寞。恨此身，偏在红尘间，余力不肯有消歇。君子无疑事，赤诚此心直，休怕坎坷。似我又何人，天星独落魄。

前生寂寞，今生寂寞，来生也还寂寞。这哪像是一个十七岁的人所能发出的感慨呢？而高林独卧这种名士风流也被一个十七岁少年写进了诗里。

这种"三生寂寞"的自我放逐，加上"天涯海角都寻过""休怕坎坷"的远征展望，夹杂在"何时高林独卧"的疲倦感、怠惰感中，应当说这首词的内涵是极为丰富的，它的自我放逐和孤独的远征其实是一件事。

心灵的自我放逐和理想的孤独远征是一体的。

我们现在看当年王子居对于诗歌创作的痛苦，他可能就像现在的人戒网瘾、毒瘾、游戏瘾一样苦切。

龙山

寂寞苦旅

我们前面说王子居诗词中关于文化理想的作品占多数，而在他的四百多首诗里，流露出寂寞情怀的，恐怕要接近四百首，他的快诗委实不多。

十四岁王子居焚诗，所以如果说在十五岁之前王子居就有很深的忧苦，我们现在也看不到很多资料了，不过，从两千多首诗里幸存下来的那七首诗，就至少有两首是极其伤感孤独的：

青林

日隐江天际，霞映青光林。

水走尘烟下，缥缈人伤神。

晚唱山霞

霞江歌自悲，红灿心独寒。

染洗清秋林，哀梦倚云天。

比较直白的如"缥缈人伤神"，更孤独更悲伤的如"歌自悲""心独寒""哀梦倚云天"。

也许少年王子居对自己将来如同苦修士一样孤独寂寞的人生其实是一种心灵的潜意识选择。

这两首写于十一至十四岁的诗歌都充满了一种心灵的迷茫、忧苦和孤独。

而这种孤独来源于何处？其实不用我们去猜想，在王子居的诗词中时常流露。

漠楼云

独向楼云，漠看金花落。黄昏夕日紫霞香，天涯海角都寻过，悲漠漠。起伏都有情，痴才终还在，何时高林独卧。

前生寂寞，今生寂寞，来生也还寂寞。恨此身，偏在红尘间，余力不肯有消歇。君子无疑事，赤诚此心直，休怕坎坷。似我又何人，天星独落魄。

龙山

这首诗的意与象其实契合的不太完美，显然在《十六岁词集》这个时期，王子居对意、象、语言等元素与词牌的结合还很不熟练。

比如第一联的两句，就要分成两个片断来理解，金花是什么花？余力是什么力？显然金花是桂花，余力是王子居在三言二拍里看到的那些古代命运、业力的思想，这样的思想和词汇我们在他近期的诗作中是根本见不到的。其他如天星、疑事等造词，在他语言成熟后也基本见不到了。

不过从造境上来看，这首诗却又是很出色的，我们在《王子居诗词：喻诗浅论》中讲过的《晚唱山霞》里的那种天人合一的造境，这首诗里也有，它的前三联用金花的香气染尽黄昏、夕日、紫霞。只不过这首诗主体是直白的陈述，在意象造境上并未着力。

前生寂寞，今生寂寞，来生也还寂寞。这哪像是一个十七岁的人所能发出的感慨呢？而高林独卧这种名士风流也被一个十七岁少年写进了诗里。

除了宁肯三生寂寞的决绝之外，"似我又何人，天星独落魄"也写尽了寂寞，而宁愿三生寂寞的誓言，更像是他对未来人生的预感，或者说是他对文明追梦之旅的一种客观的认知。而事实上"天涯海角都寻过"的寻而未得，加重了这种寂寞，何况还有一个"高林独卧"的未来期许，也是充满寂寞的。

事实上，他在上阕里连用了两个独字，"独向楼云"既没有同伴，也没有看近景，而是与天上的飞云相对，在意境上其实是更孤独的。

我们上面讲的都是《十六岁词集》中的忧苦，《十六岁词集》的特点是伤而切，到了莱农时，王子居因为没有了学业的压力，他的诗中伤切少了，但隐喻多了。

无题

一片痴心势已休，情怀独抱叹好逑。

青春渐去留谁在，寂寞独听碧水流。

什么是一片痴心？显然是他的文化梦想和追求，什么是情怀独抱？显然是他的文化梦想和追求，情怀独抱意味着孤独的坚守。

而"青春渐去"，表达了对美好年华逝去的哀伤外，而他作为一个坚守梦想的人，只能寂寞地一个人听着那浩荡的春水（历史之流）。

殉道者的指喻

咏怀

孰奏广陵琴，东山有客归。余情成寂寥，方暖复阴回。

萌草绿围壁，生蛛网连楣。修篁水溅溅，寒石山巍巍。

独处应德至，一年响初雷。临望暮烟薄，野极春树黑。

如果说《十六岁词集》的伤而切是通过语言直接表达出来的，那么到了莱农时他的诗作在语言文字层面比较成熟了，直接切近的语言消失了，他的寂寞深意往往蕴含在他的意象里，如"萌草绿围壁，生蛛网连楣"，作为一象双喻境的作品，这联诗有双重隐喻，其中一重是他的独处，我们可以视为一种想象中的闭关，一个闭关中的人，草全部占领了墙壁，而蛛网连结了门楣，显示他闭关苦思的时间已经很久了。

同时它也隐喻着道隐没很久了，已经没有任何人光顾，所以它的门楣上粘满了蛛丝。

这种寂寞显然比《十六岁词集》中的那种苦切直言的寂寞要更深，因为这个意象配合前面的"孰奏广陵琴，东山有客归。余情成寂寥"的意象和典喻，就具有了历史时空的深刻感慨。

从第一联"东山有客归"后，他纯粹写景为喻，直到最后一联的"临望"，基本上没有人的任何行迹，也令全诗的寂廖感更加浓重。

清平乐

在林丛桂，正当春光暖。性里本来香馨重，只道穆风多远。

挺拔未有人怜，酷日狂雨无言。我似劲松方幼，何时咬定青山。

上阕以桂为喻，下阕以松为喻。这首词感慨时机未逢。"挺拔未有人怜"显然有一种孤芳自赏的意蕴在。

龙
山

松孤月·夜读

穿隙北风凛冽，思断残词半阕。室水已成冰，谁解夜寒难卧。

起读经书手难捉，灯照幽幽角落。危楼久坐寂无声，一棵枯松孤月。

上阕写苦寒，并写诗作不成，下阕的"灯照幽幽角落""一棵枯松孤月"从意境和意象上衬托了孤独，坐在这孤楼里，在这安静的夜晚中，一切都如同死了一般的安静，只有那枯松和那孤单的月亮陪伴着我。作者的这份孤单在这寂静的环境中显得更加突兀，可全篇却并未写一点自己的心情，其实却字字都在谈着寂寞，实在感人至深。

彩云

彩云忽逝万山空，东风悠雅扬柳絮。落梅笛声意未终，残花咬枝不肯舞。只在斜阳沉坠处，动闲愁还被闲愁缚。算春来春去春无数，名花瑰丽争为主。急摧新萼，空排老绿，谁善殷勤求春住。此情此景岁岁同，不惹万般凄楚。

莫爱孤独杨柳月，莫向楼台停伫。怕见绿袖红唇，怕听莺声燕语。太多芳华，太多美意，与谁言，太多恨，太多情，太多苦。纵梦魂疲倦欲归来，怕不识天涯芳草路。算怎么笑我，已把青春虚度。

这首《彩云》与《紫薇》《念奴娇·悼王国维》一样写于2000年左右，都是王子居意象流诗作的代表作品。

明月杨柳、楼台池阁、绿袖红唇、莺声燕语……所有这些美好的事物，都离得远远的吧，不要靠近，因为那一时的美丽反会因消逝而带给人长久的遗憾和忧苦。

我们只看到这么多美丽和芳华，这么多优雅的人意，看起来缤纷灿烂，只是，还有那太多的恨，太多的情，太多的苦，该与谁说呢?

就算是我在追求梦想的路上倦了，想要归来，想要投入你的怀抱，只怕我也找不到寻你的路了。笑我吧，笑我已经把青春虚度了。

失落和寂寞在这首诗里并行同写。

殉道者的指喻

死了

我在寻找
寻找
寻找
寻找什么呢?
我发现一切死了。

我走过平原，
平原死了，
我走过沙漠，
沙漠死了。
我翻过高山，
高山死了。

我涉过河流，

河流死了。

我游过大海，

大海死了。

我飞向天空，

天空死了。

我奔向太阳，

太阳死了。

我穿越宇宙，宇宙死了。

一切都死了，

只有我活着，

我空虚，

我恐慌，

我呐喊。

后来有个人叫梵高，

把我画进画里，

我很不满意，

但后来这幅画竟卖了很多钱。

后来有个人叫鲁迅，

把我写进文字里，

我很不满意，

可他居然成了名。

早知道这样，

不如当时，

连我也死了。

龙
山

　　《死了》这首诗，为我们揭示了一种最高的寂寞，那就是所有的一切
都死了，只有一个精神印象还存在。在这首诗里王子居泯灭了一切，只剩

下一种精神的彷徨和孤独，也就是通过空掉世界的所有，只突出一种精神意念，从而显得极其强烈。

梦中诗

数夜前得奇瑰之梦，即在梦中吟诗，醒来追忆记成，但不如梦中境界之奇瑰。

江海陷足下，天际标帆点。
客去千嶂叠，独对夕阳晚。

若写寂寞，此诗诚寂寞极深。

这首诗写的那种心境，不是高处不胜寒，也不是无敌是多么寂寞，而是一种旷世苍凉。

这首诗写的是极其孤独的感受，江海浩瀚天空辽远，船帆遥远而渺小，峰嶂如林，夕阳将坠，画面感很强，这一切景物的奇诡都烘托了"独对"这两个词，让人生出浩渺天地中无所归依的感觉。

陷字写立足处之高之危，江海奔流在山下，好像从高处陷落下去了一样，标字写天际之遥远及船行之缓慢，好像标注在那里不动一样。千嶂叠加，用来与独对两字作鲜明的对比。

梦中写诗，必然会有与现实中不一样的地方，因此梦中诗的风华自是逍遥精彩，与众不同。一句"独对夕阳晚"足已让这首诗成为精品，这最后一句就是化腐朽为神奇的点睛妙笔。其境悠远苍凉，不惊不怒中蕴含着极大的情绪，那种无奈和寂寥的感觉流淌于心，令人寂然。

事实上，这首诗是王子居的大小对的最好案例，上下两联，上句皆大，分别写出了阔大、绵远的意境，下句皆小，一个帆点、一个独坐或独立的人。上联还有一个远近对，足下的江海是近，而天际的帆点是远；而下联同时是一个多少对或者说是一个疏密对，上句是千嶂叠立的密和多，下句是一个人独对夕阳的疏和少，王子居通过对偶的升华运用，令得这首诗具有了一种神奇的境界，将远大和微渺、密厚和稀疏对立统一了起来。

殉道者的指喻

我们在解构王子居诗词的时候，经常说他的诗意绵密周严，要循环往复地理解，这一首也不例外，首联的意境之美妙，要在三句才能品全，因为江海深深的陷落在足下的意境，只有当人高高地立在悬崖绝壁之上时才能真正深刻地体会。

第三句的出现亦使上联的对比有了一种高下的对比，人是在高高的山峰之上的，而江海则是在足下的，如果这样讲的话，在这首《梦中诗》里，王子居用自然世界构建一个独特的精神世界，至少有高度的高低、距离的远近，以及构象的疏密，可以说把空间布局的要素全部运用上了。而在对偶之中的对比对偶这一修辞细分领域，这首诗达到了一联之中叠加三维对比，我们在王子居诗词中经常看到一象多喻，现在我们又看到了对比叠加的例子。

而王子居在这首梦中之作中，他体会到了一种无比的孤独，他立在层层叠叠的峰嶂之上，足下则是无边无际的江海，他向江海望去，空无一物，只有天际一个小小的帆点，他转身向群山望去，只能看到孤独的夕阳。

所以他只能远望天际离去的孤帆，独对千山外唯一的夕阳。

这首梦中吟就的诗作，写出了极致的寂寞，而这种极致的寂寞，在《王子居诗词：喻诗浅论》中讲的《咏怀·翠微》以及《死了》等诗歌中，都有一脉相传的神韵。

这首小诗比那两首不足的地方在于，它没有写到文化理想，也没有写到终极关怀的天人之问，它就是一首纯粹描写寂寞的诗作，当然，它的意境可能达到一种另类的抽象化了。如果说《死了》等抽象流是用一种抽象的精神状态来构画一个独特的精神世界，那么这首诗是运用空间构造的独特现象来显照出一种独特的精神世界，或者说王子居利用了人的精神与天地万象的感触、重合的现象来虚幻构建了一个独特的世界（见前章《诗演2：理之贯通与虚拟构境》。

八月十九日闲有思

络绎人间路，西风海曲云。有情疑梦幻，烦恼自家寻。

朱槿门前落，秋阴万户深。义真寻未到，山水自登临。

事实上，这首诗中除了"有情疑梦幻，烦恼自家寻"明确地讲烦恼和那种忧苦的虚无感外，它在象的渲染中其实也象征或映出了心灵的苦闷，如"秋阴万户深"，不正像他那阴郁的心情吗？而"西风海曲云"在浩大中也透露了萧瑟，它与"朱槿门前落"的秋花凋零组合在一起，是一种带着凄烈的心境。当然，它们象与情的联系不如"秋阴万户深"更明显，而即便"秋阴万户深"在表心情方面也是很晦涩的。

而这些苦闷烦恼的感触，王子居是只能一个人承受的，所以他只能"山水自登临"，一个人登山临水，一个人品尝孤寂。

咏怀

命运有诗魔，而今始觉知。朝朝春梦破，夜夜感时驰。
断肠犹未尽，风流已涌至。苦恼永相追，颠狂终来依。
顾自无所得，身心若已失。昧性若重网，层层裹愚痴。
想来人生促，频闻惕警急。要当脱魔障，还凭世界移。

此诗作于1996年寒食节，口占而成。诗魔，宋苏东坡以诗为魔，数次表示不再写诗，然而终不能舍。"断肠"喻情之苦切，"风流"喻爱之重生。"若已失"指身心困倦迷茫，若已失去。"昧性"指本性受蒙昧，变得痴呆。"魔障"指魔的覆盖、障碍，阻挡人求得真理之觉悟。

这首咏怀描写诗歌创作对王子居精神形成的困扰。

春烟

春烟罩村树，遥失海曲路。无风浸斜阳，有风迷万户。
独坐啼鸟晨，吹笛落花暮。惟解寂寥深，不知何所悟。

这首诗写他终日独坐，与风烟花鸟为伴，在寂寥无极中体悟、思维。

咏怀

世间贵同气，人生辕与辄。会佳即分易，契雅久难着。胜事人去远，

殉道者的指喻

芳情空自得。雁高信难系，鱼沉素未托。风动鸟相呼，琴声谁与和。意比云难测，愁随落花多。伤情恐见月，偷泪忍滴荷。枯翠翻疏影，香馨怎如昨。未必人生恨，肯同香馨歇。

这首诗充满了隐喻，"胜事人去远，芳情空自得"隐喻古代大贤胜迹不见，他只有空得其芳情；"风动鸟相呼，琴声谁与和"隐喻他孤身一人追索古道，无人相知。这些隐喻的同时，也体现了他深深的寂寞。

写给诗

诗呵，是什么原因，
将你逼上这举步艰难的境地。
是人们的嘲笑，世俗的喧嚣，
还是伪诗人那蝉鸣蛙噪般的声调。
是拜金主义者对你的困辱，
还是因为孤独无赏的生活太难熬。

我伟大的诗呵，
你到了这个地步，
将要像秋天的黄叶无奈时令而飘零么？
将要像披霜的寒蝉再无力振声流响么？

我伟大的诗呵，
你是到了乌江的项羽要抽剑自刎，
再没有拔山盖世的豪情么？
我伟大的诗呵，
你是那追日的夸父已经劳累无比，
空留下一片古林让后人乘凉叹赏么？

我伟大的诗呵，

你像那稽康所奏广陵散一曲终了，

没有人再记谱重弹么？

我伟大的诗呵，

你像那飞鸿远去，

空留下嘹亮的鸣声和华美的羽毛么？

我伟大的诗呵，

你老了，累了，要死了么？

那么多人为你痛苦，为你呼喊，为你呕心沥血，

竟不能使你重焕异彩么？

让那些无知戏笑的伪诗人，唱着聒噪无味，令人头昏眼花的葬歌么？

我伟大的诗呵，

你像是那西山落日留下黑夜漫长，

还有东海再出照射人间的明天么？

殉道者的指喻

我伟大的诗呵，

你险乎死过了多少次，

从那焚书的烟焰中都活转过来，

我相信你，我期待你，

我将在二十一世纪无比伟大的时代，

看你无比伟大的身姿。

《写给诗》从很多侧面写了古诗传承的没落，没落的自然是寂寞的，而坚守没落自然孤独。

事实上王子居并没有虚言，至少他在二十一世纪重新讨论了中国诗歌的两条路径，并写出了喻诗学的基础概念和理论。

紫薇

紫薇初谢月初秋，著地无声竞轻柔。香花美眷词中老，事业名山梦里休。
流水绕石悄然瘦，寂寞影人不了愁。寓言此意谁堪寄，长空碧海一浮沤。

　　虽然《紫薇》是王子居二十四岁时的作品，已经没有了那种苦切，但
"寂寞影人不了愁"依然透露着蚀骨般的寂寞，甚至这寂寞更深了，但它
不苦切了。

　　《紫薇》一诗在悄然寂静虚无月光流淌的叙事中，其实充满了更远
的寂寞，因为这寂寞与《十六岁词集》时不同，它是穿越时空的，是千秋
万代的，是天地万象共同构合的。这种寂寞无声、无言地消泯在历史时空
中，是千秋事业、日月轮回、天地虚空也如一浮泡消泯一样的寂寞，是真
正的大寂寞、大寂寥。

励志之作

非常惊人的一点是，在王子居数量并不多的诗作中，他的励志诗竟然达到了五十首左右，超过了他诗歌的十分之一。其实他的咏怀诗也多是以诗咏志，如果连咏怀也算上，他的励志诗或许达到甚至超过百数，达到了三分之一多。

当然，他的咏文化理想，咏寂寞，这些题材在诗中是重叠的。由于励志诗往往是豪放诗风，所以更多的励志请参看《王子居诗词：喻诗浅论》及2016年版的《王子居诗词》。

即便王子居后来没有了学业的压力，他还要面对人生更多的压力，比如生活、婚姻、财富等，所以后来的王子居改变了他以前的苦切、忧伤作派，他的诗变成了近似于战歌的形式。

无题

2011-8-16子夜散步口占。

> 大地无处称天涯，十年艰苦少还家。
> 只应龙腾胜虎跃，莫贪细雨润闲花。

显然这也是一首指喻之诗，上联写自己一生的艰苦，"无处称天涯"其实是一句暗示的说法，说的是自己已经将天涯当成了家，这是一种什么修辞手法呢？十年艰苦是直白的描叙，少还家是对这种艰苦的一种深入的描绘。

"龙腾胜虎跃"显然是指喻一种奋发向上的气象、一种不甘人下的意志，"细雨润闲花"则指喻或象征了一种舒适的闲逸的生活，这一联是讲诗人对生活的·种取舍。他宁愿忍受艰难忧苦，也要舍离细雨闲花，去争一个龙腾虎跃。

杂咏

狂风似欲起波澜，浪拍巨舰只等闲。

青松或许生摇动，高峰依旧耸青天。

耸，原为近，换近为耸，就把气势、骨力写了出来。

现在看来这是一首指喻诗，是对自己未来的一种拟想或者说直觉，狂风指喻了艰难和危机，而波澜则指喻了这项事业中的风波；而浪拍巨舰，巨舰却安之若素，则指喻了意志的不可动摇。而下联则进一步强化了上联的喻义，用青松和高峰做对比，青松在这种掀起巨浪拍打巨舰的狂风中或许会摇动不已，但那屹立不动的高峰却依然毫不改变地耸入青天之中。

这首诗通过各种现象来指喻一种坚不可拔、绝不动摇的意志。

咏志

漫漫人生唯向前，悠悠天道为谁全。英雄自古足忧患，才子从来多病难。

时化蛟龙搏瀚海，更变鲲鹏振长天。男儿已去平川远，不到巅峰誓不还。

每个人的诗中都会有挥之不去的个人特色，由字见人，想必诗人也是一个热血雄心的昂藏男儿，他不惧漫漫长路，他不怕悠悠天道，步履无惊，在不尽的挫折和病痛中向前，永不退缩，这是多么让人钦佩赞叹的情怀。

"英雄自古足忧患，才子从来多病难"这一联是这首诗的重要转折，是开篇的基调之后的释疑，英雄对应忧患，才子对应病难，这仿佛是一个宿命，也仿佛是一个人成才之路上的必经过程，就比如一件刚刚打造完毕的兵器，必须要经过冰水的淬炼，才能在磨砺之后锋利如电。而对于人来说，我们也需要这样的过程，让磨难来打造一个更加坚强的自己，在无限的苦楚中发硎。

蛟龙可击天入海，男儿也当如此。远方在向你召唤，既然你迈出了雄健的步伐，就不要在意各种各样的艰辛。"不到巅峰誓不还"是诗人的豪言，此言如同出鞘的利刃时刻悬在他的头上，激励着他永远向前，直到完成梦想，冲上巅峰。显然巅峰是一个借喻，只不过可能这个借喻已经被广泛运用成了形容词，不过这个借喻在这首诗里是特意指出来的，因为它的上联有平川二字，巅峰与平川是相对应的。

诗要比词的气质更昂扬，诗言志，词言情，所以有志男儿当多读诗，多写诗。诗中情绪最能感染他人，也能影响自己，久而久之，必然会让自己充满斗志，不畏艰难，自信且踏实地走完人生之路。

殉道者的指喻

理想和初心的幻灭

事实上，只要一个人想得稍微多一点，幻灭感和虚无感就会困扰他，尤其是当他想到"为了谁""值不值""有无意义""有何价值"时，他对一个纯粹的理想总会多多少少生起虚无感和幻灭感的。

哪怕仅仅对于诗词，我们在前文中已经有对很多幻灭感和虚无感的表述了。

王子居早期的诗词，无论充满多少忧苦、迷茫，即便有些禅诗也写人生无常，也有一些虚无感，但他从未失望过、泄气过，而在《龙山》之前的一个阶段中，他的诗词里竟然出现了理想和初心的幻灭。

而《龙山》是他一生中最高昂、最刚健、最阳光的作品，而这些悲情幻灭之作恰是伴随着《龙山》而有的，也许一个人有多高昂、多自信，也就有多悲伤、多绝望吧。他整个人陷入一种时而高昂，时而低落的难名状态中。

他最后一段时期的诗作，基本上都是以无题、有感做题目，是他已经懒得取诗名了，抑或是他已觉得诗歌无甚聊赖了，还是他的心已经冷了、倦了，我们不得而知，不过有一首诗倒很契合他写诗懒得取诗名的心境。

无题

千金一笑终还尽，鹏鸟冲天终亦休。

乾坤变化原无绪，人生到我复何求？

这首诗很明显是一个隐喻，只有"人生到我复何求"可能明确地表达了心态，一个无欲无求的人，是心灰了还是境界更高了？

思渺濛

寒风送雨晚来轻，一天井，满淋铃。稚愿从来空，思绪渺濛濛。谁用凄声哭砂曲，猛葱游情，就思早起，走向难名。

暗来心事浩无穷，独步长无寐，平静难成。不觉清泪出，对雨惜惺惺。

虚无感和幻灭感时时困扰着王子居，除了我们前面讲过的一些外，《十六岁词集》中的这首词中"稚愿从来空"就是对自己梦想的一种怀疑，这只不过是自己孩童般天真的幻想罢了，而"思绪渺濛濛"则用虚无缥缈的烟雨来形容自己思想的缥缈，而"走向难名"显示着他对未来、对自己的梦想毫无把握，在认识上完全是一片模糊。

独立在阳台的夜里（两首存一）

思绪像黄昏的灯火，

将一切照得低迷。

风中的将离，

香似伊人的气息。

微雨将繁喧换了沉默的柔情，

孤独的人只有自己怜悯自己。

倾听外面那欢夜的人群，

只有似水的黑暗将一切抹失。

青春的流光匆匆奔驰，

我不知淹留在何处，只知道自己满心的悲凄。

独立在阳台的夜里，

风雨打失了落花和愁意。

越是在正常生活中，他反而更加有一种失落和彷徨，因为他"不知淹留在何处"，这种正常的生活本应令人安心，但反而令他生起更大的不安。

因为离使命更远了，他满心悲凄，在落花风雨中迷失了自己。

夜感学诗无成又闻风作

里恨奇愁夜底声，敏觉细构竟无形。

呕心沥血销魂事，只在昙花一梦中。

这首诗在《王子居诗词：喻诗浅论》中有数千字的解构，讲了他的幻灭感。

因为有这种痛苦的幻灭感，所以就有了这一首诗：

谢梁道士

旧意不可温，往事若浮云。难得梁道士，为我解古今。

炼诗止失真，人语世事纷。从此束薛笺，为我压诗神。

就如同在《莫长嗟》中他虚构了一个盖代才子一样，在这篇诗里他虚构了一个梁道士。他希望这个梁道士为自己"解古今"，他感叹自己"炼诗"但却没有得到"真"（事实上《十六岁词集》足已惊艳千古了），于是想要"束薛笺""压诗神"。

面对一个少年难以承载的大任和因之而生的种种忧苦，他已经产生放弃的想法了。

在2014年，我们几个人注释《王子居诗词》时，对于大学以前的诗作，王子居不太让我们解释，说是他高中时的诗词写得很青涩、不成熟，并且他亲自批注说自己高中时的诗作青涩，文字不圆熟。他甚至将《十六岁词集》评价为淫词艳曲（十六岁词集固然是写了他少年时的相思和爱情，但更主要的是写他对文化理想的执着追求），因为太痛，所以尘封，他早已遗忘了十六岁时，他的诗词究竟写的是什么，甚至他都不愿想起。

事实上，王子居少年时代的诗词极其强大，在思想的独立独创上，超过他大学毕业后学唐诗和历代古诗而创作的那些作品，它们闪耀着更独特的光华，王子居不愿给我们讲他高中时代的诗词，仅仅是因为那段时间的他太忧苦、太伤感、太迷茫了。

想必那一段难以言喻的心灵之痛苦，就算终王子居的一生也要害怕的吧？所以他才不愿提起、不愿讲解那个时期的诗作。

可事实却是，饱受心灵痛苦折磨的少年时代的王子居，创作出了真正的喻诗，也创作出了即便他三十年光阴也仅能创作出两首的"一象多喻境"，为中国诗歌重开了另一重更高远更深密的天地。

299

在无量无尽的痛苦袭击中，王子居也期盼着自己能结束这种状态，所以他写了一些较为平淡、乐观的诗词，如《满庭芳》中他写道"细向小园寻觅，有诗意，极难入眼"依然是写他对诗歌的极限追求，不过情绪平淡了。他又写道"信挥开思惑，庭观安然"，这其实是他的一种期望，他希望自己心绪能平稳下来。他并写道"开心处，好生晴朗，休再怨春寒"，他想象自己开心起来，自己的诗再也不怨春寒了。

又如他在《彩云朝》中说"雅志临空，聊独立处，凭凝思，青青草"，他从痛苦的情绪中暂时摆脱出来，但却依然摆脱不了凝思，这首词里他还是忍不住透露自己的理想"演排多少风骚"，他对诗骚传统里的无数佳作演排，最后得出的结论却是，"总是春光最好"。他希望自己"人生当此无由，怎堪错过，三月彩云朝"，他在《云想词》里表达了想换个地方逃脱这种困苦的想法"欲得青山新形容，乘风携云英。同游远处此难见，定可度别样人生"，他幻想看到新的青山，想着乘风与天上的云英远去，离开这令他痛苦不堪的地方，从而开启完全不同的人生。他在《定风波》中说"惹下幽怨竟无穷，雅静，惆怅留与彩云洲"，他想安静下来，将无限的幽怨和惆怅都留在那彩云之下的芳洲里。

《彩云朝》《云想词》都写得很安静很柔美，而以此，也愈可见他痛苦之深了。

这种努力摆脱思想困境尤其是感情困境的想法，也表现在《木兰舟》中，他说"会向狂风间，倚岩聆相诉。软风细雨莫相狎，英思须立雄激处"，很明显，他隐约想到了一种英雄主义来克服他的这种矛盾和痛苦。

我们遍观王子居高中时的诗词，《十六岁》词集几乎全部都是描写他的爱情之伤、思想之痛的，所以王子居当时词名叫《拟断肠集》。

龙山

题断肠集
伤感为何事，倚恋为何人？
一段遐迩想，一个梦中影。

事实上，这种对那段时光之痛的深深恐惧，以及对那种坚守、执着的价值的怀疑，是王子居三十年中始终无法抹除的痛苦。所以在2014年出版《王子居诗词》时，他将这首诗作为《十六岁词集》的篇头。

倚恋何人，自然是写他那一段少年懵懂的相思，而何事，自然是他少年时那比天高的志向，那要堪破"万载千年意"的雄心了。

他的感觉依然是幻灭的，认为那不过是一段遐迩想而已。这种幻灭所带来的遗憾、失落，是我们所难以深刻体会的。

而事实上，这种幻灭和迷茫在他十六岁的诗词中就已很明确地表现出来。如他的《雁问》所讲"已是辰明何处飞"，对自己的方向就提出了疑问。

无题

千言万语共一心，此心只可梦中寻。

堕地泪珠还同水，微诚谁证假和真。

千言万语共一心，极写感情之挚烈，而此心只可梦中寻，却一下子将这挚烈的感情置于一种无有归依的凄凉无奈的境地。

千言万语，归为一心，而这心只能在梦中才能恍惚寻得到。虽然不言伤痛伤感，却将伤痛伤感写到了极致。

一个人无论是在痛苦中坚持，还是在战斗的意志和勇气中前进，都还不是最痛的，真正痛苦的是，当他开始怀疑自己的坚持是否有价值，自己的坚守是否值得，自己的梦想能否实现，这时候产生的幻灭才是最痛苦的。

事实上，当年王子居的心中之痛，可谓铭心刻骨，直到八九年后他续齐这因过度伤痛而无法成诗的残句时，他依然深刻地体会到当年的痛苦。

不过，他对于中国文化所抱有的执着、坚守，他谓为"微诚"，经历了那么多年的艰苦求索，他对自己的这种执着、坚守，感到是那么的微不足道，就连自己对它的虔诚，自己也无法表达（他的坚守从来没有人知道，又怎么可能有人来证明？）。

也许正是这种深度的无力感、幻灭感，令得王子居在二十四岁时又一次下定决心停止写诗。

301

殉道者的指喻

旅思

冷日远枝疏，啼鸟待寻无。残冰浮流水，层云乱山墟。

方寸羁学乱，归期岁月徐。儒生可轻误，休恃一床书。

事实上王子居在大学时多读史书，他当然知道"儒冠误身"的道理，从理性上来说，从现实上来说，坚持学问都不是人生的一个好选择，所以他才发出了"儒生可轻误，休恃一床书"的感叹。

咏怀

命运有诗魔，而今始觉知。朝朝春梦破，夜夜感时驰。

断肠犹未尽，风流已涌至。苦恼永相追，颠狂终来依。

顾自无所得，身心若已失。昧性若重网，层层裹愚痴。

想来人生促，频闻惕警急。要当脱魔障，还凭世界移。

此诗作于1996年寒食节，口占而成。诗魔，宋苏东坡以诗为魔，数次表示不再写诗，然而终不能舍。断肠喻情之苦切，风流喻爱之重生。若已失指身心困倦迷茫，若已失去。昧性指本性受蒙昧，变得痴呆。魔障指魔的覆盖、障碍，阻挡人求得真理之觉悟。

这首咏怀描写诗歌创作对王子居精神形成的困扰。

"要当脱魔障"显然讲的不仅仅是诗歌，还有着他的文化理想。

悔歌

秋风劲以摇落兮，惟黄菊之正艳。染其香以日醇兮，随其静穆而端严。摇百念之纷然兮，住正意之有闲。真善吾曾日远兮，大道吾曾弃捐。心常逐于外物兮，意久迷于淫乱。艳尊荣之人悦兮，慕多财之逞愿。似飘风之摧物兮，若流水之无闲。逝韶华而不珍兮，何美物其留恋。

吾曾登高而歌赋兮，欲天下之闻见。人皆自爱其所欲兮，欲求和其多难。奏软音以悦人兮，奈弃置而绝弦。欲教人以妙义兮，将自堕于高慢。植兰菊以为兄妹兮，思适志于田间。贪于素味之清香兮，何怒人之肉餐。若无意于四方兮，可求身之独善。营此身以无污兮，可忘苍生之多难。

吾曾慷慨欲济世兮，挽风云而纵横。安人民而乐志兮，尽天年而和情。渐思深而解悟兮，是皆施民而以刑。徘徨秋水之畔兮，观蛰虫之死生。日月与年世有长短兮，其死替则相同。纵菊兰之芳盛兮，皆非性之所凭。虽高名与大业兮，是皆不能久用。落花之入流水兮，将随行而不静。欲自主而独立兮，奈慧力其未成。吾将日以精进兮，虽生促而不终。

这首楚辞依然是一种人生思想的总结，同时是一种情绪的抒发，它分别讲了老庄和儒家的思想，也杂有法家的功利思想、佛家的出世思想、古人的隐逸思想，对这些思想理念都做了一些思考。这首诗承《离骚》的传统，整首诗用喻，意象契合，格调高雅，思想深刻，非常具有品读价值。

"真善吾曾日远兮，大道吾曾弃捐。心常逐于外物兮，意久迷于淫乱。艳尊荣之人悦兮，慕多财之逞愿。似飘风之摧物兮，若流水之无闲。逝韶华而不珍兮，何美物其留恋。"

这几联描写了作者的反思。对于我们这些在红尘中挣扎前行的人，谁又能时刻抱持真善和大道呢？我们的心逐于外物，不得宁静，我们的注意力被世间的淫靡奢华所吸引。我们羡慕尊贵荣华，因为只有这样才能被人认可，满足我们的虚荣心。我们羡慕富有，因为只有钱才能让我们为所欲为。这些外界的诱惑就好像强大的飓风摧毁沿途的树木一样摧毁我们的真善，它们对我们的诱惑就好像流水一样从不间断。在这种对外物的贪求中，年华逝去。

303

殉道者的指喻

"吾曾登高而歌赋兮，欲天下之闻见。人皆自爱其所欲兮，欲求和其多难。奏软音以悦人兮，奈弃置而绝弦。欲教人以妙义兮，将自堕于高慢。"

这四联写作者想要改变周围人的庸俗生活，但却不被理解。吾曾一联，是指高调的宣扬，人皆一联，是指众生各安所欲，都不想改变自我，让我们想起老子的"下士闻道，大笑之。"奏软音一联，指实行方便，投众生所好，可结果却同流合俗，最后一联是反思这样不行，道不可与，自己是不可能因为觉得道珍贵，就去奢望他人也能来体会的。

这四联也许有着知音难求之慨。

"植兰菊以为兄妹兮，思适志于田间。贪于素味之清香兮，何怒人之肉餐。若无意于四方兮，可求身之独善。营此身以无污兮，可忘苍生之多难。"

于是作者决定无为无污，过一种安宁平淡的生活。可忘，原作莫忘，两者意思相反，这两种选择也是作者内心的矛盾。以菊为兄，以兰为妹，操守可谓是高洁了，当然这只是他的一个梦想，注定难以实现。

这四联就到了道家的无为自然的思想了。

"吾曾慷慨欲济世兮，挽风云而纵横。安人民而乐志兮，尽天年而和情。渐思深而解悟兮，是皆施民而以刑。"

这三联写的是一种对自己济世情怀的反思。可能是作者被正统教育浸染很深，所以读了老庄之学后对一直以来的正统思想产生了一种质疑。

"徘徨秋水之畔兮，观蛰虫之死生。日月与年世有长短兮，其死替则相同。纵菊兰之芳盛兮，皆非性之所凭。虽高名与大业兮，是皆不能久用。"

这四联是对自己一向的济世利民之情怀的继续思考，这种思考是老庄式的思考。在这里，他从蛰虫的死生而联系到天地万物的死生，顿觉纵使菊兰般的美德，也不足为傲，高名大业，也不过转眼即逝。

以上七联都有着功业的虚幻感。

"落花之入流水兮，将随行而不静。欲自主而独立兮，奈慧力其未成。吾将日以精进兮，虽生促而不终。"

落花一联，写人世的浮沉不由自己，欲自主一联，写自觉智和力都不强大，想要独立自主很难。最后一联写为了追求这个目标，将会努力奋进，一生不止。

虽说这首诗中间有着动摇、否定，但最后他还是说"吾将日以精进兮，虽生促而不终"，不管什么功业不功业，自己至少要把人生的真义给搞清楚了。

有感

前有路，后无峰，怎攀登？英雄壮志悠然花月对春风？

高寂寞，浅孤寒，已无愁。听得门前风紧卷叶声嗖嗖。

衰躯倦，枯心冷，甃早秋。只问尚有余生可愿再漂流？

"悠然花月"与"春风"相对，显然是一种美好的人生境界，是一种安然的、舒适的、甜美的人生，它与"英雄壮志"联系起来显然是隐喻着一种人生选择的痛苦，这种痛苦与之前那个隐喻是紧密联系的，即前路和后路，因为"已无峰"，故无可攀登，而无可攀登的英雄还能够做什么呢？也就是"花月对春风"（脱出自李煜词"花月正春风"，不过这里是象征和隐喻同运，当然它还是用典）了吧？

而"高寂寞，浅孤寒"显然是形容人生境界的，经历过较为肤浅也是现实写照的孤寒，也经历过人生高境界所必然伴随的寂寞，人生如何呢？已经没有任何事能让诗人发愁了。可是这一阕的末句显然又将境界回溯到了寂寞、孤寒的境界之中，虽然他已经完全摒弃忧愁等情绪了，可是门前呼啸的秋风在"紧"卷着树叶并发出强健的嗖嗖声，这嗖嗖声在提醒着他生的现实，那就是最后一阕的"衰躯倦，枯心冷，鬓早秋"，从人生际遇上来说，多年经历的困苦艰难令得他鬓发早白，而身体则是衰而且倦，心则已经枯而且冷，人生高处的寂寞和浅处的孤寒、一颗枯冷的心、衰老疲倦的身体、早就霜白的鬓发，这些现实对应的是门前吹卷残叶的秋风。"门前风紧卷叶声嗖嗖"紧紧对应着"悠然花月对春风"，既是对意境的构造，更是对人生的隐喻或象征，两种截然不同的人生，一种是英雄壮志敢攀登的寂寞、孤寒、衰倦、枯冷、鬓发早秋，一种是"悠然花月"对着和畅的"春风"，即便"前有路"，还可以走出去很远，可是他已经鬓发早秋，且枯心已冷、衰身已倦，该怎么选择？

所以最后一句的借喻（漂流）十分明显地写出了一种人生抉择的痛苦和无奈。

由于是口占，这首诗的意境只有"悠然花月对春风""门前风紧卷叶声嗖嗖"，但它依然意境与心境紧密合一、两种人生境界紧密交织对比，有路无峰的英雄寂寞与后面的寂寞孤寒、秋风卷叶以及衰倦残躯、枯冷初心、早秋鬓发的凄凉孤独的远征（漂流），紧紧围绕着世间的"悠然花月对春风"（仅此一句描写），将一个为理想继续远征的那种强烈的寂寞、孤独、凄凉、衰败、无力的形象不着痕迹、不

305

殉道者的指喻

用力量地刻画了出来。

这首诗是他在病弱饥饿的逆境中发出的绝望的呻吟。

以上是我们在《王子居诗词：喻诗浅论》中的解构，我们在《龙山》中本来是不重新解构王子居诗词中的艺术技巧和艺术之美的，但我们在最后一遍通读时忽然发现，这首口占的《有感》其实给我们展示了一种诗歌的新的范式。

在《王子居诗词：喻诗浅论》里我们讲：

这首口占的曲子其实在修辞格上是很高维的，比如"前有路，后无峰，怎攀登""高寂寞，浅孤寒，已无愁"两联，它们有隐喻（亦含象征）、排比的辞格，同时它们还有对比的辞格，因为有与无、路与峰、高与浅，都是对比，所以它是一个同运隐喻（亦含象征）、对比的排比修辞格。

事实上与情景交融相近的一种修辞叫映衬，王子居讲他的诗歌的时候通常喜欢讲理、性之维，而不喜欢讲情，所以我们也常常忽略他诗词中言情的艺术成分，情景交融和映衬很相近，首阕的"花月对春风"对上联是一种反衬，二三阕是一种正衬，但他的映衬中又有隐喻、对比、排比、象征等辞格，他其实是在隐喻中顺道实现正反映衬。

如果说在修辞上他运用了以上修辞格，那么在笔法上他又为我们展现了另一种全新的思路。在《王子居诗词：喻诗浅论》中我们解构过王子居提出的"托空入象，托象入喻"，这种笔法一般用在末联，而在这首诗中他为我们展示了这种笔法的升级版，即他通篇都是用托空入象（二阕）、托象入喻（一三阕）来写的。

当我们把视角停留在托空入象这个概念的时候，我们发现不了什么，但我们忽然想到了它其实是起兴笔法的反用，起兴比法是先写象、后写人，而这首诗是先写人、后写象。

如果说起兴的内核和本质是象+人，那么王子居给我们提供了一个全新的思路，那就是人+象。

他将唐人早有的托空入象，发展成了另一种全新笔法，就是和风骚传统中见物起兴完全相反的一种笔法，即托兴（人）入物（象）的笔法。也即他先描写人事、抒发感情，然后通过象来强化、丰富、深化这种感情（映衬、对比、排比属强化辞格，象征、隐喻属深化辞格，由于对比和映衬都是具有正反相对的哲学运用，所以事实上它们在辞维中很容易同运，而象征出自隐喻，所以它们在辞维中也很容易同运，而映衬辞格与笔法中的情景交融很相近，所以它们也很容易混一、同运，王子居诗词中这样的例子有很多），令这种感情充满自然现象的美感，在这首诗中他是通过多种修辞来实现的，而在其他诗歌中他运用托空入象这一笔法时，也有其他的笔法，应当说，他其实已经为中国诗歌在这条路径上的发展给出了各种方法和技巧。

当他将托空入象的结尾笔法升华至全诗时，他其实就为中国诗歌开创了与诗骚传统中见物起兴的笔法相对等的另一个全新的诗学世界。

我们无法在浩如烟海的古诗词中去寻觅是否有古人也用过这种笔法，但这种笔法形成为一种全新理论，是由王子居实现的。

王子居在《古诗小论2》中讲中国诗学的两条路径，事实上他的喻诗为中国古诗词开创出了很多条全新的可以去走的路径，比如这首《有感》为我们揭示的与诗骚比兴传统完全对等的一种相反路径。

如果说起兴路径中国古诗词走了一两千年之久，那么即便当代诗人数量很多，那么这种兴托（寄）的路径至少也能走个几百年。

而且起兴在古代的运用最高不过是比兴+意象，而王子居为我们揭示的可是有更多、更高的维度。这些方法和维度，足够诗人们探索、运用一段时间了。

无题

来是偶然去决然，东风遗泪百花寒。
花开可知凋时恨，花落何恋盛时鲜。

岂堪泣血生枯木，那得心誓挽无缘。

湿露承花花承泪，水逝风歇春不还。

这首诗十分悲苦，整体隐喻，写了一种文明之花谢尽，孤守之情如泪（湿露）承花，而花又复承泪的悲伤之境。"水逝风歇春不还"显然是写了一种文明逝去的绝望。

无题

函谷青牛（浮海微槎）道无地，后夜涅槃佛非时。

洗耳高士智逃智，饱腹愚人痴抱痴。

庄子蝴蝶梦中梦，摩诘山水诗外诗。

良匠袖手观断指，日上三杆睡起迟。

这一首诗整首都在写绝望，他通篇典喻同运，首联写道之不行，二联写智者避世，愚者执迷，三联写妙境难见，四联写自己只应睡到日上三杆，极为消沉。

无题

少时狂志气冲天，今日华章判古贤。

弹剑啸歌诗一首，今文古卷忽卅年。

夜雨江湖拼酒醉，春风侯馆入琴禅。

世事如烟人如梦，风萍沧海意微澜。

这首诗上阕昂扬，下阕低沉，他用"世事如烟人如梦"来隐喻自己一生，用"风萍沧海意微澜"隐喻自己的文化理想、存在价值。

无题

真空妙有两无情，梦幻虚花渡此生。

岂因成败生啼笑，不为因缘乱古风。

无常世事烟云散，有业微躯竭死诚。

　　百代千秋万古论，沧冥宇宙一微萤。

　　梦幻虚花显然是被用得快泛滥了的典喻同运，用烟云散来比喻世事无常显然也是一个常用的比喻，这首诗的隐喻在末联，哪怕是能传千秋万古的大论，也只不过是沧冥宇宙中的一粒微弱的萤火。

　　这最末一句的喻义何在呢？是喻万古长夜中的一丝光明的伟大或悲壮？还是喻人类文明的微不足道？两种截然相反的喻义，似是兼而有之。因为伟大或悲壮可对应"有业微躯竭死诚"的执著，微不足道可对应"无常世事烟云散"的无奈。

　　事实上，王子居的这种无力感是经常在诗中抒发的，如《紫薇》里的"长空碧海一浮沤"，个人的渺小与历史时空、沧冥宇宙的浩瀚形成强烈的对比，而就在这种强烈的对比里，"香花美眷词中老，事业名山梦里休"，可以说这首《无题》的对比更强烈也更多，像"无常世事烟云散""成败生啼笑，因缘乱古风"，"有无两无情""梦幻虚花一生""百代千秋万古之论不过一微萤"，整首诗都是运用的强烈的对比构成的。而这种巨大的反差所构成的迷茫、失落、无力，共同构成了一种对人生的深深的怀疑。

殉道者的指喻

无题

　　浅塘孤月碧荷残，惊蝉凄弱柳风寒。

　　客旅只觉身心倦，何处青山伴长眠。

　　这首诗是王子居诗词中独一无二的一首，因为其实王子居也不过和我们无数人一样，有着各种弱点，比如他一直担心如果我们把他的诗全讲清楚了会令他骄傲，从而"江郎才尽"，又比如他担心如果把喻诗的奥妙、技法全讲透彻了，诗人们包括他自己会"著相"，在他看来，一个人应该凭心动，也就是感觉来自然地作诗，而不应该靠一系列的技巧来"著相"地作诗。也就是说诗最好是自然而成，不要过多地运用成熟的技巧，即便运用技巧，也应该在潜意识中运用。

这首诗就是他特意地运用喻诗技法来试验一下如果"著"了"相"，诗会如何？事实上这首诗相当的完美，上联描景，下联舒情，情景交融很自然，而上联的隐喻和象征也很自然。但这要分谁看，即便放到盛唐的七律中，它也是非常完美的一首诗。但王子居却觉得自己"著相"去写诗后，诗就真的"著相"了，因为他用的形容词太多，上联的浅、孤、碧、残，下联的惊、凄、弱、寒，都是一句四个形容词，在他的诗歌里，这样密的形容词运用显然是一种"著相"，古人传统的技巧运用得太频太密了。

不过从这首诗的多维来看，他"著相"后依然能写出多维诗境。

而这首诗如同他近几年的诗一样，透露着一种倦怠已极的悲凉。

一个人客旅二十年，耗尽心血追求一个梦想，快要实现了，却发现自己身心俱疲，甚至很多时候都渴望一处青山，以使自己长眠，不再劳累。这首诗是一句比一句递进，一句比一句意绪更强烈的。

当然，这首诗也继承了王子居诗风中一贯的统一、绵密，上联取象全是秋象，无论水渐浅的池塘，还是枯残的荷叶，抑或凄弱的蝉声和拂过柳条的寒风，都是典型的秋象。

而王子居那八个形容词显然是一种严密的、巧妙的组合，写出了孤寒、衰弱、凄伤，这是典型的意象流，而它又是很明显的隐喻和象征，它的每一个象都象征了客旅之人。但偏偏，王子居把它写成了情景交融，他写了一幅客旅中的画卷，而客旅中人似是触景生情，他只觉自己身心倦怠，想要找一处青山长眠。

当然，依我们对王子居的了解，他不会是触景生情，而是运用隐喻，因为他根本几年都没怎么下楼，上联只不过是他想象出的意境。

何况这是一首特意试验用喻诗技巧来创作的喻诗。

作为一首口占的诗，能有三两维的维度，也还算可以吧，它至少证明了"著相"地运用喻诗技巧，也一样是能写出喻诗来的。

指喻之维：一象多喻境

垂緌饮清露，流响出疏桐。

居高声自远，非是藉秋风。

一象多喻境的发展轨迹

在《王子居诗词：喻诗浅论》中已经讲过一些一象多喻的案例。

事实上，我们能从早期的《十六岁词集》中看到王子居逐渐地将多象多喻合为一象多喻的诗歌进化历程和轨迹。

他的《十六岁词集》事实上相对来说还是比较复杂的，因为他在一首诗中，往往将爱情之伤、学业之痛、诗道探索之苦、文化理想之忧一起来表达，因为他的思想感情及感受、感触，都是一起发生的，而不是分阶段各自发生的。

我们很少在古代百字内的短诗或词中见到这么复杂的感情内涵，古人诗歌里其实很少见爱情，个人的爱情更加少见，而古人诗词人，爱国情怀、民族情怀的诗词虽不是主要部分但总是有，而关于文化传统的诗词就更少些，比如李白有很多诗，但关于文化传承的就只有"大雅久不作，吾衰竟谁陈"等少数。

而对古人而言，爱情与爱国情怀显然是很难交汇的，而爱情与文化情怀相交汇也一样不太可能，但这一点对现代人来说就不是问题了。

而王子居在《十六岁词集》中经常有映衬、情景交融、意象隐喻等笔法，而意象隐喻与爱情之伤、学业之痛、诗道探索之苦、文化理想之忧等交叉得多了，他的意象隐喻就会将爱情之伤、学业之痛、诗道探索之苦、文化理想之忧逐渐合并，将之一体同喻，于是就有了一

龙山

象多喻，而单句或单联的一象多喻发展到最后的整诗一象多喻，就有了整诗一象的一象多喻境。

这是我们在王子居诗词中找到的唯一合理的、逻辑的解释，能说明他一象多喻境的由来，目前为止，我们找不到另一个推理思路。

在《王子居诗词：喻诗浅论》和《殉道者的隐喻》一章中，讲过了一些案例，如：

题断肠集

伤感为何事，倚恋为何人？

一段遐迩想，一个梦中影。

这首诗总括他的《拟断肠集》（《十六岁词集》），"遐迩想"即他的文化和诗学梦想，"梦中影"则指他的单恋，但似乎亦可指一个梦想。

伊人泣

秋风里，伊人伤泣已无闻。纵有情，奈不能见卿花靥。春光转头空也，为我早已息。心痛方绝，你莫憾，行穷思变是何人，吾已终无念。

眸凝波

卿不见，一年一度东风来，一年一度人情变。眸凝春波，千里应同在。奈淹留困有情，沦落更使人消瘦。中道竟失，无成人更伤痛。漫多言，吾去也。

小园秋

小园秋已深，徘徊圆月明。才向斜阳，说自古少年壮志不言愁。愿与卿把心事勾销，漫虚抛年少，从今梳洗不为我。

这三首词共同的特点就是他在抒发感情的时候，是将爱情、人生一起抒发的，而且都是以情衬情，或者以象为喻。

上一章《殉道者的隐喻》里，很多诗词都同时讲到了爱情之殇和思想之痛、追求之苦，在同一首诗或词中同时讲到这些感受，其实已经是一象多喻境的雏形了，差别只不过是从一首诗中同时具有爱情之殇、思想之痛、追求之苦，变成在一阕之中、一联之中乃至一句之中同时具有爱情之殇、思想之痛、追求之苦，而在一句一联之中同时具有爱情之殇、思想之痛、追求之苦的象，就是一象多喻，而反过来，再将这一句的一象多喻扩展为整首诗以一象贯通多喻，就是整首诗的一象多喻境。

对于全心全意追求诗歌极境的王子居来说，这显然是他早晚都会发现并且一定会努力做到的事情。

而任何一个不追求极境的诗人，都不可能尝试去将一首一阕的诗意，压缩进入一联一句之中。

而正是王子居追求极度凝练的极境，所以他才不断努力将诗意进行极限压缩，由于他将不同维度压缩到同一个象中，从而有了更多维的诗境。

但事实上，这只是可能性很大的一个在逻辑上没有问题的推理得出的路径，而事实上王子居得出一象多喻境还有其他路径。

我和她

……

我把她背在背上，

飞在天空，

飞在无数个维次，

那一个个世界叫做幻想。

我把她抛进字符里，

她被肢解成无数片，

每一片都有她的灵魂，

每一片都是一个完整的她。

她是音乐，

她是舞，

她是歌，

她是梦，

她是诗。

……

《对比喻的颠覆性运用》一节讲了王子居对比喻的运用是与现代修辞学的比喻完全相反的，这个相反除了在本质上的根本相反外，在各种形式上都是相反的，比如这首《我和她》，王子居运用的是现代修辞学中的博喻，是用多个喻体形容一个本体，但我们只要将它反过来，就是一个喻（喻体）形容多个所喻（本体），也就是一象多喻境。

也就是说，王子居其实很容易从现代修辞学中的博喻里得出一象多喻境的诗法，因为毕竟他在小学时就已经从大伯父王均怀的藏书中对各种修辞、文法都了如指掌了。

事实上，《鸿》就是一个一象多喻，只不过它所多喻的事物很密切，很接近，从而混似一个所喻罢了。

指喻之维：一象多喻境

一象多喻境的明确点醒

王子居诗词中的一象多喻境尤其是其文化隐喻真实不虚，其确证主要有两个：一，同样用隐喻，古人的隐喻作品中解构不出来文化隐喻及一象多喻；二，王子居诗词的局部隐喻作品中经常透露出文化隐喻；三，王子居诗词中有一象多喻境的明喻。

明喻自然要比隐喻明确得多，因为隐喻毕竟要解构出来，而明喻则是十分明确的。

事实上，当我们对一象多喻境苦思很久而不得其要的时候，我们突然在王子居的词中发现一象多喻境其实在他的词中早就讲得很明白了，在2014年注解《王子居诗词》时，我们确实对王子居的诗词完全没有读懂。

如他的小词《杜啼血》：

杜啼血

杜啼血，白莲憔悴芙蓉弱。远离别，心事终难说。向晚风里哀词莫复因我吟。怨梧桐雨，滴滴总动情，从晚到天明。

心意且消磨，山水不相得，人事催思发。呀，恰便似六月狂风催骤雨，风吹雨彻真无情，直打得满腹忧伤一腔深情争零落。

透露天机的是下阕，下阕的一个特点是什么呢？是他有三种感触：心意消磨、山水不得、人事伤感，而他很自然地用了一个比喻来比喻这三种感受，那就是人生风雨将自己的复杂感受和情怀打得纷纷零落。

正是因为这三种感触是同时存在的，因此它们是重叠的，它们有着共同的特点（喻的相似性），所以可以用同一个比喻来描绘。

这是一个非常明确地将一象多喻境用明喻写出来的案例，它使我们研究、弄懂王子居的一象多喻境变得清楚容易了很多，因为王子居的一象多喻境基本是隐喻，而这个则是明喻。

但事实上，它是一象五喻的，因为满腹忧伤（对己）、一腔深情（对人）也是"六月狂风催骤雨打落花和叶"这一喻体所比喻的本体（见《不一样的明喻》）。

而事实上，最后一联的比喻其实是从整个上阕延续下来的，无论是照应落花的"白莲憔悴芙蓉弱"还是"梧桐雨"一夜不歇，其实都是最后一联的铺垫。那么第一阕的离别、心事都是最后一联所喻的一部分。

《杜啼血》里的一象多喻境，是在诗前展开叙述、描写，然后最后一句用一个指喻统概，它的次序与前面讲的总纲喻恰恰相反，是一正一反的用喻之法。

事实上，王子居用明喻给我们透露出来的一象多喻境还有，如前文讲过的《采菱曲》：

指喻之维：一象多喻境

采菱曲

东风舞漫轻灵，水云流去匆匆。别对黄昏，思想愁容。

早来暖风二月晴，四月旅难成。倚念人情，也如花生，应会此时逢，却落寒雨中。

最后一联的比喻其实同时比喻着旅难成、水云流去。

事实上，除了《采菱曲》中的这个双体喻外，《从明喻到指喻》

一节中讲的《咏怀•我师》《咏怀•世间》里的总纲喻，也是一象多喻的明喻。

它们与现代修辞学中的博喻恰好相反，博喻是一个本体、多个喻体，但一象多喻恰好相反。

通过明喻更容易理解一象多喻境，而当明喻写成隐喻后，整诗的一象多喻境就实现了。

而我们现在归纳喻诗的这种在整诗上的一象贯多维，我们总结出两个要点，第一个当然就是用指喻作诗了；而第二个也很简单，就是给各个维度找到一个结合点，如《啸傲行》《涛雏将别》的结合点是艰苦卓绝的追求和探索，而下面所讲《菩萨蛮》《最后一页花片》则是以失落、苦闷、孤独的感触和坚持的精神为结合点，而《咏怀•孰奏》则是以共同的修炼与沉浮作为结合点。

《杜啼血》《采菱曲》是以明喻运用的局部一象多喻，它们是与整体一象多喻境的《菩萨蛮》同一个时期出现的，这更有助于我们的理解，因为王子居是同时用明喻和隐喻进行一象多喻境的创作的。

由于诗演是较一象多喻境更高的层次，所以我们将《啸傲行》《涛雏将别》《咏怀•孰奏》等主要放到诗演中去讲。

龙山

一象多喻的文化
隐喻1：《十六岁词集》

　　若是不将王子居的诗词全部从整体上解构，那他的诗永远也不会有人真正读懂，比如他一象多喻境中的文化隐喻，是看不出来的。

　　我们在《殉道者》的指喻中，其实已经片段化地讲了一象多喻尤其是王子居诗词中的文化隐喻了。

　　王子居诗词中纯粹的一象多喻境似是不多，而由于纯粹的一象多喻境往往是只有意象隐喻，绝不透露半点本体信息的，所以当我们解读起来时，我们有时候会考虑是否果真如此？

　　比如说《菩萨蛮》里的文化隐喻，如果不是同期的其他词里经常出现这种隐喻，我们就根本读不出来它有文化隐喻在其中。

　　那就让我们先看看这同一个春天所写的词中到处都有的文化隐喻：

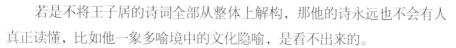

送春词

　　怎剪云裳对春舞，杨柳争姿，细乱莺燕语。人寂寞，汉唐才子归何处，杳杳追无路。杜宇低飞声惨苦，平添幽叹：人事如川草，千载同荣枯，让春思如许。

　　想并得山水胸怀，却闲愁恨，早晚写难除。怅觅真意，不觉群华，风轻吹送去。心在失言处。倒算此别，春也还得意，挥洒渺姿，临万里行只微仁。

"怎剪云裳对春舞"，起得高妙，而作者潇洒，春也很潇洒，她挥洒渺姿，轻轻一伫，就毫无留恋地走了。

这首词应当是王子居第一次叩问宇宙人生的作品，问道之心与情与景很好地进行了结合。对春舞，是与春交通的意思，而问汉唐才子，观人事，叹千载，修胸怀，觅真意，别春光，一系列的情怀与杨柳莺燕、杜宇川草、群花春风交织在一起，为我们构成了这首独一无二的词作。

事实上，2014年我们虽然解出了这首词的部分丰富之美，但没有意识到它的隐喻。它的文化隐喻透露于以下几句里："汉唐才子归何处，杳杳追无路"是隐喻自己的文化文学造诣和追求的，它并不仅仅是如我们2014年解读的知音难寻那么肤浅，它隐喻的是远望古代高峰而不见的文化追求；而"人事如川草，千载同荣枯"是隐喻人事无常、理想虚幻、价值几何的；文化理想或文化追求写得更明确的是"想并得山水胸怀""怅觅真意"，这两句一个是写修身、一个是写求道（真理、真知），基本上将古代文化中的人生追求都写到了。

当我们将这些文化追求和理想理清后，我们就能读出其他相关句子的隐喻了，杜宇低飞声惨苦，王子居用了低飞和惨苦二字，显然是衬托、隐喻、象征自己在追求"汉唐才子"之境界的过程中的苦恼的，而"人事如川草，千草同荣枯"的因"杜宇低飞声惨苦"而发出的慨叹同样是一个隐喻。

这个时候我们回头看第一句"怎剪云裳对春舞，杨柳争姿，细乱莺燕语"就会发觉它其实也是一个隐喻，"怎剪云裳对春舞"与"杨柳争姿，细乱莺燕语"是一个典型的对比，它是极高追求与世间之美的一种对比，"怎剪"意味着并无良策，而剪云裳对春舞显然是一种不可方物的隐喻，它隐喻着极高极雅的理想追求。

"怅觅真意，不觉群华，风轻吹送去。"这是一个明喻，但它关联比较复杂，它用风吹落群花来隐喻真意未得，同时它也是上阕中的"杨柳争姿，细乱莺燕语""汉唐才子归何处""人事如川草，千载同荣枯"的再度隐喻。

"倒算此别，春也还得意，挥洒渺姿，临万里行只微伫"这最后的隐喻更加难以捉摸，它可能是用春来反喻自己今春还可以，写诗有了进步。

这首《送春词》其实已经开启了王子居用春、花这两个意象来隐喻文化理想的诗路。

事实上这首词已经算是一象多喻境，因为它整首诗都是以春为隐喻的，虽然说它不是通篇同喻，而是分喻、合喻并有，但却已经是一象多喻境的雏形了。

莫长嗟

看溪川流不住，同长游独无语。君是才质双极，春是声色晴佳，比诗奈无绪。君绘月柳烟花，我写残垣颓壁。苦难和，无共处。

往来迹烟渺，前行无力。草树纷披石乱地，人事太伤心，旧迹今何觅。海云风变君兴起。君知否，男儿胸襟非无泪。共猜疑，谁解破，万载千年意。

君富雅志文华，援笔即超越，风流胜古人。桃林到潭边黯碧，思深更觉愁苦。草长时与君契，却偏离去。尘世于君无志，怕说些仁义事。莫言志，莫言志，一言志，便使人泣。

321

这首词里透露出文化追求与理想的有"君知否，男儿胸襟非无泪。共猜疑，谁解破，万载千年意""尘世于君无志，怕说些仁义事。莫言志，莫言志，一言志，便使人泣"，其中的"胸襟""万载千年意""志""仁义事"都透露着一个全心全力追求古代文化至高境界的少年内心中的执著之痛。

"君绘月柳烟花，我写残垣颓壁"显然是一个隐喻或者说象征，它上句是写人生的幸福美满，下句是写追求的枯寂荒凉。而"人事太伤心，旧迹今何觅""往来迹烟渺"一脉相承地透露着"从书寻千古人意""汉唐才子归何处""群芳竞去"的伤感。

"往来迹烟渺，前行无力。草树纷披石乱地""桃林到潭边黯碧""草长时"显然都是写的一种黯然伤神的意象，它们自然也都象征着、隐喻着一种追求不得、意绪纷乱、思想痛苦的人生处境。

连山低

从书寻千古人迹，问讯风流，苦学彩笔，到而今，写不了相思。目远春黯，向何处看足云曦。紫燕来时欢飞，引愁人意。

美景纷呈罗绮，错落屋宇，乱林掩门，农人依稀。目断连山低矮，流水浅岸鱼栖。心被风吹碎，乱叶残声里。

"从书寻千古人迹，问讯风流，苦学彩笔，到而今，写不了相思"，已经透露了词的主旨，即对文化梦想的苦求，作者这样感叹着，我想从千古历史中那些仁人义士处学习，叩问他们的无限风流，苦苦学习立言之道，可现在却写不了那相思（连简单的爱情也写不好，更何况千古才士之风流呢？），却绘不尽你的样子，在情爱中迷失了正途。

彩云朝

谁扫净萧条，换万里云天妩媚。些入神处，任人寻找。涌泻不尽，流华年少。群芳竞去，怎生强留，一笑皆过了。雅志临空，聊独立处，凭凝思，青青草。

演排多少风骚，总是春光最好。看不尽，青山多少，碧水多少，更有风华多少。漫多情，招烦恼，将楚峡巫苑云抛。人生当此无由，怎堪错过，三月彩云朝。

作者在词中开始写自己的感悟，他已经开始思考宇宙人生，但这首词里他还很模糊，比如他说些入神处，是指那能令心感悟的事物，他在这里与自然交感。涌泻不尽，写时光和英物及美好之物的一种奔涌的状态，而群芳竞去则是与之相对，天地的繁盛之后必然面临萧条。而作者呢，他雅志临空，在他独立的地方，青青的芳草似是凝著了他的沉思。

下阕则写要珍惜眼前的美景。演排多少风骚，这一句颇有深意。"更有风华多少"是承接上一阕的"群芳竞去"的，这里的群芳竞去显然是与《送春词》中隐喻汉唐才子的群华、川草是同一个隐喻。

只不过，这首《彩云朝》中没有像"汉唐才子归何处，杳杳追无路""人事如川草，千载同荣枯""想并得山水胸怀""怅觅真意"这类的点出隐喻之本体的句子，也就是说《彩云朝》从《送春词》中那种明隐相间的文化理想、人格追求之喻，过渡到了纯粹的隐喻。

霜天晓角•春誓

风促春寒，园篱新条倚。对云不应怀恨，这多天，忧惑里。
心郁绪狂激，厌事催人徒。自此征途何顾，愁苦抛，理想记。

这首诗写了追求理想的痛苦，是直白的叙事。而这个"征途"，除了学业高考外，显然更多的是他的文化理想。

秋无岸

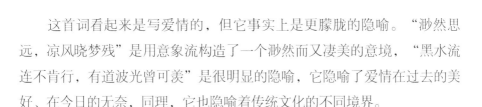

渺然思远，凉风晓梦残。黑水流连不肯行，有道波光曾可美。
惨淡江山，秋色应无岸。伊人声悄芳尘歇，笑笑流光独凭栏。

这首词看起来是写爱情的，但它事实上是更朦胧的隐喻。"渺然思远，凉风晓梦残"是用意象流构造了一个渺然而又凄美的意境，"黑水流连不肯行，有道波光曾可美"是很明显的隐喻，它隐喻了爱情在过去的美好、在今日的无奈，同理，它也隐喻着传统文化的不同境界。

"惨淡江山，秋色应无岸"似乎是意象流的妙句，但它其实更是隐喻，它既是隐喻爱情的惨淡，更是隐喻传统文化的惨淡。这一点在后来《念奴娇•悼王国维》一词中有相同的用法"雪乱云重，天地渺，那有幽兰芳树。欲望江山，但空平芜，魂梦托何处。"不过《念奴娇•悼王国维》的隐喻更加明显，它用幽兰芳树来隐喻古代才子、古代文化精粹，用但空平芜来隐喻当下的文化状态，而"雪乱云重，天地渺"的意象与"惨淡江山"是类似的，"但空平芜"与"秋色应无岸"是类似的，所以当我们从《念奴娇•悼王国维》中十分明确地读出文化、理想的隐喻后，再来看《秋无岸》，就能体会出它的隐喻了。

漠楼云

独向楼云，漠看金花落。黄昏夕日紫霞香，天涯海角都寻过，悲漠漠。起伏都有情，痴才终还在，何时高林独卧。

前生寂寞，今生寂寞，来生也还寂寞。恨此身，偏在红尘间，余力不肯有消歇。君子无疑事，赤诚此心直，休怕坎坷。似我又何人，天星独落魄。

《漠楼云》里的文化、梦想也是全部隐藏的，它透露出来的句子如"天涯海角都寻过""何时高林独卧""余力不肯有消歇"，诗人寻的是什么呢？显然是前面那些词里透露出的文化梦想。这几句不如《送春词》中"汉唐才子归何处，杳杳追无路""人事如川草，千载同荣枯""想并得山水胸怀""怅觅真意"透露的那么明显，但它透露的却十分确定，因为不以文化隐喻来解，这首词就没法解。

龙山

王子居的诗词意象+隐喻+多维构成，如果没有喻诗学的基础理论作为指导，要比李商隐的诗朦胧难解得多了。

当我们将同一个春天中他写的从明喻到隐喻的文化、理想之喻理顺后，我们再来看他纯粹整体隐喻的一象多喻境《菩萨蛮》，就不会难以置信了。

多象多喻的整体多喻境

在《王子居诗词：喻诗浅论》中讲了部分一诗多象的多喻境。

无题

来是偶然去决然，东风遗泪百花寒。

花开可知凋时恨，花落何恋盛时鲜。

岂堪泣血生枯木，那得心誓挽无缘。

湿露承花花承泪，水逝风歇春不还。

与《咏君子兰》相同的是，这首诗也是整体以花为喻，不同的是，《咏君子兰》通篇只有君子兰一个象，而这首诗里花与其他诸多象产生联系，从而构成了结构上更复杂的整体隐喻。当然它主要是东风和花两个象，但由于"岂堪泣血生枯木""水逝风歇春不还"这两联多了木、水、春的象，使得他离王子居对一象多喻境的一象贯通到底的要求偏离了一点。

这首整体指喻的诗所指之事比较模糊，似乎写的是人生之大悲，从首联看来，它写的是人生的聚散无常或者说一种无奈的诀别（不是离别），而这个离去的主角是东风，他偶然来了，花儿开了，但他又决然地去了，于是百花寒。如果说这是指喻爱情，很妥贴，如果说这是指喻人生际遇，也很妥贴。这是一个可以理解为一象多喻境的指喻。

二联就比较明确了，但它依然是一个多指向的隐喻，因为开和落写的是盛和衰，它既可隐喻事业的盛衰，也可隐喻爱情的得失，它亦可隐喻人生的盛衰，它可以隐喻得意时、失意时……

　　第三联比较简单一些，无论是"生枯木"还是"挽无缘"，都隐喻一种执著之心，欲挽回不可挽回之人、之心，欲挽回不可挽回之事或者欲成就不可成就之事。

　　第四联的隐喻也较明确，就是讲东风散尽春光不还后花的执著。东风和春、水虽然逝去，但春尚留了湿露承着花，而花儿则承着露（泪），最后一联是所有美好事物都逝去空留最后一丝执著的挽歌。

　　而这种失去与执著隐喻的是什么呢？爱情？理想？抑或是初心和人格操守？抑或是一种文明及文化衰落的哀歌？

　　这些心境兼而有之。

　　这首诗在字词的凝练上也值得揣摩，如偶然与决然的关系其实写出了一种宇宙人生的哲学感悟，即我们所有的际遇都是偶然的幸运，但所有的失去都没有任何余地，所以才如枯木、无缘一般难以挽回。

　　"湿露承花花承泪"是一句循环诗，因为泪即是露，东风用自己的眼泪（湿地的露珠）承载着凄凉的落花，而凄凉的落花又无比珍惜的承载着东风的眼泪（湿花的露珠）（对于露与泪的写法，请参考《露与泪：真正的合一只有在指喻之中才能实现》）。

　　这种在一句之中实现两个象的循环，我们目前只看到这一句。

　　这首诗无论在意境上还是在"湿露承花花承泪"的艺术手法上，都与《最后一页花片》一脉相承，只不过这首诗写得更加凄惨，是一种泣血的悲凉，较之《最后一页花片》中那种从容淡漠的忧伤要强烈得太多了。

春水流

雨涨春流没浣石，冲荣生气感心知。

万花纷落拥红去，寂寞人间多少时。

此诗写于1995年毕业前，题于宿舍墙上。万花纷落，可能指的是作者念念不忘的唐宋才子们，也可能指的是这两年学习的时光，万花拥红而去可能也喻指同学们毕业后各奔西东。

赏析：春水漂流，岁月悠悠，离人总把伤怀愁，旅客常因寂寞瘦。在春水蔓延的时候，你我又在哪里？又有什么会陪在我的身边呢？作者望着这一片春景飞扬，心绪却是静如湖泊的寂寞。

一场春雨过后，河水没过了石头，这蓬勃的生气让人感动，春风吹来，吹落了花瓣，散落在河水里，汇成一股生机勃勃的流水，滚滚东去。这人间的寂寞不外如是，在面对着这胜景的时候，却无人分享，无人相伴。

评者偏爱"万花纷落拥红去"这一句，一句就道出了春日的美丽和绚烂，实在没有更好的语言来写这落红和流水了，怎样将春的种种有机结合是一大难题，可在作者笔下轻描淡写的就为读者勾勒了一幅春日图，这落花一点也不凄凉，相反却是热烈的、热闹的、激情的，但这种激情越浓，就越加倍地反衬了万花流去后的寂寞，令随后的寂寞更加蚀人心灵，以动衬静，以景入情，感人之余更添了许多思考的空间。而作者的独到之处就在于，在离别的前夜，在仍相聚的时候感应到了日后那深深的寂寞。

以上是在2014年的时候，我们对这首诗的理解，不过时间到了2019年，王子居已经正式出版、更多发布了他的喻诗学，我们才明白了王子居诗中的指喻，什么是"寂寞人间多少时"？显然这个人间多少时是历史的时光，王子居的春流喻的是文化和文学在历史上的流逝，而万花则是历代的那些才子们。

其实我现在倒更爱他的"雨涨春流没浣石"，读起来似乎没有什么深意，但就是感觉这一句才是这首诗中最妙的句子。

后来终于悟到，它的妙处只有体会下一句"冲荣生气感心知"才能读明白，它和"万花纷落拥红去"一样是个指喻，雨涨春流所指喻的可能是王子居对自己苦苦追寻的文化精神，他的心感知到了一种古代文明的生机，古代文明之流在他的心灵之中涨了起来。

在我们看来，这是王子居喻诗中的"一象双喻境"，既喻人生时光中

指喻之维：一象多喻境

难免之分离，又喻他对文化精魂的追求探索，因为这两种情怀在那个时间是同时具有的。

无题

一片痴心势已休，情怀独抱叹好逑。

青春渐去留谁在，寂寞独听碧水流。

实际上王子居用青春之逝隐喻华夏古文明于秦汉时的断代断层，在他的词中是经常出现的，我们前面讲过的他《十六岁词集》中经常有这种用法，它用青春隐喻文明或文化或诗学最好的时代，而青春的渐逝自然就隐喻最好时代的远去，而"留谁在"的隐喻显然是指向了他自己的孤独，他当然希望有一个知音或志同道合者同行，但他没有，于是他"寂寞独听碧水流"，这流淌的碧水显然是隐喻文明的历史长流，而不是他跑到一条河边怀念着一个文明的最好时代。

"一片痴心"显然是讲他对文化理想的执著，"势已休"显然是对二十世纪八九十年代西学思潮大兴的一种哀叹，而"情怀独抱"显然他依然坚持，"叹好逑"自然是隐喻着他渴望这个时代有很多与他一样的人。

同王子居的许多诗词一样，这首看似是吟咏爱情的诗，其实是隐喻着华夏文明和他的文化梦想，因为我们如果不以此来解，这首诗的二三两句是解释不通的。

鲁冰花

鲁冰花，鲁冰花，点点泪，在天涯。灿灿桃红深院内，人不愿还家。

不还家，不还家，飘零苦，任风沙。我唯能对春风笑，黄昏暗愁发。

这首诗虽然写得很苦，但它象征着一种精神，即天涯孤旅的不悔精神，这种精神体现在"在天涯""不还家""任风沙"上，而三个"不还家"顶真、排比连用，更是象征了一种孤独的精神的、文化理想的远征。

当然，这首诗还具有爱情隐喻，它作于莱农，但王子居是把它选在

龙山

《站亭集》里的，所以它事实上是一象多喻，还隐喻着爱情。《莱农集》《站亭集》的喻诗，大多都隐喻精神追求和文化理想，所以这首诗中的爱情，是在精神追求和文化理想的孤旅中出现的一个美好事物，所以它们一体同喻，是个典型的一象多喻境。

而鲁冰花、灿灿桃红、风沙、春风、黄昏，都是隐喻与象征同运。

事实上，这些一象多喻的诗词除了核心是文化理想外，它们其实都有精神境界或思想境界的隐喻。

如果我们要细分，就可以将它们分离出来作为一维，如果不细分，它就归属于对文化理想的追求里的心境或感情、感触。

咏怀

孰奏广陵琴，东山有客归。余情成寂寥，方暖复阴回。

萌草绿围楣，生蛛网连楣。修篁水溅溅，寒石山巍巍。

独处应德至，一年响初雷。临望暮烟薄，野极春树黑。

这首诗的一体贯通主要体现在，"广陵琴""东山客归""余情"都十分明确地隐喻了文明或者说文化的传承，而后面的德性修练的隐喻，则是与华夏古文明一脉相承的，是以华夏古文明为核心贯通的，所以它们事实上是一体贯通的两个本体。

因为它们是一体贯通的，所以它们也就一体进行，对华夏古文化的传承、感悟过程实际上也就是德性修练的进程，而这个过程亦即是华夏古文明涅槃重生的过程。

所以说它事实上是对民族的文明传承、个人的文化理想和探索过程、个人的德性修养过程一体同喻的整体三喻境。

这首诗里面，对道的描写与对景象的描象合一了，因而它事实上是一种一象多喻境。

"广陵琴"是失传的绝响的意思，属于典喻同运，什么是失传的绝响？显然是自秦汉断代的华夏古文明，而"东山客归"也是一个隐喻，古人有"孔子登东山而小鲁"、谢安石隐居东山、五祖弘忍东山传法（东山法门）的典故，又有王阳明的东山书院，所以这里的"东山有客归"显然有着文明之道、文化传承的隐喻在其中。

非常明显的一点是，王子居合诸东山之义，取其共同特征文化思想和传承，而以之为喻。

这首诗无论在境界、格局、意境、情操等各个方面，都要超越一象多喻境的《菩萨蛮》《最后一页花片》，但偏偏它在一象多喻境的层面不如那两首那样圆满和谐。

王子居以前是没法讲他的诗歌所达到的神秘之境的，因为他并没有创作出他从十二岁时就已经念念不忘的那个"理想"。

而我们现在解读他年轻时的诗作，我们才更为之惊艳，因为他年轻时的诗作，在境界格局层面是远远超过汉唐的文人诗的。

在2014年我们在《王子居诗词》中是这样解读广陵琴的：

首联可谓是诗谶，作者也不曾想到他以后会不断吟咏东山，并真地以写书为事业。广陵琴：嵇康临刑时从容自若，索琴对日影而谈，叹曰："广陵散自此绝矣！"则广陵散，即是生命之绝唱，亦是不再之绝唱，此广陵琴则喻法义及道，或言德行，而孰奏两字，则指不知由谁人重演绝响，下句则给出答案，有客游之人归于东山，他将会重奏绝响。或者可以这样理解，有人重奏古之上妙绝响，吸引得东山之客归来。

我们那个时候并不知道，"广陵琴"指喻的不仅是生命之绝唱、不再之绝唱，它与下句其实是形式上不求严整的互文，"广陵琴"与"东山客"结合，更是民族之绝唱、是真正意义上已经湮没了的整个华夏古文明。

我们那时候讲东山，是这样讲的：

东山有客归句，或者是自拟，东山出处很多，最早可见《诗经》，是《诗经·豳风》七篇诗中的一篇，这是一首思乡之作。

比较有文化象征意义的如孔子"登东山而小鲁，登泰山而小天下。"

更有禅宗五祖弘忍大师住持东山寺，开创东山法门（当然那时候王子居还没有涉猎佛学，他只知道孔子和谢安的典故），所以此处的东山，指道德行处，或者说是道场，或人或地，未须实指，首句孰奏广陵琴，则是法言引人，此言东山客归者，则是返本归源，从尘世迷途回归精神净土之东山，使思想获得重生之寓义。

王维的诗里面有"遂令东山客，不得顾采薇"，这里的东山是归隐之所。李白也写有"所愿归东山，寸心于此足"。历史上以东山用典的诗篇不少，如明程本立"陟彼东土山，惘然思谢安。"

明朝又有东山书院，书院遗址现存两方王阳明《大伾山赋》石碑，赋文后均有题跋。雍正、乾隆《续浚县志》（又称"曾马合志"、"曾志稿"）载："东山书院即阳明书院也。今改为禹王庙。"东山其实和龙山一样，是一个重名度很高的山名，各地可能都有，而这种广泛分布的山名，一旦融汇意义甚深的喻义，因其分布地域的广远，就更有特别的意义，我们从王子居十八岁的这首诗的东山之喻，再看龙山之喻，想必会对他抽象哲学的整体贯通构境会更深一层理解，因为他这种抽象构境的笔法，其实在他早年的诗作中就有伏笔了。

其实王子居对我们讲的非常隐晦，王子居给我们提了几个指喻，如德行归处、学术道场，但就是没提到他的文化理想，直到他创立出喻学，我们才明白早在王子居十八岁的时候，他其实就已经意识到真正的华夏古文明早就已经湮没在历史的尘埃中了，所谓的"广陵琴"，其实是指喻真正的华夏文明传承已经断绝很久了。而"孰奏"这个疑问则很明显的是问谁能将已经断绝在历史长河中的华夏古文明传承重新接续？

同"直接明月照琴台"的"琴台"一样，这里的东山是合典而运，因为"萌草绿围壁，生蛛网连楣"是喻隐居、修行，而修行本质上就是德行归处，另外如"独处应德至，一年响初雷"也是形容孤独隐居而修砺德行，而其中亦有孔子"登东山而小鲁"之典中学识眼界的隐喻，这两联都是将孔子之喻和隐居之喻同运的。另外"修篁水溅溅，寒石山巍巍"也是德性的象征及隐喻，也就是说事实上这首诗在合典而运的层面上，它是将

331

指喻之维：一象多喻境

两个典故的喻义并运的，而"孰奏广陵琴"隐喻失落的华夏古文明，其中自然也有学术道场的含义。亦即王子居将古代的东山典故汇合而化用，抽象出学术道场（孔子）、隐居、修养德性的至少三重喻义，并在诗中一起运用。

"东山有客归"这一句写的是多么的闲散、悠然、从容、舒缓（是整首诗都被刻意地写成了这种舒缓从容的气韵），可它背后的意义，却又是那么地伟大。

恐怕任何人都不会相信，一个三十三重天的大诗人会说没有把握的话。

这首诗写于莱阳农学院的大讲堂上，在1994年初夏的雨中。作者心有所感，但分别不清，这首诗所表述的意义，或许超出了作者的构思。咏怀，是魏晋诗人阮籍生平诗作的总题，这类诗的特点是抒发感触，古朴文雅，格调较高，这是作者写的第一首咏怀体，目前为止也是他的巅峰之作，是他最得意的作品。

读此诗有两事，一解老子寂兮寥兮之旨，二解易经观象之旨。

此诗意趣幽深玄远，若无慧心道眼，实不能解其境界。于王子居诗中可算是最为深刻古朴的一首。读来语并无奇，但悠远幽深，卓绝尘响，虽然写的是世间气象，但其意思，显然不是红尘间物！而其诗的气韵，融汇了晋和唐的闲雅，汉和魏的高古，又有春秋的士之风貌。

读此诗须知二事，一者求悟道之心，二者《易经》之象征，此诗隐约以求真义为里，而以易象为其表，在易象的表象外面还有山水风景一重表象。

若不解易象者，则只见此诗为写一枯寂荒败之景，如夜里观花，但觉其影，不见其形，若解易象而无求义理悟大道之至心者，则只见种种象征而不能明解其趣，尚还如雾里看花，朦胧而已。

另此诗殆由天成，非能强作，作者时年十九岁，此诗成后，爱不释手，玩味其中意趣，亦有愈思愈深之感，成句之时，未必晓了。

由孰奏广陵琴一句，则有第二联的余情成寂寥：已经逝去的高人或

龙
山

许有心有情于未来，但法音随人而尽，对于世间凡夫而言，他们的生命感悟，他们的情怀，最终归于寂寥。

由此归句，则有第二联下句方暖复阴回。阴回，天气转冷之意，方才初暖，阴气复回，此喻修德进而复退，退而复进，反反复复。

第三联意象甚佳，一片荒败寂寥之下，苦思苦行之迹，现于纸上，足见修德学习时专注用功，以致心无旁骛。而虽然是荒草围壁，却也在荒败中透出一点绿色的生气。

第四联也是比喻象征，竹性清凉，寒石也一般冷硬，依旧是一派荒凉景象，但水溅溅一象，则是生机初显。竹石喻思想之未化，流水则是初破牢笼之象。

而竹之通，石之坚，也未必不包含作者的指喻在其中。通过第三联所象征的苦修，终于从第二联的方暖复阴回所象征的进而复退，开始从寒冷中有了生机的流动。

第五联初雷，表德行如雷一样昭示，初，表德刚刚建立，初雷者，一年中万物复苏之象（请参考《易经》中的震卦），此句则接上句水溅溅，表道德之心，此时已苏。独处，则是第三联气象之因，由独处思道故，蛛网连楣，由此专注故，德应春雷。三四五联的象征都有相同的特点，那就是在枯败的大背景下透出一点的生气，以此指喻东山客归（精神之回归）的开始（这开始是不易的）。

第六联本来写于1992年，是孤句，比此诗他句早成三年，但作者信手拈来，却也恰到好处，此句意思幽隐，恰合诗中结句之趣，此处展望远处，春野尽处，树色莽莽，还是初春气象，但树黑一词，则见生机莽莽（内蕴），是其妙处。

此诗意趣与景象浑然一体，若人不解实义，但读风景，则其所画初春气象，也较有特色，于冷寂、荒败之中，点透出如许生机。

意与境如一，殆非人力，乃神作也。

子居禅诗，不减王维，道意入诗，不后应物，由天纵也。

其他的例子如《啸傲行》在下章中讲解。

借喻里的一指多喻

三月三十一日读史夜感

老旧弃去已蹉跎，不息新生尚多磨。

必平百岁无为恨，肯破层霄决天河。

龙
山

我们当时对这首诗的评论是这样的：

时隔太久，作者也记不住老旧具体何指，应是笼统的指陈旧的一切，具体些则应指向旧制度，新生应指新中国等新生的一切，具体些则指向新中国。当然也许这新生是他的自指，老旧则是指逝去的或无益的人，第三句写得很果决，第四句写得颇有些壮怀激烈。我们可以从中感受到他强烈的爱国之情。

事实上我们理解的不对，因为在王子居的喻文字体系里，指喻本就是一喻多指的。指喻能够一喻多指，那么诗歌中自然也一样可以多指，这正是"一象多喻境"得以产生的理论基础。这一首诗中的老旧、新生自然可以指向很多。它既是指国家政权，也指文化、还有清末人士和自己（或新时代人杰），这正是王子居喻诗学的妙处所在。老旧和新生本就是指喻，当然可以无限贯通。王子居跟我们说"应是笼统的指陈旧的一切"，是因为那一年，喻学远没有出世，喻文字的理论体系当然也没有出世，他虽然知道那是种指喻，但鉴于我们难以理解，他不愿花费时间解释指喻，于是就那样对我们说。而现在喻学和喻文字的理论体系全部出世，我们对他诗歌的理解也就重新开始了。

所以，这个老旧和新生涵盖了一切，上至国运，下至个人，不论是国家沉浮、人生命运、文化思想……统统都涵括在这两个词里，这是王子居喻诗学的强大之处，即喻诗学对修辞方法中指喻的运用，使得诗歌从简单的描物绘景、叙事抒情，进步到了可以凝练、浓缩地概括总结一个世界、一段历史，而这仅仅需要两个"象"而已。

王子居的喻诗学贯通古今万象，当然不会仅仅如上面我们所说这样简单，不过，十六岁的王子居能做出这样的喻诗，足已惊艳千古了。

王子居是喻诗学的创立者，这首诗也运用到了喻的手法。除了老旧、新生是两个可以无限想象的一象诸喻境的指喻外，"肯破层霄决天河"其实也是一个指喻。层霄指喻着种种阻力，而天河可能指喻着自古以来压在中国人民头上的种种无形的文明、文化和精神上的束缚，或者说是帝国列强带给中国的苦难所形成的落后。这也是一个指喻，因此它也是一象诸喻境。

"肯破层霄决天河"的霸气和意志，相信每一个读到的人都会被它感染，但事实上，大多数读者还只是读到了表面，这一句深层的意思其实更霸气，不是我们初读到的那种"敢与天战""敢与天奋斗"的"匹夫之勇"的霸气，而是深层的敢于破除天命的霸气。这种敢于改变整个民族命运的勇气和决心，是通过前面三联的"老旧""新生"而自然衍生的。可以说，"肯破层霄决天河"这句诗，有着古来诗人所未有的气势和意志，它所透露出来的意志极其强悍和坚定。

指喻之维：一象多喻境

一象多喻的文化隐喻2

龙山

　　王子居的贯通思维与大多数诗人是不一样的，一般来说，对于同一个较单一的景象，诗人们往往只有一首诗来吟咏，偶尔有多的也不过数首。

　　但王子居在《十六岁词集》的时代，则是不断地咏春与花，而且是不断地用拟人咏春与花，这种写法直到大学一年级下学期，他还有六首《春花咏》《最后一页花片》等十多首诗不断地以春和春花为咏。

　　正是这种不断地吟咏，才不断地深入发展出更多维度的喻诗。

　　同《王子居诗词：喻诗浅论》中《组诗之喻》一节所举的组诗基本创作思路和对喻的运用方法乃至所喻的主体都大体一致不同，《春花咏》不是一组整齐的组诗，它的形式比较自由，所以它也就具有了更多不同的维度。而最大的不同就是，它们在隐喻一种特别的人生状态时，还同时隐喻了一个文化梦想或者说一个文明理想。

　　在一这组诗的比喻里，王子居选用的相似性比较多，而最基础的一个相似性就是以绝色来隐喻一个人的不凡并同时隐喻一个文明理想的不凡或者说直接就是隐喻这个文明的不凡。

　　我们以前不知道有一象多喻境，所以在2015年版的《王子居诗词》中我们看出来了也讲到了"一三四六都是以花喻人喻情"，其实以花喻人喻情是王子居为我们讲过的，但我们想不到它的隐喻是那么丰富，轻轻地就忽略了过去，当现在我们明确意识到与《春花咏》先后在1994年春末创作的《最后一页花片》都是一象多喻境时，我们才忽然认识到，包括《春花咏》在内的诸多《莱农集》中的作品，都充满了文化隐喻。

春花咏六首

春风已去花悬瓣，何样情怀不肯随。
万段繁荣归寂寞，忍能绝色等尘灰。

并非一夜绿浓时，满院花香犹抱苞。
生怕越女相采撷，唯待风雨惊颜色。

深红莹素不自持，欲落不落幽恨深。
不知何处留芳思，瘵花铭动远游人。

西园香气东园风，啼鸟春熏杨柳垂。
蜻蜓不解评花朵，遂教蝴蝶乱舞飞。

叶底无能避春生，一样姿色异鲜红。
暖风多事偏分叶，怅惘蝴蝶一笑轻。

月季花开白胜雪，佳人裙步软如风。
展手轻拈方欲嗅，靥红微映片萼中。

指喻之维：一象多喻境

有时候我们会对王子居"一象多喻境"中的整体文化隐喻产生怀疑，因为整体隐喻往往不会透露出一点讯息，这时候我们就会到局部隐喻中去找支持，如"纵有万紫千红，怎禁风雨，百代但孤独。谁道山河居龙虎，今忧唐诗宋曲"这些明确地讲出文化隐喻的诗词里，我们才能从"敏觉细构成无形"的困境中走出来。

王子居诗词中的多维构境尤其是一象多喻，只存在于解构之中的特点实在是太强了，以至于令人疑惑。但事实上，王子居的许多指喻之作，如果不以文化隐喻来解释，就根本解释不通。

如"万段繁荣归寂寞，忍能绝色等尘灰""不知何处留芳思，瘗花铭动远游人""蜻蜓不解评花朵，遂教蝴蝶乱舞飞"，就不是单纯用写景诗的赏析方法能讲得通的。

第一首和第二首都是隐喻孤独的坚守，"春风已去花悬瓣"显然是隐喻自秦汉焚书后的文化断代和人才断层，王子居造词写象十分讲究，虽然春风已经逝去了，但花儿还悬着一片花瓣，它尚未完全凋零。

那究竟是什么样的情怀，令这一片花瓣死死守着花枝，不肯凋谢呢？是因为它所属的华夏文明有"万段繁荣"，它不忍心曾无比繁荣（绝色、万段）的华夏文明随着历史一同湮灭（等尘灰），所以这一片花瓣死死守住枝头不肯凋零，它似乎想要见证未来华夏文明的重新昌盛。而"万段繁荣"如果不是文化隐喻的话，单论花是讲不通的。

我们上面讲王子居对一个诗材总是不断深化、不断多维化，第一首的诗意他继续深化，写出了《最后一页花片——写给我的十九岁》。

第二首写一种坚守，有一朵花不愿意同桃李等花一同平凡的盛开，它也不想被绝世的美女采摘欣赏，它只愿等待文明史上的风雨惊艳于它的颜色。

第三首主旨在隐喻寂寞，一朵朵不愿意凋零却又马上要凋零的花朵，怀着深深的幽恨，如果凋零了，该往何处留下自己的芳思（思想）呢？只有那美妙无比的"瘗花铭"（史传、词章）能让人记得自己（华夏古文明）。这种只有"瘗花铭"才能留住自己的"芳思"的感慨，读者可参考《紫薇》诗中"香花美眷词中老，事业名山梦里休""寓言此意谁堪寄，长空碧海一浮沤"来体会。

总的来讲，前面三首的隐喻比较深，后面三首的隐喻比较浅，第四首很明显是讲评论的，事实上它也有一种当仁不该让的意思，就是

龙山

如果蜻蜓不能把花朵（华夏古文明）评论好，那就只能让浮薄的蝴蝶乱飞乱舞（糟蹋国学）了。

第五首隐喻着哪怕深深地藏在叶底，也偶尔被蝴蝶发现，不过现在不是它绽放（华夏之学出世）的时候。

第六首隐喻花儿的洁净，它甚至能像镜子一样将美人的腮红映到自己的花片中。"白胜雪"以形态隐喻文明的殊胜，佳人与花的互动则隐喻了华夏文明的重新被赏识、重视。

在《王子居诗词：喻诗浅论》里已经讲过王子居的喻诗常常隐喻与象征同运，尤其是当他的隐喻属于对未来的展望时，其象征意味就更浓一些。

我们解构到这里，好像王子居的文化隐喻，多数都是以青春、花谢等意象为喻体的。

化蝶

何时化蝶，能到我，自由心境。恨眼迷五色，耳乱五音，失我瑶台天路。倩何时，倦游欲归，奈山遥水远，又已昏冥日暮。转回首，茫然旧愁前恨，掠地烟轻去。横阻池塘，谁思莲花舟度。

且把眼前花折，散向人间飘舞。彩袖轻香，有玉人，相随游冶，桃源深处。怕不能，归依永世，别离终趣。恨不能逃避，只为相思正苦。怕了柔情蜜意，千结万缕。不忍伤伊片心，若怜若惜，必会遭她系缚。醪梦终夜稠浓，醒来迷失，满天柳花飞絮。

这首诗写爱情，又有游仙诗的特色，还带着隐约难辨的感悟、一种对绝对自由之心境（道）的追求，又附带各种隐喻和意象，诸多复杂的元素冶为一炉。而统一这些的则是一种迷离朦胧的意境。

其中"化蝶"隐喻了文化理想的征途上心灵或思想的蜕变，而"自由心境"除了在道的层面、心灵的层面实现自由外，显然还有学术自由的隐喻。"瑶台天路"显然和"自由心境"是同样的隐喻，而

"莲花舟度"和"何时化蝶"是同样的隐喻。

这首诗写了自己的理想追求和当下爱情的矛盾。

彩云

彩云忽逝万山空，东风悠雅扬柳絮。落梅笛声意未终，残花咬枝不肯舞。只在斜阳沉坠处，动闲愁还被闲愁缚。算春来春去春无数，名花瑰丽争为主。急摧新萼，空排老绿，谁善殷勤求春住。此情此景岁岁同，不惹万般凄楚。

莫爱孤独杨柳月，莫向楼台停伫。怕见绿袖红唇，怕听莺声燕语。太多芳华，太多美意，与谁言，太多恨，太多情，太多苦。纵梦魂疲倦欲归来，怕不识天涯芳草路。算怎么笑我，已把青春虚度。

这首词里面也是处处隐喻，但与他在咏怀体里的隐喻不同的是，这首词里的隐喻没有线索可寻，难知其喻义指向何处。初读以为是感怀爱情和青春，再读又像是感怀纷扰劳累的人生，而文化隐喻在其中夹杂。我们在2014年时将它解构为"似是写人世的竞争，也或者是爱情的竞争。"确实，"名花瑰丽争为主"确实有这样的意思。

"落梅笛声犹未尽（落梅笛声意未终），残花咬枝不肯舞。"笛声催梅落，真是好生无情，而花已残，却一定要咬住枝条，不肯飘落，又是何其执著，纵然我要飘落，也要听完这曲笛声。这一联的喻意其实和上面的《春花咏》及下面的《最后一页花片》是一样的。

所以说那种死死坚守的意识在王子居诗词中还是经常出现的。

"落梅笛声""斜阳沉坠"隐喻了华夏古文明的没落，这在上世纪八九十年代西方思想流行的时代，是很自然的感慨。

"算春来春去春无数，名花瑰丽争为主。"我们惜春，盼春，而春来春去，却从来只按她自己的脚步，每一个春，都是百花争艳，只有那名花才被称为春主。而谁才是文明之中的花主？是西方文化还是华夏古文化还是未诞生的新文明？这一联的隐喻不言而喻。当然，我们也可以将它视为作者的未来期许。

"急摧新萼，空排老绿，谁善殷勤求春住。"新花早谢，老叶空排，最美的事物总是那么短暂，这似乎是自然而然的咏叹，又仿佛在诉说这尘世对美好事物的摧残。而摧残的是古文明？是文化梦想？是追逐的坚守和感情？这首词里的一象多喻还是很丰富的。

"此情此景岁岁同，不惹万般凄楚。"而这种情形在人类的历史上反复上演，不断轮回，谁也不能摆脱那种结局，这样的人世，又怎不让人感到万般凄楚呢？

咏怀·鸿

凄凄哀鸿，渺渺孤征。翔于秋野，宿于枯桐。白云霭霭，冷风清清。翼展关月，羽飘塘影。义充君疱，慷慨和鸣。因风善动，安阵无争。见诏远住，临媚如冰。处世如滨，过眼如虹。修性久分，其心至诚。

解构王子居的诗歌，我们往往困惑于他诗中的指喻和象征的区分，因为他的诗歌中很多指喻往往与象征一体，但在这首《咏怀》里，我们则看到了较明显的象征。

如果说"凄凄哀鸿，渺渺孤征"是以鸿指喻他孤独的追求征途的话，那么"翔于秋野，宿于枯桐"就是很明显的象征了，他用秋野、枯桐来象征他孤征的艰辛、落寞，但所有的象征都是来源于指喻，这一联自然也是指喻，只不过，它更明显的、更合适的是象征，枯桐形容追求的枯涩，对文化理想的追求绝不会是繁花似锦的，后面的"白云霭霭，冷风清清"也是一种境况的象征，它与上一联合在一起，象征了一种想象的处境，为中华文化而进行的孤征恰就是如此的，它凄冷、孤独、寂寞。

第四联则是用典，或者说化用，它出自崔涂的《孤雁》一诗中的"渚云低暗渡，关月冷相随"，但作者的翼展关月显然更具有一种雁的积极的主动性，虽然鸿雁孤独的飞行在"白云霭霭，冷风清清"之中，但翼展三字却透露出了一种不屈的、向前的精神，它的意境不是关月在上面高高的照着，而是鸿雁的双翼展开，与关月同为胜景，或是言雁飞之高，它展开的双翼在扇动间开合关月，从而在精神境界上，虽是化用崔涂的诗，但却远远高于崔涂诗中的精神，因为崔涂的诗虽美，但却未及表达某种精神。另外，"羽飘塘影"一句也是化自《孤雁》中的"寒塘欲下迟"，只不过崔涂诗里有一句"未必逢矰缴"，而作者这句诗则是"羽飘"，不论是否逢到矰缴，总之这孤鸿是受伤了，它飘落的羽毛和它飞过的影子一起，飘落向池塘。无论翼展还是羽飘，都是一种指喻化成的象征，而在这一联中这种象征要比指喻更加明确。

整首诗的前四联，作者紧紧围绕孤征二字，用"凄凄""哀""渺渺""孤""秋野""枯桐""霭霭""冷""清清""关月""羽飘"等物象，构造出一种孤征凄苦的意境，他用这些意境来指喻和象征他为中华文化的探索之旅有多么孤独和艰辛。

而事实上，整个前四联中，如果说第一联的"凄凄"是形容文化追求的凄苦的话，那么形容孤征的"渺渺"才是整首诗中最令人心痛的比喻，因为这个形容词有两重形容，一是微弱貌、藐小貌，一是幽远貌、悠远貌，它透露出的意象其实是有一种希望渺茫的意蕴在里面。渺渺这个形象是前四联的核心，虽然希望渺茫而且前路孤独艰辛，但这孤鸿还是义无反顾地上路了。正因为希望渺茫，所以它的征途看不到尽头，但无论这孤鸿宿于枯桐还是飞于冷风，甚至受伤后"羽飘塘影"，它都义无反顾地向前飞行，哪怕它生命的意义就是"义充君疱"，即便不能实现理想也要为理想献出生命。

总的来讲，前面四联是意象+指喻+象征的三维诗境。第二联尤其是第四联除了构造出独特的意境之外，还刻画出了鸿的动态神韵，而那苦苦追寻遥不可及的理想受伤后飘落而下在池塘里映出缓慢沉落的影子的鸿羽，象征意味就更浓了，它除了指喻或象征伤痕外，更象征着一种昂贵的代价或付出，而这种沉痛的指喻或象征是借助一种唯美的洁白的或带血的鸿雁之羽的婉转缓缓地映着池塘倒影飘落这样的意象而实现的。这句喻诗用四个字，即刻划出了一副完美的意象，又富含了意义深深的沉痛指喻。对比一下崔涂的"寒塘欲下迟"，就知道王子居的诗歌是何其凝练，他在短短四个字里，哪怕单从意象而言，也是一字一境，达到了一种文字运用的极限。

紧接下来的四联中，前两联是指喻，后两联是明喻，而最后一联是总结。前四联的指喻是处境的象征，后四联的指喻和明喻则指向了性情操守，是属于德的指喻。或者说它指喻的是作者的人格追求。只不过它是较直白的叙述，没有前四联所具有的意象了。

"义充君疱"出自宋代鲍当的《孤雁》："天寒稻粱少，万里孤难进。不惜充君疱，为带边城信"。这句的意思是甘愿为所追求的理想献身，慷慨和鸣则是这只雁找到了雁群，和鸣形容善于团结，不纷争，这显然是对美好未来的一种期许。因风善动，形容飞行技巧的高明，安阵无争，安于自己的位置和序列，形容安秩守序、和合知本分。处世如滨，形容洁身自好，看世间就像一个隔水看彼岸的人一样。过眼如虹，形容他不拘泥于眼前种种繁华景象。

在2017年王子居的喻学理论出版之前，我们是无法解读他的喻诗的，因为他在诗中的指喻为何是看不出来的，我们只能归结为一种文化理想，事实上喻学也确实就是一种文化理想。

我们第一次看到孤征时，想到的是这指喻他一个人来北京，而事实上他来北京要在三年后了，我们又解为象征追求的孤独，也不错，因为追求一个文化理想也是一种追求。

但当我们看到他孤独一忍三十年的求索历程时，我们才能真正体味那"凄凄""哀""渺渺""孤""秋""枯""冷""清清""翼展关月""羽飘塘影"等词句所营造的意象之中，透露着的那一种孤独行万里、寂寞三十年的悲凉和孤单。

王子居在东山时期，有些诗具有一个特点，就是前半部分是描绘景象，后半部分叙事或写德，如他的《咏史•风霜凄苦落汉营》。

这首四言诗也是一半用来描绘一只孤独远征、追求理想的飞鸿，后一半则用来描写一种德性，写这鸿的理想和操守。

这种前半境遇、后半德性形成了一种强烈的结合，即在凄凉孤独的远征中，坚持着儒家理想和操守。

我们看王子居来京后的际遇，真的恰如此诗。他那时候有所感，其实是因为追求文化理想的人永远是孤独的！

王子居这种构画一种意境来表达他的人格、理想的追求以及对未来的想象、期许的创作笔法，其实在他十七岁时的《涛雏将别》里就早已运用得更加充分，他对中国喻诗的创造性发展就在于，他结合意境和戏剧笔法，为我们构造出一幕幕具诗骚意境的动态戏剧，来表达他的人格追求或理想追求。

这在中国诗歌史上是很具有创造性的。

据他说这种灵感来自于《离骚》和李白的游仙诗，但他抓住了灵感进行了突破，从而又开创了一种喻诗的独一无二的形式。

这种形式到《龙山》时发展到了更高的境界。

事实上，《龙山》也许是王子居这种痛苦的终结，因为他的诗歌到了《京都集》时，其实二十年中近百首诗已过半是励志诗作，他的心变得越来越坚硬、刚强，曾经困扰他的那种忧伤越来越少了。他也正如《涛雏将别》中所许诺的"吾之情可以消兮以适性，吾之爱可以死兮以完吾志"那样，他差不多真的心已成灰，只剩下一股意志在支撑前行了。

也许终有一天……

世间再无王子居……

菩萨蛮

春风嬉戏旧时门，词人怎倚春无韵。春到也无聊，携春过小桥。

伤心春雨泣，蓦觉春无意。何况写春难，痴心春不怜。

这首诗的隐喻一是指喻爱情，二是指喻对诗歌境界的追求，三是指喻人生追求（学业）的失落，四是指喻文化梦想的失落，五是对道的追求的失落。

我们在《王子居诗词：喻诗浅论》里讲过王子居对文法和辞法的叠加运用，其中一个主要的形式就是古人的比喻中，往往芳草和美人都是喻体，它们分开比喻某种思想或情怀，但王子居却将它们合一了，他用芳草隐喻美人，然后再隐喻某种思想或情怀，而在这首《菩萨蛮》里，可以说他将春隐喻成了女子，也可以将爱情视为与文化理想并列的一个维度。

一象多喻境其实很容易验证，我们将任何一维代入其中，都能完美地阐释。

比如说"春风嬉戏旧时门，词人怎倚春无韵"中上句是表时光流逝的，又过去了一年，我的诗词依然"写不出春的韵"，春的韵无论是隐喻对伊人的追求，还是隐喻对诗歌境界的追求，抑或对学业、文化梦想、道的追求，都是没有问题的。

所以一象多喻境作为世界诗歌史上维度最多最高的诗境，事实上却是极为简单的。

如果按王子居的标准以一个象贯通全诗隐喻多维才是一象多喻境，那么他将爱情写入一象多喻境的，可能只有《菩萨蛮》和《最后一页花片——写给我的十九岁》。而《咏怀》等作往往是多象多喻，事实上真正实现一象多喻境的，可能只有这两首和《咏怀•鸿》《龙山》总共四首吧。

最后一页花片——写给我的十九岁

最后一场春雨后的最后一场春风，
最后一叶花片轻轻颤抖。
然后她轻旋落地，
用坠楼人最后的舞姿。

我这才想起不曾和你说过什么，
没有第一句忐忑的开始，
也就没有最后一句那无奈的悲戚。
我就坐在这里看着飞花，想着你。

你就像这风中的花片，

　　我凝眸了你许久。

　　你最终还要飘然离我而去，

我不懂自己为何不试着摘取。

花片终于即着了土地，

　　仿佛听到她最后一声叹息。

　　然后就不再有什么，

我想看清，无奈隔着一层窗纱，还有一层玻璃。

春还在飞扬，

　　轻轻卷动了花片要带她离去。

　　她无言地蜷动，

　　却靠住了一根篱竹。

龙
山

春快要刮尽了她最后一场风，

　　最后一叶花片还没有变成尘泥。

　　还要捱最后一夜的孤冷，

等待清晨，春的最后一滴泪（露）珠。

　　王子居作诗有一个特点，就是如果他意有未尽，他就会持续深化。比如这首诗其实是对《春花咏》中第一首的深化，而这首诗中首次出现的露泪混一，他在之后的岁月里也曾不断地重复（见《王子居诗词：喻诗浅论》之《露与泪：真正的合一只有在指喻之中才能实现》）。

　　作为极少见的一象多喻境，这首诗一是指喻青春时光和青春梦想的流逝，二是指喻爱情的消逝，三是指喻诗歌及国学理想等追求的苦闷，四则是对华夏古文明状态的一种指喻。

　　这是我们在2014年的解读：

这首诗是王子居新诗中少有的自己满意的作品。在这首诗中，王子居通过最后一页花片的执著，抒写了一种令人悲伤却又敬佩的爱情（也许王子居还寄托了一种对理想或情操的坚持和固守，当然，从诗的题目上来看，他寄托的对象是年华）。第一段就震撼人心，春雨、春风，都是最后一次了，连花片也是最后一片（还不是一朵，注意王子居用字的讲究，同一朵花中其他的叶片都早已凋谢了），如此凄凉，这最后一页花片情何以堪？但她是与众不同的，在这最后落幕的悲凉时刻，她轻旋落地，用绿珠那最美的舞姿——绿珠用生命舞动出来的最动人的舞姿，来完成自己的谢幕。王子居究竟是写花呢？还是写人呢？还是把形象抽象成一种精神来写呢？

　　接下来两段写作者的感叹和无奈，这仿佛是写爱情了，确实，没有爱情的十九岁也许会充满惆怅。第四段写花片最后的一声叹息，而又用窗纱、玻璃等作指喻，暗示作者的伤感和无奈。

　　第五段再写她的坚持和执著，春就要尽了，而她也已谢了，春要带她走，但她不肯，她在风中无力的蜷动，最后靠住了一根篱竹，让自己等了下来。

指喻之维：一象多喻境

　　第六段将感情再次推上了一个高潮，春只有这一夜了，最后一页花片在明日也要变成尘泥了。但她依然在苦捱这春夜的寒冷，为的只是等到春的最后一滴泪珠。如果花已凋谢，爱已凋零，青春已不再，人儿再难逢，那么，我渴望这段刻骨铭心的爱情，会有你一滴伤心的眼泪。这样，即便我化为尘泥，也已无憾了。

　　在这首诗里，王子居通过一页花片描写了人生的一种深刻的哀伤，不只这种伤感是深入人的骨子的，这页花片的行为举止也是让人感怀并伤感的。王子居通过花片的一系列动作，表达了我们人生的种种无奈和痛苦，亦表达了我们的情痴和执著。这首诗完全没有旧诗的影子，以全新的表现方法和语言，创造了最后一页花片这一动人的形象，令我们感动不已，王子居初学新诗，他还是非常成功的，无论新诗旧诗，他都是诗坛妙笔。

　　由于王子居的一象多喻境都是用拟人笔法创作的，所以是一种拟人修辞变化隐喻修辞一象多喻境。

"最后一场春雨后的最后一场春风，最后一叶花片轻轻颤抖。"跟前面讲的"残花咬枝不肯舞""春风已去花悬瓣"是同样的隐喻，只不过它变成花片在枝头轻轻地颤动着，"然后她轻旋落地，用坠楼人最后的舞姿。"假如不能让一个悠久的、古老的文明涅槃重生，那就给她一曲最好的挽歌，用这个世界上最决绝、最凄美的爱情故事中的最具传说性的文学之舞，送她最后一曲离殇。

这首诗与其他隐喻诗不同的在于，花片即便落了地，心犹未死，依然要等待春的最后一场风，彻底地绝望并与"春"彻底地诀别，而且这还不算，他还要坚守完这个远古传承的最后一夜的孤冷，等待那文明之春流下的最后一滴伤心的眼泪，然后他才肯在这文化理想之殇中化为尘泥。

在《发现唐诗之美》出版之前，王子居确实没有对古文化的一句公开之言，没有任何发言自然也就没有任何交流，自然也就"没有第一句忐忑的开始"。

在那个西方思想流行的年代，王子居"我就坐在这里看着飞花，想着你"，他只能寂寞地忍受、寂寞地等待。

也许王子居自己也不明白为什么自己从来不与任何人谈起自己的诗歌、自己的文化理想，所以他"我不懂自己为何不试着摘取"。

在对自己进行了一番近似批评般的直述后，他继续写对一个古老文明的坚守，可是他看不清（可参考《咏怀•藩笼》，这两首诗写于同一个春天），没有能力去把握，也没有能力去改变，于是他只能看着花片"即着了土地"（文明的凋零），然后他听到一声叹息，这是一个历史文明从远古时代传来的叹息，在这诗里，人的梦想、感触与自然万象中的春与花的时光和轮回以及历史的文明的抽象相交织、贯通在了一起。

"春还在飞扬，轻轻卷动了花片要带她离去"隐喻了历史要彻底地掩埋一个远古文明，就像其他所有被掩埋了的古文明一样，它只不过是最后一个而已。"她无言地蜷动，却靠住了一根篱竹。"隐喻这作为最后一个的它还在坚守。

"春快要刮尽了她最后一场风，"无论是古代的农耕文明还是游牧文明，在现代化科技的滚滚巨轮下，都已经消逝了，而"最后一叶花片还没有变成尘泥"，无论是华夏古文明还是王子居个人的坚守，都没有放弃，都还有一丝生机，"还要捱最后一夜的孤冷"隐喻了孤独、坚守、寂寞、绝望。"等待清晨，春的最后一滴泪（露）珠"，他们还要等待，等待那个远古文明的最后的一次绽放。

这首诗是爱情的挽歌，同时又是青春梦想的挽歌，同时又是文化理想的挽歌，同时又是一个远古文明的挽歌……

年轻时候的王子居是比较绝望的，而《龙山》与《最后一页花片》恰恰相反，是充满斗志、充满希望的。虽然它们并不相同，《龙山》是一种霸气的、无畏的希望，《最后一页花片》是一种在绝望之中坚守的希望。

事实上我们当年读出了它的与众不同，"王子居究竟是写花呢？还是写人呢？还是把形象抽象成一种精神来写呢？"我们至少意识到这首诗里有一种抽象的精神，那就是坚守的精神。

事实上，我们只要将青春时光和青春梦想的流逝、爱情的消逝、诗歌及国学理想追求的寂寞艰难的死守、华夏古文明在种种冲击下的惨境，乃至我们2014年意识到的那种精神，一一代入到我们的赏析中去把花片代替，我们就会发现，一象多喻境究竟是多么地和谐。

而事实上，除了爱情外，王子居四首一象多喻境诗歌中的所喻，都具有贯通性的特点，也就是华夏文明的隐喻，产生文化理想追求探索的隐喻，正因为秦汉焚书产生的文明断层，才有了涅槃重生的必要，因而也才有了一种文化理想，而这种文明状态和他追求文化理想的探索、孤征是一致的，而这些一致又导致他的情感、心理是一致的。

所以一象多喻境其实是必然的。

它的奥妙很简单。

关键不在于它容不容易运用，也不在于它为什么一直没被发现。

关键在于，你首先得有一个能坚守一生的梦想。

更关键的还在于，你坚守这个梦想还要实现这个梦想。

以上的条件一个比一个难，有一个达不到，就无法说成是文化隐喻，这也正是为什么在喻学和演学的诸多理论出版之前，王子居对我们只是隐晦地说他的一首诗可以当两首来讲。

咏怀诸篇

事实上，在以前王子居应该就清楚地意识到他的诗能同时表达几种思想、感触。所以在2015年出版的《王子居诗词》里讲到《站亭集》时很明确地讲：

指喻之维：一象多喻境

> 从1994年（大一下半年）写到2000年，这个集子是他对爱情和婚姻的吟咏。但是对于读者来说，《咏怀》一类诗不必以爱情诗来读，因为王子居的《咏怀》诗特别喜欢用隐喻，读者可以随意代入。
>
> 《站亭集》是王子居诗作中非常独特的一部分。它是因一段朦胧的爱情而诞生的，但这段爱情很模糊，甚至在诗里面王子居将爱情，将那个人写成了一种人格理想，在他的笔下，这段爱情与理想、品德操守、文化追求化为一体，难以分别，这点尤其是在他的咏怀诗里更加明显，那个女子不仅是他爱的一个凡人，他将她升华成了一种理想的人格，于是，在他心中，她完美无瑕，高雅而富丽，我们甚至从作者对她的表述中看到了"道"的痕迹，听到了"道"的回响。《站亭集》是王子居的一种完美的人生向往。

现在看来，这就是一象多喻境，一首诗能达到四个喻的维度，只不过没有提出一个明确的概念罢了。

王子居的《咏怀》之所以成为一种独特的诗体，除了他一直以来写的就是喻诗外，最主要的还在于他这段爱情只是一面的关怀，然后就全凭他的想象、追思来写，而那个时候他正在读诸子百家，自然而然地将中国古代文化中的各种美德、精神境界、风韵情怀等因素全都想象到了那个姑娘的身上，于是，他的想象中的爱情、那个姑娘的美貌、性情、精神境界、风韵情怀、品德操守，和他的文化追求、人生理想以及中国古代文化的思想概念，就合而为一了。

而这种钟天地灵秀、集中华文明精粹于一身的一个想象中的完美人格，是根本不可能在现实中存在的，所以我们从《咏怀》中除了看到高蹈的、纯粹的人格隐喻之外，也看到了不尽的失落、忧伤。

用喻应该是王子居的天性，更是他潜意识中最主要的创作方法，比如他的数首《梦中诗》，基本上都是用喻写成的，下面举其《梦中诗》诸作中比较简单的明喻和指喻：

指喻如：

龙
山

梦中诗

梦见被人邀请比赛答题，遂写诗十余联，然醒来时，但记此二句，遂游戏之。

> 大海放弃了高潮，因为鱼龙已经沉潜。
> 长空选择了寂寞，因为鸿雁已经飞远。

如此调子嫌低，遂改为：

> 大海鼓浪，鱼龙腾潜。长空寥阔，鸿鹄高远。

梦中写诗，终不缜密，鸿雁纵高远，终不离天，长空何为寂寞？但我人心中寂寞耳，应改成：

> 江河歇浪，鱼龙入海。沙洲寂寞，鸿雁远翔。

事实上王子居即便是在梦中写诗，也非常缜密，因为长空是眼中的长空，而眼中的长空中鸿雁飞逝，长空自然可以寂寞，王子居说梦中写诗不缜密，只不过是个说法。

大海（文明的喻体）放弃了高潮（繁盛时代），是因为能鼓起浪潮的鱼龙（如诸子百家那样的人才盛世）已经沉潜（休眠或死亡）。

长空（文明的历史长流）选择了寂寞（衰落），是因为那能高飞天际的鸿雁（如诸子百家那样的人才盛世）已经远去（历史的远去和消逝）。

它这种连梦中也运用隐喻的创作意识，自然也被他运用到《咏怀》中，自然也就有了文化隐喻和一指多喻。

咏怀

弹铗弹铗，铗音壮哉。志士慷慨，其心远哉。悬铗悬铗，光不显哉，志士踌躇，须待时哉。

鼓琴鼓琴，琴音和哉。君子仪端，其心正哉。盒琴盒琴，声不扬哉，君子晏机，待宜人哉。

作歌作歌，歌声越哉。君子福患，与民同哉。缄唇缄唇，言不发哉，君子洗心，使意诚哉。

这首诗以音为咏，分别以剑铗、古琴、作歌为喻，讲的是古代传统文化里比较典型的志向、德行、理想。

弹铗，这声音是多么的雄壮，男儿志当壮烈高远，怎能不时时待机求发。世界有着太多挑战，把这柄利剑藏于胸中，时刻提醒自己要志存天地四方、勇往直前。作者在二三阕通过鼓琴、作歌，来讲君子需仪端、晏机、忧福患、勤洗心，方能不负这凌云之志、男儿之躯。

弹铗则壮、鼓琴则和、作歌则越，悬铗则光不显、盒琴则声不扬、缄唇则言不发，都概括出了事物的典型特征，而这些特征又恰好契喻于君子的出或隐的选择。这首诗在对事物典型特征的概括上是很下功夫的，而典型特征的相似性也正是比喻成立的基础，这首《咏怀》可算是喻兴一体最典型的案例了。

但事实上，铗音的壮、光的不显、琴音的和、声的不扬，都一样隐喻了文化之响，这和"广陵琴"的隐喻是一样的，文明之音的隐喻在王子居诗歌中到处都有，无论是踌躇、晏机、洗心，都是为了"歌声越哉""铗音壮哉""琴音和哉"的文明之音大昌，而这首诗如同所有的一象多喻一样，都是文化理想与个人际遇同写的。

咏怀

入藩笼兮，常为之哀。惶惶惑惑，若羔迷歧。昏昏屈屈，若蛰冰雪。处群诺诺，未知所操，仿习纷纷，莫得所守。处僻阴兮，不见日月，处小庐兮，思乎明堂。君有金钥，奢乎施舍。既以与我，永可得脱。

藩笼显然是隐喻一种文化探索的困境，它的隐喻与上面"悬铗""盒琴""缄唇"的隐喻相近，它又与《涛雏将别》（见《诗演：理之贯通》一章）中的"惨惨思之长夜兮无可经纶，吾向日月而追求。恶水穷山之迂回兮，出其困其艰哉"的隐喻是一样的。

但这首《咏怀》的特点是将这种困境铺展开来写，"惶惶惑惑，若羔迷歧。昏昏屈屈，若蛰冰雪。处群诺诺，未知所操，仿习纷纷，莫得所守。处僻阴兮，不见日月，处小庐兮，思乎明堂。"他用了四个比喻、四句直述来讲这种思想认知上的困境。

咏怀

世间贵同气，人生辕与辀。会佳即分易，契雅久难着。胜事人去远，芳情空自得。雁高信难系，鱼沉素未托。风动鸟相呼，琴声谁与和。意比云难测，愁随落花多。伤情恐见月，偷泪忍滴荷。枯翠翻疏影，香馨怎如昨。未必人生恨，肯同香馨歇。

这首诗隐喻的内容可能简单一些，它透露出信息的句子有"胜事人去远，芳情空自得""风动鸟相呼，琴声谁与和""意比云难测，愁随落花多""未必人生恨，肯同香馨歇"，但王子居后期的诗作隐得更深，这首诗文化隐喻和爱情隐喻乃至友情隐喻其实都有，它是典型的多象多喻境。

咏怀

深山有兰蕙，珍者来访之。幽芳在前路，高卑身后失。

既已因兴来，能否得意回。兰蕙有本性，世事况隔离。

所以任疏妄，唯有诚可执。幽芳若久得，将使情怀移。

　　事实上王子居的《站亭集》中有一些诗是从《东山集》移过去的，他在写爱情的时候，往往连人生、文化理想同咏，尤其是他的隐喻作品。《站亭集》还有一个很特别的特点就是人的德性、修养同喻，这是因为王子居在诗中赋予了他想象的那个人以他想象出的理想人格。

　　深山喻寄身于深沉而不轻浮，显然是一个德性之喻，但它也同时隐喻文化梦想的难求，兰蕙喻性质美好，显然是喻人的德性的，但它显然也同时隐喻文明理想的芬芳美好。

　　很明显的，无论是文化隐喻还是爱情隐喻抑或德性隐喻，王子居都紧紧抓住"追求"这个贯通它们的意象。

　　高卑喻指险阻不易，无论是爱情追求的不易还是文化理想追求的不易抑或德性修养追求的不易，它的隐喻都毫无违和感。幽芳在前，所以前进不止，而高卑在后，则暗示已走过了遥远的路。而遥远的路显然不仅指一段爱情，它更像是王子居十二岁写诗来的心路历程。

　　虽然他早就向着远方出发了，但无论他的爱情理想、人格理想还是文化理想，他是否能得到呢？

　　兰蕙有着自己的本性，不是谁都能采撷的，而世事往往充满隔断，疏妄的行为是不好的，只是因为内心诚挚所以才做得出来吧。为什么我这么执著呢？因为那兰蕙的芬芳（爱情的理想、人格的理想、文化的理想）如果能得到，将会改变我的情怀。

咏怀

澄空覆芳洲，苔青碧水流。苇深栖欲定，天远任飞游。

扬音清越出，华翼开无俦。天姿虽殊众，相恃却何由。

一夜暂可住，平明还去休。四顾无相识，可以自去留。

指喻之维：一象多喻境

这一首也是以鸿为喻的，王子居幼时名鸿博，所以他的诗中咏鸿的比较多，而他所有咏鸿的诗，几乎都是隐喻。如果说文化隐喻，这首与前面所解构的《咏怀•鸿》等诗结合起来看会更好。

只不过这首诗是王子居想象他的梦想征途的美好的，是对自己的赞许或者说期许。他只在"一夜暂可住，平明还去休"里透露了梦想远征的意思，不过"四顾无相识，可以自去留"依然有着寂寞孤独的意思在里面。

咏怀

欣欣应春华，倏忽冰霜狂。遥遥彩云寒，犹自笼北乡。
欲采泽兰芳，皆已零渠旁。虽知是节候，何忍亦摧藏。
早欲复行去，至今唯幽想。处世思迷漫，真实偏无奖。
疑心久侵梦，不寐知夜凉。冽风拥残叶，猛扑空屋窗。
明朝行路远，高悬白日光。大道将资吾，此伦珍且长。

我们在2014年解构时是这样讲的：

这首诗也是描写作者追求爱情或文化理想的。春华自然是喻美好之物，或者是爱情，或者是理想，但冰霜狂一句道出了处境之艰。泽兰零于渠旁，或暗喻爱情的死亡，或暗喻史上灿烂文化的消逝。节候一词，道出了作者明知道这是事物发展的必然。

整首诗在气氛的营造上比较成功，给我们构造了一个萧瑟、凄冷的气氛。

虽然那个时候我们不懂得喻诗和多维诗境，但我们至少看出来这首诗可能是咏文化理想的，而且它咏爱情也没有问题。

正因为华夏古文明的兰泽之芳，在秦汉焚书后已经逐渐零落、消逝，虽然这是"节候（队喻历史发展）"使然，但自己怎么忍心它彻底地"摧藏"呢？

我早就想去追求它了，可是直到今天，我也只是想想而已，没有真正地踏上旅程。

回顾过去，"冰霜狂""寒云笼北乡"，看现在，"思迷漫""疑心侵梦""夜凉无寐""冽风残叶""空屋窗"，种种意象都显露着孤寒、凄凉、萧瑟之意，也都隐喻了华夏古文明的困境。

当然，它既然是多象多喻境，自然也全部隐喻着爱情，而且这些意象所表述的正是对一种绝望的爱情的隐喻。

但是王子居讲到未来的时候毕竟喜欢用象征，所以最后他虽然用"行路远"隐喻梦想征途的遥远，但他同时用"高悬白日光"来象征自己远征途中始终有光明在，这个隐喻和象征其实可以和《鸿》一诗中的"举翼向阳辰"来参考印证。

咏怀

芝草巅（危）峰顶，骊珠深（幽）涧中。云氛常映掩，幽邃那可通。

世人谁认取，持者是得空。行媚岂廉士，声曲非洪钟。

寄言明道者，金兰处心同。俗人爱渔网，安可得蛟龙。

芝草、骊珠喻美好的德行。云、峰、涧暗喻这样的德行难得。

孔子言："兄弟同心，其利断金。同心之言，其臭如兰。"

渔网喻普通的见解，蛟龙喻真理和品德。爱，一作重。

在一系列的《咏怀》中，这首诗算得上是一等一的作品，整个作品不仅言语空灵，思想也较为开明深邃，虽有一贯的年轻气盛，不甘平庸，但却很高洁，没有嚣张气也没有世俗气。

洪钟大吕，芝草、骊珠（《庄子•列御寇》："夫千金之珠，必在九重之渊，而骊龙颔下。"）和蛟龙，显然都是隐喻非同寻常之物，而什么能当得起这种隐喻，显然只有文明传承、文化理想、德性修养能当得了。

而巅峰、深涧除了隐喻难得难求之外，也一样隐喻了征途艰险，而云氛、幽邃也隐喻了它们的获得之难，关键还在于，它们举世难求，但庸俗之人并不认得，庸人只知道渔网（金钱），哪里会识得蛟龙（文明真义）呢？

357

指喻之维：一象多喻境

这首诗隐喻了文化理想的难以被人认可，可能是家庭环境、社会环境引发的感慨。

咏怀

水温碧苔美，苇密可依栖。那忧道路远，飞行志不移。

猛风摧双翼，骤雨急相击。缥缈山似叠，深险谷若失。

常信阴云开，日照山河奇。可以自在翔，能与岁月驰。

这首诗依然是以雁为喻。它发展了隐喻的象，因为在这首诗里几乎看不到如前面诸作中的文化隐喻的透露了，如果说有透露，也只有"道路"一词隐隐约约的有一点意思，它整体上全部是以象为隐喻。

而这首诗的隐喻与前面讲过的《咏怀•鸿》是一样的，都是讲远征，不过它没有《咏怀•鸿》那样悲凉绝望，它在讲征途的艰险时还不忘摹写光明和希望。

这种隐喻+象征的笔法，前面讲的几首鸿诗中都有。

咏怀

秋野人已稀，独耕东湖田。千树叶摇落，万物皆相然。

世人逐荣显，失意归田园。我今先为耕，此义不须言。

品节务高贵，德行期光皎。无论隐与出，其中皆有道。

这首诗要本着"极反其常"的哲学智慧来解读才能读懂，作者独自耕田，看到千树叶摇落，于是想到了万物莫不如此，引发了他的感叹，他对隐与出、修德与求利的先后关系进行了反思。

而隐中之道，显然只有文化梦想了。

一象多喻境

现代修辞学中的本体和喻体基本都是同时出现的，但指喻的特点是只有喻体、没有本体。

现代修辞学中的比喻是以本体为本的（顾名即可思义），但喻诗学中喻体所指向的本体是可以有多个的。

也就是说事实上，在喻诗中，喻体（修辞学意义上的）才是本体（喻诗学意义上的），是主要，而本体（修辞学意义上的）被王子居称为所喻，变成了次要。也就是说喻诗学中的运喻与现代修辞学恰好是相反的，喻诗学中的指喻如果称为喻体的话，那么他所形容的修辞学意义上的"本体"只能称为所喻，因为喻诗学中的喻只有一个，而所喻可以有多个（可参考《古诗小论2》），从修辞的角度讲它是一指多喻，从诗学的角度讲它是一象多喻境。

看过电影《无双》的人，想必对其中一幕印象深刻，绝世的大画家，力透纸背，他的画如果遇上绝代的裱画师，可以将一幅画剥成三幅。

这可能是电影中的夸张，但是无论再怎么夸张，除了色彩有浓淡之别外，三幅画还是完全一样的，不过是彼此的复制品。而喻诗就更加夸张了，一首诗可以当成三首乃到五六首来解读，而这三首乃至五六首诗所表达的却是完全不同的三种乃至五六种境界或者说维度。

这就是喻诗学中最重要的形式之一：一象多喻境。对于王子居诗中的一象多喻境，一定要结合《殉道者的隐喻》一章来看，因为只有在那一章里我们才能更准确地把握一象多喻的文化、理想的维度。

事实上，如果我们从人的心理活动之特点来理解一象多喻境，或许更容易一些。这样想吧，一个从初一就开始用全部精力来写诗直到高考前夕，从而彻底耽误学业的少年，成绩不好会让他沮丧、失落、痛苦，而他努力追求的诗歌也因各种原因令他沮丧、失落、痛苦，而此中他还遇到了失恋，承受了感情上的痛苦，而他还有一种文化梦想的失落、痛苦、沮丧、坚忍、执著……

如果是一个中年人，他可能还要面对事业挫折之失落和痛苦……

当那个少年承受好几种痛苦时，当他承受好几种迷茫时，这些痛苦的心情该如何表述？如何在仅仅几十个字的诗词里表达如此之多的痛苦、迷茫、失落、忧伤、惆怅……

传统诗歌的解决办法其实就是延长篇幅，分开来写，比如有些诗里先写人生之哀，再写家国之痛……

李商隐其实快要摸到了门径，他的开近体朦胧诗派的爱情诗，其实有一些隐喻或象征，只不过他可能没有多维的心绪，所以未曾写出一象多喻境。

王子居想到并做到了在数个字中表达跨越数维的痛苦、迷茫、失落、忧伤、沮丧、坚忍、执著……

这个方法就是一象多喻境。

这其实是一个十分简单的逻辑，《古诗小论2》中特意转载了《喻文字：汉语言新探》的一节内容《由喻文字决定的喻诗学》其实已经为我们讲了喻的多维是由喻文字的多维贯通所决定的。

如果我们要为读过上面文字但犹有疑惑的读者再用喻讲明，那就是圆盘、轮子都可以形容太阳或月亮，而圆盘既可以形容太阳，也可以形容月亮，还可以形容人的脸……

这个道理简单讲来就是喻诗的一象多喻境就是用盘子这一个事物（象），同时隐喻了太阳（文化理想）、月亮（爱情）、人脸（事业）……

在《古诗小论2》给我们揭示的多维诗境中，一样存在这种一象多喻，只不过它只存在一联之中，而本书所讲的一象多喻境主要是整首诗的一象多喻境，即以整体为喻（见《古诗小论2》）。王子居的许多喻诗中的多维妙联和整诗，都是可以像《无双》中剥画那样剥成几首来解读的。

事实上，当我们在2019年释读《龙山》时发现一象多喻境的秘密之后，我们就尝试从古代文化中寻求例证，虽然我们能想到的找到的很少，也并不是文学或诗歌中的一象多喻境，但能够互相印证的还是有的，比如王子居在《古诗小论2》中释讲虞世南的《蝉》一诗，而在佛经中，也有可资印证的例子，如"欲断大流故"，大流就是一个一指多喻，因为佛经经常讲的长流、大流，有生死流、欲流、见流、有流、无名流等，而后诸流又统称四流，佛经中常说"欲断四流故"，讲断四流的时候，流的指喻是明喻，当讲大流、长流的时候，如果上下文之间没有明确哪一流，那这个大流、长流就是任意指喻的，也就是说它可以是一喻多指，于是它也是一种一象多喻。

如果我们用王子居《比喻学》中准确的概念来讲它是一个一体喻，在一个学术体系中它有整体和局部的关系，由于指喻中无法分别整体和局部，所以它就构成一个一喻多指。虽然它不是真正意义上的一象多喻境，但也可以类比了。

在前面《组诗之喻》一节中的《长干曲》里，其实已经讲到一象双喻境了。另外，本书一开始讲的"杨柳春烟迷蝶路，落叶秋风失雁行"在单句上也是一象多喻境。

在王子居讲解《龙山》的过程中发现多维修辞之后，再回过头来看一象多喻境，它可能跟修辞有紧密的关系，因为多喻境至少要用到比喻修辞格，而事实上，王子居诗词中很少的超过一象两喻的两首一象多喻境，还都运用了拟人。

我们揣测，比喻之指喻大约都是喻人事、情志的，所以必须要运用拟人的修辞格，才能实现一象多喻。

但事实是否如此，由于自古以来的一象多喻境只有虞世南的《蝉》和王子居的数首诗作，要证明这一点恐怕还需要更多诗人写出一象多喻境。

事实上我们从《啸傲行》里最能看出一象多喻境的秘密，王子居成为北漂是因为他想实现自己的文学的、文化的理想，而想要实现这种理想

指喻之维：一象多喻境

最好的办法就是做出版，那么他打算创立一个小公司，出版自己的书，不再浪费生命和时间在编攒和做枪手上，而他两手空空，没有任何资本和资源，所以写了这首曲子来激励自己。

从而在事实上，这首诗指喻的文学、文化理想的艰苦道路，和他穷尽所有做一个小公司的艰苦道路其实是重叠的。

而一象多喻境很多时候就是由这种心理感受的重叠构成的。

同理，在《涛雏将别》这一类的抒写文化理想和追求的诗歌中，个人的探索道路和文学、文化的发展道路也是重叠的，同样的道理，个人的文化追求和文化操守，又是可以与民族的文化、哲学、道德操守观相重叠的。

当这些感情、追求重叠起来时，一旦在诗歌中运用指喻，就自然而然地写出一象多喻境。

当这些重叠足够多时，就可以达到像《龙山》那样的一象九喻境。

事实上，从《离骚》时代的芳草美人之喻到唐人的以女子、夫妇为喻比拟人事，爱情诗其实就有了明喻或隐喻的维度。

王子居的一象多喻境的特点是什么呢？就是他将古人的笔法再加一重笔法，即他在古人以女子、夫妇喻人事的基础上，将女子、夫妇用自然之象来描绘，也就是他再加一重喻，用自然万象隐喻女子、夫妇，这样他通过喻中再喻，至少就实现了喻诗的一象二维境（可参考《王子居诗词：喻诗浅论》）。

所以当我们从历史发展的观点来看，王子居的一象多维境，是从古诗中发展出来的喻上加喻的修辞手法的叠加运用；但我们单纯从王子居的喻诗来解构，则他的一象多维境就是以一个象表达多维，女子、夫妇的爱情之喻是单独的一个维度。

而当我们解读王子居的诗多了之后，我们就难免有一个奇怪的感觉，王子居可能从来没有在喻诗中（非喻诗除外）真正地咏过自己的爱情，他的爱情诗都是抽象意义上的爱情诗，尤其是他在诗歌中追求的一象多喻境，其中的爱情之维或许只是他对多维诗境的追求罢了。

《龙山》之演与指喻之维

垂緌饮清露，流响出疏桐。
居高声自远，非是藉秋风。

诗演

我们并未能真正地透彻讲解《龙山》的诗演和一指多喻，所以我们在前面运用了不少的篇幅通过王子居的其他诗词来循序渐进地讲诗演和一指多喻境。诗演的内在本质、规律等我们未能讲清，我们只能讲我们比较明确地论证出来的部分。

前文的一些章节的部分内容亦为诗演的一部分，如《数学思维下的文学贯通》亦是诗演的一部分，它能更清晰、更形象地为我们讲清诗演中象在贯通诸维时的作用。

王子居的诗演论其实是和他的文演论一体的，因为诗歌毕竟只是文学形式中的一种，哪怕是最巅峰的形式，但也毕竟只是部分。

只不过在诗歌中出现了整齐的数理贯通（可参阅《古诗小论2》《王子居诗词：喻诗浅论》），这是世界上任何其他文学形式所不具备的。

王子居对是否将《龙山》定义为演是有犹豫的，因为他所论述的诸演如琴演、局演（棋类）、文演、诗演等，是可以不断地重新演绎的一种体裁，是可以不断运用的，但《龙山》却是固定的一首诗。

虽然他的体演论其实某种程度上讲也是固定的。而文演和琴演、局演一样，都是可以不断地创新、演绎，从而不断地演绎出新的内容。

但另一个思路却是，王子居在《局道》中讲局演，围棋发展了四千年，但历代总结出来的局演之学以现代文讲述也不过数万字，而我们前章中举的《琴演之论》也不过万字。而因为《龙山》而发现的喻诗学的理论概念、理论维度，比局演和琴演加起来都多。《龙山》虽是固定的，但它却是目前所见到的唯一的多维、高维案例。以这一点而言，《龙山》是足以称之为演的。

它为我们演示了一个文明、文化、文学可以达到的最多、最高维度，也为我们演示了喻学贯通维度的最多、最高的程度，这其中自然也为我们演绎了通向更多维度、更高维度的方法和技巧。

只不过这些方法和技巧对其他学术领域的人来说需要融会贯通，而举一反三、闻一知十、融会贯通，并不是所有人都可以随意、轻松做到的。

换一个角度说，如果琴演中能够出现一首乐曲，将琴演的诸义全部阐释，那么琴演其实在一首乐曲中也就尽了，如果局演中能够出现一个妙局，将局演的诸义全部阐释，那么局演其实在一局棋中也就尽了……

以此而言，《龙山》其实是一个最经典的演绎，它或许不能穷尽诗道和诗艺，但它确实是目前我们所能见到的唯一一个如此高维、多维的事物。

而喻学最强大的应用就是演学，喻诗学尤其是格律诗本身就是一种演学，多层次的对偶等都在某种程度上构成演学的基本要素，所以中国诗歌在整体构思和写法上本身就是一种演，这一特点，在《龙山》的第二段给了我们很明确的暗示。

365

《龙山》之演与指喻之维

王子居已经公开出版的局演论、德演论、字演论、体演论等，事实上都有一个特点，就是它们都有着几千年的历史了，不缺悠久历史积累的文献里的各种论点和材料，但对于《龙山》，它是刚刚出现的，连王子居讲它都感觉十分吃力，尤其是演学这部分，虽然我们明显地感觉到它是一种演，但对于它的本质以及它的奥妙，我们只有一种直觉的认知，很难形成逻辑清楚的理论，也许是时间还不够，因为毕竟我们对多维修辞的认知和概括，是在讲《龙山》一年左右才发现的，那么对于《龙山》里的完全不同于史上其他诸演的演，我们现在还没有把握清楚。

《龙山》的演显然与体演（可参阅《决定健康的八大平衡》《平衡的，才是健康的》）、局演（请参阅《局道》）、琴演、字演（请参阅《喻文字：汉语言新探》）、德演智演（请参阅《天地中来》）等各种演是不一样的，它除了借助一个虚拟世界为我们演化天地万象与历史人文、民族精神、国势国运、文化传承等的贯通性外，它更以其艺术构成为我们演示了喻的多维贯通的一个最复杂、最多维的模型。

《龙山》是一种演，本质上是化天地万象、人文历史、民族文明、精神意志、国家气运为一象，用这一象来演绎五千年华夏文明的诸多内涵，并（最重要的）演示喻的贯通性究竟有多强，由于它其实是"化天地万象为一诗"，它的本质是对天地万象、文明文化、民族精神、国家气运以诗歌的形式进行演化，所以我们对它是仰之弥高、钻之弥深，不断发现它的奇妙之处……正因为它在形式上是一首诗，但在本质上却是王子居创造的一种演，而演是可以进化的，虽然化诗成演具有形式已经固定的先天缺陷，但它所演化出的喻学之秘和天地诸学的维度组合之奥秘，却不是一年两年就能够悉数发掘的。

山本是物质，物质的奇妙组合会产生状态、声音等，从而形成景色，一般来讲诗人写到情景交融就算不错了，古代喻诗写出了比喻、气象、意象，《龙山》则写出了以上的全部，但我们多读几遍就会发现，《龙山》真正描写的东西其实不是山，而是文化，是精神，是意志，是气质之龙山……

《龙山》用拟人化笔法以山写民族，本质上写的是民族精神和自信底蕴，这种化山川为民族气运、化山为民族精神的创作笔法，在四千年世界诗歌史上，都可谓是独一无二了吧？

这种以山为演，演化民族精神和气质的创作笔法，是在王子居创作出喻演论之后才诞生的。但这种堪称诗中无上的一象多喻境，却是他在《16岁词集》中的《菩萨蛮》一词中，就已经完美无瑕地运用了的。

龙山

天地造化、万象变化是人的精神活动、文化思想的源泉，人的文化思想又可说是天地造化、万象变化的人脑之演。

当我们将这个逻辑及顺序反过来，以天地造化、万象变化演示人的精神活动、文化思想，就是标准的演学。

对这些论断，如果不能完全理解的读者，可参考《局道》《天地中来》《喻文字：汉语言新探》《平衡的，才是健康的》等书籍。

《龙山》的独特价值在于，它在现实层面虽然比我们所处的现实世界少了很多要素，但它却创造了一个超越于现实维度的更多维度互相交叉并融会历史文化与民族精神构成的抽象世界、想象和传说构成的神话虚拟世界的一个独特的文学世界。

从某种意义上来说，古诗词中能以一首诗而构成一个独特世界的，非常之少，如《春江花月夜》等，可谓凤毛麟角。《春江花月夜》是以其印象流称为一个独特世界的，这一点可参看《王子居诗词：喻诗浅论》，而《龙山》的世界构成显然有更多的维度。

367

王子居的诗演论、文演论，其实讲的是整体的诗和整体的文学体裁，就跟棋盘和琴一样，通过无数局对弈、无数首乐曲、无数部小说来不断地进行演绎，一部小说演化一个世界比较容易（但也只能是一部分，单部小说构不成真正的文演，文演是小说这一虚的概念才能具备的能力），但并不是说一首诗能演化一个世界，所以对于运诗成演，就单篇而言是很难实现的，《龙山》诗之所以说是运诗成演，是因为龙山本是一个抽象的虚拟的概念（它不象黄鹤楼岳阳楼一样是实体的），所以它在事实上具备了演的雏形。另外，如果《龙山》演绎了过去四千年诗歌史上的所有要素，并且产生了多于那四千年诗歌的要素，那它就能代替过去四千年里的所有诗歌，而成为一首演尽古诗词奥秘的诗演。

但演是一种喻学概念，往简单说是哲学概念，是一个认知工具，而单篇的一首诗则是一种文学，将诗真的作成演，就失去诗歌的本来意义了。

但将演的雏形和最基础的方法汇入诗中，却可以成就神奇的诗作，《龙山》给我们提供了一个很好的范例。

为什么《龙山》可以凭单诗成演呢？因为它给我们展示了喻学的贯通性究竟有多强大，即在喻学的运用中，可以实现"一字一修辞""单句九重天""一象多喻境"等神迹般的文学层次和境界。这种演化成果，我们在过去四千年的诗歌史和文学史中都不曾见到，所以《龙山》足以称演。

如果按照王子居"大诗人写诗，是造世界"的标准来看《龙山》，《龙山》整体上有十几种维度，即便它的一句诗，细致地来算也有十几个维度，这些维度如气象、意象、意志、指喻、情景、时空、历史文化、气韵等，它们互相交织、互相联系、互相映衬；而在修辞手法上，单句七字可达八种修辞，普通一句可达三五种修辞，这些修辞手法互相交织、互相联系、互相映衬……

这些不同维度，再加上《龙山》整体上的文明、气运等维度，再加上贯通全诗的哲学、国学、喻学及演的隐喻，《龙山》的维度几乎快要穷尽华夏古文明中出现的多数重要维度了。

另外，《龙山》以抽象的概念演中华文明的外在气象和内在精神，所以它不只是文学意义上的演，它更是文化上、文明上、喻学上的一种演。

《龙山》是一首诗，但它超越了诗，《龙山》是文学，但它超越了文学，《龙山》是文化，但它又超越了文化，它演化的是民族文明、天地奥秘。

为什么我们这样说？因为王子居通过对天地之象的凝练与升华，为我们揭示了喻的贯通性究竟可以有多么强大。

以演成诗，是王子居喻诗学中最为独特的一种创作模式和笔法。

抽象整体的
布局与哲学贯境

我们先看一段轩辕诗友的评论：

　　再次赏析，先生可谓文思泉涌，笔法新奇，佩服，但有个见，即龙山撑不撑得起如此文笔，比如，名山大川如五岳，天下名楼如黄鹤楼等，古战场赤壁，这些地方就可以充分发挥想象，因为他们本身的历史底蕴，地标性景观奇迹底蕴，足够撑得起，比如三大名楼所在，历史上本就是兵家必争之地，南北咽喉要塞，所以历史上几兴几废，几废几兴，这种底蕴一挖就是政治历史，人文豪杰，如果不是名山大川，过于夸张话手法也是大忌。

　　历史上李白开创这种文风写法的，都是在空间时间上跨度很大的区域景观，比如他写黄河，蜀道难，行路难，等，其想象力之新奇，被称仙人语，天外诗也。

　　轩辕诗友真的是十分犀利，恰恰点中本诗的要害所在。

　　《龙山》诗有九大奇伟、九种殊胜（从大的方面讲，细处不论），轩辕诗友恰恰引出了第一重殊胜。既然轩辕诗友提出来了，那我们就先讲一讲这第一重殊胜。

　　第一部分：《龙山》的整体优胜。这个整体殊胜给《龙山》带来了一种历史时空的高度。即《龙山》诗将整个中华以龙山概之，以一象代全象，从而能够抽象地去写，于是无论是历史、现在还是未来，都以兴衰气运为纽带，以万千气象为元素，从而凝缩在一首诗中，而这首诗则通篇都是写龙山的气象（只写龙山一象），所以在表达上十分集中，而它那内涵极为丰富的诗意，则是通过象中所含的指喻及对学术的凝缩来实现的。这是王子居喻诗学较为典范的运用，因为中国喻学中的贯通性决定了我们可以以一象涵万象，或者说以一象变化万象，这种写法自《龙山》的抽象化始有。

因为将整个中华抽象为龙山，所以不落一山一水一楼一壁的窠臼，从而可以任意地发挥想象力，任意地挥纵文笔，这种写法，其实古已有之，如《春江花月夜》即不取实地实名，而以天下遍布之春、花、月、夜及江来写天下共有之景，故《春江花月夜》能超越《黄鹤楼》《凤凰台》《桃源行》等，正是因为一山一水一楼一壁必然会局限诗意。《龙山》以抽象而不具体，所以才能做到不受任何实体的拘束。

龙山不是一座山的称呼，而是用来统称中华之山，因为中华古文明中崇拜龙图腾，龙是中国文化所独有的，最能代表中国文化。所以《龙山》第三段开段讲"日月合易，象在龙天。天予华夏，富诸龙山"，诸龙山的诸字，意谓诸多，而富字，又是多的意思，是说华夏富有很多的龙山，这两句其实就指出了龙山的本义。

在中国传统文化中，以近代而论，中国人号称是龙的传人，往远古说，最古老的《易经》中乾卦的取象就是龙象，龙与天本不分，又说龙为星宿，如青龙，又说为星辰，指北极或北斗，又说东方青龙或为金星（此引前人诸说，作者未考证），但古代《易》文化中龙是一种比较抽象的概念，随着发展成为一种泛称，如山也称龙脉，皇帝也称真龙天子，神话传说中江河四海中则有龙王，龙凤龟麟则是古代的四大吉祥物……所以王子居以龙为象，取中国古代文明中最根本的象，概括中国诸山，则龙山是对中国的山脉的一种富于文明意义、文化意义的统称。因之，龙山的概念，是超脱出一隅一地、一山一水的。

所以，无论黄鹤楼还是三大名楼、赤壁、黄河、蜀道，还是其他任何一处名山大川，论到底蕴都无法与抽象的龙山相比。

我们的贴名叫做《见证大中华气运绵绵》，只有这种全体的、抽象的龙山，才有这一个资格，其他的具体的一山一川一楼，都不具备。

说到轩辕诗友提到的某一山川名胜，其实《龙山》本来叫《蜀山》，是想通过蜀仙的传说来写中华山川的奇伟的，随着《蜀山》的创作，王子居发现蜀山为中华一隅，虽然奇伟瑰丽，但却不足以承载他那磅礴壮伟的诗意了，只有大中华整体的千古龙山，才能承载他那博大无边的诗意格局，所以这首诗就成了龙山，但却还是以蜀山开始的，以蜀山为引，故保留了诗作中带蜀字的诗句。

《龙山》的第三段"天予华夏，富诸龙山"一句，又如"绝岭遥遥缠复绕，万龙聚首共来朝"，用万龙形容无尽的峰岭，其实都已经为我们揭示了本诗中的龙山，并不是蜀山的一座山峰，而是泛指中华诸山。

而在第二段，"蜀山奇，望八极"也明确告诉读者，它后面的诸山俱为龙山："祁连天山坐相望，昆仑唐古横断西。龙山分列江河措，经纬纵横华夏依。山拱河卫形不尽，山依河倚势无圻。万屹千岏争攘攘，千嵥万岘拥熙熙。天高地远连六合，深形大势八荒弥。"其中"万屹千岏争攘攘，千嵥万岘拥熙熙。"不光是描绘龙山之多，更是描绘通过龙山的形态之多、之复杂多变，来描绘龙山的富有，而且攘攘、熙熙也写出了中华的一种生机蓬勃的气象。"天高地远连六合"是说中国四通八达，"深形大势八荒弥"是说中国因龙山而形成的攻守形势，可以弥漫八方。王子居运笔极为简炼，这一段本来是写到了泰山等诸山的，但那种一山一川的逐一铺陈，对于《龙山》这样的鸿篇巨制来说，显得太浪费笔墨，所以王子居只写了西部边陲的几座大山脉，然后就迅速转变到龙山的整体形势中。那些描绘泰山等具体的诗句，就被王子居去掉了。所以王子居在第二段用了六个字，迅速从蜀山切换到八极，然后用了一联点了几个代表山名作为过渡，迅速地将笔墨切换到整体龙山，写出了大中华连通六合、弥满八荒的雄伟博大。

其中我们理解诗意时最需要注意的是"龙山分列江河措，经纬纵横华夏依"，为什么说轩辕诗友的"因为他们本身的历史底蕴，地标性景观奇

《龙山》之演与指喻之维

迹底蕴，足够撑得起，比如三大名楼所在，历史上本就是兵家必争之地，南北咽喉要塞，所以历史上几兴几废，几废几兴，这种底蕴一挖就是政治历史，人文豪杰，如果不是名山大川，过于夸张话手法也是大忌"恰恰点中本诗的要害？因为三大名楼相比龙山的山川形胜，就显得非常局促了。

"山拱河卫形不尽，山依河倚势无圻"，正是因为有无穷壮阔的山河，山河形势变化为国家攻守形势，扼险而守，常能立于不败之地，所以华夏形势无穷无尽，而三大名楼等显然是有穷尽的。

什么叫龙山分列呢？大家可以查看一下中国山脉水系图、中国地形图，黄河为什么九曲十八湾？因为地势的缘故，大河的流向，很大程度上受山脉地势影响。而另一方面，中国的大河，黄河与长江，都是发源自高山的，中国的地形决定了江河都要自西向东或东南流（后文的"天倾西北山为柱，地陷东南水流补"其实也是"龙山分列江河措"的一个注脚），这是地势和山脉走势所决定的，所以说"龙山分列江河措"。我们可以想象"天予华夏，富诸龙山"，当造物之手将诸山安排好之后，江河也就依山势而措了。

中国山脉，有很多说法，如"几横几纵"（如果山脉的最低级别为雁荡、武夷、中条、秦岭这样，这种级别往上的山脉，有八九十条，水系而言，江河加上各种支流，为数也很多），依山脉的大小不同而数目也有异（从几列到几十列不等），但江河与山脉纵横交织，就如经纬之线一样，而经纬在这里，自然蕴藏着经天纬地的意思，华夏以山河为经纬，孕育并发展着世界上唯一延续下来的远古文明。

这是第二段的第一重意义，王子居用龙山为我们标示出了整个中华的大体轮廓。

读过《布局天下》这本军事著作的，想必对下面的内容会理解得更深刻。

而第二段的重点在"华夏依"三字上。

为什么说"华夏依"？因为中国的山川形胜，在某种程度上，是中华文明生生不息的保障。用古代的话说是得"地利"，用现代常用的一句话来说就是"地理形势得天独厚"，用电影里常用的话说如"依托有利地形，分段阻击敌人"……

比如函谷关，在战国时代，秦国得函谷，则可以东出六国，秦国失函谷，则被封堵在一隅之地，被视为蛮夷之邦，不得与六国会盟。所以函谷对秦国来说，是生死攸关之地。

又如中原政权失去后，往往会有短时间的江南偏安政权，如东晋、南宋，也是因为山川形势决定了北方骑兵在江南之地往往不利。

古代有关内、关外之别，如秦时函谷关、明清时山海关，明清称山海关以东或嘉峪关以西或居庸关以北一带地区为关外，关依山立。清军得了山海关，则明朝就暴露在铁骑之下。从地形上看，中国古代有雄关扼守，所以国运绵长。

而在历史上，秦之伐楚、晋之伐吴，都是绕过长江天险才能得手。

又如，历史上很难从蜀而入中原，刘邦虽然是从蜀入秦，但他本来就是从秦入蜀的，他本质上属于楚政权的一部分，所以不能算是从蜀入主中原。

所以中国的山川形势，在一定程度上决定了华夏文明如何发展，比如长安、南京、北京等历朝古都，都是因山川形势进行的选择。

最明显的一个例子是，北宋定都开封，宋太祖认为很危险，想要迁都，却最终未能成功。他说"一旦有敌人渡过黄河，宋朝就危险了"，结果仅仅百余年，金军渡过黄河，攻陷开封，北宋灭亡，这是因为开封四周无险可守。而长安、北京等地，则因有险可守，所以较难被敌人一举灭亡。

北宋为什么在军事上始终处于弱势？因为北宋没有夺回燕云十六州，"失岭北(王维诗中都护在燕然的燕然都护府)则必祸燕云，丢燕云则必祸中原。"失去燕山，则北京南部包括河北山东都要受军事威胁，夺不回燕云十六州，则北宋的东北部无险可守，北宋直至灭亡前与金联手灭辽，也没能够夺回燕山山脉，而北宋开国时的疆土，距燕山只有一二百里之遥。而与西夏的对峙中，宋朝因为陕西一带的山川形势，所以在对西夏作战中，始终没有被西夏攻灭的危险。所以说，龙山乃是华夏政权的保障，那些扼守要塞的龙山，一旦失去，华夏政权也会因之而弱、而亡。

古代的万里长城依山而建，就是借山之险来守国，由于古代中国的中心地区华北平原、黄淮平原、长江中下游平原是一个整体，这个整体的外围全部是第二阶梯的山脉组成，只要这第二阶梯的山脉不失，则华夏不失。即便到了近代，工业化时代的海上威胁，也只能打到长沙、太原等地，却打不下这个第二阶梯。从国家最终兴亡的军事层面考虑，大三线建设也是这个原理。龙山不失，则华夏不失。围绕三大平原的龙山，只要有一个点被突破，则华夏民族就会陷入危机，只要龙山不全，华夏政权就始终会受到威胁。所以诗中才说"华夏依"。"华夏依"三个字看似简单，其实是中华兴亡史的极度凝练。这三个字的高度凝练，在历代诗歌中都是少有的，它同时凝练一门军事地理学、一部国家兴亡史。这种凝练其实来源于它前面的四个字和更多的铺垫，由于《龙山》一诗多处用典，而喻文字的特点决定了它的双关性，所以"纵横经纬华夏依"一句中，"纵横经纬"四个字，就语带双关。它们明面上是写山川布局的，但这两个词其实贯通着其他的意思，大家想必都很熟悉"纵横捭阖""经天纬地之才"这两个常用词语，而喻诗的特点就是贯通性，它贯通着这两个意思，所以这一联诗其实是两维的，在修辞上，除了双关外，依字也是一个拟人的用法，当山川能够"纵横布列""经天纬地"时，这个句子其实已经是有拟人的修辞格了。由于双关的不确定性，我们既可以将那"纵横经纬"的主体理解为山川，也可以理解为历代的英杰。而一喻多指，恰是指喻的特点。

龙山布列，才有了中华的山川形势，而山川形胜，决定了中华的生生不息。"山拱河卫形不尽，山依河倚势无圻"，这一联是进一步描写山河拱卫华夏民族。拱卫依倚四字，表达了中华山川千姿百态、丰富多变，形不尽、势无圻，既是赞美中华山川对中国文明的保卫之功，更是表明中华气运因这些壮丽山河而无终无止。

以上我们说函谷，说山川地理对国家的重要性，有疑问的，可以读一读前些年非常著名的一本著作《布局天下》，这是两位军事学者写出的惊艳之作，这两位学者总结出中华的三列山系，作为古代中国统一分裂、兴亡成败的关键。当然也可以读一读王子居已出版的《天地中来》，里面也讲到天地山川与军事学的关系，不过是用喻学的原理来讲的。

我们的贴名为什么叫做《见证大中华气运绵绵》？因为龙山本就决定中华的气运兴亡。

"纵横经纬华夏依"好像是泛泛之笔，实则是点睛之笔，它明确地点明了山川得失与国家存亡的关系。同样的，这一句话其实也包含了中华文明五千年的生死存亡、兴衰沉浮。

所以在《龙山》一诗的第二段，王子居其实已经给我们揭示了龙山气象与中华气运的关系。同时，这一段也是军事地理学的一种凝缩，它高度概括了国家兴亡与山川地理及军事的辩证关系，并与抽象的龙山组合起来，从而形成了诗歌史上的一种创新之举。

喻诗有一个特点，就是诗意回环绵密、互相勾缠、增益。诗句立意往往有互相照应之处，如结尾的"龙山坐镇天地间，鲲河奔冲永不闲。"坐镇二字，其实也是对山川布局所具军事上意义之保家卫国的一种明确地显示。又如"铁崅（骨）万里根盘（牢）地，绿甲千旬气弥天""壁立雄嶂神斧削，插天奇屹（峰）仙剑寒""奇石嶙峋仙布阵，怪树舞风旗招展"等联，无论是拟人还是比喻，都或明或隐地体现了华夏山川在军事布局上的意义。

而在第二段中，更是互相增益递进的，如讲到"山拱河卫形不尽，山依河倚势无圻"，为了增强这形势无穷无尽的意蕴，王子居的下句接着讲"万屹千屼争攘攘，千崻万岘拥熙熙"，用熙熙攘攘的无尽山峰，来增益形势的厚度。再加上"天高地远连六合，深形大势八荒弥"的直接表述，而为了增益这高远深大，王子居后面用了三联的笔墨。"白云深处倾玉帘，山径危绝挂天梯。千林怪木击风鼓，万丈嶙壑响鸣镝。仰望雄山不见天，俯视云林莫知底。"其中"千林怪木击风鼓，万丈嶙壑响鸣镝"，在这一段中为我们透露出了龙山在国家间的终极之战暨军事层面的意义，莽莽千重山林，都在击鼓应战，而从那万丈之深的嶙壑之中，飞射出激鸣的令箭，似是一场绝世大战开始，颇有"隐于九地之下，动于九天之上"的妙义，可谓战意澎湃、斗志昂扬、威武不屈。而所有这些句子，都是"龙山分列江河措，经纬纵横华夏依"一联的注脚。

这种注脚或呼应在本诗间或出现，如"奇石嶙峋仙布阵，怪树舞风旗招展""峙列雄峰遮断天，乱布云林迷仙眼"等句，是以仙的名义布列龙山，从而加强了"龙山分列江河措，纵横经纬华夏依"的意味，使之有了一层神话色彩，其中阵、旗等字眼则明确地显示了它的军事喻义。

而与第二段遥相呼应的"龙山坐镇天地间"，则是经过了王子居对龙山之雄奇壮伟等种种无上气象的描写之后，进行的点睛之笔。龙山坐镇于天地之间，镇压宵小敌国、定世界太平，是何等雄伟的气魄，正因为气魄雄伟至极，所以王子居才安排四句单独成段。

而正因为"龙山坐镇天地间，鲲河奔冲永不闲"，所以接下来就是"绝岭遥遥缠复绕，万龙聚首共来朝。千秋万代有天骄"，万龙聚首来朝的前提正是"龙山坐镇天地间"再加上"鲲河奔冲永不闲"。

所以说《龙山》中的诸多诗句其实已经很明确地点明了龙山的军事布局对古代中国政权所起到的重要作用。

以上我们通过军事布局为例讲了《龙山》诗的抽象整体，而这个抽象整体还有很多一体贯通的奥妙，如一体同喻、整体拟人，它的抽象整体除了象征国家、气运等外，还有十几种整体贯通，这些要在指喻维中才能初步涉及到。

《龙山》这首诗，其实是通过中华山川的雄奇瑰美，来写中华民族的伟大气象，写华夏民族的气运和天意，写华夏民族的内在气质，但以王子居的构思之精心而言，说中华气运固然重要，但它依然是个噱头，而最核心最重要也最根本的其实是，王子居是用龙山来描写中华民族的精神力量和意志！当然《龙山》也写出了一种博大精深的民族精神的底蕴，写出了一种强烈的自信和自豪，写出了一种无敌无畏的气概，这才是《龙山》一诗真正要表达的核心。王子居将以上种种历代诗人都未曾尝试的伟大意图，凝练于一象：龙山。这恰是他努力推广的喻诗学的强大之处，即运用象的无限贯通性，可以成就伟大的作品。

在《龙山》中，王子居以日月为相，天地为帅，山川为将，长风为臣，草木万物为兵，排兵布阵，捍卫中华。所以仅仅在立意的高度上，这首诗就是古来其他诗作所未曾有的（如轩辕诗友举赤壁、黄鹤楼等一隅之地，当然比不得抽象的整体的龙山）（按王子居的说法，古人诗中立意高远的，属屈原的《天问》，其他时代，立意较高的诗歌往往在古风之中，绝律往往格调和立意都不够高）。此是《龙山》诗的第一奇伟和殊胜。

在前面《诗演2：理之贯通与虚拟构境》一章中讲了诗演世界的构成，显然《龙山》要比那些诗作的世界构成复杂很多。如在《涛雏将别》中的以易象义理为构成诗世界的基础，《龙山》不只以"日月成易，象在龙天"明确点出，它还是《涛雏将别》对易象运用的升级，因为《涛雏将别》是局部易象构建的，而《龙山》是整体易象原理贯通构建的。这中间的差别，其实就是诗中单联单句的一象多喻和整诗一象多喻境的区别。

而在易象构境的基础上，《龙山》还有本节所讲的军事布局的整体构境，同时它又有仙道传说的虚拟构境，如果说《龙山》是易象的理义构境，那么作为王子居精心构筑的一首喻诗，它自然也有喻的理义构境。

377

而这首诗创作初期的主旨，就是写华夏文明和中华气运的，那么它们本就具有华夏文明的义理及抽象的哲学贯境，这一点，单从《龙山》的取名就可以看出来。

我们在前章《指喻之维：一象多喻境》中应该就已理解一象多喻和一象多喻境的差别。

《龙山》是一象多喻境，同时贯通着理义世界的多维，也就是说它的多维整体隐喻即是多维世界，它们是一体的或者说是叠加的。

如果说《龙山》的整体抽象布局有十几维，那么要一一展开论述目前有点不现实，所以我们就以这军事原理的布局为例简单阐释一下吧。

以上讲的是一首诗在大的方面，《龙山》是如何傲啸千古，而在整体的方面，王子居将游仙、神话历史传说、华夏哲学人文（如第二段的军事布局、第三段的易学）、华夏气运、中华山河气象、个人理想及身世感怀完美地融合在一起，通过龙山这一个象显示出来。所以在整体的运用诸多元素构境层面，《龙山》也是自古以来最为复杂、博大的诗歌。王子居这种以一象蕴万象的喻诗写法，在其《十六岁词集》中，即已现端倪，而他十七岁时的《涛雏将别》，与《龙山》相对，则是另一种喻诗的伟大创新之举。

《龙山》之演与指喻之维

喻学和哲学贯境

中国古代哲学基本上都是喻学，比如阴阳哲学，是喻学数理之学中二之数理的一部分，王子居总讲二这个数理有四种，阴阳则是其中一种，主要用来阐释相对或相反的现象或规律。

中国格律诗和双句诗及词都是二之数理的运用，《龙山》虽然不是一首律诗，但它弃满着很多对偶，而王子居又十分注重阴阳相对哲学在诗歌中的运用。单以对偶而言，就是一种哲学的贯境了。

在讲究气势、追求雄伟气象的同时，王子居依然深得阴阳之喻的奥妙，他的一气贯注的雄浑气象依然是讲究一张一合、一兴一起的，总是先以一小段较为温和的诗句进行兴发，然后再用一两段全面雄起。除了第三段将兴与起合为一段外，其他诸段他都遵循这一兴一起的阴阳之道。这也许是王子居诗歌在结构方面的一个特点吧。

前面我们在《用典》一节中讲过，王子居化典而运，他在诗词中用典喻的特点是截取典之喻义而运，因之他不像李白咏单父琴台、岑参咏相如琴台那样将诗中的典喻给限定住，它是将古代诸典之典之喻合同，择其可用者合而化用，这种笔法是他《抽象整体的布局与哲学贯境》中所讲全篇笔法在一联一句中的运用，它们的原理是相同的。

我们从此中可以看出他创作诗词时经常会将文化史上的一些元素贯通、汇合起来，进行化用，这是另一种哲学贯境，即总结文明史或文化

史上比较典型的元素进行贯通交织，然后在诗中再进行隐喻等贯通。

《龙山》是以哲学贯境，以抽象事物凝缩大千来构境，所以才成就了它的博大精深。

由于喻学是以象为基进行贯通的，所以《龙山》一诗中神话传说与国运沉浮一起光怪陆离，山川气象与文明文化、精神意志、学术精华等一起竞相绽放，闲适逍遥的隐逸思想与昂扬奋发的竞争精神一起交织变幻……这些都隐藏在对山川的形象描写之中，以一象而贯通串联，由于诸多元素全在象中，所以它们天然一体，不存在混合、融汇之说，超出了"情景交融"的境界。因为山川本就具有万象，可以"横看成岭侧成峰，远近高低各不同"，所以雄伟与奇诡并存、幽深神秘与高雅香洁同见……可以说，《龙山》一诗真正实现了中国喻诗目前为止的最高境界。

事实上，我们在《本书的读法》中讲到天道圆行之喻，《龙山》能够为我们展现这一喻义，是不可思议的，而我们对这些在《龙山》中展现出来的哲学，尚无清楚的头绪来表达，所以事实上真正的《龙山》，也许要过一些年月才能被充分解读。

《龙山》之演与指喻之维

全篇布局与一联中的布局

前面讲《龙山》一气贯注和一气恒强，似乎它有点傻大黑粗，其实不是的，《龙山》在整体布局上刚柔相间、虚实相生、张弛有度，具有艺术的张力和丰富的变化。

如首段以柔，二段以刚；三段初始用柔并且用学术开篇，然后才转入刚健；四段则刚柔相间；五段刚柔相间；六段初以学术之柔而起，以刚健而终；七段初始以虚无之柔起，以奇诡之强健终；八段以至柔蕴至健；九、十、十一段刚柔相间。

总体上来讲，在绝对的层面，《龙山》整体都是强健的，即便是在相对婉约之中，也蕴含着强健；而在相对的层面，《龙山》还是注重刚柔相间的。

在局部中，《龙山》讲究阴阳的对偶，我们前面讲过案例。

在单联或单句上，如"鲲河滔滔"改为"鲲河奔冲"，显然不是为了对偶，因《龙山》是寻求气韵的飞动而不是僵化的对偶的，滔滔改为奔冲的意义就在于与上句实现对偶后，产生了阴阳相对的指喻，从而具有了一开一合、一攻一守、一进取一维护、一动一静、一刚一柔的五种指喻和象征。

像这种靠修改两个字就实现一种国家形势、民族精神、文化特质的指喻，实际上已经实现了有些诗篇中要靠整篇才能实现的诗意布局。

也就是说《龙山》因为其贯通出的多维指喻，能够在一联一句之中实现一种十分博大精深的思想的布局。

事实上，这种构思和布局，这种通过一个指喻实现多维意图和目标的写法，早在王子居早期诗歌中的《相思》一诗中就实现了，巧合的是，那首诗也是通过山水的阴阳对偶来实现多重诗意的。

《龙山》的布局微妙还表现在它以仙（创世、宇宙）起始，然后在第一段中就加入历史，从而将诗带回现实世界，然后这首诗始终虚实交织，而在第十小段，讲世界、国家、民族，但在第十一小段又回到了虚拟的仙界（不可测的宇宙）。

381

这个开头和结尾的相反对称，也是王子居在诗中对阴阳相对哲学自然运用的一部分。

除了阴阳虚实的在整体布局上的对偶之外，像仙凡的交织与隐为的相间外，在整体指喻的层面，也有着古今在布局上的大对偶，同时它在隐喻中也有着盛与衰的诗意大对偶，比如第七段用了不少的篇幅来写当华夏喻文明势衰时，华夏喻文明真旨的隐晦难见、无处追寻……

游仙外壳与虚拟世界

解读《龙山》到一半的时候，困扰我们的一个问题就是，为什么一首表达华夏文明诸多内涵的诗作，非要运用游仙诗的形式呢？

直到王子居讲到诗演时我们才明白，几乎所有的诗演，都必须是一个虚拟世界，至少也要是一幕虚拟场景。

而事实上从艺术的美学层次来说，也只有游仙诗能超越现实的美。

而从创作自由上来讲，游仙诗的创作空间最广、创作自由最大、想象力受限最小……

而这些都是《龙山》能够成功的原因，几乎是缺一不可的。

文学中最大的自由是什么？莫过于创造一个虚拟世界，当诗人创造一个虚拟世界的时候，他就获得了造物主般的自由。而《龙山》正是借助李白等人喜爱的游仙这一题材和形式，从而获得了造物主般的自由。

以游仙为外壳除了获得了如造物主般的自由外，它其实还将历史传说、仙道文化与山川气象、民族精神结合了起来，使得整首诗有了一股"仙气"，它始终笼罩着一种神话和传说的神秘、幽深、久远的古气。在文学之美的层面，这股"仙气"是《龙山》独一无二的特质，而神话传说的美是每一个文明在讲到远古根源时都必须的。

一首诗想要将山川大美、人文精神、文化传承、国家气象气运等

龙山

完美统一起来，靠写实显然是不可能的。

我们前面讲《涛雏将别》的特点是它除了同时运用戏剧构境和幻境构境，它同时还运用学术构境，它运用《易经》中的几个基本理念进行构境。

戏剧手法入诗和对联的象征入诗，是《龙山》很重要的特点。王子居在《古诗小论2》里讲到对联最重象征，因为对联本是春节求喜庆而作，所有的对联都是为了寄寓某种愿望、愿景的，象征就是加了美好愿望的指喻，所有的象征都源于指喻，而对联中的指喻往往是象征。而这也恰是《龙山》诸多指喻、象征的渊源所在。《龙山》将对联中的象征与指喻结合，构造了难以想象的多维喻境；而在前面讲到的剧幕入诗，则在《龙山》中进化成了诗演，从而使得《龙山》成为了唯一的能以一首诗成演的作品。

《龙山》的构境远比《涛雏将别》要复杂得多，它包括了《涛雏将别》中的所有构境元素，但我们应该考虑到一个事实，就是由于《龙山》维度太多，所以事实上有一些维度并不太明显。

比如军事学原理的构境，山川万象与军事布局虽有密切的关系，而《龙山》也花了一点篇幅讲到了这种军事布局，但显然它只是龙山万象的一部分，而不是龙山的全体。

又如第四段写华夏喻文化的富丽，就颇有剧幕的特点。但我们只将它视为叙述也无不可，而《龙山》的特点是它整首诗都是讲山川的，这一幅巨大的图画其实是很难从整体上去把握它的，它有整体也有细节，而且充满了玄幻式的变化，经常从现实切换到神话世界，如同影视中不断变幻视角的画面。

所现实山川和神话山川的交互变化，也是《龙山》境界构成的最重要的组成部分。

当然我们可以将易学构境、军事学构境等统称为学术构境，它们是一种抽象构境，是一种虚的构境，而神话构境、幻境构境则是虚实兼运。

多维贯通与一象多喻境

龙山

　　我们在讲《龙山》的时候是经常进行自我质疑和自我问难的，即我们的观点、我们的论据、我们的论证方法究竟有没有问题？究竟站不站得住脚比如《龙山》的指喻，如果《龙山》里只有几句被我们解读出了指喻，那它可能是一种牵强附会，而事实是，《龙山》一诗基本是指喻，这就说明了这一作品是有意地进行指喻创作，而不是碰巧在几句诗中似有似无的像是指喻。而且《龙山》的一些诗句是明确地讲明《龙山》这首诗是一个指喻、是一个象征。

　　事实上，王子居的指喻诗风是一贯的，从他十二岁时的《鸿》，到十六岁时的《菩萨蛮》《送春词》《涛雏将别》，到他十八岁时的《咏怀》诸作，甚至他的《最后一页花片》《死了》等新诗，很多都是整体指喻。在一首诗中运用指喻，似乎是王子居骨子里的习惯。事实上，也只有当我们读过他所有的指喻诸作时，我们才能真正深刻地理解《龙山》的指喻。

　　事实上，我们想体会《战歌》《龙山》之强，仅从被抛弃的残句中就可领略一二，如《龙山》弃句：

珠峰四望漫眼白，泰岱八方未了青。秋腊收藏千层雪，春夏生发万里红。

无论是气象还是气势，号称"骨力雄奇"的杜甫最强的诗作"无边落木萧萧下，不尽长江滚滚来"都不及，而它们却是《龙山》的弃句。为什么气象如此雄伟的佳句被放弃呢？因为单独的景象描写（其实第二联具有象征）是王子居所不取的，而对《龙山》的整体为喻来说这两联虽亦可隐喻，尤其是收藏、生发还是典喻同运，而珠峰的漫眼白和泰岱的未了青在空间上极尽广阔，并且青白形成了鲜明的对比，而秋腊、春夏则是从时间上写四季轮回，两联诗其实是空间和时间的对应，有着如此多内涵的两联诗，依然被弃，可见在王子居的心中，它们作为隐喻还是要弱了一些。

　　王子居《十六岁词集》里就创造出了诗歌史上从未有过的"一象多喻境"，听起来"一象多喻境"很是高大上，但实际上同《龙山》分析起来繁复无尽但基础却极为简单就是山川气象一样，"一象多喻境"的创作逻辑也是很简单的。

385

　　为什么说喻诗的思路极其简单呢？那就是一个人的思想和感情是多元（多维）的，比如说他在一个事业的低潮期时同时有事业上的挫折感受、爱情上的迷茫、理想上的困惑，那么他要在一首诗中同时表达这些感情，没掌握喻诗创作技法的人，往往会分开表述，于是一首诗就是分割开的，而喻诗呢？喻诗是采用一个象统一表述，是一象贯多喻，或者是一象多喻境，或者是一体同喻。

　　这个表述的技巧其实也是极其简单的，那就是如果三种维度的感情都有迷茫感，那就取一个迷茫的象来统一表述，如果三种感情都有灼痛感，那就取一个具有灼痛感的象来统一表述。

　　是不是极其简单？大道至简，不是说说而已，而是真实如此。

　　"一象多喻境"是一个历史性的创造，实现了最简练、最丰富、最凝聚、最多维（元）、最美的表达，可以称为"核聚变"式的表达，但它的思路、方法都是极尽简单的。

　　华夏古喻学中喻有四种贯通即象数性理的贯通，中国古代文化中围棋、麻将、古琴、太极等演学主要是数的贯通，中医和自然科学等领域则是数、性和理的贯通多些，中医学中象、性、数、理的贯通都很多，文学中则是象的贯通可能要多些，但事实上我们在王子居的喻诗中看到了不同，即他将性、理等维度也拓展出很多空间。但读过《古诗小论》《古诗小论2》的人，想必知道中国古代文学中对象的贯通只达到了二三维的境界，也就是气象、意象，更多维度的贯通还有用典、时空，但单句中最多的也只有数首诗能达到三维或四维。

而王子居的喻诗则将象的贯通提升到了极境，将象的贯通从唐代最高的单句四维提升到了十余维，而且在此之外，他又从整体上实现了"一象多喻境"，从他十六岁时的《菩萨蛮》到十九岁时的《咏怀》，其实王子居写诗的三十年里只有几首诗是整体的"一象多喻境"，他的大部分喻诗是一象二喻，从王子居创作的数量上可以想象一象多喻境比一象多维境要难得多。

刚开始的时候，我们以为《龙山》达到了一象四五喻，而在单句上，王子居对指喻的贯通也从一象一喻提升到了一象四五喻的极限。但事实上，《龙山》一体指喻的对象达到十几维之多。

龙山

《龙山》超越了人类对文学的想象，也超越了王子居自己对文学的想象。即便是王子居自己，也无法想象《龙山》对"一象多喻境"的突破竟到了这种骇人听闻的程度。不过细想来这是正常的，因为2019年前王子居的一象多喻最多的是爱情、文学理想、文化追求这三个层次，都是个人的，而喻学的贯通性尤其是喻文字的贯通性决定了越是根本的、重要的事物其贯通性就越强，《龙山》一诗中王子居运用了整体抽象的写法，它贯通的是人类历史上最重要、最根本的事物，能达到十几维也就很合理了。

也就是说在文学层面对象的贯通上，王子居除了提升传统意义上的单句维度之外，还将指喻这一文学修辞进行了升华和革命，成为喻诗学最伟大的创造之一。

喻诗的秘密和创作技巧，其实上面已经讲得极为清楚了，王子居并未隐藏他的道、他的术、他的技，而是给中华文化全面呈现了出来，只有这样的呈现，才能避免类似从秦汉开始的各种文明断层、文化断代。

王子居诗词中看似最不起眼的《菩萨蛮》《咏怀•孰秦》《最后一面花片》等，都是超越诗骚汉唐的"一象多喻境"，而一眼看去就气冲斗牛、极不平凡的《龙山》《涛雏将别》等作，也是"一象多喻境"。但他从十六岁就开始的"一象多喻境"，可能会成为绝唱或者说再现的难度很大。为什么这样说呢？如果王子居没有创立喻学、喻文字学、喻诗学、喻医学、体演论、局演论、琴演论、德演论等诸多文明理论的创新，那么他从十六岁就开始的文明、文化之指喻就不算数，就只是一个梦想或者说是笑话。只有当他取得了这些学术成就之后，那些文明、文化的理想之指喻，才算是"一象多喻境"。如果他最终没有任何成就和突破，他那些文化指喻岂不是笑话和牛皮？

《龙山》本是王子居创立喻诗学的理论并出版公布之后，为证明喻诗的强大而创作的，它的创作意图十分明显，就是要更好地证明喻诗的多维境是中国诗歌的正确道路。

既然本就是为证明喻诗的强大而创作的一首诗歌，作者的创作当然会与之前不同，比如以前他创作的《菩萨蛮》《涛雏将别》《咏怀•孰奏》《最后一页花片》《啸傲行》等一象多喻境的整体指喻诗作，都是全隐喻，并不透露任何消息。而在《龙山》一诗里，他生怕读者读不出来，于是特意写了"日月合易，象在龙天。天予华夏，富诸龙山。其时至中华，气象伟万千"这样为了点醒我们而与《龙山》整体以象为手段全然不同的述理（当然它同时也是叙事，是对历史事实的一种阐述）。

喻学的显著特点是多维贯通，但喻诗较之其他喻学的四维贯通还有更特别之处，即喻诗中的指喻一维。既然是喻诗，那指喻维显然要比情景、气象、意象、典故等维度要更值得重视一些，这是因为王子居在《龙山》中给我们展示了"一象多喻境"的指喻境界，一喻多指，是喻诗学的最重要特性，这个特性意味着，除了喻诗学中的"一象贯多维"之外，这个一象所贯通的指喻，还可以一喻贯多维（以一指多喻中的诸喻再度进行一指多喻），也即多维之中的多维（可参考《一字一修辞，一字一重天》）。

讲到多维诗境，《龙山》在单句的构成上可能还不算是王子居诗中最好的，如《相思》的一联十字十四种殊胜，《龙山》在单句上可能没有达到短诗所达到的那种单句的极限，却也达到了"一字一修辞，单句九重天"的多维极限，而且它是以整体胜的，由于是一首长诗，因之多维诗境的诗句总体上很多，而这些存于一首中的多维诗句，更容易让我们理解喻诗学中的多维诗境。

喻诗学的维度，最简单的主要是气象和意象之维，这也正是唐诗和宋词的长项，而喻之一维，从《诗经》的比兴到《离骚》的比喻，再到晋阮籍的指喻，最后喻之一维的集大成者则是王子居。可以说王子居现存的几百首诗歌有一半都是用明喻和指喻写成的，有史以来以喻为诗的诗人，即便是屈原所用的喻也没有王子居更多。

《龙山》一诗的创作过程中王子居是主要追求气象的，因为这首诗本身就是要写中华气象。但他是喻诗学的创立者（2018年《古诗小论》初创喻诗学的理论，但他在十几岁就已经会写喻诗了，而年底春节期间写成了《龙山》），所以他自然会潜意识里面就用到喻，对他而言，象拈过来，不知不觉就会成为喻。

《龙山》的第四奇妙就在于，这首诗整体是一个指喻，以龙山之雄伟喻中华之气象（喜欢的朋友，也可视为气运，总之无伤大雅），古人以整首诗为喻的，虽然不多，但也有，如"居高声自远，非是籍秋风""只待高风便，非无云汉心""解把飞花蒙日月，不知天地有清霜"……往往都是绝句，在长诗中局部用喻的，也往往是几句几联用喻，而《龙山》是自古至今整体用喻篇幅最长的。这种笔法其实脱胎于王子居少年时创出的"一象多喻境"，只不过在《龙山》中他写出了全新境界，创造了全新的写法。

《龙山》中的用喻，也极尽各种特色和层次，几乎把我们能想到的和想象不到的喻都用了一遍。最简单的是修辞之喻，然后是各种指喻。

最简单的修辞之喻

除了像"壁立雄嶂神斧削，插天奇屹（峰）仙剑寒""白云深处倾玉帘，山径危绝挂天梯""万年凝雪披白玉，千秋木落飞鸿羽"这样的修辞上的比喻外（以形象喻形象），更有气象+比喻+意志的四维单句，如"白云如海冰冻结，奇松顶雪意凌寒。"

即便是最简单的以形象喻形象，《龙山》诗也体现出了比喻修辞的不同层次。如"香花宝华如珠玉，青松扭曲若龙盘。"是最初层次的形象比喻，"巨鲲自觉虾蟹小，雄鹰当看燕雀低。"这一个比喻则从形象喻形象的比喻中超脱出来，喻人的志气，是比喻的更高一个层级。

而"万年凝雪披白玉，千秋木落飞鸿羽"的下句则写出了一种唯美的意象，从而在下一句达到了二维诗境（我认为上一句也是一种唯美的意象，王子居个人认为说是二维的意象虽然可以但有些勉强，这是他要求太高了吧，鸿羽和白玉是人间比较美妙、诗意的事物，王子居取此二象，显然不是单纯的写景，不能因为飞鸿羽是动态而白玉是静态就认为上句没有意象），事实上，除了意象之外，白玉和鸿羽暗喻了高洁和大德（古代鸿本就是君子行礼之物），算得上三重天了。而"千林怪木击风鼓，万丈巇嶻响鸣镝"则不但有比喻还似是拟人，而在这比喻或拟人中，王子居写出了一种绝世大战中的激昂意志，即使讲意志或许勉强，但十村万突出的气势是肯定有的。所以他用比喻至少达到了二维诗境。其实这种拟人化的写法是整篇一体的，如第二段的龙山布列拱卫华夏，及后面常有的如"万龙聚首共来朝""龙山坐镇天地间，鲲河奔冲永不闲"等，都是拟人再加指喻。"万龙聚首共来朝"明着是用拟人的手法来写山，至于其指喻着什么，相信读者都明白。所以《龙山》是整篇抽象、整篇指喻，而他的一些段落，则是小的整段拟人。

另外，对中华精神的讴歌，也体现在《龙山》的指喻里，如"捧日高标六龙行，量天振翼鸿鹄举"，如果说捧日高标的六龙（《易》经："时乘六龙，以御天兮"）还是神话传说，那量天振翼就很明显的是指喻中华的志向了，不过作为一个指喻，读者也可以把它看成是自己的志向。指喻本就是一象多喻的，所以指喻有时候是一种隐性的、较为简单的"一象多喻境"。

王子居笑傲诗坛的"一象多喻境（与上面单句的指喻不同，成就最高的一象多喻境是整诗为一象），单句九重天"，在《龙山》里也有所体现，如"龙山坐镇天地间，鲲河奔冲永不闲。"是一个多所喻的阴阳之喻（指喻），既象征（指喻）了攻守，又象征指喻了男女、刚柔（这一阴阳相对之喻的妙处，读者可以通过《相思》一诗来体会，因为那一个阴阳相对喻，比这一个更经典更玄妙），永不闲还暗寓了自强不息、奋进不已的意志（相对而言，龙山的坐镇其实有万世不改、永恒不拔、镇压天下、不可撼动的寓意）。以指喻的多所喻而言，这一个比喻有国势的攻守、男女刚柔、自强不息的三重喻，所以说王子居的"一象多喻境，单句九重天"不是孤例，而是有不少例子的。其他像"万龙聚首共来朝"，既指喻了大中华气运雄伟，万国来朝，也指喻了下一句的"天骄"为众多人杰所拱服。这种一象多喻，于单句之间，具备四五维度，于一象之中，暗蕴天地人世诸般变化，这是王子居喻诗的独到之处，也是他的喻诗超越盛唐气象的根本所在（一象多喻与一句多维，是喻诗强大无比的两根支柱）（气象本身就是喻诗的第二维）。

而"铁嶂（骨）万里根盘（牢）地，绿甲千句气弥天。"除了对形象的比喻外，还指喻了根基的坚固、气势的雄大，根牢地暗喻了中华文明的不可动摇！而在这一明一隐两重比喻中，还写出了一种坚定勇猛的气概和意志，这一联可以说拟人、比喻、气象、意志、气势兼具，可说是达到五重天的诗句。

龙
山

其实为了令这些指喻根基牢固，王子居在诗中是刻意做了交代的，"日月合易，象在龙天，天予华夏，富诸龙山"这一句，再加上"龙山分列江河措，纵横经纬华夏依"等的辅助作用，就是明确地交代龙山是拟人加指喻的。所以在后面王子居酣畅淋漓地摹写天地山川气象时，许多指喻就自然而然地更易理解了。

为什么王子居的诗能够"一象多喻境，单句九重天"？因为他掌握喻学，因而也掌握喻诗，于是，如果说盛唐人的诗凝练无比，能做到尺幅千里，他的诗则能做到尺幅万里。唐人能够将万象升华到气象、意象（按王子居的论点，其实诗骚时代就已有了，如上面的刘邦也有，只不过唐人做得更知名），使象与意、气合而为一（单句），而王子居则将象与气、意、志、喻等更多维度合而为一（单句），从而用诗歌中最基本的象构造出更多维度的诗境界。在王子居的《东山诗话》（见《古诗小论》）中，他讲"大诗人作诗，是造世界"，而这个用文字造化出的世界，也自然是维度越多越高，其世界便越高级的。

《龙山》雄奇壮伟、博大精深，其实诗里还有更多的精神内涵是通过指喻来实现的，由于龙山是以整体为喻，所以落到许多单句上，都是较为明确的指喻，如"天渊精气混云岚，旭日磅礴千峰巅"的下句"旭日磅礴千峰巅"，就是很明显的一种"一象多喻"，既可喻华夏在古代为万国之首，更可喻其他之事，有的指喻则比较晦涩，如"旧传海上有仙山，烟云轻渺虚无间。香花宝华如珠玉，青松扭曲若龙盘。海岛终为一隅地，雄奇正叹龙山前。"这一句的指喻，就请读者们自己体会，然后会心一笑吧。指喻嘛，讲得太清楚了就失去其神奇、美妙的味道了，王子居高中时读《红楼梦》，红楼梦的指喻之法，他可谓是深得其旨，并将之运用到了更神奇、更奥妙的境地（可见他高三时那首比《龙山》的创作手法还要离奇瑰伟的《涛雏将别》，从那首诗里可以体会"文学就是文明，文学就是文化"），乃至于达到了"一象多喻境"。更多指喻，还请读者自己体会吧。

王子居的喻诗，可谓是夺天地造化之神奇，其内涵深隐、变化繁复、结构精密，真正是难以领悟。

《龙山》之演与指喻之维

意志和励志之喻

龙山

当我们从整体之喻来重新审视《龙山》的时候，我们才会发现这首诗为什么能一气恒强？为什么能意志无敌？我们才能理解它的一些诗句，如"千林怪木击风鼓，万丈巇壑响鸣镝""壁立雄嶂神斧削，插天奇屹（峰）仙剑寒""铁嶒（骨）万里根盘（牢）地，绿甲千旬气弥天""崇嶂气激嘘长啸，巇峪潮生泛疾漩""奇石嶙峋仙布阵，怪树舞风旗招展""时见苍鹰搏狐兔，又几多险涧跃猛虎"，《龙山》里为什么有这么多战气纵横、激昂啸傲的诗句？

《龙山》诗中那些意志激昂的诗句，在我们看来，很像是王子居在给自己打气。这无限的激昂之下隐藏的是否是一种深深的无奈？

至少我们在以下句子中看到了王子居在开拓喻学和安然地半隐逸之间的一种痛苦的挣扎：

凤凰金台箫宜弄，麒麟玉阁书可读。我叩天门欲归去，诸仙纷言世悲苦。千劫万世谁成仙？仙人悲泪竟如雨。

如果以上三联还不能让我们确切地明白王子居的痛苦心境，那么这一联就说得更明白了：

波流不可息，长风荡未已，我心归何处？

心无所归，心无所依，一颗漂泊浪荡、举棋不定之心才是最痛苦的。

这种矛盾纠结不但贯穿全篇，甚至被用来结尾：

绝岭遥遥缠复绕，万龙聚首共来朝。千秋万代有天骄。
风来松海万重涛，雨落涧林千龙啸。中有仙人乐逍遥。

直至《龙山》结尾，王子居依然在"让真正的五千年华夏古文明涅槃重生"和他持续了三十年的隐逸理想、生活之间苦苦挣扎。

他早就是文明和文化的天骄，不需要为此而努力，他的内心真正渴望的是"仙人乐逍遥"。

《龙山》是最励志的一首诗歌，它的励志之句很多：

庸人远望已胆颤，壮士临之乐登攀。
天风旋岚绝飞鸟，峭壁穿云跌虎豹，唯大丈夫可登攀。
巨鲲自觉虾蟹小，雄鹰当看燕雀低。
明月轮转过九天，九霄风贯忽然间。白云如海冰冻结，奇松顶雪意凌寒。
天渊精气混云岚，旭日磅礴千峰巅。
捧日高标六龙行，量天振翼鸿鹄举。
大日迎我登顶来，长风为我廓天宇。
秋清云淡高风便，事业名山当自许。
龙山坐镇天地间，鲲河奔冲永不闲。
绝岭遥遥缠复绕，万龙聚首共来朝。千秋万代有天骄。

这些励志之句更像是王子居给自己的鼓励。整个中国古代诗歌史里，有多少励志之句？人们记得的，大约也就是"居高声自远，非是籍秋风""会当凌绝顶，一览众山小""欲穷千里目，更上一层楼"……王子居的全部诗词里又有多少励志之句？而千字的《龙山》就有这么多。

除了励志之外，其中的一些诗句也透露了王子居对喻学的自信，也透露了五千年华夏文明的伟大和自信。

当然，本篇在学术上要讲的主要是指喻，当我们知道《龙山》的整体指喻究竟指喻了什么之后，上面的那许多诗句，究竟所喻为何，我们才算有了一个大体的认知。

如同前面所讲"一声长笛蜀天碧"是一象多喻，《龙山》里的句子喻义隐微，需要仔细体会，我们下面所指出的，未必能讲全，有些指喻可能我们会意识不到，而且可能我们的一些解构可能未必完全正确，还请读者仔细体会。

龙
山

指喻维

当我们逐渐看到《龙山》的各种维度，尤其是看过《气象万千与气质万千》，那么我们再看它的至高之维，由于《龙山》是一个一体同喻，所以国家气象、民族精神、国运、文化、文明、国家民族、国家民族的文化气质、国学（喻学）、王子居个人的文化理想和战斗意志，俱是《龙山》的整体之喻。甚至，《龙山》这首诗本身也是指喻的对象。

这些指喻有时候是一体同喻，有时候是一象多喻，在全诗中互相交织、变化，构成了世界文学史中前所未有的博大而精深的诗境（其实超越了诗境）。

我们上面讲了《龙山》篇章中的指喻维，但就如同我们没有讲整体的拟人维一样，我们也没有讲整体的指喻维，因为王子居精力不济，来不及给我们全面演示。但我们依然能大体揣测《龙山》的整体指喻维。

因为我们在2014年赏析《王子居诗词》时，已经知道他在大学时代的咏怀一类诗作和高中时代的《十六岁词集》中，已经大量地运用整体指喻了。

王子居诗歌的整体指喻，其咏怀作品大多是一象一喻，有些达到一象双喻，他最多的喻境是《十六岁词集》里的《菩萨蛮》，达到了一象多喻境，《龙山》没有《菩萨蛮》中的爱情之喻，也没有《咏怀·执奏》中的修德之喻，也没有《最后一页花片》中的爱情、命运、寂寞之喻，但它的格局和境界更高，因为它指喻的是文明、国家民族、国家民族的文化气质，所以它事实上也已达到一象多喻境甚至还要更多，因为它还关联到很多国学。而且，即便王子居不肯承认，难道我们在其中就感觉不出来《龙山》其实也指喻着他的学术理想尤其是喻学吗？

当我们从整体指喻这个大层次、大角度来重新观察《龙山》时，我们就会看到更多的指喻，比如那"人道蜀山奇诡匿仙踪，蜀云玄迷未可知。我道临高正可呼秋雁，云深才好觅仙屐"的句子，看着是说蜀山，其实则分明是说华夏文化和华夏喻学，这四句诗不恰好是这两者的真实注脚吗？诗人溯源华夏古文明传承的喻诗学，不恰恰是要拨开两千年中国文化断层及断代所造成的诡异和迷雾，还中国文化一个天高云淡吗？

当我们站在整体指喻的高度，再看"杜宇夜啼，望帝遗枝，女歌频传落花溪，一声长笛蜀天碧"时，我们在《变化无方的修辞和艺术手法》中的《其他技巧：细节上的出神入化》里所讲的这一联诗的指喻，就还要更进一层，从那一章节中，我们摘录一下对这几句的解说，就在这几段解说中用括号加入我们在整体指喻这个层次看到的它的全新的指喻：

这一联用典，却分别而用，杜宇夜啼写出了亡国之君魂化杜宇的永恒的悲凉，而望帝遗枝则写出了历史沉淀出的沧桑，杜宇落在曾经落过的枝条上数千年不止于悲啼，是何等的执著？而类似的亡国之痛在数千年间，于华夏大地上反反复复地不断上演……

因为这首《龙山》是写中华气象的，不可避免地写到了中华的气运，所以杜宇那数千年不间断地悲啼就有了特别的意蕴。所以这一联其实是一个用意极深、技巧极妙的伏笔或者说隐笔、指喻。

而王子居诗意的巧妙之处，还在于杜宇在望帝的遗枝上坚持了数千年而不已的悲鸣，与下一句"女歌频传落花溪"的当下浮华产生了强烈的对比。在深夜啼血的望帝杜宇，与彻夜歌舞相对比的深意，王子居轻轻的一笔，但却蕴含了历史时空、人世沧桑的无穷感慨（作为多指向的指喻和指喻，这种兴亡成败、忧患享乐的哲学对比，其实和王子居提出的华夏古文明出了大问题隐隐暗合，其实对于这一点读者很容易理解，比如诸多学者所提出的"涯山之后无中国，明亡之后无华夏"，还有人认为东晋南渡之后即已无华夏，既然华夏古文明被很多人事实上已经消亡，那么王子居的这杜宇夜啼血和频传女歌声的对比，就有了另一重更深的指喻，而其实另外还有一重指喻，那就是关于王子居自己的，他倡导的批判近体格律诗和宗杜之风，本就是重新还原真正的华夏文明，是让华夏文明涅槃重生的一个序幕，这个活动完全暗合于这一联诗的"象"，这种指喻之道，就是王子居从十几岁就开始运用的"一象多喻境"）。

以上王子居笔意的凝练还不算什么，其实这两句的关键在个夜字上，因为有了这个夜字，"一声长笛蜀天碧"才变得惊艳无比。

王子居写夜，分别是望帝的遗枝、杜宇夜啼、传到落花溪水的女歌声。而写清晨，则是一个碧字。

不过，一声长笛之所以能称鬼斧神工，是因为这一声长笛，夜与昼因之做了分野（这个分野其实暗含着王子居的一个重要的指喻，即他所开启的反思中国近体格律诗和宗杜之风（见《古诗小论2》），用喻的视角来重新阐释华夏古文明，从而使已经衰落、消亡两千年的真正五千年华夏古文明正式重生，什么是划破黑夜、结束死亡、开启光明与新生的一声长笛？称得上是一次"中国诗学理论的革命"的批判近体格律诗和宗杜之风就是的，而《龙山》的创作，和我们对王子居对《龙山》演示讲解的记录整理和发表，恰恰是其中的一部分，所以在世界文化史上从来没有出现过《龙山》这样的文化现象！它打破了常规、超越了想象），一声长笛结束了夜，开启了昼，作者见到了晴亮的碧空（曾经断代的、被诸多学者认为已事实消亡的真正的华夏古文明，重开其天）。

而这一声长笛所分离的，当然还有杜宇啼在望帝遗枝、彻夜不息的女歌之醉生梦死或歌舞升平的历史人生境界，与全新的寻访龙山那一种古往今来都绝少有的精神世界（寻访龙山，不正隐喻着王子居对真正的五千年华夏文明的探索和发现吗）！

刹那之间，昼夜交替，境界变换。所以这一声长笛，是精妙入神的。这一声长笛，不但破晓，不但破开阴阳，也破开了人生全然不同的精神境界（这同时也是文明理想的境界，同时也是一个古老文明本身的境界）。

你看，在这首诗的开篇，王子居只靠做一个简单的交代，就写了凡人的平庸、神话传说的令人向往、历史的厚重沧桑、人世的浮华喧嚣，然后他用那神来之笔的一声长笛来结束这一切，为我们开启一个全新的关乎中华文明气运的精神气象天地，四句诗，概括四种人生境，同时它还指喻着国家兴亡、文明生灭、人生追求和理想探索，这样的笔力究竟有多凝练？你能在杜甫一千多首十四多万字的诗中，找到似这样的一处吗？

事实上，对于夜字，他完全可以用"女歌夜传落花溪"来表达，但那样"一声长笛蜀天碧"的刹那在诗意上就显得局促了些，所以王子居加上蜀地最优美最凄凉的传说，令得这夜显得更诗意，更漫长，更丰富，而且他用了一个频字，令这夜的感觉蔓延开来，正因为这夜的丰富与漫长（王子明确提出秦汉时期诸多古籍和学术传承的永远遗失是中华文明的一个大断代，这两千多年确实很漫长），所以那一声破晓的长笛所揭示的刹那，整个世界只剩下如洗的碧空，夜的繁喧则全部隐去，这笛声在刹那与时空的变换相结合，才会变得那么美妙，那么充满禅机。

事实上我们难以讲清楚《龙山》，因为它的艺术性、修辞等较简单的传统文学层面，也需要结合其他的更多更高的维度，才能真正讲清楚。

龙
山

统文学、文化、哲学、文明、喻学、演学之喻

　　《王子居诗词》中很多的一象多喻境是隐藏的，没有透露任何信息，但在《龙山》中，文化和文明的指喻是被刻意透露的，这是因为《龙山》所指喻的维度太多，王子居不得不透露出些许信息。但这种透露依然是一种隐喻地透露，而不是像他前期如《十六岁词集》中那样明显地透露。

　　如"天高地远连六合，深形大势八荒弥""日月合易，象在龙天，天予华夏，富诸龙山，其时至中华，气象伟万千""凤凰金台萧宜弄，麒麟玉阁书可读""秋清云淡高风便，事业名山当自许""捧日高标六龙行，量天振翼鸿鹄举""龙山腾跃势欲飞，霸世雄峰连天路""龙山分列江河措，经纬纵横华夏依。山拱河卫形不尽，山依河倚势无圻""地陷东南水流补，天倾西北山为柱""我本鲁庸人，来游蜀仙地。杜宇夜啼，望帝遗枝，""大日迎我登顶来，长风为我廓天宇""天风旋岚绝飞鸟，峭壁穿云跃虎豹，唯大丈夫可登攀""秀峰入云三千尺，直接明月照琴台""龙山坐镇天地间，鲲河奔冲永不闲""绝岭遥遥缠复绕，万龙聚首共来朝。千秋万代有天骄"。

　　这些透露都是相对明显的透露，而非绝对明显的透露。

　　如同王子居的一象多喻和一象多喻境里，基本都贯通着他的人生理想和文化追求的隐喻，有时候我们会想，人生理想和文化追求、文明追求是不是本来就是一体的？尤其在有些诗歌中人生理想、文化追求和德性修养同时出现，它们本身其实也是可以合为一个概念，即文化理想来讲的，德性修养难道不能归结到文化理想之中吗？

《龙山》具有王子居以前的一象多喻境中除爱情之维外的所有维度，《龙山》中的德性修养不同于我们现在所说的道德修养和能力修养，因为王子居所讲的德性是古代的概念而非当代的概念（可参考《天地中来》）。以上我们所讲，有些受局限于王子居的个人指喻，未能讲得全面，那么下面，让我们来体会一下《龙山》整体可能的指喻（由于一象多喻境是用一象贯通的，所以以上的国家气象、民族精神、国家民族的文化气质、国运、文学、文化、哲学、文明、喻学、演学等往往是一体同喻，所以我们将这些所喻统一用华夏文明来代替，就不一一分列了，当然，其中会有特别强调的一些，读者要分清是特别强调还是单单的指喻）：

龙
山

我本鲁庸人，来游蜀仙地（这首游仙诗真正所游的，是指喻层面的文化和精神）。杜宇夜啼，望帝遗枝，女歌频传落花溪，一声长笛蜀天碧！人道蜀山奇诡匿仙踪，蜀云玄迷未可知（这一联指喻了华夏文明的博大精深、奇妙难测）。我道临高正可呼秋雁，云深才好觅仙履（这一联如上一联所喻，不过增加了一种豁达开朗的精神和强烈的自信，还透露着和种高古的风骨）。

始惊蜀天清兮蜀云幻，复叹蜀水妙兮蜀山奇（此联指喻着华夏文明或者说喻学的神奇变幻，也可以说它其实也是《龙山》一诗本身的指喻，因为《龙山》胜境九重天，已经当得起这种指喻了）。蜀山奇，望八极，祁连天山坐相望，昆仑唐古横断西。龙山分列江河措，经纬纵横华夏依（这六句指喻着华夏的天然局势）。山拱河卫形不尽，山依河倚势无圻（这两联除了华夏形势无穷无尽外，也指喻着华夏喻学和喻文明的互相贯通、依倚、互为所用、交织贯通、贯通交织）。万屹千坑争攘攘，千嶒万岘拥熙熙（除了隐喻华夏的丰富形势外，也指喻着华夏喻文的千变万化和丰富无尽）。天高地远连六合，深形大势八荒弥（除了指喻华夏喻文明的形势外，也一体同喻着华夏文明等的无远弗届和无所不至）。白云深处倾玉帘，山径危绝挂天梯（形容山川之险、难至，亦指喻了华夏喻学和文明的深奥玄妙可通天）。千林怪木击风鼓，万丈巉崿响鸣镝。仰望雄山不见天，俯视云林莫知底（除了指喻中华形势的不可窥测之外，还指喻了华夏喻学和文明高不可探、深不可测）。

日月合易，象在龙天（这两句其实很特别地点出了华夏的特别和华夏文明的特别，因为龙是《易经》中的概念，只有中华号称龙的传人，而象字则被认为是日字和月字的合体，而"象在龙天"点出了一个事实，即只有中国文字是象文字，只有华夏文明是象文明，日月龙天其实也指喻了华夏喻文明的光辉照耀着华夏和华夏民族），天予华夏，富诸龙山（同上句一样，这两句依然在强调华夏民族和文明的特殊性，至于另外的更多的指喻，还请读者们意会吧）（这四句其实极富深义，因为它是喻学中象学贯通的一种反向的运用或者说一种神话传说式的描写，万象贯万义的喻学基本原理，是体会这四句诗义的钥匙，而真想弄明白它的精华妙义，怕是要读很多关于喻学的著作才可以吧），其时至中华，气象伟万千。铁崤（骨）万里根盘（牢）地（指喻了华夏喻文明根基的深厚、牢固），绿甲千旬气弥天（指喻了华夏喻文明的气之弥远）。险峰直上（指喻了气势的无匹），群岩叠悬（指喻了丰富、众多），壁立雄嶂神斧削，插天奇屹（峰）仙剑寒。岠（山）中仰视遮高天，遥观青翠叠重峦（指喻了极限的变化无穷）。风云万岭浮天际，光雨千溪落地渊。崇嶂气激嘘长啸，巉峪潮生泛疾漩。虎吼熊咆林间纵，鲲腾蛟跃浪中翻（既指喻了气势、威势，也指喻了精义、要义）。庸人远望已胆颤，壮士临之乐登攀（指喻了伟大和难以企及，以及中国人永攀高峰的探索、前进的精神）。

401

传说伏仙草、栖猛兽，藏异果、远尘凡（指喻了华夏喻文明的丰富多彩、出众不凡）。巨鲲自觉虾蟹小，雄鹰当看燕雀低（此句的指喻读者可意会之）。深潭无波隐蛟龙（蛟龙喻华夏文明等之精粹也），任人垂钩下网捕鳞虫（鳞虫喻华夏文明之琐碎丰富也）（这也是一个整体之喻，是精粹根本与琐碎枝节之指喻，这也是一个对华夏喻文明深藏两千余年而不显的非常明确的指喻，当然对于我们来说，这也可以视为王子居的个人之喻，他从十一二岁写喻诗，三十年后才公开喻诗学，故它也可以视为对王子居对自己的喻诗和喻学理论深隐未现的一种指喻）。仙猿尖啸穿云林，目难追兮树森森（指喻着华夏喻文明的难见难测）。时见苍鹰搏狐兔（指喻着喻道对世法的凌厉），又几多险涧跃猛虎（指喻着不凡、精英）。

峻拔雄山接海日（指喻着华夏喻文明的光明、高度），浩荡高风贯寰宇（指喻着喻的无所不至的贯通性，也指喻着真正的华夏文明无远弗届的能力）。龙山雄伟势腾天（指喻着华夏喻文明尤其是喻学的强大），鲲流滔滔汇海去（指喻着喻的贯通性无所不通，更多的指喻请读者意会）。地陷东南水流补，天倾西北山为柱（指喻着华夏喻文明补天地缺的能力和气概）。万年凝雪披白玉，千秋木落飞鸿羽（指喻着民族大雅的气质和国家气象）。千句荡波映月轮，万里扬风摇海日（开海雾）（指喻着浩大的气势和光明的未来）。波流不可息（既喻世事的无尽，亦喻华夏喻文明的不可止息），长风荡未已（既喻世事的不止，亦指喻华夏喻文明的力量），我心归何处？

下面这一段可能会被认为是用喻最为明显的，因为它多数是以典为喻的。因为以典为喻总会用得比较明显，所以它的文化氛围和底蕴也比较容易被感知到。

我叩天门欲归去（指喻作者的自由归隐之心吧），诸仙纷言世悲苦。凤凰金台萧宜弄，麒麟玉阁书可读（以凤麟金玉台阁等指喻华夏喻文明的超脱尘凡）。捧日高标六龙行，量天振翼鸿鹄举（华夏喻文明的高远标准和不凡理想或蓝图）。秋清云淡高风便，事业名山当自许。千劫万世谁成仙？仙人悲泪竟如雨（这一联的指喻深妙难测，可能得与王子居三十年悟道的生涯联系起来才能明了吧，它似乎写出了对仙道缥缈的一种悲伤和失望）。雨映林光千涧涨，风掠云根万峰浮。龙山腾跃势欲飞（它似乎指喻着中华复兴之势，当然也可以指喻华夏古喻学出世，有着不可阻挡之势），霸世雄峰连天路（连天路当然可以隐喻中华复兴乃天运所钟，它亦透露着华夏古喻学是通天之学，而霸世则指喻着这是最强之学，作为一个一体同喻，这一句自然也指喻着华夏喻文明等的超凡脱俗）。

我们在前面讲"捧日高标六龙行""量天振翼鸿鹄举"时，讲了它的志向、境界、格局、高度之喻，事实上，《龙山》的一象多喻境超出我们的想象，因为除了指喻华夏文明的高度之外，王子居最重要的指喻是喻学和演学的高度，像"捧日高标六龙行"，这个高标是什么的高标？它既是华夏文明的高标，更是指喻着喻学和演学的高标，这一点，从王子居创作《龙山》的目的中就可以看出来了。

王子居创作《龙山》的目的不就是创作喻学吗？《龙山》的九重天不就是喻学的九重天吗？创作《龙山》的最主要目的就是为了证明喻学的实用性，为了证明喻学的强大，为了证明涅槃几千年的华夏古文明已然重生。

喻学既然能让中国的诗歌从最高的单句三四维升华到十几维，既然能将中国的诗歌从一二重天升华到九重天乃至更多，号称贯通创造了华夏古文明所有领域和学科的喻学，自然也能升华其他的各种领域（包括自然科学，可参见最后一节）。

只有《龙山》这样的喻诗，才配称为诗中的"捧日高标"，才能算是诗中的"量天振翼"，而出只有创造出《龙山》这种高度作品的华夏喻学，才能称为世界文明中的"捧日高标"，才能算是世界文明中的"量天振翼"！

另外，在文章一开始，其实作者就已经指喻了喻学的神奇瑰伟，如"庸人游仙地"，如"人道蜀山奇诡匿仙踪，蜀云玄迷未可知"，如"我道临高正可呼秋雁，云深才好觅仙屐"，其中的"奇诡玄迷""匿""未可知""临高""云深"等皆指喻着喻学（变是指喻华夏喻文明）的深妙高远和难测难知，而"秋雁""仙屐"等则指喻着喻学的痕迹。

而"一声长笛蜀天碧"，则指喻着华夏喻学揭开了升华乃至变革华夏文明的序幕，"女歌频传落花溪，一声长笛蜀天碧"的昼夜交替，也指喻着华夏古喻学（沉寂两千余年的八千年华夏文明从黑夜中重见光明）的出世。而"杜宇夜啼，望帝遗枝"则指喻着真正的八千年华夏文明沉沦于漫长黑夜之中的泣血之痛！

旧传海上有仙山，烟云轻渺虚无间。香花宝华如珠玉，青松扭曲若龙盘（以香花珠玉等来指喻另外的海洋文明，与龙山义明形成鲜明的对比）。海岛终为一隅地，雄奇正叹龙山前（此句的指喻就更明显了）。岩际古松枝摩天（喻接天之能），岫窟渐没失云烟（喻妙义难见）。奇石

403

《龙山》之演与指喻之维

岣仙布阵（指喻着华夏喻学妙义如同仙阵难破），怪树舞风旗招展。隐隐洪钟松外传（喻妙义始出），霭霭云生峰不见（喻深义难现）。峙列雄峰遮断天（指喻着喻学的巨大能量和华夏喻文明的高大难见），乱布云林迷仙眼（指喻着难测难解难学难知，连仙也被迷惑）。天风旋岚绝飞鸟，峭壁穿云跌虎豹，唯大丈夫可登攀（指喻着华夏喻文明尤其是喻学至高妙义的难见、难登、难及）。天渊精气混云岚（指喻着华夏古喻学的处处贯通、处处交织），旭日磅礴千峰巅（指喻无上的地位、开示照明无边的妙义）。仙花香传九万里，苍木耸霄绿藤悬（指喻着华夏喻文明在未来将如香远布，下句指喻着它的古朴苍桑，同时还有一重附着而生的指喻）。明月轮转过九天，九霄风贯忽然间。白云如海冰冻结（指喻着无所不冻），奇松顶雪意凌寒（指喻着万法虽冻，但然华夏喻文明终将重生）。

秀峰入云三千尺，直接明月照琴台（此中指喻之妙见前面用典一篇时所述）（指喻华夏喻文明等"高出尘世间"）。

峻列雄峰挂奇（巉）岩，仙云缭绕覆大千（指喻着华夏古喻学对世间万象的无所不通）。龙山坐镇天地间，鲲河奔冲永不闲（指喻着不可动摇、永恒无尽、自强不息）。

绝岭遥遥缠复绕，万龙聚首共来朝（指喻着不可动摇的领袖地位）。千秋万代有天骄（指喻着生生不息的杰出人才）。

风来松海万重涛（指喻着无所不贯和对万法的引动），雨落涧林千龙啸（指喻着无所不贯和对万法的引动，同时指喻着超越和不凡）。中有仙人乐逍遥（指喻着参透世间万学的大自在，无所不贯的喻，对于世间万法来说，有着仙人般逍遥的超然）。

龙山的整体指喻，除了明面上的国家兴亡气运，还有着更深层面的民族精神、五千年文明，当然还有华夏古老的喻学，还有他为五千年华夏文明涅槃重生所做的一切也即他的文化理想和追求，《龙山》在整体上最终超越了他年轻时"一象三喻境"的创举，达到了"一象九喻境"乃至更多。

在2018年创作出《古诗小论》等著作讲述喻诗学和多维诗境论之前，

王子居的诗其实是没有人能真正读懂的。我们在赏析《王子居诗词》时，王子居对他的咏怀比较在意，他告诉我们，一首咏怀可以分成两首诗来讲，即便他给我们讲为什么，我们也没能理解，直到他创立了喻文字学、喻诗学等，我们才恍然大悟，原来他的一首诗真的可以当两首三首乃至八九首诗来讲，这是因为喻的贯通性决定了，他的诗能做到"一象多喻境，单句九重天"。

所以在这首追求雄浑气象的诗作中，其实王子居也在潜意识中运用了他那变化莫测、精深奇妙、令人眼花瞭乱的喻。

按王子居的说法，中国诗歌的本质是喻诗（可参考《古诗小论2》），喻诗中阴阳之喻的最典型形式为律诗，但律诗只是喻诗的一种表现形式，而不是本质。为什么王子居即便是在做绝律时，也对音韵平仄的要求不屑一顾？因为音韵平仄的要求乃是诗歌中最无用的形式，真正的诗歌显然是应该追求诗意上的突破，中国的诗人们为近体格律所困，一叶障目，不见泰山，按他的说法，当任何一个诗人开始害怕别人对他平仄的指摘，从而困于平仄时，他在诗道、诗意、诗艺等各个层面，先天就失败了，终其一生，无论他如何努力，他在诗歌上也难有突破。

文化自信和文化底蕴

王子居在《古诗小论2》里，其实已经讲了喻诗是世界文学的巅峰形式。

而《龙山》将这种巅峰形式推向更高。单以文学层面的底蕴而言，《龙山》已经极大程度体现了民族自信和文化自信了。

而《龙山》其实是通过中华山川的雄奇瑰美，来写中华民族的伟大气象，写华夏民族的气运和天意，写华夏民族的内在气质，但以王子居的构思之精心而言，说中华气运固然重要，但它依然是个噱头，而最核心最重要也最根本的其实是，王子居是用龙山来描写中华民族的精神力量和意志！当然龙山也写出了一种博大精深的民族底蕴，写出了一种强烈的自信和自豪，写出了一种无敌无畏的气概，这也许才是《龙山》一诗真正要表达的核心。王子居将以上种种历代诗人都未曾尝试的伟大意图，凝练于一象：龙山。这恰是他努力推广的喻诗学的强大之处，即运用象的无限贯通性，可以成就最伟大的作品。

《龙山》一诗，内蕴着对中华民族最高形式的赞美，但却未着一个文字。将中华民族的伟大意志和精神抽象成龙山，通过山川气象表达中华民族气象，从而实现了这种最高形式的赞美。

《龙山》诗在整个世界四千年诗歌史中，都堪称是最阳刚、最强健的诗作之一，中华文明中"天行健，君子以自强不息"的刚健气质和精神，在《龙山》诗中得到了最好的体现。这种刚健自强的精神，不是直接写出来的，而是通过每一句诗给我们带来的那种超强烈的刚健自信的美感，然后诸多这样的诗句组合起来，从而通过全诗无处不在地给予我们一种强烈的震撼的力量感，这一股强悍至极的力量冲击着我们的心灵和情感……

《龙山》是一个很好的例子，他告诉我们，中国的诗歌，因喻诗学的问世，而升华到了一种哲学、演学的维度。事实上，这种写法，早在王子居十七岁的《涛雒将别》中，就已经充分地运用了。

正是因为王子居掌握喻诗学的奥妙，所以他在一句之中将物象、气、意、指喻、意志、怀抱、哲学思想等融为一体，所以他的喻诗才为中国诗学开辟了更高的境界，所以才令得当代中国的诗歌超越了唐诗的藩篱，他将诗经的比兴、离骚的比喻、唐诗的气象冶为一体，并对之进行了前所未有的突破，从一首诗能够具备到一句诗即能够具备，从而让中国的诗歌有了更广阔的天地、更深厚的内涵、更高超的诗法……

407

又正是因为王子居掌握喻诗学的奥妙并创建了喻文字的理论体系，所以他才能够深刻地看出杜甫诗歌的错误、缺陷和不足，所以他才能看到自宋代兴起的宗杜之风和自杜甫开始标榜的格律拘束对中国诗歌的巨大危害，也因之有了王子居挑战杜甫最强七律的活动，也因之有了后来王子居对杜甫和近体格律诗展开的全面、彻底的批评。

事实上，《龙山》哪怕没有文化、思想的底蕴，单凭它透露出来的气象、气势、意志，就足以成为一种震撼人心的民族自信和文化自信了。

什么是文化自信？《龙山》的创作及《龙山》本身，就是一种文化自信。

《龙山》对
其他领域的借鉴意义

王子居在《古诗小论2》《由喻文字决定的喻诗学》中讲，有什么样的文字，就有什么样的文学。

中国文字是喻文字亦即是象文字，其中象是文字的载体，而喻的贯通性则是文字的原理，所以中国古诗既是象的古诗，也是喻的古诗。

而反过来，喻诗则继续发展了喻文字的贯通性，更好地拓展并验证了喻文字中的贯通、交织、多维贯通、多维交织、多维贯通交织、多维交织贯通。

从这一个意义上来讲，喻诗学本就是喻文字学的延续、发展，而且是最好的发展最充分的一种发展形式。

事实上，喻诗学的最初部分理论本来是作为《喻文字：汉语言新探》的部分内容的，但由于王子居考虑到重复过多的问题，所以将这一部分删掉了，只是在他的喻诗学系列著作中出现，但这并不妨碍喻诗学是喻文字学的一部分组成内容。

《龙山》是我们所能见到的唯一一个单句七字达到数十维的案例，所以它其实也是其他学术及认知领域中关于超高维构成的唯一的一个借鉴。至少在其他领域发现类似的超高维案例之前是这样的。

因为从理论上来讲，喻的贯通是无限的，也许，当《龙山》的贯通思维和方法贯通到科技领域并引起质变时，我们才能真正明白《龙山》的意义。

《龙山》的意义显然不在《龙山》，而在诗歌之外。

西方的社会定律、效应之学，总结起来，不外就是将自然现象、社会现象、物理化学定理定律、数学定理公式等贯通运用到人类心理学、社会科学的范畴（具体请参考《十秒入戏》）。

而华夏古文明中喻的定义就是彼此之间的贯通，基础理论是可以贯通多个学术领域的。西方社会定律效应之学本质上是物理化学和数学的定律定理向人类心理学、社会科学的贯通，属于贯通四基础中理的贯通。

在已出版的著作中，喻诗四部曲及《决定健康的八大平衡》《平衡的，才是健康的》《喻文字：汉语言新探》都讲有象、性、数、理的贯通，《局道》讲有数和理的贯通，这些都是目前讲喻的跨学术领域贯通运用的一些案例。

事实上，在2007年出版的《决定健康的八大平衡》中，讲了人体的几十种基本平衡，而平衡其实是人类最早从自然现象中得出的，首先是对称平衡，人体和所有哺乳动物都是左右对称的，鸟的翅膀是左右对称的，树叶是左右对称的，变化一点的如腿部残疾导致人无法正常行走，伤了一只翅膀的鸟无法飞翔，即便是一个健康的人在运动中如果失衡也会跌倒……人类很早就可以从这些个最简单的现象中得出平衡这个概念。

人类古代制造车辆，左右是要平衡的，现在制造飞机，两侧的机翼也必须平衡，这是平衡概念在科技上的应用，在心理学上，人一旦心态失衡就可能采取极端行为，而生物学上讲究生态平衡，政治学中讲政治平衡，西方的地缘政治学更讲地缘政治的平衡，因为平衡一旦被打破就意味着混乱甚至战争……

在社会学乃至家庭伦理中，都需要讲平衡，因为失去平衡就意味着不满从而进入混乱……

平衡的关键是动态平衡和相对平衡，比如在崎岖不平的山路上，车身的重心下移，本来对称平衡的车两侧，受力就是变化的，同理，一架客机左右两侧的乘客体重不会完全相同，也带来了平衡的变化，当然空中的风速等也会改变平衡状态，所以世界上的平衡是一个动态平衡，只要不失衡，事物就能保持稳定。

除了物质、物理的平衡外，现代科技产品显然还必需讲究功能的平衡，比如现代隐身战机必须要平衡隐身性能、载重量、速度、武器挂载等各方面，它们只能实现一个较理想的相对平衡，而无法实现绝对平衡。

动态平衡的概念显然是从阴阳相对哲学里贯通出来的，而阴阳相对哲学里的正负电子及量子都是两两相对的，而在华夏古喻学的理论里，阴阳相对是二之数理的运用。

所以事实上喻学中理之维度的贯通，其实是深入到现代科学的方方面面的。

在王子居已出版的著作中，虽然涉及到现代科学的论述并不很多，但已经足以证明华夏喻学在科学技术层面的贯通性了。

喻学是华夏古文明的贯通之学，它贯通华夏古文明传承的所有方面，《龙山》的意义在于，它是我们目前发现的唯一一个如此高维的案例，而它又是一个较为简单的容易理解的案例，这意味着在一段时间内，其他领域的人如果想要依靠喻学的贯通性来实现本领域的突破，可供研究和参考的案例只有《龙山》。

而《龙山》的三十三维境，其意义恰在于此，就我们所能见，它应该是唯一一个被论证的数十维的多维贯通交织、多维交织贯通的案例，因而它也是目前为止，所有学术领域中唯一的一个如此多维的参考。

《龙山》的意义超越了诗歌本身，因为它论证了中国自古以来的喻学的强大，将喻学运用到诗歌中，可以令诗歌走出盛唐的断路，超越盛唐的藩篱，乃至达到人类诗学的巅峰，超越自古以来诗歌的极限。

如果以严谨科学的态度来论述的话，从已出版的著作中，我们已经知道喻的贯通性在诗学、文字学、医学、易学、德性及琴棋局演等各个领域的充分的、突破性的、升华性的运用，而事实上王子居在其他领域的诸多著述因为尚未展开，篇幅还远达不到出版规模，所以我们无法全面地论述喻之贯通性造成的多维胜境，但我们可以展望它在其他领域尤其是科学领域也一样是可能带来突破性进步的（虽然王子居只著述了关于古代自然科学的很少文字，但也可以看到一种新思路的出现了）。

王子居在著述时是比较谨慎的，比如很多地方他都用哲学这个词来代替喻学这个词，可能是为了这样更容易被读者理解和接受，而喻学由此到彼的贯通性，同西方的哲学以及中国古代的道、理等概念一样，都是普遍适应的。

哲学可以指导科学，喻学自然也一样，因为喻和演的定义本就是一种由此到彼的认知方法。

我们现在还不知道它能在更多不同学术领域中碰撞出什么样的思想火花和方法技巧，让我们拭目以待吧。

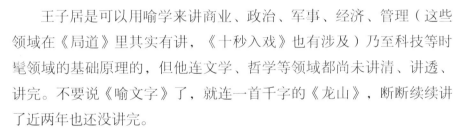

王子居是可以用喻学来讲商业、政治、军事、经济、管理（这些领域在《局道》里其实有讲，《十秒入戏》也有涉及）乃至科技等时髦领域的基础原理的，但他连文学、哲学等领域都尚未讲清、讲透、讲完。不要说《喻文字》了，就连一首千字的《龙山》，断断续续讲了近两年也还没讲完。

虽然王子居对喻学的博大体系大体有一个预估，但他从不论断还没有经过充分论证的事情，所以我们说《龙山》对其他任何领域都有借鉴意义，这是因为华夏文明的象学和喻学本就涉及华夏古文明所有的学术领域，而王子居关于喻和演的理论体系的初步浅显的架构，也已经小面积地覆盖了近乎所有的古文明领域，而现代科学的所有学科领域，在古代文明中都有源起。

有五千年历史之久的华夏喻学浩瀚无边，博大精深，究竟有多博大、多浩瀚？看一看中华乃至世界几千年的诗歌发展史，体会一下用喻的贯通性创作出来的《龙山》，就可以想象喻学在其他各个知识领域所能发挥的作用了。

所以其实很容易断定喻和演是极为强大的思维模型和学习模型，因为它至少开创了一个辉煌的古文明。而它的基础理论甫一出世，就将四千年中国诗歌从三五维境推高到了三十三维境！也足见它在实际应用上的强大。

不论我们现在如何认知这个不可思议的跨度，它都会改写、影响整个华夏古代文明的高度、深度、厚度，这是无须置疑的。

因为目前只有在《龙山》里，才能见到对喻学的一种超越所有想象、超越所有极限、近乎于终极的一种运用。

而《龙山》里所体现出来的喻之奥妙，是可以贯通到任何一个认知领域的。

也就是说无论你是学什么的、干什么的，以目前人类的知识储备而言，你所能想象的最强大的认知原理，你所能想象到的最高行业境界，你都只能在一句三十三维的《龙山》里体会到。

在其他领域还未取得这样难以想象的突破（王子居的《喻文字》《局道》等著作或许其实已取得类似的突破，但王子居没有时间展开了讲，我们也就不知道那两部书里他做出的突破究竟有多大）。所以就目前而言《龙山》是喻学和演学运用的一个最重要最生动的典范。

喻学的特点和本质是什么？就是无所不至的贯通。

而目前最强大的喻学例证就是《龙山》。

不管至少有十几万字的《龙山》解析对有些人来说显得多么专业甚至难懂，硬着头皮也应该读完，因为《龙山》是无所不至的喻之贯通中，目前而言最强大的达至三十三维之多的贯通。

《龙山》其实给我们带来了很多新的疑问，也给我们开设了新的课程，比如它的单句三十三重天，其中的诗境之维与修辞之维，诗境与修辞究竟是分开的还是合一的？它们是相互贯通的还是单向贯通的？显然，在《龙山》里修辞与诗境的关系是前所未有的一种复杂关系，它们之间的神秘联系是需要我们去探索和破解的。《龙山》里的各种维度之间的内在关系和贯通关系及其基础规律，可能才是《龙山》真正的价值和意义所在，因为它们彼此之间的内在规律才可以实现更多的理之贯通，而这是我们现在并未能够涉及的。

在象性数理的四维里，理显然是层级最高的一种贯通基础和维度。

《龙山》中究竟还有多少未被我们发掘出来的秘密？按道理说，以抽象的龙山为演，演化华夏文明，它会自然凝聚华夏文明的诸多秘密。不过写到这里其实已经很累了，更多的秘密，留待他人或后来人吧。

也许，《龙山》是文学、文化、文明中的歌德巴郝猜想，它也许会是一个永恒的迷题，至少我们现在还无法将它完全地解读。

古代学术中称为学的，如理学、心学，它们属于形而上的唯心主义的范畴，又如何能用实践来证明呢？它们是没有事实标准可资证明的，而喻学是可以用数学逻辑、事实逻辑、历史逻辑来验证的，这是因为喻学被王子居归属为认知工具类、科技类、方法类概念，它的实践性、实用性是极强的。

我们能想到，王子居为什么选择以诗歌为突破口？这是因为诗歌是可操作性最强的，因为诗歌应用的主要载体是文字，而文字是最容易被普遍理解的基础之基础。如果是绘画、音乐，它们都需要更专业的技能、更专业的术语，因而它们即便被以文字表达，能理解的人也只会是少数，而绘画、音乐的花费极高，恐怕不是王子居的家庭条件能供应他求得哪怕是九维境的，而科学技术就更不现实了，因为它远远比绘画、音乐还要耗钱，不必说大宗科技动辄百亿千亿的资金，即便是建立一个最简单的实验室，也不是王子居能承担的。

所以我们看到王子居走了一条最简单的路，用李白的话来说就是"清风朗月不用一钱买"，他不费一钱，为我们展示了一个文明难以想象的三十三维境。

但即便如此，他也花费了整整三十三年的时间！